Les ales esteses, 300

Marta Rojals

PRIMAVERA, ESTIU, ETCÈTERA

La Magrana

Avda. Diagonal, 189 - Barcelona 08018.
rballibres.com

Primera edició: gener de 2011.
Cinquena edició: novembre de 2011.

REF.: OMAC161
ISBN: 978-84-8264-966-5
DIPÒSIT LEGAL: B.30.424-2011

VÍCTOR IGUAL, S.L. • FOTOCOMPOSICIÓ
NOVAGRÀFIK • IMPRESSIÓ

TARDOR

QUÉ DIUEN, LOS DE BARCELONA? · I A PARTIR D'ARA, JA NO HI SERÀS MÉS · COM POT SER, QUE NO US AGRADI LA MADONNA? · QUÉ DIBUIXES? · SALTA! SALTA! · *VALE, VALE*, DONCS SENSE LLENGUA · AIXÒ ÉS EXPLOTACIÓ INFANTIL! · JO ME'N VAI, QUE HAI DE FER UNA COSA · SORTIR. SORTIR. SORTIR · NO PASSARÀ RES QUE TU NO VULGUIS QUE PASSI · EMIGRANT · JO TAMBÉ PUC SER *BLANDIBLUB* · JA ESTÀ. JA HA PASSAT · ÈLIA, SÓN LES SET · VAI SENTIR BEN BÉ COM EM SORTIA DE DINTRE...

I

QUÉ DIUEN, LOS DE BARCELONA?

Deixo el cotxe de través, a tocar de la paret blanca. He matinat massa per fer un aparcament bonic. Trec el mòbil de la guantera i, per variar, ni una ratlla de cobertura. Diuen que l'esperança és l'últim que es perd, així que no estava de més comprovar-ho a la porta del cementiri. En fi. Engrapo els poms de dàlies del seient de l'acompanyant i els ajec al capot. L'abric me'l poso fent un bot i m'embolico amb dues voltes de mocador. No em pensava pas que faria tant de fred.

Del cap del camí m'arriba una xerrera de dones, ofegada tot seguit pel petarram inconfusible del tractor de l'agutzil, que em surt del revolt aixecant la polseguerada d'un genet de l'apocalipsi.

—Ep, qué diuen los de Barcelona?

—Que fa nosa, el cotxe, aquí?

—Quina nosa vols que faigui, dona, si hi ha *puesto* de sobres!

Esclar que hi ha lloc de sobres, quines coses, això no és la zona blava. Aquí tothom aparca on vol, per ara i tant. Per això al poble tothom va amb el cotxe al cul, perquè encara no hi han arribat els sistemes que te'l fan avorrir.

Mira, avui siràs la primera, riu el Domingo, fent girar la clau amb un grinyol.

—Que te hi has d'estar molts dies?

—No, només pel pont.

—Ahir va fer una ventada de por, no sé com estarà, tot això.

En efecte, el nínxol té un dit de pols. Els racons acumulen triangles menuts de terra compacta, però ni més ni menys que l'any passat, i que l'anterior. Trec un clínex de la bossa i el passo amb dos dits pel solc de les lletres que diuen el nom de ma mare, unes lletres de pal que regalimen granets de sorra minúsculs, penso, com de platja.

—A on vas amb mocadorets, dona? Que vols un drap?

L'Àngela de ca l'Alegre s'acosta armada amb un raspall d'escombra, porta un pulveritzador a punt de disparar i li pengen dos draps de cada espatlla.

—Que no t'ha donat re, ta tieta, per llimpiar?

No tinc temps de dir ai, que ja està fent raspallades a la superfície de la làpida, aixecant un núvol localitzat de pols. Té, veus?, i ara hi aplica quatre ruixades disperses d'un líquid rosenc: Això va molt bé, mira, i la creu, ara ho veuràs. Agafa el drap i comença a treure un llustre enèrgic dels paral·lelepípedes de la creu: Mira, mira, com brille, mira: noveta, semble, i les argolles, veus? Flas, flas, ruixa el coll d'una de les anelles, i ara de l'altra, i els treu la lluïssor que m'imagino que ni fa vint-i-sis anys, el matí de maig que s'estrenaven, no havien tingut.

—Carai, Angeleta, què és això, Cillit Bang?

L'activitat ha atret les dones, que fan amfiteatre al voltant de l'escena, carregades de draps, galletes, raspalls i pulveritzadors. Xiqueta, aviat no et coneixerem! Ara em toca somriure i sotmetre'm servilment a la conferència de premsa, mentre apunto una creueta més a la pissarra mental: Aviat no et coneixerem: creueta; Ara feie dies: creueta. No baixes gàrie, no: una altra creueta, doble. A veure quantes en portaré, al vespre. Que has vingut sola? Sí, avui sí, la Glòria està amb ciàtica, que no s'ha pogut aixecar. Ai, sí, xiqueta, és que treballe massa, ja l'hi dic jo. I tu no érets casada, no, oi? No, no, casada no. Poro venies amb un xic molt maco, aixins alt. Sí, sí, aquet any s'ha quedat a Barcelona. Ai, és que us feu tan grans, te vei molt maca, molt maca. Gràcies, gràcies. I ta germana tamé fa dies...! Ui, la Joana, vés-li al darrere..., al Nadal, la veurem! Això, això, per Nadal, cada ovella tal i tal. *Bueno*, m'hai alegrat molt de veure't, xiqueta, no siguis tan cara de veure. No siguis tan cara de veure: creueta. Ja no em molesta que m'ho diguin, per això. El que més em molesta, ara, és que sigui veritat.

Després de fer net el nínxol dels padrins amb el drap que m'han encolomat les dones, enfilo el pom a l'argolla i em disposo a fer la volta de rigor pels dos claustres del cementiri. Un tercer és en construcció, amb un reng de nínxols d'obra nova que fan que la parròquia, cada any que hi passa pel davant, emeti un sospir i comenti el mateix: Aquets són los que mos tocaran a nantros. Amb la xerramenta de les dones de fons, treballant a consciència en els seus nínxols, camino en silenci repassant una mica per damunt les làpides de marbre negre, de marbre blanc, de marbre gris, les individuals i les familiars, i en llegeixo els noms, o m'aturo en el medalló d'alguna fotografia verdosa, marronosa, groguenca, de rostres que no recordo que s'haguessin fet tan vells, amb uns ulls que et diuen Passaràs per la Terra, passaràs.

Faig també una aturada especial, com tots els jóvens del poble, davant del Jaume de cal Petit. Al peu de la làpida, el gerro de roses recents s'ha tombat del vent, i l'adreço com puc.

El Jaume era de la quinta de ma germana i del Bernat de cal Trau, fins al moment els tres únics representants de la seua edat al poble. Un altre mort dels que tornen diferents les cases. Vint-i-un anys, tenia. Es fa estrany, quan et creus tan omnipotent i eterna, de veure inscrita en una làpida una data de naixement tan pròxima a la teua. *Et recordarem sempre*, hi diu davall. No crec que a l'església gran hi hagués hagut mai tant de jovent com el dia del seu enterro. Van pujar de tots els pobles del voltant, els que havien estudiat amb ell a l'institut i els que no, i molts, també, de la carrera. Jóvens a dintre, mirant a terra, i jóvens a fora, fumant, amb els ulls enrogits: Jo no puc entrar, és que no ho puc veure. El Bernat del Trau i ma germana, acabada d'arribar de Londres i sense dormir, devien ser dels que eren a dintre. En el banc del davant de tot, la Clara Petita em descansava a l'espatlla, deixant-se sostenir el front com en les excursions del col·legi en autocar, que al primer tomb ja estava com una sopa. Al sermó em va dir que se li havien tapat les orelles: No sento res, Èlia, res de res.

El taüt, llarguíssim, va sortir de l'església a espatlles de mon pare, els dos fills de l'alcalde, el Robert de l'Espart, el Martí de cal Sant Pau, un parell de cosins i el Bernat del Trau. Tots ploraven, i ploràvem tots. Des del cop mortal, la Clara Petita mai no va ser la mateixa, que és allò que es diu. Però, en aquest cas, també parlo per mi.

En el moment que vaig saber que el Jaume era mort, vaig entendre que en aquell racó minúscul que era el poble, aleshores tot el meu univers, la fatalitat suprema havia deixat de ser patrimoni exclusiu de casa meua, de cal Pedró. Que a partir d'aquell dia s'havia instal·lat a cal Petit, els havia entrat per la porta com aquella capelleta de la Sagrada Família que s'anava passant de casa en casa per a les oracions particulars: fins a nou avís, ara li tocava a cal Petit, i sense haverho demanat. Els primers dies havia arribat a somiar que li portava a la Clara un testimoni de fusta fosca, com en les curses de relleus, però embolicat en un drap de fer farcells, i els segons que precedien a agafar consciència del món m'envaïa un terrible sentiment de culpa.

Durant molts anys, la mare de la Clara va estar arrossegant el Tomeu fins al punt on van trobar la moto, per lligar un pom de flors de temporada a la soca d'un ametller cremat. Hi ha dolors i dolors, però de seguida vaig entendre que el de cal Petit, al poble, decantava bastant més la balança que el *nostre*. La diferència és que, en el seu cas, potser per superstició o per solidaritat humana, cal Petit va ser amnistiat automàticament de les precaucions hereditàries dels fantasmes passats. No sé qui va haver de fer el pas contracorrent, si els que avui dipositen flors als darreres del cementiri o els que passen a senyar-se davant de la tomba negra que, com una Kaaba, s'eleva sobre dos esglaons al mig de la plaça gran del cementiri. La creu de marbre, monumental, es pot veure des de fora estant. Em recordo de petita, escapada de la mà de ma mare atreta per aquest túmul majestuós amb els baixos colgats de poms magnífics comprats en floristeries de Móra. Amb el dit a la primera línia, de costat, començava a llegir «*Aquí yacen los restos de los que fueron vilmente asesinados...*», i tot de cognoms, alguns que em sonaven, d'altres no. I després, Mama, qui són *los enemigos de Dios y de la Patria*? Ja te ho explicaré quan arribem a casa. Però quan arribàvem a casa jo ja no me'n recordava. Ni ma mare, ni mon pare, ni ma tieta ni mons padrins no me'n van resoldre mai el misteri. Només mon pare, un dia, va dir una cosa així com que Al final, tamé eren gent del poble.

Amb les mans al sécs dels colzes, ara un pas, ara l'altre, camino per un sòl de terra sembrat d'estelles blanquinoses, on de tant en tant hi sobresurt un nus osteoporòsic, o, si saps on mirar, un fragment que sembla una closca enterrada d'ou d'estruç. Davant d'aquest escampall macabre, què no havíem rigut amb la Clara, seguint les ocurrències de ma germana i el Bernat del Trau! Els nois normalment no visitaven el cementiri, però el de cal Trau anava per lliure i acompanyava la

Joana a fer la ronda de Tots Sants. Aleshores tant l'un com l'altra eren uns adolescents descarats i una mica sinistres, i avançaven amb el nas enganxat a terra, aixecant amb la punta de la sabata algun element que podia semblar un tros de canya, un fragment de plat corcat, o un ullal prehistòric de fusta blanca, i anaven fent conyes sobre les troballes. La Clara i jo, que devíem tindre uns onze o dotze anys, els seguíem enriolades, conscients que aquelles maniobres tenien un punt de sacríleg. Mira, reia el Bernat: Una junta de culata. I la Joana es girava i deia: Ei, Eliete, amb aquesta i aquesta podem fer una dentadura nova pa' la padrina. Calleu, beneits, cridava fluixet la tieta, quan ens sentia: Això no s'haurie de consentir, algú li haurie de dir *algo*, al Domingo. I cada any igual. L'any que ve arreglaran lo cementiri. I l'any que ve sempre era l'any que ve.

Si avui ma tieta s'hagués trobat bé —i la cosa deu ser grossa, perquè de dones sofertes com ella ja no se'n fan— no m'hauria calgut matinar tant. Ella hauria format part d'una escuderia de neteja que probablement hauria competit amb la de l'Angeleta de ca l'Alegre per deixar els nínxols a punt de revista des de primera hora del matí. Perquè, al poble, un nínxol desatès és el greuge més gros que se li pot dedicar a la parentela traspassada, o el greuge més gros que es pot dedicar una casa a ulls dels veïns, segons com es miri. I és feina atàvica de les dones que la imatge pública dels propis difunts llueixi amb tot l'esplendor. El primer cop que vaig tindre consciència d'aquest fenomen se'm va ocórrer de ficar-hi cullerada: Tieta, això és injust, podríeu fer torns amb lo papa, un any cada un, per exemple, i així. Calla, calla, no diguis *tonteries*.

Doncs allò que dèiem: si ma tieta no m'hagués demanat la suplència, jo hauria baixat xino-xano de Barcelona a migdia, i de cap a taula. Havent dinat, a l'hora que els hòmens van al cafè, l'hauria acompanyat a repetir la ronda, les dues agafades del bracet, i m'hauria ensenyat les octubreres que havia triat per a la mare, i les dels padrins, i mira, aquí hi ha el Frederic de cal Tal, aquí la Rossita de cal Pasqual, i sa germana a l'altra punta, pobreta, que no tenie la culpa de re. Ma tieta està al corrent del contingut de tots els nínxols, per críptica que sigui la làpida. De vegades només presenten tres lletres i una data marcades amb punxó de paleta sobre una pantalla de guix. Aquesta és la d'aquell foraster que es va morir a la fonda, et diria, lo que feie les obres de l'Ajuntament, que li va agafar un atac de cort i ningú no el va reclamar. Ere molt maco, aquet noi, molt maco, ere. Un atac, li va agafar, havent dinat. No em trobo bé, no em trobo bé..., va anar al vàter i se hi va quedar, que tampoc no és que fos gàrie gran. Mira, a vegades més val aixins. I potser ho diria pensant en la mare. O potser en el Jaume Petit.

2

I A PARTIR D'ARA, JA NO HI SERÀS MÉS

Papa, el Blai i jo ens separem. Papa, que ja no estic amb el Blai. Papa, el Blai m'ha deixat. Papa, el Blai i jo ja no estem junts. Papa, el Blai i jo no ens enteníem, i ho hem deixat córrer. O potser: Papa, que el Blai i jo ens hem donat un temps, per pensar.

Ficada en les meues cabòries, deixo el cotxe al camí de Baix, el cinturó de ronda pedregós que delimita la perifèria del poble i que abasteix de pols el garaig de casa. Mentre em poso l'abric distingeixo allà a l'Estop la silueta d'unes dones que em sonen, entre les quals hi ha les germanes de cal Masot. Els alço el braç i elles em corresponen, Déu, déu. Va, faig un altre intent: trec el mòbil de la bossa i, txan, confirmo de nou que la meua companyia para molt lluny del poble. L'apago: a la merda tot. Les dones encara em segueixen els moviments, girades com xemeneies gaudinianes. Pels poms que porten, deuen anar camí del cementiri. Els torno a alçar la mà i elles repeteixen el gest. Potser esperen que hi vagi, com que amb les Masotes som mig família... Però qui no és mig família, al poble? Ara veig que es decideixen a reprendre el pas, i segurament derivaran la conversa cap a les notícies fresques. Èlia, Èlia, em sembla deduir que sento, amb la «e» i la «a» ben obertes, iguals. Sí, sí, sóc l'Èlia, remugo de pensament, qui més podria ser? Que cal Pedró encara és casa meua, recony.

I cal Pedró, el camp base de la meua vida preuniversitària, és una capsota a tres vents, perforada aquí i allà per finestres fondes i desiguals. Cap balcó. Cap amenitat estètica. Com que l'entrada oficial és pel carrer de Dalt, enfilo la costa arrossegant la bossa, amb les rodetes maldant per la superfície estriada de ciment. Entrar per baix, pel garaig, hauria sigut una temeritat, perquè les escales són tan dretes que prou m'hi hauria deixat un parell de tendons.

Des que tanquem la casa, la clau ja no és davall del test de geranis de l'entrada. Fa una desena d'hiverns, aprofitant que la gent era a collir olives, una banda de forasters van entrar en algunes cases dels afores i es van emportar vídeos i teles i maquinària dels garaigs. Uns diuen que eren gitanos, vés a saber. Abans deien que eren gitanos i ara albanokosovars, perquè els prejudicis també es modernitzen. La qüestió és que des d'aleshores tot són portes de seguretat, panys reforçats i porters automàtics, i ja no et trobes dinant que t'entra la veïna, Avemaria!, tris-tras fins al menjador. A cal Pedró, la clau és a la bústia, i la bústia és sempre oberta: aquest és el gran sistema de seguretat que va idear mon pare, amb l'excusa que Jo ja hai fet lo fet, si volen entrar, entraran igual.

—Papa!

—Mí-te-la aquí!

Mon pare està assentat al menjador, esmorzant amb la ràdio a tota castanya.

—Que no m'has sentit arribar?

—No hai sentit re, jo.

Li faig un petó i l'amanyago una mica, que sé que li fa ràbia.

—Fuig, apegalosa!

—Que no està molt alt, això?

Per mi que cada dia sordeja més, aquest home. Ja m'ha estranyat que en sentir el cotxe no el tingués plantificat a la porta del garaig fent-me senyals per aparcar, tira, tira envant, arrambla't més, dona, que no toques. I jo: Papa, que ja tinc cinc, deu, quinze anys de carnet.

Pujo a l'habitació a deixar la bossa i torno a baixar amb el meu necesser de cinc places penjant del braç. És un necesser tipus Mary Poppins, perquè a dintre, menys gent, hi pots trobar de tot. I quan el deixo encaixat a la conca del bidet ja es pot dir que oficialment he pres possessió de cal Pedró.

—Ja estic instal·lada, vols que faci alguna cosa?

—A veure ta tieta qué vol fer.

A veure qué vol fer, dit per mon pare, pot significar moltes coses. Però avui, vistes les circumstàncies, es refereix que si ma tieta té intenció que hi anem a dinar, o, més aviat, si *farà* el dinar.

La germana de ma mare viu al costat, a la casa dels padrins, i de casa seua mai no n'hem deixat de dir cals padrins. Allà van néixer primer ella, poc després l'oncle Serafí, i dotze anys més tard, quan no s'ho esperava ningú, la nena delicada que als vint-i-un va parir ma germana i que, quatre anys després, també em va portar al món a mi.

Des que es va morir ma mare, ma tieta es podria dir que es desviu perquè a mon pare no li falti de res, com si fos una criatura —Ai, tieta, que ja és prou grandet; És que papa, tens un morro!—, com si la vida li hagués donat l'oportunitat de poder passar per muller sacrificada sense haver de trepitjar l'altar. I a mon pare, tu diràs, ja li està bé: és com viure a dispesa a casa seua. A la Joana i a mi, aquest esperit de servei ens rebel·lava, però també val a dir que ens en vam aprofitar prou mentre vam poder, perquè ens permetia mantenir l'estatus permanent de reines de la casa. De fet, fins que no vam anar a viure fora no vam descobrir que els llits no es fan sols, que l'aigüera de la cuina no és un forat negre i que la roba no entra sola a la rentadora i encara menys en surt planxada i a punt de calçar.

Ma tieta no s'ha casat mai. De joveneta havia festejat amb un mosso foraster de cal Sant Pau, que es va morir no sé com, perquè tot això del festeig ho vaig saber tard i malament, i quan ets Pedrona sempre saps, encara que no t'ho hagi explicat ningú, que hi ha coses que més val no furgar. El cas és que ma tieta és, com la qualificava la Joana, una viuda psicològica, i tothom sempre l'ha tractada com a tal. I això que ser una tieta soltera, al poble, tampoc no és que sigui un estigma, no res comparable a la fama, justificada o no, dels solters granats, que són pell de cafè i, quan els falta la mare, han d'aprendre a agafar l'escombra i el mànec de la paella per fer-se uns ous ferrats. Més o menys com la Joana i jo, fet i fet.

Passat el dia de l'enterro de la mare, la tieta ens va agafar a les dues i ens va dir: Mireu, jo no us faré el paper de mare perqué ni en sóc, ni en sé, i de mare ja ni teniu una i és al cel; poro que sapigueu que jo us estimo i us estimaré sempre, més que a dingú del món, i si és per jo, va prometre, faré tot lo bé que pugui perqué mai no us falti de re. Des que va morir la mare, doncs, la tieta ens ha fet de tieta, i també d'oncle. Perquè la seua energia val per dos, a la casa i al defora, igual que la padrina, i segurament igual que la padrina de la padrina.

Ma mare era ben bé una altra cosa. La recordo com una dona fràgil, que un dia podia estar alegre com un gínjol i l'altre sospirava arrossegant-se pels racons. Recordo també que, quan es posava malalta, s'allitava, cosa impensable en la tieta o la padrina, que sempre estaven al peu del canó. Una altra diferència amb les seues parentes és que la mare, molt sovint, llegia. Els diumenges, després de rentar els plats, endreçar, escombrar i fregar la cuina, posava un programa llarg a la rentadora i obria una novel·la, estirada al sofà com les dones de les pel·lícules, i llegia fins a l'hora d'estendre. D'aquells llibres no en tenim cap, perquè els demanava a les mestres. Té, torna-l'hi a la Maria Teresa, li deia a ma germana, i no et descuidis de di-li que gràcies. Quin és?, li preguntava jo sempre a la Joana, camí de col·legi, i ella n'adaptava els títols per fer-me riure: *Madame de Bovera*, *Cinco horas en el armario*, *La plaça del Salfumant*, i també se n'inventava l'argument: *Madame de Bovera* va d'una senyora de Bovera que tenie un puticlub, i jo: Qué és un puticlub? I ella vinga riure. Alguns llibres, la mare els rellegia al cap d'un temps: *La plaça del Salfumant* li vam tornar a la mestra tres vegades. També formava part d'un grup de teatre mixt, és a dir, reforçat per forasters, perquè si no l'elenc d'actors no arribava als mínims, i feien una funció única per la festa major gran. Era balladora, i el pare, al seu costat, tenia el ritme d'un tros de fusta seca. A casa, posava un disc de valsos i agafava la Joana a coll: un, dos-tres, un, dos-tres. Ara jo, ara jo!, cridava aquesta servidora amb els bracets alçats. Als vespres, després del tros, anava a les classes de català per a adults que donava la mestra, vocacionalment i desinteressada, al mateix col·legi que nosaltres. Ma mare tenia, com en diríem ara, inquietuds culturals, tot i que aleshores, en un poble com el Poble, i en una dona pagesa amb dues criatures per pujar, aquesta classe de passatemps no gaudien de gaire popularitat. És més, jo me'n donava vergonya perquè a col·legi més d'una vegada me l'havien fet veure una mica com una cap de pardals. Que no té prou fenya a casa, ta mare?, m'havien demanat un dia unes mocoses de la classe dels grans. Això no surt d'elles, rabiava mon pare: Això, ho senten dir a casa!

Però si un record em queda molt viu d'ella és del dia que ens va dir, a l'hora de dinar, que volia aprendre de conduir, que la decisió estava presa. *La decisió està presa*, ho va dir amb aquestes paraules, unes paraules que només podia haver llegit en els seus llibres: *la decisión está tomada*, segurament. Que ho aniria fent de mica en mica, quan no hi hagués feines al tros, i que si el pare no la volia acompanyar, baixaria a l'autoescola amb l'autobús de línia i pujaria amb el carter. I mon pare, no sé per què, no l'hi va voler acompanyar. Ma tieta se li'n reia: An quines edats vas a agafar lo que no tens, tu tamé. Ja ho veus, trenta-dos anys que devia tindre. Però la Joana em va dir que la mare seria una heroïna, com la filla gran del Tomaset, que anava i venia de la granja amb el landròver o amb el tractor. O com la Tere de l'Ajuntament, que es desplaçava motoritzadament a les reunions comarcals. Dotada d'autonomia pròpia, la mare ens podria portar a Lleida a comprar roba i, sense el pare remugant a la porta de les botigues, podríem entretenir-nos tant de temps com volguéssim als emprovadors. I també ens podria baixar a la piscina de Vilora, tan gran que semblava un oceà, o fins i tot a la platja, a Salou, perquè el pare no podia sofrir el mar. Ma mare va ser la primera *mare* del poble que es treia el carnet de conduir, però d'aquesta última gran rebel·lió seua no en vam poder presumir gaire temps.

Me'n recordo de la cara de mon pare, una cara que no li havia vist mai, com d'home vell, quan va vindre a col·legi a buscar-nos a la Joana i a mi, a l'hora del pati. Que *raro*, lo papa mos ve a buscar. I no era estrany perquè fos l'hora que era. Ni tampoc perquè ja tinguéssim vuit i dotze anys. És que els hòmens no anaven mai a buscar la canalla al col·le, ni s'hi acostaven. Eren al tros, feien de paleta, treballaven a la Nuclear d'Ascó o a la Fàbrica de Flix. Quan érem ben petits ens venien a buscar les mares, les veïnes o les padrines, i ens posaven l'anorac i ens portaven berenar de pa amb Nocilla. Les Pedrones aviat hi vam anar soles, tirant amunt els mocs i amb no gaire temps per badallar, perquè l'edifici era a cosa de baixar un carrer i tombar-ne un altre. El dia que el pare ens va vindre a buscar, el recorregut s'havia tornat tan llarg que, quan vam arribar a casa, la Joana i jo ens havíem fet grans de cop.

L'enterrament de ma mare va ser de les grans ocasions, perquè tenia el valor afegit que, al poble, les dones no es moren d'*aquesta manera*. Al poble, fora d'hores, només es moren els hòmens. Cauen pels barrancs, xafen el cotxe, s'estimben amb la moto, tomben el tractor. Però les nostres dones no. Altra feina tenen. Sobretot, com havia teoritzat algun cop la Joana, la d'aguantar tots els anys que calguin per poder cuidar-se dels seus vells. I dels vells i les velles que hereten dels seus hòmens, podria haver-hi afegit jo, però encara em faltaven molts anys per ser tan espavilada com ella. Les dones viuen, reviuen i sobreviuen, aquest sembla el seu destí. Les lleis naturals del poble ja s'encarreguen d'aquestes coses, però ma mare, ves per on, al volant d'un Seat Ritmo, camí de Móra, se les va saltar totes de pet.

De vegades, miro el vídeo de Terra Baixa, on ella hi feia de Marta molinera, tan guapa, amb els cabells recollits i el vestit blau, i quan la veig tan *viva* se'm fa estrany que hagi viscut mai. I miro les seues fotos, perquè a les fotos sí que sempre somreia. Somrient, amb mi a coll, totes dues embolicades fins el nas el dia del meu bateig. Somrient amb el meu bracet agafat, a la piscina inflable del terrat, on la Joana i jo amb prou feines hi cabíem. Somrient, un dia de Corpus, amb els braços oberts davant de la catifa de flors del carrer Major, una foto que fa olor de sol tebi i de secanella. És com una sensació d'irrealitat molt present. Ara hi ets, ara no hi ets. I a partir d'ara, ja no hi seràs més.

3

COM POT SER, QUE NO US AGRADI LA MADONNA?

Tieta, no li diguis res al papa, de moment, però el Blai i jo hem partit peres. Tieta, no li diguis al papa, però el Blai m'ha dit que ja no m'estima. Bé, que creu que ja no m'estima com abans. Bé, que estimar-me, sí que m'estima, però no de la mateixa manera que jo creia que m'estimava. O de la mateixa manera que me l'estimo jo. O de la mateixa manera que se suposa que m'hauria d'estimar. O...

—Tieta?

—Passa, passa, filla, sóc a la cunya!

Me la trobo mig arrupida escapçant bajoques en un ribell i encara fa el mig gest d'alçar-se de la cadira: Èlia, xiqueta, mira com estic!

—No t'aixequis, no t'aixequis. Pero qué fas, ja estàs fent el dinar?

—Bé hem de minjar!

—Ai, és que no tens remei. Qué vols que faci, va?

Ma tieta em dóna instruccions intercalades amb un bombardeig aleatori de qüestions de tota mena i varietat. Qué, a on t'has deixat lo mosso? La llanguanissa és al corgelador, embolicada amb paper de plata. I aixins qui hi havie, al cementiri? Doncs d'aquí fins aquí, és com si hi tingués un nervi que em tibe, aixins aquí, i me fa veure totes les estrelles, que domés trobo *alivio* quan fai ganxet. Agafa les trumfes grillades, que mos-e les acabarem. I sàs qui torne a estar en estat? No pelis tan doble, dona, porta cap aquí, té, veus com se fa? Aixíns que te hi estaràs molts dies? I al Peix ja hi tenien loteria, qué et semble?

Jo faig el que puc per anar seguint-li el fil, però ma tieta és una metralleta i, com que no escolta, tampoc no val la pena matar-s'hi gaire. La deixo una hora més tard amb la verdura arreada i tres pams de llangonissa descansant al damunt del marbre. Tieta, quan acabi de desfer la maleta ja pujaré a fer la llangonissa. Fes, xiqueta, fes.

Després de rentar els plats, deixo a ma tieta fent ganxet amb la pel·lícula i a mon pare camí del cafè. Amb l'abric fins a les orelles, decideixo de baixar al Corral un moment, a veure si els nanos de cal Giró encara conserven el secret de l'any passat, aquell paquet de tabac ocult entre dues torretes de geranis que fa segles que són monyons secs.

El Corral és, amb el notari a la mà, propietat de cals padrins. De fet, la finestra del dormitori de ma tieta hi dóna, però aquest forat és l'únic testimoni de la connexió que hi té. Perquè el Corral no és més que un tancat amb una mica de cobert on ma padrina hi criava gallines i conills. En aquells dies, les gallines ponien uns ous blancs i grossos com el puny. No recordo haver vist mai més uns ous d'aquelles dimensions. O potser és que les mans m'han crescut massa i els ous s'han quedat igual. Quan una gallina ja no ponia, ganivet al coll i avall. Això no ho havia vist gaire, però. Del que sí que havia estat testimoni era de les bosses de pa amb un contingut flonjo i bellugadís i que acabaven penjades darrere la porta de la cuina. Al cap d'una estona, s'obria la porta i, al costat de la pica, hi havia un plat de porcellana amb un disc coagulat de sang. Ma padrina espellava la pobra bèstia d'una estirada, i la pell quedava de l'inrevés, com una placenta abandonada al damunt del marbre. L'animal escorxat, encara calent, amputat de peus i amb uns ulls esbatanats, feia pes en un plat rectangular de balança. Ma padrina venia els conills al detall. Els mateixos que m'ensenyava dintre de les gàbies del Corral, que no eren ben bé gàbies, sinó uns calaixos d'obra amb terra de palla i un petit departament tancat. Aquest departament tenia una trapa de fusta com a sostre i un lateral foradat per on entrava la conilla prenyada per criar. Ma padrina m'alçava amb un braç i amb l'altra mà aixecava la trapa: Mira quants catxapets, mira que bonics. Recordo que, tot i l'edat, ja tenia la consciència de fer esforços per no implicar-me emocionalment en l'inevitable, i va arribar un moment que ja no vaig voler veure més la imatge de les bestioles mamant, tot d'orelletes menudes arrenglerades al ventre de la mare exhausta. També vaig aprendre a no veure el reguerot de sang del terra de la cuina si hi havia d'entrar a picar alguna magdalena. Ma padrina era una dona ferma, i aquesta herència genètica no m'havia arribat pas a mi: jo no em veia capaç de matar ni una mosca, i cada any que passava, encara menys.

Entrar al Corral és com ficar-se a la cova del drapaire. Les conilleres estan plenes de trastos i, davall del cobert, i encara davall de dos dits de pols, hi descansa la Derbi Variant que em van portar els Reis quan vaig complir l'edat reglamentària. El seient està badat i descobreix un coixí d'espuma groga. Ai, si la Derbi pogués parlar! Les primeres escapades, amb la Clara de paquet, les dues amb les nostres faldilletes fins a la gasolinera de Vilora —Papa, només anar i tornar—. O anant a menjar la mona, també, botant per aquests caminots dels Comellars fins al mas del Trencat. O baixant i pujant de la piscina, estalviar-nos la costa, les tovalloles al coll i el seient moll dels banyadors. I més tard, al vespre, al poliesportiu del poble, amb els vestidets i perfumades, a mirar com els xicots jugaven a bàsquet i a ajuntar-nos amb els forasters, aquells nois i noies que apareixien a les vacances i que, com que no tenien obligació d'anar al tros, ens semblaven habitants del paradís mateix. Eren els besnéts dels emigrants de la fil·loxera, anaven vestits a l'última i cada estiu eren portadors de la bona nova musical des de Barcelona, o des de Sabadell: ara toca Communards, ara Sopa de Cabra, ara Els Pets, ara Sangtraït, ara Madonna. Com pot ser, que no us agradi la Madonna?, ens va preguntar un dia la Sandra, que era més gran que nosaltres. I tot seguit va començar a arquejar-se com una deessa budista mentre entonava: *Come on, Vogue*... I la Clara i jo ens vam mirar com dient, aquesta xiqueta està tarada.

No sabria dir l'any que vaig tancar la moto al Corral per últim cop, ni quan va passar a formar part definitiva d'aquest decorat d'abandó entre bidons de gasolina, pots d'oli de motor, una peladora d'ametlles, un tirador, un banc de collir olives i tot d'andròmines que, quan ma mare vivia, ja deia que havien d'anar a parar a *les bassures*, que fotia fàstic tot plegat. A mon pare, tot això, mai no li ha fet cap nosa, i la prova és que avui encara està intacte, com la tomba d'un faraó.

L'estiu passat vaig ficar-me al Corral a trasplantar un ficus moribund que havia portat de Barcelona, i així va ser que, entre torreta i torreta, m'hi vaig trobar un Marlboro començat i un encenedor Bic. Vaig lligar caps i vaig deduir que d'aquí venia l'afició dels Girons per passar pel carrer del Corral, el menys transitat de tota la vila, per baixar a la piscina. Aquelles tardes jo feia la digestió al pedrís amb una mica de música a les orelles, les galtes i les cames al sol, vermella com un titot, i ells passaven amb les tovalloles a l'espatlla i Déu, déu. Quin parell, pensava. Quan els vaig descobrir la festa —com puja el jovent, si no devien tindre ni dotze anys!— en feia més de deu que no agafava un cigarret.

El Blai detesta el tabac i, l'estiu passat, aprofitant que el tenia a Munic, vaig procedir a encendre-me'n un, amb diüturnitat i traïdoria. Si no arribo a recolzar el cul al banc hauria caigut redona del mareig. I en aquella mena de trànsit em van vindre al cap les primeres vegades que, amb la Clara, havíem desafiat la nostra condició de xiquetes exemplars amb el tabac furtat a son pare. Vigilàvem que ma tieta no fos a la seua habitació —Va, que és a la cunya— i ens enceníem un Winston que ens feia desvariejar una estona llarga. Un dia estàvem tan col·locades que ma tieta gairebé ens enganxa del riure quan la vam veure per la finestra calçant-se la faixa.

Fumar era el nostre secret, perquè, al poble, aquest vici es considerava incompatible amb ser noia de bé. I, especialment, amb ser noi de bé. Per alguna regla no escrita, els xiquets que fumaven, casualment, eren els mateixos que tornaven bojos els mestres, cremaven sàputs, apedregaven gossos i omplien de balins les costelles dels gats. No fallava mai. Era com una pel·lícula americana, pel fum sabies on era el dolent.

Els xiquets que fumaven acabaven al tros o com a molt feien FP, que per nosaltres venia a ser el mateix, i els que no, anaven a l'institut i feien carrera. Un cop a l'institut, descobries que allà aquesta diferència no es reflectia necessàriament en l'expedient acadèmic. N'hi havia d'altres, de diferències, com que tu eres de poble, i se't veia d'una hora lluny. I la Clara i jo no volíem ser de poble, o, si més no, no volíem *semblar* de poble. Volíem ser com la Sònia Escoda, per exemple, una rossa que treia excel·lents a cabassos, deia paraules com «circumstancial» i «explicatiu», i fumava a l'hora del descans, sostenint el Fortuna amb la punta dels dits. Uàu, no podia haver-hi més glamur per metre quadrat! Però quan aterraves a l'institut per primer cop, et trobaves que els de Flix ja tenien les colles fetes: per passar de vuitè a BUP, de fet, només havien hagut de travessar el carrer. I encara hi havia els d'Ascó, que eren una bona collada, i arribaven en autocar: cinc minuts de carretera bona i amb vorals, com uns senyors. Mentre que nosaltres, els dels poblets del voltant, arribàvem en furgonetes, en landròvers, en els turismes dels pares, mitja hora abans que comencessin les classes, no fos cas. A la porta de l'institut, mentre els veterans s'aplegaven amb les seues coneixences, els nous formàvem una estampa de pagesos engorronits i agafats a les carpetes, i se'ns veia a la cara que portàvem un grapat de quilòmetres de carretera entortolligats a l'estómac, fent estralls amb el cafè amb llet. I la fortor de clor que desprenia la Fàbrica, constant, marejadora, tampoc no ens ajudava gaire. A primera vista, doncs, no érem un paisatge humà gaire engrescador. Però l'adolescència és influència, i a mesura que passaven els cursos, les diferències s'aplanaven, deixant el relleu d'una mínima orografia.

A l'edat de la ximpleria, a la Clara i a mi no ens agradaven els pagesos. O potser és que a la Clara no li agradaven, i allò per mi ja era llei. A les festes majors deixàvem que ens tiressin la canya, perquè hi tenien més gràcia que els estudiants, a qui la mica de cultura els havia infós una espècie de pudor estoic. Ei, rossa!, li deien sempre a la Clara. Ei, pinxa!, em deien a mi. Sí, rossa, pinxa, i tot el que tu vulguis, però nosaltres érem unes princeses del pa torrat que havíem vingut a la Terra per trobar un home que ens fes declaració de la renda mentre ens recitava Baudelaire. Així, la Clara i jo vam començar a ajuntar-nos amb aquells nois i noies fins i espavilats, fills de botiguers, d'administratives de l'Ajuntament, de mestres, que, com els forasters del poble, en sa vida havien trepitjat una borrassa o empunyat una màquina de collir olives. Aquesta vida sí que és vida, devíem pensar.

Ai, gent jove, pa tou, penso ara, baixant dels pensaments. Ja torno a ser al Corral, que també torna a ser on era, i busco entre les torretes el cos del delicte dels Giró. Però ja no hi ha res. Mira, millor. Aquest poble és com un centre de desintoxicació: ni tabac, ni mòbil i, pel que fa a casa meua, ni internet tampoc. Quin cap de setmana més llarg que m'espera.

4

QUÉ DIBUIXES?

Surto del Corral amb les mans gelades i la intenció de pujar volant cap a casa a encastar el cul als radiadors. Ara mateix donaria un ronyó per una ratlla de cobertura que em permetés d'esbrinar si en les últimes hores el Blai m'ha deixat algun missatge. Saps què? Baixo un moment a la gasolinera de Vilora amb l'excusa de fer un cafè. És el que té viure als afores del poble, que acabes creient que Vilora és el barri del costat.

Abans d'agafar bona carretera, toca fer tants tombs que un cop l'any hi vénen a córrer el ral·li de Catalunya. Tot i que no baixi gaire al poble —i que darrerament sempre hi venia de copilot del Blai—, fins a l'encreuament de Vilora, on comença la carretera nova, encara podria conduir per la serpentina amb els ulls tancats.

Aquí, si no tens cotxe estàs llest. El jovent, als divuit anys ja anàvem tots amb el carnet a la boca, cosa que no implicava necessàriament que molts no tinguessin ja més de deu mil hores de volant. Fos com fos, cada cap de setmana corríem fora vila a consumir cubates i, si era el cas, festejar amb els dels pobles del costat. Cada any estava de moda un o altre pub, que aleshores en dèiem pub a tot aquell local de més de trenta metres quadrats que tingués les parets folrades de fosc, una barra una mica llarga i un ambient musical de temporada. Han obert un pub nou a Móra, i tots cap a

Móra. Han obert un pub nou a Llardecans, i cap a Llardecans falta gent. La qüestió era posar una mica d'aire entre el poble i les nostres ànsies de menjar-nos el món. El pub més cèlebre de les meues primeres sortides fora vila era el Llanterna de Vilora, a vint minuts de cotxe mal comptats, baixant per la carretera de Flix. Els menors d'edat, juntament amb que no teníem cotxe, esperàvem a la porta del Casinet, com temporers il·legals, que alguna ànima amb carnet i disponibilitat de vehicle ens recollís i ens hi volgués portar. Un cop allà, uns i altres ens dispersàvem per colles habituals i ens trobàvem amb els companys de l'institut. Els més grans tiraven cap a Lleida, a la Wonder. Però allò ja era nivell, i t'havia de fer molt poca mandra la carretera.

Molts dissabtes d'hivern estàvem baldats pel tros, però tot i així —dolça joventut— els músculs encara ens responien per cuitar a esbargir-nos per aquests pubs de déu fins a la matinada. Quan érem estudiants de batxillerat, ja teníem prou perspectiva del món per a considerar l'obligació de complir al tros com un càstig diví. Que hi havia una vida diferent a l'altra banda de l'Ebre. Vèiem el jovent dels pobles semiindustrials com uns éssers superiors, no tan urbans com els forasters, però igualment pertanyents a l'*espècie evolucionada*. Què hi podíem fer, era la penitència per haver nascut on havíem nascut i per ser fills de qui havíem nascut. Al poble, els xiquets privilegiats que estaven exempts de pentinar olivers eren comptats: les filles del Tomaset, que té granja de tossinos, els fills dels forners i dels treballadors de la Fàbrica o de la Nuclear, i el Bernat de cal Trau, que, com que sons pares eren de Barcelona, es podia considerar al capdamunt d'aquella minúscula escala evolutiva.

Els pares del Bernat havien vingut a viure al poble per això de la tranquil·litat, l'aire pur i les mandangues, i van comprar cal Trau, un casalot del carrer dels Perxes que van reformar de dalt a baix.

La mare del Bernat, la senyoreta Elisenda, va vindre a fer de mestra substituta per un any, i després li van anar donant places en diferents poblets de la comarca. El pare era músic i componia peces per encàrrec, per a la televisió i per a anuncis. De renoms, en van tindre de tots els colors, segons la casa i els prejudicis acumulats: els Mestres, els Músics, els Hipis, i tot això de hipis venia perquè el pare Trau anava barbut i portava una cua arrissada com un pompó, cosa que, a ulls del poble, era una novetat insòlita per a un individu a qui no se li suposaven antecedents penals. El pare del Trau, a més a més, treballava a casa, composant amb un orgue elèctric i una flauta travessera. I per acabar-ho d'amanir, aquella família tenien un gat a dispesa, una cosa impensable, aleshores, al poble: alimentar un gat perquè s'estigués encaragolat al sofà o prenent el sol al pedrís, perquè de rates a l'engorfa es veu que no en tenien. I amb la fortor que fa el pixum de gat! Però cal Trau no en feia, de pudor, i comentaven que aquella bèstia tenia una safata d'arena al pati de dintre, com un rei, per fer les seues necessitats. En fi, coses de gent excèntrica i escabellada.

Els pagesos, al començament, desconfiaven de la vida d'aquell matrimoni. Tu diràs, un home a casa, i amb cua!, tot el sant dia tral·larí, tral·larà —i és cert: passaves per davant de cal Trau i sempre se sentia una o altra melodia, repetida, corregida i augmentada— mentre la dona sortia amb el cotxe cada dematí a guanyar-se les garrofes com una persona normal. Doncs aquest era el rum-rum que corria per les botigues, fins que va arribar una festa major que els de la junta li van demanar al Músic de fer un concert a l'església vella —per allò de l'acústica, suposo—, i resulta que va tindre un èxit aclaparador. L'església es va fer petita i els aplaudiments se sentien des del riu de la Cana, que no és riu. D'aleshores ençà, els més malfiats van quedar satisfets amb la prova de solvència del pare Trau i va estendre's el convenciment que aquell home, finalment, era una cosa més que un paràsit barbut que posava fil musical al carrer dels Perxes. I d'aquí van quedar dits de forma definitiva com els de cal Trau, o els Traus, i les brometes es van anar desinflant com un globus de fi de festa.

El Bernat, que era fill únic —una altra raresa—, va arribar a vuitè de bàsica i va coincidir amb la Joana, el Jaume Petit i alguns repetidors a la classe dels grans. La classe dels grans era més reduïda que la dels mitjans, on s'hi cursava de primer a cinquè, i més gran que la dels preescolars. A cada aula teníem les taules agrupades per cursos, i el mestre saltava d'un nivell a l'altre fent malabarismes amb els horaris i les matèries. L'escola rural en estat pur, tota una heroïcitat acadèmica.

A l'entrada de col·legi, als matins i a les tardes, els alumnes formàvem en tres fileres creixents, una per classe, i ens posicionàvem de memòria per estricte ordre d'edat. Quan els mestres feien el senyal, anàvem desfilant per la porta principal, encapçalada per una finestra reixada on encara hi deia «*Escuelas nacionales. Año 1933*». A l'hivern, a partir d'una edat, portàvem cadascun una mica de llenya de casa per a les estufes. Hi havia alguns xicotots que ho aprofitaven per comparar les seues forces amb unes soques que amb prou feines podien arrossegar. Les noies portàvem buscallets o encenalls, embolicats amb mocadors de fer farcells per no embrutar-nos l'abric. Les estufes les encenia, per torns setmanals i una hora abans de classe, un alumne expert en pirogènesi assistit per una alumna que, sostenint amb dos dits els buscalls, acompanyava amb la vista les maniobres incendiàries amb els mistos de fusta i l'alcohol de cremar. Aquella tasca encomanada a menors, no ho cal dir, desafiava totes les lleis de seguretat i prevenció d'accidents a la infància. Quan els mestres arribaven, l'escola ja era calenta, i no em consta que ni pares ni docents patissin cap càrrec de consciència. Eren altres temps, a fe de déu.

L'any que va arribar el Bernat, la Clara i jo anàvem a la classe dels mitjans, i encara no teníem gaire clar per a què servien els xiquets. A l'hora del pati, ells jugaven a futbol, a fotre's cops de puny i a cavar clots a terra, i no mostraven cap inquietud per saltar a la goma o a la corda, per posar un peu darrere l'altre amb el *oro-plata*, arrencar cebes, pastar truitetes d'herba o saltar a la xalma, per exemple, unes activitats mil cops més apassionants. Bé, per arrencar cebes potser sí que hi posaven més interès, perquè el mecanisme del joc implicava l'obligació d'agafar les xiquetes fermament per les parts toves, tindre'ls el cul ben encaixat a l'entrecuix i, de retruc, fer unes grans demostracions de força que ens deixaven braços i ventre baldats. I la goma també els despertava una atracció especial, però en aquest cas passiva: i és que amb els salts més alts, o quan fèiem la roda, existia la possibilitat permanent de veure'ns les calces. Sempre aquella obsessió per veure'ns les calces. Si algun dia, per accident, ho aconseguien, saltaven com micos, reien com imbècils, i a nosaltres ens semblaven més curts que un pany de cop.

Doncs el Bernat va incorporar-se a l'escola ben començat el curs. Era un dia de finals d'octubre excepcionalment fred, i va arribar amb les mans a les butxaques, sense soca ni buscall, al costat de sa mare, la mestra substituta de la mestra dels grans. I com que a la senyoreta Elisenda ja la coneixíem, gairebé ni la vam veure arribar de tan pendents com estàvem de veure el fill de prop. De fet, quan va aparèixer el primer mil·límetre de la seua silueta al rasant de la costa, un murmuri es va elevar per damunt dels nostres caps i així va quedar, sostingut com un núvol encoloniat. Tan impacients com encuriosits, vam poder observar un cap poblat per uns rissos amples i desmanegats, de color de mel de romaní, seguit de dos tombs d'una bufanda espessa, i després un abric de trenca, amb el pit creuat per la bandolera de la cartera, tot un desafiament als cànons de la moda, perquè aquell any tots portàvem anoracs i motxilles Perona. I així, pam a pam, el nouvingut va ser minuciosament escrutat per quaranta parells d'ulls des de la punta dels cabells fins a la sola de les sabates.

—Bon dia.

La veu era desconeguda i fresca. Bon dia, bon dia, li vam respondre tots. Havia dit Bon dia amb la «a», com a TV3, com els forasters de Barcelona, i nosaltres dèiem Bon dia amb la «e», com nosaltres mateixos. I tris-tras, tris-tras, com si res, es va separar de sa mare per col·locar-se a la cua de la filera dels grans, darrere de les corpentes de tres galifardeus repetidors. La Joana, des de la seua posició, va bellugar els llavis i em va dir una cosa així com: *un príncep*, i es va assenyalar la motxilla. Ma germana volia dir que era com el dibuix del Petit Príncep, el del llibre que havia triat per l'hora de lectura de francès. Perquè aleshores els grans feien francès —a mi encara em va agafar un any, abans de passar a l'anglès—, i tot i que *Le petit prince* era una mica avançat per al nivell de vuitè, la senyoreta Elisenda ja havia descobert en la Joana la veta dels idiomes i va decidir que l'havia de tensar.

El Raro. Ma germana em va dir que els repetidors li deien el Raro. Els repetidors eren els que es passaven les classes bufant, mirant el sostre o atrapant mosques en un pot de vidre, ha ha ha. Esperaven amb impaciència que fos l'hora de plegar i així poder anar a fumar a les *cabanyes*, a voltar amb la carrabina o a fer el cavallet amb les motos de cros. Eren els que, des de primer de bàsica, ja mostraven un talent especial per al vocabulari més elaborat: deien mecagonlaputa, mecagonlòstia i mecagondéu reconsagrat. Els petits, que ho sentíem a l'hora del pati, després ho repetíem a casa, puta, hòstia, deureconsagrat, i ens queia el primer carxot de què tenim memòria.

Però el Raro no era *raro* per no dir mecagonlaputa, ni

per no caçar mosques en hores de classe, ni per no tindre tirada per les armes de foc. També hi havia altres nois grans, com el Martí de cal Sant Pau o el Jaume Petit, que estaven atents a classe, treien bones notes i mai no se'ls havia acudit de demanar una escopeta per Reis. El Raro era *raro* perquè a les hores del pati es treia un bloc molt gros de la cartera i s'assentava en un cantó a dibuixar.

Doncs un dia d'aquests, davant de la visió insòlita del dibuixant solitari, la Clara i jo vam observar com les noietes grans reien en un racó, conxorxades. I aleshores la Joana em va cridar. Èlia, vine, vine! Qué vols? Que vinguis un moment. Em vaig acostar al grupet, una mica recelosa, perquè ja sabia que les noies, quan es feien grans, començaven a actuar per interessos obscurs. Aleshores la Joana, en nom de les seues companyes, em va demanar: Vés allà i pregunta-li qué dibuixe. I jo: Sí, home! Va, no siguis tonta, vés i pregunta-l'hi. Que no, neu-hi valtros, si voleu. Va, Èlia, que no passe re, vés-hi. Vés-hi, Èlia, va, no et coste re. Aclaparada per tanta insistència, vaig tombar-me i, ara un passet, ara un altre —l'obedient germana petita—, em vaig plantar davant d'aquell matoll de rissos esbullats i, amb un fil de veu, vaig sentir-me demanar:

—Qué dibuixes?

Llavors el nou va alçar el cap, em va enfocar amb uns ullassos de color d'ametlla tendra i, obrint una rialla, va saltar:

—A tu!

Jo vaig fer un bot i vaig arrencar a córrer, davant l'esclat general de riures femenins. Les galtes em bullien i no sabia on posar-me. S'ha posat roja, s'ha posat roja! Jo estava a punt de desmaiar-me de la vergonya. A la retina hi tenia aquella filera de dents, tan blanques!, i aquells llavis vermells, tan vermells!, i en sec deien: A tu! Durant una bona temporada vaig optar per anul·lar el Nou del meu camp de visió, mentre canalitzava una ràbia incontenible envers les noies grans. A la Joana, per traïdora, vaig estar setmanes sense dirigir-li la paraula. Perdona'm, Èlia. Èlia, perdona'm. I jo li girava el cap. Aquell dia del «qué dibuixes» jo no me'n vaig adonar, però acabava d'entrar oficialment en l'adolescència.

5

SALTA! SALTA!

Sort en vaig tindre de la Clara per recuperar-me del tràngol. Deixa-les estar, són unes burres merdoses; a partir d'ara, sàs qué?, les hi direm les merdoses: les Merdoses Fastigoses. I jo *Vale*, pero a la Joana de moment li diem només Merdosa. *Vale*, només Merdosa, la Merdosa i les Merdoses Fastigoses. I per primer cop en aquell dia, en aquella setmana, en aquell mes, una cosa em va fer riure de grat.

La Clara sempre em defensava. I a més a més era *gran*. Tot i que compartíem curs, ens portàvem sis mesos, i aquesta distància de calendari se'm traduïa en una mena de devoció jeràrquica i feudal. Quan es va morir ma mare, ella va vindre a casa abans que cap altra xiqueta, tota valenta, i em va dir: Diu ma mare que et digui que no et deixaré sola; pero jo te ho dic com a jo, eh?, te ho dic perqué vui, i no et deixaré sola, perqué per mi ets la meua millor amiga. Ma tieta li va sentir el discurs des de darrere de la porta de la cuina i recordo que va sortir amb els ulls aiguats i li va omplir les galtes de petons, com quan era petita, petita: xuic-xuic-xuic. *Salero*, li va dir: sempre has sigut un *salero*, tu.

Sí, la Clara tenia, per tothom, totes les gràcies del món. Per començar, era una preciositat, una nena com les dels anuncis, amb uns ulls blaus i grossos com dos planetes, i una melena rossa, tibada a banda i banda per trenes, cues, passadors i tot el que a sa mare se li acudia, sempre regat amb cinc litres de Nenuco. Quan arribàvem a col·legi, jo li demanava d'ensumar-li la closca: Acotxa't, que et vui aulorar, i ella s'acotxava, servil i riallera: Ja li diré a ma mare que te ni posi un dia.

En fi, que la Clara era molta Clara, com deia ma tieta. Jo l'observava amb admiració, quan m'ordenava l'estoig, quan em passava els fulls de la llibreta, quan mirava el món a través d'aquells ulls que ella feia servir així, tan natural, perquè mai no deixava de sorprendre'm que li poguessin servir també per veure-hi, i no només per fer bonic. I que jo no fos res de l'altre món, semblava que no li importava. De fet, semblava que veia quelcom en mi que jo no veia, que la feia vindre'm a buscar cada dia a casa, cada dia del món. Des que en conservo la memòria, pujava la costa corrents, i quan sentia les seues sabatades fent eco a l'entradeta, jo ja treia el nas per la porta per veure quina en portava de cap. Potser tocava jugar al hula-hoop o a cinta, i durant una temporada em va empènyer a complir tots els exercicis de l'Eva Nasarre davant de la tele, al menjador de casa seua, que era més gran que el meu. Una altra temporada em va vindre que ens havíem de comprar un coixí per fer boixets, que la vella de ca l'Espart ens n'ensenyaria, que es podien fer puntes per jocs de taula i tovallons, i els oncles de Barcelona em van portar un coixí de palla, que es veu que era dels bons, i el de la Clara era de serradures i me'l va canviar, i a mi m'era igual, si ella volia el de palla, a mi m'era igual el de serradures. I ja ens tens a les dues, després de veure *El coche fantástico*, amb el coixí a coll fins a la placeta de ca l'Espart, que era plena de dones que ens feien festes, Ai, aquestes xiquetes, que espavilades que són. I agafàvem el patró, que era un cartró taronja amb els forats marcats, i quan vam aconseguir de teixir l'aranya ja es pot dir que estàvem graduades. M'agradava fer anar els boixets, amb els sorollets de fusta, i vaig fer tires i tires de punta, però sense cap finalitat concreta. La Clara, en canvi, volia fer un *Tu-y-yò*, que es veu es composava d'un joc d'estovalletes amb dos tovallons, que els hi va cosir sa padrina. Veus que bonic?, li va dir la vella Espart: Això ho has de guardar per quan te casis; i tu, Èlia, que no vols fer un *Tu-y-yò*? Jo no em casaré mai. Au *dios*, beneita!, i està clar, que et casaràs, dona. I la Clara ja hi va trobar el què: Doncs quan me casi *jo*, me podràs portar la cua. I així vam quedar enteses. Aquelles dones també ens van ensenyar de fer ganxet i teixíem quadres de llanes acolorides que després es cosien i en sortia un *patchwork* que es podia fer servir de cobrellit. Per quan te casis, per quan te casis, i jo només sabia que la Joana deia que nantros no mos hem de casar mai, que un home és un *fardo*. I potser ella tenia dotze anys, però la Joana sempre ha sigut una avançada al seu temps. I després dels boixets i el ganxet, la Clara i jo baixàvem a la piscina i ella deia: Ara m'imagino que mos-e hi baixe el Michael Knight amb lo Kit; perqué oi que és guapo el Michael? En fi, que la Clara era somiadora, alegre i coqueta. I tot el que deia feia molta gràcia als grans i a les criatures. Perquè també sabia parlar amb les criatures —Ole, preciosa, ole *salero*, dis déu-déu—, una habilitat que a mi m'havia estat negada de naixement. Davant d'un xiquet petit jo mai no sabia quina cara li havia de posar i al final els feia plorar a tots. Doncs això, que la Clara era molta Clara.

Després de l'incident del «qué dibuixes», a més a més de batejar la colla de les Merdoses, ella em va instar a declarar el Trau persona d'interès general per unanimitat. Estava decidit. Quan el vèiem pel carrer, corríem a amagar-nos en algun ganzell fins que passava i en fèiem el comentari. Va cap aquí, va cap allà, mira qué porte. Quan sortia amb la bicicleta pel camí de Baix, amb el bloc de dibuix sobreeixint de la cartera, l'espiàvem des de la costa de casa meua amb les bicis a punt de marxa per seguir-lo allà on fos amb totes les precaucions de *Los Ángeles de Charlie*. De vegades baixava a la vall Forcada i dibuixava, potser, els horts i la Cova del Penjat. De vegades pujava a l'església vella i s'hi passava hores, ara contemplant les pedres, ara fent anar el llapis damunt del full, amunt i avall, de dreta a esquerra, en redó, ara més ràpid, ara més lent. Portava uns guants que aleshores només havíem vist en els rodamóns de les pel·lícules, i dels caps retallats en sortien uns dits blancs i pulcres. La Clara i jo ens aguantàvem l'aire observant aquella figura assossegada que mai no semblava tindre pressa per acabar un dibuix. De vegades se li feia fosc, i nosaltres havíem de córrer cap a casa abans que ens caigués una esbroncada de vint parells de dimonis.

Si ens hagués enganxat, crec que ens hauríem desintegrat a l'acte de la vergonya. No érem gaire conscients de quina branca de la curiositat ens movia el neguit de seguir-li les passes, però, fos quina fos, sí que teníem plena consciència que quatre anys de diferència eren, aleshores, una paret. Una paret transparent que, si bé no ens impedia d'observar, sí que ens impossibilitava d'interactuar.

Excepte un dia, que jo recordi.

Era al vespre, i la Clara i jo ja retiràvem quan vam veure aparèixer pel carrer Major l'estampa insòlita d'un Trau amb el seu gat a coll. No vam tindre temps de fugir, ens vam quedar petrificades, mai no havíem vist ningú que agafés un gat gros com qui agafa una criatura. Quan ens va clitxar, ens va somriure i se'ns va acostar sense pensar-s'ho gens.

—S'havia escapat, l'hem estat buscant tota la tarda, i l'he rescatat a les moreres de la Plaça.

La Clara i jo ens vam mirar: i esclar que s'havia escapat, els gats sempre s'escapen. La seua feina és escapar-se, escapar de les pedres, dels gossos, de les persones.

—El voleu tocar? No us menjarà, eh? A menys que tingueu cua de rata.

Aquí, no m'estranyaria que una de les dues s'hagués palpat el cul. El Bernat es va acotxar una mica i va col·locar la bèstia de cara a nosaltres. Tenia un cap redó i els ulls quiets de mussol. Ell li gratava la sotabarba i el gat ajuntava els bigotis i semblava encantat de la vida. La Clara va ser la primera d'obrir la boca, o més aviat, de tancar la boca per tornar-la a obrir i pronunciar alguna cosa amb cara i ulls: Que bonic!

—No tingueu por, es pot tocar, aquí al cap, veieu, darrere les orellotes... Li agrada.

Ara l'una, ara l'altra, vam començar a desplegar els braços i a amanyagar aquell cap de peluix finíssim, i la bèstia es deixava fer. És manso, em sembla que vaig dir jo.

—Esclar que és manso, no té res en contra de ningú.

Aleshores també se'm va acudir de demanar-li si tenia nom.

—Sí, esclar que té nom, si és de la família. Es diu Sòcrates.

Aquella paraula ens va sonar a una cosa estranyíssima, quadrada, i més misteriós encara ens va semblar l'aclariment:

—Es diu Sòcrates perquè es passa tot el dia pensant.

—Ah sí?

I aquí ens vam quedar.

—Bé, ara ja us coneixeu, el porto cap a casa que ma mare està patint.

El Sòcrates, però, no el veuríem mai més. Va tornar a desaparèixer poc temps després, pels volts de Nadal, i els Traus el van estar buscant durant setmanes, desesperats davant de la incomprensió general dels veïns: Ves que los hi agafe, tant rebombori per un gat.

Els meus sogres, o exsogres, tenien dos gats fixos. De tant en tant, en recollien del carrer i els acollien temporalment fins que els trobaven un nou propietari, a qui entrevistaven al despatxet com si hagués d'entrar a treballar a Silicon Valley. Al principi allò em semblava un excés, però de seguida m'hi vaig fer, amb els gats. Em fascinava la manera com tenien de ficar-se't a la butxaca i, quan ja els havies fet tot el servei, et deixaven amb ulls de súplica, abandonada com un gos. El Blai em citava Churchill: els gossos et miren des de baix, els gats et miren des de dalt, i els porcs ens tracten com iguals. Ja m'hauria agradat viure amb un de propi, però el pis és massa petit per tindre-hi cap bèstia segrestada. I ara, quan penso en el malaurat Sòcrates Trau, em faig a la idea del que devia patir aquella família que mai més no sabria res de la sort d'un dels seus.

Però el dia que el Bernat ens va fer les presentacions, el seu gat va ser un detall. El que recordo és que veure de nou aquell xiquet tan de prop em va deixar impactada. Els dits nets emergits dels guants escapçats, la textura de la seua cabellera enrossida i esvalotada, i tots els trets magnífics de la seua cara. I aquells ulls de llimonada, tan grossos i separats. Potser aquell Trau no era tan dolent. Potser, del «A tu!» ja ni se'n recordava.

Però esclar, el Bernat era *gran*. Com el Jaume, com la Joana, com els repetidors i tothom de la classe dels grans. Per a ells només érem unes xiquetes en edat de saltar a la corda, a qui pots estirar les cues i fer la brometa paternal: mira que en sou, de tremendes. Cadascú tenia molt clar quin era el seu lloc en aquell microcosmos hermètic que definia els límits de la nostra infantesa. I el microcosmos del Bernat era una bombolla a banda que no tenia cap connexió amb la nostra. I, de fet, tampoc no semblava tindre cap connexió amb la que agrupava la majoria de xicots de la classe dels grans. Excepte amb un, que, ves per on, també es pot dir que habitava una bombolla independent: el Jaume. Així que l'una i l'altra van entrar en contacte, doncs, la tensió superficial va cedir a l'afinitat i, plop, de dos petits microcosmos en va sortir un univers sencer.

El germà de la Clara era un nano llarg i tranquil. El que se'n diu un noi tímid, que mai no buscava brega i que, si el coneixies, també tenia els seus detalls. El Jaume era, per damunt de tot i sense saber-ho, un ecologista. En aquells anys no n'hi havia, d'ecologistes, ni tan sols coneixíem la paraula, i als pobles encara menys. No cal dir que un ecologista, si li toca néixer en un poble, ho té força fotut. I el Jaume tenia la desgràcia que estimava les bèsties, les plantes, i tot el planeta en general. Però si volia sobreviure en un entorn hostil, la seua condició havia de ser un secret guardat amb set claus. Si els nanos del col·legi ho haguessin sabut del cert, i no només sospitat, l'escarni hauria estat considerable. L'haurien obligat a rebentar caragols i pelats caiguts del niu. Li haurien estrangulat gatets davant dels nassos, segrestat i torturat els hàmsters, pescat les granotes de la bassa del verger de casa seua i l'haurien forçat a fer-les bullir en un tupí. Per això el Jaume patia en silenci: no volia que la seua sensibilitat —la seua vulnerabilitat— fos l'excusa per a despertar els instints més primitius d'alguns elements del col·legi.

La doble vida del Jaume només la coneixíem uns quants seleccionats. Si queia un moixonet jove al pati de l'escola, l'atrapava secretament i el feia saltar la tanca dels horts, salvant-lo d'una mort tan segura com cruenta, i de lluny ens alçava el polze a la Clara o a mi, que respiràvem alleujades. Si es trobava un pelat de pardal a terra, se l'emportava a casa i l'alimentava amb molles de pa ensalivades; si era de falcilla o d'estornell, el peixia amb mosques i altres insectes. Quan jo anava a buscar la Clara, alguna vegada m'havia dit: Vols veure una cosa? I baixàvem al cobert del verger i m'ensenyava un manyoc de cotó fluix que contenia una bosseta de carn tremolosa i cega, coberta per un plomissol. Al mínim soroll, el peladet es despertava com amb un ressort i pidolava obrint ben amunt un bec de comissures grogues, que eren com de goma, bellugant frenèticament els monyonets que havien de ser les ales, plenes de cànules blanques. Oooh, pobret!, li deia jo. Li vols donar una molleta? I em donava un pessic de pa llefiscós que la bestiola empassava amb avidesa. Si tenia sort, els moixonets s'acampaven. I a aquests supervivents els feia fotografies i les donava a la Clara, que les col·locava amb una xinxeta en un suro que tenia a la seua habitació, i els posava noms. El Pito, el Plumo, el Menut. Si bé és cert que any rere any el suro estava més ple, sempre hi havia moltes més baixes que fotos. Qué fa el pelat?, li podia preguntar al Jaume, l'endemà. I ell somreia: Atipant-se com un lladre! Però d'altres et deia, més seriós: Ja ha volat. I esclar, quan deia que havia volat, segons com, no havia volat. Perquè un dia ja havia provat de dir-li a la Clara que el pelat s'havia mort i ella encara plora ara. Tenia molt bon cor, el Jaume, però per desgràcia mai no el vaig poder conèixer bé.

Doncs gràcies al Bernat, la vocació clandestina del Jaume va sortir de l'armari.

Al desembre, abans de les vacances de Nadal, tot el collegi fèiem una sortida per anar a buscar verd, terra i pedres per muntar el megapessebre que ocupava la classe dels grans. Després, carregats amb carretons, cabassos i altres estris, baixàvem fent una gran cridòria pel camí de la vall, cap a la punta dels Pins, disposats a arrasar el sotabosc fins a fregar el delicte. Entre els xicotassos, hi havia competicions per qui podia arrencar la penca de molsa més extensa, competicions per trobar pegaloses i mataparents, competicions per qui podia cavar més fondo i carregar més terra camí amunt.

En el primer i únic hivern que el Bernat assistia a aquest espectacle, no s'havia emportat el bloc. Tampoc no tenia ni carretó, ni cabàs, ni portava sacs. Baixava pel camí, endarrerit, amb les mans a les butxaques, i de tant en tant s'aturava per mirar no sé què. La Clara i jo ens anàvem girant dissimuladament i l'observàvem, enganxades als talons del Jaume, que sí que portava carretó, i a qui suplicàvem entre panteixos: Mos puges, Jaume? Jaume, mos puges? I al final, ell, Va, fins al primer tomb i prou.

La filera era llarga i fragmentada, i l'encapçalaven els xiquets més grans i els repetidors, que se sabien les dreceres. En un moment donat, el pelotó, amb un gran terrabastall, es va fer una pinya en un punt del camí. Qué passe, qué passe?

—Un sàput gegant, un sàput gegant!

—Hòstia quina béstiaaa!

—És com lo puny!

—Vigila que escup *vereno*!

A la Clara i a mi no ens impressionaven, els sàputs, però tampoc no ens feia gaire gràcia tindre'ls a prop. El Jaume va frenar en sec el nostre vehicle i va accelerar les passes en direcció als descobridors, deixant-nos a la Clara i a mi expectants i amb les cames penjant de la banyera del carretó. Quan va arribar al grupet, es va obrir una mica la cortina de cames i vam poder veure una protuberància terrosa al mig del camí. Aleshores un dels nanos, potser el Robert de ca l'Espart, va dictar una ordre.

—Salta! Salta!

I tots els xicots van començar a fer petar les soles de les sabates al darrere de la bèstia —Salta! Salta!— que feia uns bots pesants i sense rumb, sense saber per on escapar. El Jaume deia, fluixet, *Vale*, ja hem rigut un *rato*, ara deixemlo. Però els nois estaven cada vegada més esvalotats, fins que un, més engallat, va fer un xut a les anques del batraci, i aleshores s'hi va animar un altre, i un altre. Ei, tios, prou, ja n'hi ha prou, protestava el Jaume, intentant aturar el despietat partit de futbol. Entre una cosa i una altra, ningú no havia vist acostar-se el Bernat.

—Eh!

El guirigall es va apagar de cop, no pas perquè el Bernat fos el gran heroi entrat en escena, sinó perquè era el primer cop que li sentien la veu a més de trenta decibels. Aprofitant l'efecte sorpresa, el Nou va saltar dintre de la rotllana i, amb la bufanda, va pescar l'animal d'un bot. Amb el sac de llana entre les mans, va sortir del camp de batalla i, en un to que tampoc no li havíem sentit mai, va sentenciar:

—Sou uns salvatges.

I ara sí, el Robert de ca l'Espart, repetidor de la quinta del 69, va ser el primer a reaccionar, fent cantarella: Sou uns salvatxas, sou uns salvatxas!, i algun sequaç li va seguir el corrent, sense que s'estengués gaire el quòrum. Aleshores el Bernat es va tornar a girar, amb uns ulls transparents que espurnejaven, i va reformular la reflexió:

—Sou uns salvatges, i a sobre uns imbècils.

I va girar cua per dirigir-se al cap d'una espona on, amb cura, va obrir un forat a la bufanda, mentre el Jaume corria cap a la seua posició i els salvatges plegaven veles, empunyaven les pales i els carretons i, en un murmuri decreixent, enfilaven el camí amunt fins a desapareixe'ns de la vista.

La Clara i jo, que ho havíem observat tot com dues estàtues, vam saltar del carretó. És viu, Jaume?! I sí que era viu, però la pobra bèstia estava mig rebentada. No mireu. Que no mireu, cony! Tant de bo li haguéssim fet cas. Perquè va aixecar una pedra de l'espona, va fer un gest al Bernat perquè s'apartés i, vermell d'ira, va eutanasiar l'animal moribund d'un cop sec. Al tomb del camí, començaven a arribar els mestres amb els xiquets petits. Què ha passat? Jaume, Bernat, què ha passat?! La sang lliscava per la paret de l'espona i la senyoreta Elisenda estava blanca com un paper.

Des d'aquell dia, o més concretament des d'aquell moment, el Jaume i el Bernat es van fer inseparables, i el bloc del «qué dibuixes» va començar a emplenar-se, ara ja ho sé, de traços enfebrats que representaven llebres, serps, raboses, perdius i tota classe d'afarams passats per una centrifugadora de carbonet.

Per la nostra banda, la de les espies de pa sucat amb oli, l'interès pel nou amic del Jaume acabava de topar amb un obstacle: el Jaume mateix. L'un i l'altre van començar a sumar horitzons i, entre les bicis de cros, i més endavant la moto del Jaume, cada cop es van anar trobant més lluny del nostre radi d'acció. Superat el col·legi, l'institut i les noves coneixences van acabar absorbint-los com si haguessin passat a habitar una altra dimensió. Mentrestant, nosaltres seguíem el propi camí, ara a la classe dels grans, i de seguida vam tindre el cap ple de núvols fomentats per la secció televisiva de la revista *Pronto*, la programació musical de la Primera cadena i algunes incursions al món rosa de la *Super Pop*.

I tot això és el que m'ha vingut al cap en un quart d'hora de carretera, mira si pot arribar a donar de si. Al poble i rodalies, si em descuido, el cervell m'agafa la directa i no hi ha qui el freni. De moment, aturo el cotxe, apago el motor i teclejo ràpidament el PIN del mòbil. 2 missatges. Amb el cor a petar, els llegeixo un darrere l'altre: *Infomóvil, entérate de cómo conseguir saldo gratis llamando al... Tu Tarot: Videncia y Tarot, el futuro está en tus manos, llama al...*

Sí, sí, esclar: *el futuro* està en *mis manos*. Però el passat, malauradament, no.

6

VALE, *VALE*, DONCS SENSE LLENGUA

La cafeteria de la gasolinera amb prou feines té quatre taules, però en aquesta hora totes són buides, així que m'assento a la que té més tros de finestra. A la barra ja no hi ha el Cesc, i en el seu lloc m'atén una noia que sembla russa i que, sense treure els ulls de la tele, em deixa el tallat al taulell i m'he d'aixecar. La pel·lícula deu ser apassionant, així que m'hi assento d'esquena, cap a la meua pròpia tele: l'aparcament i la carretera, i allà lluny, el castell de Flix, rematant el meandre. L'esplanada sembla molt més ampla sense els camions habituals, que fan la ruta fins a Lleida i Saragossa. Però, tot i ser festa, a dintre no hi falta el típic ludòpata enganxat a la màquina. La màquina. Mm, la màquina del tabac.

En compro o no en compro? Fa la tira que no em poso un cigarret a la boca. I, de fet, abans de conèixer el Blai, només era cosa de nits de festes i dies assenyalats. Va, si és cert que torno a ser soltera, no m'anirà malament una mica de disbauxa temporal.

—Tens foc?

La noia russa em passa un encenedor i un cendrer, també sense mirar-me. Sembla que tingui ulls al clatell. Gràcies. *De nada*. Cony, aquí també? Pensava demanar-li si el Cesc encara hi treballa entre setmana, però ja em veig a vindre l'escena, i per mandra m'empasso la curiositat. El Cesc el coneixíem la Clara i jo de quan baixàvem amb la Derbi a fer gasolina, i sempre ens hi quedàvem a petar la xerrada: Va, Cesc, aconvida-mos a un café. Era de Flix i, com tots els flixancos, deia «txeic». Però ell devia ser un flixanco elevat al quadrat, perquè deia txeic, txeic, cada dues paraules: Txeic, que us penseu que me'l regalen, txeic, lo café? En fi, que han passat molts anys i tampoc no és tan estrany que ja no hi sigui. Potser al final es va fer paleta, com tothom.

Faig una segona pipada llarga i caic redona a la cadira, una mica col·locada, badant sobre els dits que tisoren el filtre ros. De cop, me'ls veig estranyament adults, com si fossin d'algú altre. M'observo els dorsos de les mans, siamesos. Em sembla que és la primera vegada que tinc consciència de les meues mans de trenta-quatre anys. Quant de temps fa, que tinc les *mans de ma mare*? Em sento com si m'acabés de despertar d'un cop de mall. Igual que el dia que, reflectida en un aparador de pas, em vaig descobrir a mi mateixa de perfil. Quant de temps feia, que tenia els *pits de la Joana*? Tot allò, hi era per quedar-s'hi? Els canvis adolescents havien estat tan vertiginosos que la feina de rebel·lar-s'hi no havia deixat forat per a la reflexió. Un dia et trobaves jugant a corda o fent anar el hula-hoop, i l'endemà et feia mal aquí, que no sabies què et passava.

—Ai, Joana, no sé si m'hai donat un cop, me fa un mal aquí...

—Això és que t'estan creixent los pits, cap de suro.

I ja no tenies tantes ganes de jugar a corda, perquè el cos et començava a fer nosa i cada vegada et feia més mandra saltar.

—Això és que ja necessites portar sostens, Eliete, que no ho veus?

—Que no, que no vui!

—Tu mateixa, ja me'ls demanaràs.

I arribava el dia que els hi demanaves, vençuda, i els volies de color carn, perquè no se't notessin a la classe de gimnàstica. I amb tot, els xiquets et venien per l'esquena i, clec, et feien petar els gafets contra la pell. Imbècil! Boing, boing, reien, fent el gest corresponent, i fugien corrents. Odiaves els pits, perquè et posaven en situacions indesitjades que abans eren impensables. De nits, somiaves que l'endemà et despertaries i tornaries a ser dintre d'aquell cos àgil i a prova de cops que un dia havia estat teu.

La Joana s'ho havia passat sola, perquè era orgullosa i tossuda. A la tieta no li havia demanat mai res de res, i la pobra dona sempre s'assabentava de tot quan ja era aigua passada. Però a mi, no sé si volent o sense voler, ma germana em va agafar a temps i sempre li estaré agraïda que fes tot el possible per administrar-me la pèrdua de la innocència amb comptagotes.

—Eliete, ja ho sàs, que t'ha vingut la tia Pepa?

—Pero qué dius?

—Dona, mira!

I allò era la regla, i no ho hauria dit mai. Però esclar, encara em faltava temps per rajar com una aixeta oberta.

—Clara, sàs qué?, avui no baixaré a la piscina perqué m'ha vingut la tia Pepa.

—Pero si no tens pèls!

—Que sí que en tinc.

—Que no!

—Que sí!

La Clara va estar mig de morros fins que no li va vindre a ella; no podia ser de cap manera que, essent més gran que jo, la natura li fes aquesta jugada.

Això de la regla era un merder, i ma germana, un dia que jo estava queixosa, em va dir: Doncs posa't un tàmpax.

—Sí, home, que no.

Ja havia vist i llegit les instruccions dels seus deu mil vegades, i allò era un galimaties: *adopta una postura cómoda;*

te recomendamos sentada en el baño, con las piernas separadas, o con un pie encima del WC y el otro en el suelo, o bien de pie, con ambas piernas semiflexionadas y ligeramente abiertas. Que no ho sé fer, jo, això, Joana. I encara: *Recuerda que el conducto vaginal está orientado hacia la espalda*. Pero quin *conducto*?!, i aquell gràfic d'un maluc de dona partit pel mig, com la vedella de la carnisseria, no em semblava pas que tingués res a veure amb la meua anatomia. Al final vam acabar l'una i l'altra amb la porta del lavabo entremig.

—Joana, que això no me hi cabrà.

—Qué no te hi ha de cabre, cap de suro! Agafa el mirall i busca't lo forat.

—Quin forat?

—Hosti, Èlia, per on surt la sang.

Quan vaig veure'm al mirall, ho vaig entendre *tot*. Dotze anys arrossegant-me per la Terra sense saber que tenia un *altre* forat. Jo estava convençuda que pel forat del pipí no m'hi podia pas cabre un tampó, i ja no cal dir altres coses, i ja no cal dir sortir-hi res. Així que allò també era jo. Quin misteri. Em vaig quedar fascinada, i aterrida, també. Allò que veia, era normal? Allò era *practicable*? De moment, pel que jo necessitava va semblar que sí, i al final me'n vaig sortir: l'aplicador em va entrar dintre i era com si m'haguessin anestesiat.

—No noto res!

—Clar que no notes res, pero tu qué et penses?

No podria haver-l'hi dit, exactament, de tantes coses que pensava.

I entre això i allò també li va arribar la regla a la Clara i l'ambient es va relaxar. Ja està!, em va dir un dia: estem empatades. I jo: Oi que és fastigós?

—Fastigosíssim! Un fàstic fastigós.

Però la festa tot just acabava de començar: jo m'havia

estirat com una girafa i la Clara es començava a queixar del cul. A més a més, jo tenia més pits que ella, i m'ho retreia mig seriosament mig en broma: Acabaràs com la Sabrina! I jo: Idiota. I ella: Inútil. I rèiem, però ja era d'una altra manera.

I així el cos anava fent, anava fent, sempre un pas més endavant que nosaltres. I arribava un altre estiu i els nois forasters et miraven més, i alguns del poble que mai no et saludaven, per obra i misteri de no sé qui, et començaven a saludar. I tu primer pensaves, qué coi los hi passe, anquestos? I normalment arribaves a la mateixa conclusió: això és que sóc l'amiga de la Clara.

L'estiu abans de començar l'institut, la Clara i jo ens vam fer més que mai amb les forasteres. I moltes de les forasteres ja tenien un bon rodatge amb els nois. Nosaltres, en canvi, respecte els contraris, només contemplàvem la possibilitat que ens demanessin per sortir, i després ja veuríem el què. Perquè demanar per sortir ja volia dir la formalització, la legalització, la legitimació de les primeres operacions de la carn, innocents i maldestres. Fora d'aquí, per a nosaltres, tot entrava dintre de la categoria fosca de la perversió.

A la festa de la piscina, que el jovent organitzava per encetar la festa major, el marro corria com la pólvora. S'explicaven històries increïbles amb els protagonistes més impensats. La festa es feia de nit, i aquell estiu concret era el primer que els pares —els pares hòmens— ens havien donat permís per quedar-nos-hi fins a la matinada. La Joana ja era a Londres i per primer cop jo exercia de germana per lliure, expectant de saber com seria la disbauxa dels grans.

Xiquetes, penseu que val més un minut de seny que cinc d'alegria, ens havia advertit el pare del Pep del Casinet quan ens va veure baixar la costa, amb les tovalloles a l'espatlla, fetes unes reines. I no sabíem pas per què ho deia, ni a què es referia *exactament*. Aquella nit les dues anàvem amb les cames depilades, estrenàvem biquini, i després de dos glops de la primera clara, ja estàvem encantades d'haver-nos conegut.

Jo badava mirant el reng de bombetes de la barra improvisada, i sentia la música, i entre tot aquell jovent que es divertien i es llançaven a l'aigua els uns als altres, vaig tindre la sensació d'estar més viva que mai. Que la vida adulta prometia i que aquella nit podia ser una gran nit.

—Ep, mira qui baixe!

La Clara em va assenyalar un grupet que descendia la costa. Enmig de la foscúria, de seguida vaig endevinar els rissos esventats del Bernat, que a l'estiu tenien flocs de color de palla seca. Al costat, com si no, la silueta escardalenca del Jaume. I no venien sols. I ja ho sabíem, això, perquè des que havien començat l'institut mai no anaven sols. Durant les vacances es barrejaven amb una colla fixa de forasters de la seua edat, i a les tardes hi jugaven a bàsquet al poliesportiu nou de davall del col·legi —el Poli—, on les xiquetes també hi anaven a patinar i fer-se veure. A la piscina s'instal·laven a l'altre cantó, el de les moreres, i xerraven al damunt de les tovalloles amb els colzes clavats als genolls. Sempre saltaven a l'aigua quan la piscina era buida de dones i canalla, i llavors hi feien carreres de cap a cap. Als vespres, sabien molt bé com fer-se fonedissos. Pel poble corria que els havien vist festejant ara amb unes d'aquí, ara amb unes d'allà, però més endavant també ho dirien de nosaltres i tot serien exageracions. El pare et venia: M'han dit que a la festa major de Vilora naes amb un que porte una arrecada. I tu sempre: Que no, papa, que només estàvem xarrant. Al poble, si et prenies els rumors massa a la valenta, podies acabar amb un complex d'Ana Obregón de cavall.

Aquell estiu, al grupet del Jaume i el Bernat també s'hi havien afegit noies, com la Sandra-Madonna i altres exponents de la modernitat. O potser sempre hi havia hagut noies i fins aleshores no ens hi havíem fixat. El cas és que la Sandra-Madonna i companyia sempre anaven pintades com a mones, i la Clara i jo els acostumàvem a dedicar les crítiques més àcides del nostre repertori. Però en aquesta ocasió no vam tindre temps ni d'obrir la boca, perquè dos xicots forasters que feia dies que rondaven la Clara —l'Abel i l'Arnau— ens van agafar desprevingudes i cap a l'aigua falta gent. Està boníssima!, cridava la Clara, fent braçades cap a mi. I mentrestant anaven plovent més jóvens al nostre voltant, i les noies suplicaven, Noo, nooo, i en sec, un crit culminant i patatxaaaf! Estava comprovat: com més et queixaves, més números tenies d'acabar en remull.

I així vam banyar-nos, i vam riure, i encara vam beure una mica més, i tot ens semblava favorable i redó.

—Vai a demanà-li vint duros al Jaume.

—T'acompanyo!

Entovallolades i amb els cabells regalimant, vam desfilar entre els cossos semidespullats que ja començaven a bellugar-se al ritme de la música, o que almenys ho intentaven. Potser sonaven èxits tan dispars com l'«Aquí no hay playa» i després l'«Everything Counts» de Depeche Mode. El Jaume i el Bernat, estintolats a la barra i amb les samarretes i el banyador secs, semblaven divertir-se força amb els seus forasters.

—Jaume, me dónes cent peles?

—Per a qué les vols?

—Per una cervesa.

—Que no vols dir que ja heu begut prou?

Llavors la Clara va llançar un ham: Bernat, dis-li al Jaume que mos pagui una cervesa, va. I el Bernat, que s'havia mantingut al marge de la nostra humida presència, va sentenciar:

—A mi no em fiqueu en disputes familiars.

I va ser un segon. En un segon van tornar a ser aquells ulls, encara més transparents per efecte de la pell torrada. I van tornar a ser els llavis vermells, tan vermells, i les dents blanques, tan blanques. Vaig sentir que la Clara deia, molt lluny: Vaa, Jaume, només una. I el Jaume, més lluny encara: Robert, posa'ls-hi una clara a cada una, pero rebaixadeta, eh?

No sé com em va anar a parar el got de plàstic a les mans, ni com em va mig relliscar, ni com em va caure la tovallola als peus per intentar caçar-lo al vol amb evident falta de coordinació. Eeeep, ep, ep!, vaig sentir que reien, esvalotats, alguns nois grans del voltant. El Bernat, com un llamp, m'havia recuperat el got a l'alçada del ventre i, per un instant, vaig tindre aquells dits dibuixadors damunt dels meus. Però jo no el veia. M'embolicava amb la tovallola i m'excusava i no el mirava i amb prou feines el vaig sentir quan em va dir: Vigila que no agafis fred. Però fred no era precisament el que tenia: m'estava consumint en flamarades, un altre cop aquella vergonya infernal. Que desgeles?, vaig sentir que em deia la Clara, molt oportunament: Va, nem! El Bernat va riure: Feu bondat, eh? Sí, sí, devia dir jo, afanyant-me a desfilar.

—Ei, Pedrona!

El cap se'm va girar automàticament, sense processar qui era qui s'estava prenent aquella confiança. El Bernat em va tornar a apuntar amb els ulls translúcids i, escurçant el somriure, va recalcar:

—Ho dic en *sèrio*: feu bondat.

—I tu també, Trau!

I tu també, Trau!? D'on havia sortit, aquella veu? Era la meua? Aquella era *jo*? Sense esperar la seua reacció, vaig sortir corrents a recuperar posicions darrere el cul de la Clara, amb el cor al galop i les galtes roents.

Ai, avui estàs com encantada!, m'estirava la Clara, mentre darrere nostre esclatava una gran cridòria —Bomba nuclear, bomba nuclear!— i Jaume, Bernat i companyia saltaven a l'aigua amb sonores capbussades i emmig de nombrosos esgarips femenins.

Tothom ens advertia de coses: feu bondat; més val un minut de seny. No sé si entrava dintre dels paràmetres de la «bondat» i del «seny» el fet de deixar que l'Abel i l'Arnau, després d'haver-s'ho treballat tota la nit com uns campions, ens acompanyessin a casa agafades de la mà. Tots quatre anàvem força contents, i a partir del punt on divergien els itineraris, els dos nois van repartir-se la feina. Fins demà, Èlia. Fins demà, Clara. Déu, Abel. Déu, Arnau.

L'endemà, totes dues camí de la piscina, amb els caps emboirats, comentàvem la jugada. I me hi va ficar la llengua, tu te ho creus?, Hosti, i a mi també! Semblave un peix mort, protestava la Clara. I ara qué fem, tia, quan los veiem?

—Depén, a tu t'ha demanat per sortir?

—No, i a tu?

—A mi tampoc: que *guarros*!

En el meu cas, havia estat l'Arnau qui m'havia mig portat fins al carrer del Corral i m'havia fet un petó al coll, i després un als llavis, i encara un altre, i després havia començat a respirar com si li faltés l'aire, mentre intentava ficar-me la llengua fins a la jugular, clavant-me la sivella del cinturó al ventre. Però els banyadors no en porten, de cinturó.

—Què passa, no t'agrada?

—No és que no m'agradi, Arnau, és que és *raro*.

—*Vale*, *vale*, doncs sense llengua.

I aleshores tot va ser *diferent*. I la llengua va tornar sola, i ja no feia tanta nosa. Mentre mirava de frenar aquella mà que m'engrapava un pit com una aranya, i mentre em concentrava per no morir allà mateix d'un cobriment de cor, vaig imaginar-me que aquells llavis calents eren vermells, molt vermells, i que aquelles dents que de tant en tant topaven amb les meues —Ai, perdona, No, no, perdona tu— eren blanques, blanques.

7

AIXÒ ÉS EXPLOTACIÓ INFANTIL!

—Tieta, sóc jo.

—Ai, a on ets, filla?

—Sóc a la gasolinera, que hai baixat a fer un café.

—Ah, vet aquí: ja me ho ha dit, l'Angeleta, que allà als Hortals t'havien vist amb lo cotxe, i diu vaie, me semble que ere aquella xiqueta vostra, oi que té un cotxe blau? I no li hai sapigut dir lo qué.

Caram, caram. La síndrome de l'Obregón comença a planar sobre mi.

—*Bueno*, doncs no patiu, que no trigaré gaire, i que no pateixi el papa, si no veu lo cotxe.

Si la Joana els hagués sortit tan trucadora com jo, a casa s'haurien estalviat molts disgustos. Èlia, a onté, ta germana? Ai, tieta, a mi no me ho preguntis!

La Joana sempre ha volgut anar a la seua, i a fe que ho ha aconseguit. El batxillerat el va fer a Flix, amb el Bernat i el Jaume, però a mig tercer se li va girar el cervell i va demanar el trasllat a Tarragona, d'interna a la Laboral. Treia molt bones notes i anava becada fins les orelles, així que a casa no van valer lamentacions.

Per aquella època, quan baixava al poble, es tancava directament al quarto i es tirava hores al llit, escoltant cançons de grups britànics i sinistres. També en traduïa les lletres amb l'ajut d'un diccionari i se les apuntava en una llibreta folrada amb motius encaragolats. Escolta aquesta, Eliete: Això vol dir que tal i tal. I m'explicava històries de noies melancòliques i amors impossibles i grans desesperacions, amb el rerefons d'uns baixos que feien tremolar les parets. Aquesta és de Joy Division, es diu «Love Will Tear us Apart», sàs qué vol dir?: l'amor mos destrossarà, em deia, solemne, i apujava el volum i aplucava els ulls, pintats amb una ratlla fosca.

En opinió de la tieta, la Joana anava feta un *adefèssio*.

—Joana, filla, quins cabellots!

Se'ls fixava amb laca i sortia del lavabo amb el cap com un niu d'erugues. També s'estripava la roba, les mitges, els texans, i es feia polseres amb cinturons de pell, i cinturons amb rosaris de xinxetes. Per la tieta allò tot eren «ots»: cabellots, sabatots, jarseiots. Quan es pintava els llavis com l'Alaska de *La bola de cristal* jo sempre li deia que anava molt guapa. De vegades, si algun dissabte baixava amb la colla a La Parròquia d'Amposta, l'endemà tot just tenia temps de fer les vuit hores de son per tornar a enganxar amb l'institut. Les notes, però, mai no se'n ressentien. El talent el tenia de fàbrica.

Doncs va ser als voltants d'aquesta etapa fosca que, d'un dia per l'altre, va començar a estar estranya, feia morros al pare, llançava mocs a la tieta i la feia plorar. Jo devia tindre dotze o tretze anys i ja me n'adonava, d'aquestes coses, però no preguntava res. A cal Pedró no es pregunta. A cal Pedró, les coses passen i el temps les colga i tal dia farà un any.

Aleshores, la padrina ja tenia un Alzhèimer molt avançat i la tieta l'assistia dia i nit, així que a l'oliva hi anàvem mon pare i nosaltres soles. Una vigília d'any nou ens va vindre el pare de la Clara amb el tractor i ens va dir que la padrina s'havia mort. Al vespre, els veïns anaven passant per casa, ocupaven les cadires i el sofà, i ma tieta els anava servint licors i coses per omplir l'estómac. No era cap drama, tothom ho tenia clar, més val així. Res a veure amb les vetlles multitudinàries que va tindre el cos de ma mare, quan ens el van portar de Móra, o amb el del Jaume Petit mateix, tota la nit, tot lo poble, desperts i muts. A la vetlla de la padrina amb prou feines es van quedar els oncles de Barcelona, la mare de la Clara i alguna dona més, i hi van haver anècdotes i rialles. Me'n recordo que el Bernat va vindre a casa a donar el condol. La Joana estava tancada al quarto, com ja era costum, i la Clara i jo estàvem assentades a les escales, seguint la música de fons. Llavors el Bernat em sembla que em va dir, Com va?, o alguna cosa així, i em va passar una mà pel cap. En aquell instant, jo em vaig sentir incórrer en un pecat mortal de pensament, tenint com tenia la padrina de cos present a l'habitació del costat. Però ell era *gran*, era *gran* i va enfilar les escales i es va tancar amb ma germana, que també era *gran*, i s'hi van estar moltes hores, o almenys a mi m'ho va semblar. De fet, ja havíem sopat quan va baixar a dir adéu a la família. Aleshores la Clara em va preguntar, perspicaç: Que surt amb lo Trau, la Joana? I jo no sé què li devia respondre, però recordo que vaig sentir la punta d'una espurna a l'estómac, obrint-m'hi un petit forat roent.

Si la Joana havia viscut alguna història amb el Bernat, no sé si devia durar gaire, perquè ma germana tindria els dies comptats, al poble. Estudiant a Tarragona, la seua professora d'anglès li va dir que si volia dedicar-se als idiomes, amb el talent que gastava, no tindria cap problema per aconseguir una beca per a una estada d'estiu a Londres. A bodes me convides!, devia pensar ella. Acabat tercer em va vindre corrents i botant com una animal, amb un sobre a la mà. Me l'han donat, me l'han donat! I una setmana més tard l'acomiadàvem el pare i jo a l'estació de Flix. No ploris i porta't bé, cap de suro. I jo: Ara no ploris tu. Seria el primer viatge fora fronteres de tota la nissaga Pedró, almenys que consti documentat. Aquell dia amb prou feines li va fer un petó al pare, i no es va acomiadar de la tieta, cosa que, a la dona, sempre li ha recat. En fi, ma germana era un esperit lliure i suposo que, per a ella, ma tieta i mon pare eren el paradigma de l'abnegació. Coneixent-la mínimament, a casa s'hi devia trobar ofegada, necessitava volar.

I una cosa va portar a l'altra: a Londres va conèixer un flamant periodista portuguès, que ja és tindre punteria, i en tornat, passat l'estiu, s'escrivien cartes cada dia i s'enviaven fotos. Algunes, me les ensenyava: Eh que és guapo, lo meu portugués? I realment ho era. Acabat COU, i després d'estalviar cosint al taller submergit de ca l'Espart, se'n va tornar a Anglaterra darrere del seu André. Aquesta vegada, a l'estació li va portar el Trau, i no va voler de cap manera que jo l'acompanyés: Va, que només són tres setmanes, cap de suro. I les tres setmanes van ser tres mesos, i els tres mesos van ser tres anys. Aquí tots los que fem classes de castellà som catalans, qué et semble?, em deia. I jo: Doncs me semble que m'agradarie que tornessis. L'any que ve tornaré. I cada any igual.

Si tenim sort, la veiem algun Nadal i encara. I això que ara la tenim a Lisboa, ajuntada amb el seu André de l'ànima. Pero qué hi ha, a Portugal?, li demanava jo, desconsolada. Portuguesos!, reia ella, i no la treies d'aquí.

Suposo que devia pensar que ja em tenia acampada i que la seua feina, amb mi, ja estava feta. Amb el temps em vaig acostumar a deixar-la de necessitar, o a fer-me creure que ja no la necessitava. De vegades m'agradava pensar que la Clara era la meua germana de veritat, a qui sempre tenia al costat. I la tieta només era la tieta, perquè es portava dotze anys amb ma mare i jo la veia més com una padrina. Perquè ma tieta i la padrina, quan estava en plenes facultats, eren pastades. Unes dones del terròs, fermes, fetes a mida del seu destí. Però en el destí del «qué hem de fer, per dinar?» i del «vai a collir aulives pa' la gerra» jo tampoc no m'hi veia.

De vegades, com ara, encara ric sola recordant la meua Joana Pedrona, la d'abans de fer-se cosmopolita. La de quan havíem d'anar al tros i baixàvem ensonyolides les escales, a les set del matí, i ella es mirava de coll en avall, vestida amb el xandall i l'anorac vells, la bufanda i el passamuntanyes de llana, tot ple de boles, i em deia: Eliete, amb aquesta pinta no lligarem mai, tu i jo. De la seua boca va ser que vaig sentir per primer cop la paraula lligar, i els ulls em van redolar fins a les sabates.

M'agradava la Joana al tros, perquè no tenia escapatòria. A casa, les parets li queien al damunt: era com un fantasma que s'arrossegava de l'habitació a la taula, de la taula al lavabo, i del lavabo al carrer. Per tant, al tros, engabiada com estava, la Joana era tota meua, de set a set, i no li quedava d'altra.

La tinc molt present al costat del foc que el pare encenia en un marge, quan badàvem a les flames amb els dits encarcarats: Això és inhumà, Eliete, un dia els científics mos trobaran congelades com los mamuts. I de fons, la tieta ja rondinava: Xiquetes, lo fred se passe treballant! Quan tornàvem a la feina, tot s'hi valia per distreure'ns del rellotge. Les Pedrones no paràvem, blablabà, blablablà, i el pare, enfilat a dalt del banc, anava collint mecànicament. Papa, que no ho sents, que t'estem parlant? I ell: Si hagués d'estar *al tanto* de tot lo que xarreu, acabaria amb lo cap com un bombo.

Abans del *canvi*, a l'oliva, recordo una Joana còmplice i loquaç, sempre nyic i nyec amb la tieta. Però era un nyic i nyec enjogassat, com quan la provocava amb històries d'institut *uncensored*. La dona es posava les mans al cap: Joana, que hi ha la xiqueta, doooona. I la xiqueta, als onze anys, als dotze, als tretze, sempre era jo, rient per davall del nas. Abans del *canvi*, també, ma germana sempre li donava corda perquè ens expliqués xafarderies del poble, i així nosaltres ens quedàvem encantades escoltant-la. Fins que, esclar, sortia la frase maleïda: Mireu, mireu, poro que no ho veieu, que esteu xafant totes les aulives? Jo em petava quan veia ma germana fent-li el doblatge simultani amb tot de ganyotes sordes: Vigileu les aulives, dooones!

Perquè, a diferència de nosaltres, la tieta era multifuncional. Podia parlar i saltar espones i parlar i arrossegar borrasses i, fins i tot, parlar i posar les olives al sac. A l'hora de dinar, la més esperada per la canalla, encara seguia que si patatim que si patatam mentre escalfava l'escudella al tupí i feia la carn, la llonganissa, les carxofes, les tomates, tot a la brasa. També ens torrava el pa, perquè a nosaltres sempre se'ns cremava, i ens anava passant l'escudella en plats fondos, primer al pare, després a la Joana, després a mi i, finalment, el que sobrava s'ho posava a ella. Tieta, te dono un tros de carn. Deixa, deixa, que tu has de créixer. Menjàvem assentats a terra, fent rotllana al voltant del foc, i ma germana se'm girava dissimuladament i m'obria la boca com una formigonera, mostrant-me una mandonguilla ensalivada de composició indesxifrable. Però a mi, la seua mandonguilla no em feia fàstic. En canvi, quan em trobava elaborant la pròpia pilota per entrar en competició, les arcades em plegaven.

Després de dinar, costava encara més tornar-s'hi a posar. La tarda es feia eterna. El pare, sempre enfilat a la punta més alta del banc, collia el cap dels olivers, i la tieta li feia de reforç des d'un parell d'escalons més avall. La Joana i jo collíem les faldes, però sempre ens havia d'acabar ajudant la tieta a espigolar. Mireu, mireu aquí, protestava, amb un gest publicitari: Que no l'hau vís, aquesta rama? El pare no deia res. Com un penitent de Setmana Santa, carregava el banc a l'espatlla i renovava posicions.

Pentinat un oliver, ma germana i jo arrossegàvem les borrasses cap a altre, fetes uns sacs de laments. No les arrossegueu, que es faran forats, es queixava la tieta. Això és explotació infantil!, protestava la Joana. I el pare ens replicava:

Explotació infantil? Si el jovent no ho sabeu, lo que és treballar.

Quan les borrasses ja pesaven com un mort, el pare ens deia: Va, trieu brots, que posarem les aulives al sac. I ho deia sempre així, tot seguit, com una lletania. Aleshores, reuníem el fruit al mig de cada borrassa, omplíem un cul de sac fent pala amb les mans i, a continuació, paràvem els sacs amb la boca ben oberta perquè la tieta i el pare ens els acabessin d'omplir. Obre més, obre més. I les olives negres, verdes, grogues, malva, anaven caient en cascada, fent una remoreta sorda i lúdica. Això era bonic, de veure.

Quan el sol es ponia, era l'hora de plegar. Entre el pare i la tieta carregaven els sacs al tractor, i la Joana i jo, exhaustes, arroplegàvem els estris i el cistell, i deixàvem les borrasses fetes un manyoc davall d'un oliver, per si l'endemà plovia o gelava. El pare conduïa, i les dones, embolicades amb mantes, semblàvem les tres Maries a dalt del remolc, bellugant els caps com ninots amb els bonys del camí. De vegades, els sotracs eren tan malparits que ens feien saltar un pam ben bo. Mecagon, quin mal los pits!, es queixava la Joana, agafant-se'ls per davall de la manta. Quan ja teníem l'edat de presumir, ens feia una mica de vergonya fer l'entrada al poble amb aquella fila. Almenys a mi.

L'últim hivern que la Joana vindria al tros, un vespre, en arribar al poble, del remolc estant vam veure el Bernat pel camí de Baix. Ens va somriure, alçant el braç, i jo em vaig acotxar, fent veure que em buscava alguna cosa als peus. Mira que és guapo, lo malparit!, va comentar ma germana, serrades les dents. Jo vaig reaccionar ràpid: I el teu portugués també. I ella: Eh, que sí? Quan sortia el portuguès a escena ella sempre sospirava. Com feia la mama, pensava jo.

En fi, que per a nosaltres anar al tros era un suplici, però s'havia d'ajudar a casa i això no admetia cap discussió. I així, sense adonar-nos-en, també ens fèiem fortes i sofertes, passant fred a l'oliva i patint una calorada infernal a batre ametlles, al setembre, davall de barrets de palla i amb samarretes de tirants i pantalons curts. Amb la canya a la mà, les Pedrones, fetes unes Quixotes del secà, picàvem les ametlles de dalt de tot amb els ulls semiclucs perquè no ens hi entrés el polsim caigut de l'arbre o, encara pitjor, perquè no ens hi caigués una ametlla afilada. Ai, uix, mecagontot!, protestàvem, tapant-nos l'ull on ens havia incidit el projectil. Amb tot el dia al bat del sol, acabàvem negres com el carbó i amb els ulls com dues brases.

A punta de calor, després de dinar, fèiem tots migdiada. El pare i la tieta dintre del mas, que s'hi estava més fresc, i nosaltres a fora, ajagudes a la roca que hi havia a l'ombra de la cisterna, queixant-nos de les cervicals. Les cigales cantaven a tot drap, els núvols passaven inflats com cotons, i el cel era d'un blau metàl·lic que feria la retina. La Joana alçava la canya i deia: Ara punxaré aquesta broma i començarà a ploure. Perquè si plovia, tornàvem a casa i podíem passar la tarda mirant la tele, o fent els deures com les xiquetes *normals*. No sé si és per això que m'agraden tant, els dies de pluja.

I encara sort que a casa no teníem vinya. Perquè entre l'ametlla i la vinya podies acabar baldat. Els xiquets que no anàvem a veremar esperàvem a la Plaça que arribessin els tractors carregats de raïm, camí del molí. Saltant com a micos, engrapàvem algun carroll d'un sarpat i ja teníem berenar. Amb els colzes regalimant, badàvem arropenjats a la barana del molí, mirant com els remolcs s'aixecaven com gegants i la càrrega anava desapareixent, devorada i trinxada per l'espiral de la premsa.

El calendari de la canalla era, doncs, una barreja entre el calendari escolar i el calendari del pagès. Per a mi, la millor època de l'any eren les vacances de Setmana Santa, quan no feia ni fred ni calor. Si a casa ja s'havia esporgat, i la rama ja estava arroplegada i cremada, podies experimentar la il·lusió del temps lliure de veritat. Amb tot, hi havia uns dies en què també teníem despertador, i és quan els armats se't posaven al cap del carrer a les vuit del matí a tocar diana. Mecagontooot!, protestava la Joana: Ja es podrien fotre les cornetes al cul! Però aquesta irrupció en el son tenia el seu contrapunt: amb l'última nota sabies que ja podries desenterrar les orelles del coixí i tornar a aplucar els ulls, feliç i arrupida al bressol de les vacances.

Per Setmana Santa, a les processons hi participava tot lo poble i venien a seguir-les molts forasters. Els xiquets començaven fent d'angelets i de pastorets, i més endavant feien d'armats o de vestes fins a la jubilació. Les xiquetes preadolescents anàvem a ca les Vaques a buscar uns pendons liles o negres, amb unes lletres daurades que deien frases tan inquietants com «*Tengo sed*» o «*Padre, ¿por qué me has abandonado?*», perquè Jesús, com tothom sap, parlava en castellà. Jo el vui lila, jo el vui lila!, ningú no el volia negre. Perquè el negre era el color de la por.

A les portadores de pendons ens vestien de primera comunió, i al cap i a la cintura portàvem una cinta del color corresponent. El pas següent era fer de tres claus, o de samaritana, hi havia personatges per a tothom. Recordo l'any que la Joana va aconseguir el de la Verge dels Set Dolors, la viva imatge del compungiment, amb tota aquella mà de roba endolada i el cor sagnant al mig del pit, travessat per un pom de banderilles. A mi, aquesta indumentària em feia vindre esgarrifances, però ma germana se la mirava amb uns altres ulls: Eliete, si em presento així a La Parròquia és que triomfo segur! Encara no feia ni deu minuts que havia tornat de ca les Vaques que ja anava disfressada de cap a peus —mirall mirallet, qui és la més bella del regne—, i descalça damunt del llit, feia girar els faldons de vellut al ritme dels seus himnes sacrílegs. Com dirien les revistes: modernitat i tradició en estat pur.

A les processons, però, es ficava en el paper, seriosa i digna, custodiada per dues vestes d'ulls incògnits i redons. El panorama ja venia a ser del seu estil, sobretot el nocturn, amb les imatges plorant sang, mans i peus amb estigmes, o el sepulcre mateix, també fet una sagnia. I aquelles espelmes, i aquells cants: perdoneu aaltra vegadaaaa, aquest poble pecadoooor. Al davant de tot, els armats anaven vestits de romans i picaven fort les llances a terra, accentuant la cadència dels tambors. Cada any, bona part de l'arsenal havia de passar pel soldador del Ferrer: Com pot ser, que les xafin d'aquesta manera!

Les processons de matins feien una altra cara. A la punta del Calvari, un vent persistent s'emportava la veu del capellà i aixecava túniques, capes i faldilles. Els porpres, els blancs, els vermells, els liles, els blau cel, a l'aire net, adquirien una vivesa cristal·lina. Un cop conclosa la litúrgia, i els armats complerta missió, els tambors i cornetes de tornada eren una festa i els xiquets i especialment els grans havíem de fer esforços per no trotar com si se'ns hagués desfet el midó dels vestits. A la porta de l'església gran, els romans, acabats de trencar files, feien el cigarro en companyia de vestes descapotades de cabells suats. Els nois jóvens estaven molt guapos quan baixaven a la Plaça, amb els cascs davall del braç i la capa al vent. Les noies ens en rèiem dels seus *leotardos* i minifaldilles de l'Athlètic, però en el fons no ens disgustava gens de posar l'ull al perfil d'una bona cuixa. Ja m'hauria agradat a mi, veure el Bernat abillat d'aquesta manera. Però per Setmana Santa els Traus sempre anaven fora, de viatge. On aneu, aquet any? A Sardenya, a on fos. Diu que han anat a la Cerdanya, corria pel poble, i mai no n'acabaves de treure l'entrellat.

El diumenge de Glòria, després de la processó de l'Encontre, els hòmens jugaven a bitlles i feien apostes. I l'endemà del tot era el gran dia, dilluns de Pasqua, en què tothom anava a menjar la mona al tros, repartits en colles afins per tot el terme. La Clara i jo, a l'edat de portar la Mare de Déu, ens desplaçàvem amb la Derbi per aquests caminots de pols fins al mas del Trencat, davall de la serra de la Roquera Blanca, on ens reuníem amb la colla. Al pla del mas, els nois preparaven el foc i les brases, i després, armats amb esmolls llargs com el braç, giraven la carn i les escarxofes damunt de les graelles, donant-se lliçons els uns als altres, mentre les noies preparàvem amanides i una mica de vermut dintre del mas, xerra que xerraràs. Abans de dinar, entre els més grans les xibeques ja corrien com l'aigua i es començaven a buidar els primers paquets de tabac compartits. Els radiocassets treien fum per conquerir l'espai obert, entre bancals i pinedes assolellades. A l'hora del cafè, algun noi sempre treia un joc de cartes i ja els tenies fent llargues partides a la botifarra, o al fill de puta, o al set i mig. Les noies, amb les plomes de la mona clavades als cabells, com unes vedets, ens torràvem al primer sol de la temporada. Ens apujàvem les samarretes fins arran de sostens i, si no havíem previst els tirants, ens arromangàvem les mànigues davall de l'aixella. Eren les hores de la mandra. Alguns nois festejadors, amb un branquilló de romer a la boca, ens llançaven una pluja d'agulles de pi al melic, o algun pobre escarabat que feia aixecar uns xiscles que petaven el cuc de l'orella.

L'últim dia de la mona que ma germana passaria al poble, jo encara no tenia la Derbi ni ella el permís de conduir. Al vespre, quan ja recollíem, va fer aparició al mas del Trencat amb el cotxot del pare i ens va fer un senyal a la Clara i a mi: Va, pugeu, que ni boja us deixo tornar amb aquets borratxos malparits. Jo em vaig estarrufar com un paó: heus aquí la meua germana salvadora, en missió especial de dilluns de Pasqua. El fet de conduir sense carnet era una anècdota, al poble. Anar borratxo sí que estava mal vist.

Quan enfiles la pujada fins a l'encreuament de Vilora, si saps on mirar, encara es veu el mas del Trencat. Avui són quatre parets al peu de la Roquera Blanca. El pic dels Comellars, pelat, s'eleva sobre quatre pins jóvens i un sotabosc cicatritzat. Tornant de la gasolinera, redueixo per arribar al revolt de l'encreuament i apujo el volum de la ràdio, més que res per no pensar.

8

JO ME'N VAI, QUE HAI DE FER UNA COSA

Sempre que em desperto, quan sóc al poble, m'he d'ubicar. Dissabte, dos de novembre, el coixí és massa tou i no sóc davall del nòrdic del pis de l'Eixample, ni al costat del Blai. La primera pista en obrir els ulls és la tauleta redona, coberta amb la faldilla de volants que va cosir ma tieta fa una centúria. La segona pista és a l'altre cantó de la tauleta, on hi ha el que va ser el meu llit: perquè al poble dormo al llit de la Joana, potser perquè és al costat de la finestra, potser perquè me la fa sentir més a prop. De vegades, però, el primer que veig és la làmpada del sostre, un globus de vidre inflat que deu tindre enroscada la mateixa bombeta de fa vint anys. Perquè, si no l'encenc jo, no l'encén ningú, i no se m'acudeix un sistema més efectiu per fer durar les coses que no fer-les servir.

Fins l'estiu passat, que vaig tindre temps, no vaig retirar els pòsters de The Cure de la paret, amb un Robert Smith de galtes de porcellana. La vaig trucar i l'hi vaig anunciar: Joana, aquets pòsters los treuré, que fan fàstic de mirar. I ella, després de vint anys, encara em va protestar: No ho faiguis, traïdora! Pero si no véns mai. Per Nadal, vindré. I per Nadal tampoc no va vindre.

I ara l'habitació són quatre parets, la de l'armari, la dels capçals dels llits, la de la porta i la dels requadres pàl·lids a l'empaperat. En mala hora els vaig treure, aquells pòsters, perquè ha estat pitjor el remei que la malaltia. A l'estiu, si torno, pintaré.

Però em costa molt, vindre a l'estiu. No puc sofrir la calor, i amb el Blai he trobat el meu petit paradís particular i prepirinenc: la casa que tenen sons pares a Canargós. Canargós m'agrada sobretot perquè, de cap a cap de les vacances, sempre té una o altra tempesta preparada per a fer-te sentir la pell damunt dels ossos. De cop ets nedant a la piscina que hi tenen, amb un sol espaterrant, i en cosa de dues nuvolades, no te n'adones i ja estàs mullada sobre mullat. Quan véns del secà, com jo, l'aigua del cel és com una obsessió.

Canargós també m'agrada perquè, com que tot just té cent habitants, hi puc veure reflectides les inèrcies del poble. Però allà, en canvi, les visc des de l'altra banda, perquè hi faig el paper de forastera. El Blai sempre em deia: Quan hi arribi internet, ens podríem quedar a viure aquí; rehabilitem una masia, muntem un despatx, i au, a viure la vida. I jo sempre li responia que, per anys que hi visquéssim, per a la gent del poble sempre hi seríem forasters, aquells forasters de Barcelona que viuen al xalet del Prat de la Font. Perquè jo he estat a les dues bandes, i sé que, de l'una a l'altra, no s'hi passa així com així.

A Canargós, de vegades, al capvespre, sortia al balcó i em quedava encantada mirant el jovent reunit al poliesportiu de davall del xalet. Els xicots jugàven a bàsquet o improvisaven partits de futbol sala, mentre les xiquetes se'ls miraven distretes, menjant pipes i fumant a la graderia de ciment, segurament també d'amagat dels pares. I jo em fixava en aquelles noies i me'n recordava de quan baixava amb la Clara i les forasteres al Poli, fa mil estius, i també menjàvem pipes i xarrejàvem assegudes a les escales de col·legi, seguint les evolucions dels nois a la pista de bàsquet. Les més atrevides, els feien algun crit: bravo!, i els aplaudien. De vegades, per passar l'estona, clavàvem el maluc a la barana de la graderia i, hop, giràvem com un pivot, pentinant el terra amb els cabells, fins caure a l'altre cantó, eixarrancades. Eren els últims afloraments lúdics de quan érem xiquetes. Alguna vegada, si hi havia la colla del Jaume i el Bernat, la Clara i jo ens hi quedàvem una estona més amb qualsevol excusa, arropenjades a la barana. Ara venim, els dèiem a les companyes que, avorrides que els nois no els fessin cap cas, ja desfilaven cap a la Plaça. Quan el Bernat saltava, la Clara em deia: Ara, ara! I l'objectiu era poder enganxar amb la vista, per davall de la samarreta, un fotograma d'aquell melic tibant. Però jo no necessitava cap avís, perquè aquell ventre, entre piscines i vint-i-uns, ja me'l començava a aprendre de memòria.

Una d'aquelles tardes de bàsquet, la Clara i jo, i em sembla que algunes noies més, baixàvem per les escales, camí de la nostra classe particular d'anatomia recreativa. Però a la pista només hi havia el Jaume, sol, fent cistelles. Era un divendres de mitjan juny, feia un vent que aixecava les pedres i encara no havien arribat els primers forasters. Qué fas, tan sol?, li va demanar la Clara. Mira, entreno, li devia respondre ell. El Jaume estudiava veterinària a Saragossa, i segurament estava esperant que arribés el Bernat de Barcelona per fer la ronda de vint-i-uns de cap de setmana. Aquest cop, com a afegit, potser per descarregar les tensions de fi de curs. Total, que en vistes que la funció no prometia com esperàvem, decebudes, ja desfilàvem quan vam veure com pujava cel amunt una nuvolada fosca, retallada sobre el tauler de la cistella. Però aquell núvol no era d'aigua. Era de foc. Jo vaig ser la primera d'adonar-me'n: Eh, que és fum, allò d'allà radere?

Vam sortir al carrer i passava l'agutzil amb el tractor. S'ha botat foc cap allà a la Roquera Blanca, ens va dir, sense aturar del tot la màquina, i el Jaume li va demanar quatre detalls, abans que el Domingo desaparegués rabent pel tomb del col·legi. El Jaume ens va dir: Des de la carretera es deu veure; jo me'n vai, que hai de fer una cosa. A on vas?, li va demanar la Clara. Que hai de fer una cosa, t'hai dit!, i va sortir corrents pel carrer de les Escoles avall.

Una hora més tard, mig poble era a la carretera. Feia un vent sostingut, càlid com un desert, i els rostres eren foscos i mussitants. Els hòmens portaven prismàtics i anaven comentant l'evolució de la foguerada. La paraula foc, en els pobles, segons com es diu, fa esborronar. Perquè hi ha focs i focs, però de Foc en majúscules només n'hi ha un. Darrere del Pic dels Comellars, el núvol negre ja era impressionant. El sol es començava a pondre i, a l'arrel del fum, hi bategava una resplendor vermella i horitzontal. Alguns veïns agafaven els landròvers i sortien a buscar una perspectiva més oberta. Per la carretera, els pagesos que retiraven del tros o tornaven de les granges paraven els tractors a l'entrada del poble. Ja hi són los *bomberos* de Móra, comentaven. Des del *cruse* es veu tot, està pujant pels Comellars. Diu que ha començat per la Roquera Blanca. Si no afluixe aquesta garbinada, mau.

Pel tomb de la carretera també va aparèixer el cotxe de la mare Trau. Conduïa el Bernat, i l'Elisenda també hi anava. Van deixar el vehicle entre els tractors i en van sortir amb cara de circumstàncies. Fa por, va dir ella, a la gasolinera ens han avançat tres camions de bombers. El Bernat va demanar: Com ha sigut, ho sabeu? I tots els hòmens van començar amb les conjectures, que si un vidre, que si un llamp, que si algú que cremava rama. Aquesta última possibilitat, ja la van dir més fluix. No era temps d'esporgar, però sempre hi havia algú que s'esperava fins a últim moment, i això era molt fàcil de saber. Aquell any, la sequera havia estat devastadora. Però cremar, de fet, es poden cremar moltes coses.

Mon pare i el pare de la Clara eren al grup dels hòmens i parlaven amb el Bernat. El Tomeu gesticulava, amb el

Winston a l'arrel dels dits. Al cap d'un minut, vaig veure que el Bernat es girava i venia cap a nosaltres: Clara, que no és per aquí, el Jaume? No, no hi és. Que saps on és? Ni idea, ha marxat. I va tornar cap al grup dels hòmens, amb les mans a les butxaques. De tant en tant, alçava la vista cap a l'horitzó i cavil·lava. On deu ser, aquest desgraciat? Jo el mirava de reüll, com el vent li esvalotava els rulls.

El foc, lluny d'amainar, guanyava amplada. S'estava fent tard, s'havia fet fosc sense que ni ens n'adonéssim, i el vent, calent, no parava. Els conductors dels landròvers havien anat arribant amb notícies pessimistes, La Punta del Comellars creme tota, no es veu ni el mas del Trencat, i algunes dones ja giraven cua, a fer el sopar, i alabat sia Déu. Llavors la mare de la Clara va aparèixer per l'Estop: Clara, que us-e hi penseu estar tota la nit?; Èlia, *carinyo*, ta tieta ja deu estar patint; Tomeu, no costae re, avisar que éreu aquí; I a onté, lo Jaume?

I ningú no sabia on era. Algú va dir que l'havien vist sortir amb la moto, carretera avall. Però d'això ja feia moltes hores. I que portava una bossa. No, no era una bossa, era la funda d'uns prismàtics. I ja era de nit. El nom del Jaume es va estendre per totes les boques. Jaume, moto, bossa, prismàtics. Bossa, prismàtics. Prismàtics.

Aleshores el Bernat ens va tornar a vindre, seriós:

—No us ha dit res, d'on anava?

—No, érem al Poli i mos ha dit que havie de fer una cosa i ja no l'hem vís més.

—I quan us ho ha dit, això?

—Doncs abans.

—Clara: quan és, *abans*?

—Abans, al Poli, quan hem vís lo foc.

—I no us ha dit res més, on anava?

—No, ha dit *exactament* que havie de fer una cosa i ha marxat.

—I no saps quina cosa? Èlia, no saps quina cosa volia dir?

—No, no, això és lo que ha dit: hai de fer una cosa.

—Hòstia puta, Jaume!

Aquell Bernat no era el Bernat. I aquella veu dient hòstia puta, no podia ser la seua. La Clara i sa mare van començar a sanglotar. Darrere nostre se sentia un murmuri: Una cosa, diu que havie de fer una cosa. El Bernat va córrer cap al Tomeu i va dir: Algú que tingui un landròver, anem! Un anròver, un anròver, se sentia per damunt dels caps. I ell i el Tomeu van pujar al landròver del Ferrer —A on van? A on van?— i van desaparèixer carretera avall com si els empaités el dimoni.

El van trobar a les dotze de la nit, els bombers de Móra, quan van tindre controlat el foc. El Bernat va explicar que el Jaume seguia una parella d'àligues perdigueres que niaven a la Roquera Blanca, i que al febrer havien tingut dos polls, dels quals només en sobrevivia un. Ho portava amb un gran secret, perquè si els caçadors sabien de l'existència del niu, no haurien parat fins aniquilar la llavor de competència. Que alguns caps de setmana l'havia acompanyat a observar l'evolució de la niuada, i que deixaven la moto al pla del mas del Trencat i pujaven un bon tros de bosc amunt, fins a la Punta del Comellars, la roca pelada des d'on es podia veure el niu amb els prismàtics. I que el cap de setmana passat el poll ja exercitava les ales i que era qüestió de dies que estigués preparat per saltar del niu.

L'endemà de l'enterrament, la Clara era al llit, havia plorat tot lo dia i jo m'estava ajaguda al seu costat, en silenci, passant-li la mà pels cabells anusats. A baix, se sentien veus de tot de veïns que entraven i sortien de casa seua, per fer companyia a sons pares, oncles, cosins i padrins. A mitja tarda, vam sentir unes passes escales amunt i algú va fer dos trucs curts a la porta: Es pot passar?

El Bernat va entrar al quarto, i jo em vaig incorporar a

l'espona del llit, amb els cabells enganxats a la galta. Els seus ulls ja no eren de color d'ametlla tendra, i els llavis, que tampoc no eren vermells, em van fer: Hola. Aleshores es va acotxar de cara a la Clara i, com si parlés amb una criatura malalta, li va dir:

—Clara, t'he portat una cosa, si la vols.

Cap de les dues no li havíem vist el bloc. Va treure un full del mig, i li va ensenyar.

—Són la parella d'àligues, amb el poll. Les vaig dibuixar dissabte passat.

La Clara es va mig aixecar i l'hi va agafar, per veure'l bé.

—És molt bonic. Mira, Èlia.

Bonic, no sé si era la paraula. Era hipnòtic, espiral.

—Quan el va veure el Jaume, em va dir: aquet se'ns acampa i ha d'anar a parar al suro, i em va demanar si te'n podia fer un altre per tu, que te l'hi penjaries, amb tots aquests.

I va assenyalar la paret, a petar de fotos.

—Però un altre no te'l puc fer, i saps per què? Perquè aquest matí he pujat als Comellars amb els prismàtics i he vist que el niu era intacte, i això vol dir que el poll ja ha volat.

Mentre em preparo el cafè amb llet, penso que al Pirineu no hi ha incendis. I si n'hi ha, no són com els nostres incendis, els del secà. Mon pare acaba d'arribar de l'hort i, quan em veu a la cuina, em diu: Que plores?

9

SORTIR. SORTIR. SORTIR.

—Hola Tere, sóc l'Èlia.

—Èlia! Ja me ho han dit, que érets al poble. Qué dius, xiqueta?

—Mira, bé, passant una mica de fred.

—No en deu fer pas tant, a Barcelona.

I ara ve allò que és un fred diferent, que hi ha la cosa de la humitat i que pum i que pam.

—Escolta, que teniu *wi-fi*, a l'Ajuntament?

—Internet, vols dir?

—Sí, sí, internet, pero sense cables.

—Internet sí que en tenim. Ara, això dels cables, l'hi hauries de preguntar al noi que ve. Pero haurie de ser dillums, ja.

—No, és que m'havia portat l'ordinador per una feina i..., bé, és igual, amb internet sol ja faria, també.

—Dona, si et convé molt, al magatzem la canalla ni tenen un, d'ordinador. Cap a quarts de sis ja hi són, si los hi vols demanar. No crec que te hi posin cap problema.

—Ja. És que m'agradaria anar-hi abans de dinar, si pot ser. No en té cap clau, lo Pep?

El germà de la Tere porta el cafè del Casinet, el magatzem del qual, cap als primers anys noranta, va ser ocupat per un jovent mancat de recintes adaptats a les demandes de les hormones, cada cop més exigents. De fet, quan jo era una adolescent, el Zem, que així n'hi dèiem, era tota una institució que havíem habilitat com un búnquer estanc a la xafarderia. A partir d'una edat, tindre la possibilitat de no ser vistos, ni sentits, i segons com, ni ensumats, era una necessitat vital.

El Zem podia arribar a acollir, quan feia el ple, de vint a trenta esplèndids exponents, entre autòctons i forasters, una gran cosa si tenim en compte la demografia local. Els divendres després de l'institut, els dissabtes després del tros, i els diumenges per matar la tarda, ens embotíem en aquell forat pudent ple de caixes d'ampolles que arribaven fins al sostre. De mica en mica, el vam condicionar amb serveis de primera necessitat: un futbolí de segona mà, una nevera escantonada plena de xibeques i altres esperits, uns sofarots d'escai puntejats de cremades de burilles i un equip de música, que aleshores se'n deia «cadena» i que amb el seu tocadiscs i les seues dues platines era de rabiosa tecnologia punta. Per a rematar la conquesta, el Zem va ser declarat independent el 1991 gràcies a la construcció d'una entrada pròpia pel carrer de Dins.

Doncs la Tere m'ha dit que potser sí, que el Pep en podria tindre unes claus, perquè encara hi guarda les taules i cadires de plàstic de l'estiu. De totes maneres, ha insistit, si hi vas cap a mija tarde ja hi trobaràs algú. Però justament jo no vull trobar-m'hi *algú*. I menys la classe d'*algú* que avui freqüenta el que va ser el *meu* Zem. Els adolescents em fan esmussar de dents, i ja no tinc edat de dissimular-ho. A més a més, aquests ja no em deuen ni conèixer, i jo tampoc no en coneixeria cap, encara que, a la majoria, puc dir que els he vist tirar amunt els mocs. Dels més granadets, encara en dec haver arroplegat confits davall del balcó de casa seua, el dia del seu bateig. En fi, tot això per dir que quan baixo cap a la Plaça camí del Casinet, el campanar toca les dotze.

Al poble hi ha dos cafès. Segons qui te'n parli, el cafè és el Casinet o el Sindicat. També hi ha dos forns, el del Forner i el del Pastisser. I dues botigues de queviures, la de la Plaça i la del Portal, i dues perruqueries, la del carrer de Dins i la del carrer del Pou. I així dos de-tot. Cada establiment té la seua parròquia, responent a una llei infusa que se sap cada casa. Si ets de cal Pedró, com una servidora, et toca el pa a cal Forner. Pero tieta, si cal Pastisser és aquí mateix! Sí, poro ja hai encarregat los llengüets al Forner. Mentrestant, mon pare, tornat de l'hort, brandava el cap a la cuina amb les ungles davall de l'aixeta: S'ha de donar vida a tothom. Esclar, mon pare no és fill de fills del poble. Sons pares van arribar més tard, quan ja estava feta la Ratlla, una línia fantasma que no entén de fronteres naturals. La Ratlla divideix carrers i cases, fa frontera de trossos i camins. Si ha de partir una família pel mig, la parteix pel mig. Quan neixes no la veus, però et fan intuir que hi és. Com la Maria Ganxa que habita les basses i els pous. Vigila, que si hi treus lo cap te sortirà la Maria Ganxa i amb la gaiata t'estirarà cap dins. Doncs amb la Ratlla igual. Vigila, que per aquí hi ha la Ratlla, però sense dir Vigila, ni dir Ratlla, que encara era més paranormal. Jo, amb trenta-quatre anys, encara no l'he vista, però sé que hi és. Les escletxes de les guerres costen molt de tancar, i la majoria, com les que separa la Ratlla, són invisibles.

La darrera vegada que vaig entrar al Casinet va ser justament *aquell any*. Era l'últim dia de la festa major, quan, a mig ball de tarda, va caure un aiguat que de poc que no s'emporta la tarima amb els músics posats, farbalans i trompetes riuada avall. Ja anaven pel Manisero «*Maníííí... Si te quieres por el pico divertir*», que jo no entenia ni un borrall de la lletra, i potser va ser «*cuando la calle sola está, casera de mi corasón*», que va fer el primer tro, d'aquells que es trenquen amb un espetec i t'encongeixen la pell. A l'escenari va sonar un acoblament d'emergència, nyiií, i músics, balladors i espectadors —els hòmens en trajo de casament, les dones de vano i taló, la cantant en mallot de lluentons—, tothom a córrer a aixoplugar-se als perxes, deixant la Plaça abandonada al naufragi amb les cadires plegables i una flota de bosses de patates i de gelats surant.

M'havia costat molt de convèncer la Clara que havia de sortir i distreure's, que no calia que balléssim, però que podíem assentar-nos a mirar el ball i xerrar. I l'últim dia es va decidir i vam anar a fer el quatre en una taula de la Plaça, amb la palleta d'un Plim entre les dents. Quan va esclatar la tempesta, vaig intentar fer broma: Mira, mos estalviarem de ballar el fanalet. Perquè ja ens vèiem a vindre les tulipes de paper pinotxo de les noves generacions d'Abels i Arnaus amb qui, els estius anteriors, havíem evolucionat en la cosa de l'escalfament global. La Clara, des del primer any d'institut, s'havia afartat de refusar noiets de cor encés, per no dir una altra cosa, i als dos dies els deixava plantats. Són tots uns *crios*, i no la treies d'aquí. Aleshores ells em venien a plorar a mi, i jo no sabia què dir-los. Un nano de la classe em va dir un dia, tot despitat: Lo que passe és que la Clara és una creguda. I jo em vaig quedar parada, com si hagués sentit visions.

Però tot això, que potser havia passat feia quatre dies, quedava molt lluny d'aquella festa major. El tro anunciador ens va fer aixecar rabent cap als perxes, sumant-nos al campi qui pugui general. De l'altra banda de l'envelat arribaven corrents la colla del Bernat, buscant refugi. Venien de vés a saber quin racó, on esperaven que l'orquestra enllestís els tangos i les ranxeres i comencés els *hits* del moment. Quan el Bernat ens va clitxar, va vindre decidit cap a nosaltres, moll com un pop, i els regalims de l'aigua de les celles li havien ajuntat les pestanyes en feixos petits.

—Veniu, que tinc entrades pel teatre.

Aquell estiu, el Bernat s'havia acostat a nosaltres. Al Zem, al Poli o a la piscina, de vegades deixava la colla un moment i venia una estona al nostre territori, el de la canalla. Bona tarda, senyores, com ho tenim?, i a continuació: Com va, això, Clara?, Com estàs, Clara?, Estàs millor, avui, Clara? A la piscina, quan el vèiem acostar-se —Que ve, que ve!— tot era embolicar-nos estratègicament amb les tovalloles per amagar cul i panxa i alhora treure pit. Aquest exercici no el fèiem conscientment, és una cosa que a partir d'una edat et surt automàtica. En canvi ell venia tan tranquil, amb el melic a l'aire, i al principi només de tindre'l a dos pams jo ja tremolava. Però, dintre meu, l'Èlia intrèpida que un dia m'havia sorprès —I tu també, Trau!— cada vegada anava prenent més cos. Potser sí, que aquella era jo. Potser sí, que jo era així. Que estava creixent i començava a caminar dreta, mirant enlaire, per damunt del cap de la xiqueta amagadissa que ja havia tingut el seu moment.

—I tu què estudiaràs, Èlia?

—No ho sé, encara, potser alguna enginyeria, o potser arquitectura, si em deixen.

Ah, ets una dona de profit, reia ell.

—No, pero m'agraden les mates, la física, tot això que a la gent li fa tanta mandra.

—I com portem el dibuix, si vols fer arquitectura?

Mai de la vida no li hauria dit que havia començat a dibuixar, o almenys a buscar-me la traça.

—Home, mig-mig, pero m'espavilo.

—Un dia m'ho has d'ensenyar, com t'espaviles.

I jo badava, planxant, rentant els plats, pel carrer, recordant la frase que em feia mossegar el llavi. Sobre això del dibuix fèiem molta conya, i jo li deia, sense creure-m'ho gairebé: Que me n'ensenyaràs tu, de dibuixar? I ell: Quan vulguis farem quatre perspectives. I la Clara: Pero és més aviat dibuix tècnic, no? I així, endavant i endarrere, el dia esperat no arribava mai, perquè en aquells moments hi havia coses més importants per atendre. Com ara la Clara.

Des que faltava el Jaume, sa germana s'havia abandonat a una tristesa espessa i sostinguda. Em costava déu i ajut de treure-la al carrer, i quan ho aconseguia, ens assentàvem en un banc de la Plaça a menjar pipes, i molt sovint se li entelaven els ulls i volia tornar. A casa, vomitava i es ficava al llit, abraçada a sa mare, que també plorava, i jo desapareixia. No sabia què podia fer, per ajudar-la, ni com m'havia de comportar. Ni tan sols no sabia fer-li de veu de l'experiència, perquè allò de ma mare ho havia deixat molt enrere, enmig d'un núvol de boira. Potser l'única cosa que me n'havia quedat és que no hi ha més fórmula que el temps. Temps, més temps, i encara més temps damunt del temps. Però, a la Clara, era massa aviat per avançar-li esdeveniments que ara veuria com impossibles. I tot el que jo *ja sabia* no sabia com traduir-l'hi al present, com posar-ho en les paraules adients a un moment que encara era tendre. Em limitava a escoltar-la i potser pronunciava quatre frases mal triades mentre ella em continuava parlant de com n'estava, de convençuda, que mai més no tornaria a riure. Jo ja coneixia aquesta sensació, i també en sabia el matís: al començament no vols tornar a riure, perquè te'n sents culpable. I no creus que mai puguis tornar a fer-ho sense que pesi sobre tu l'ombra de la culpa, que és com una llosa lligada d'una cadena llarga i de la qual penses que no te'n podràs desfer. Però tot això, no em sortia com em sortiria ara, i em sentia obtusa i, sovint, precipitada.

Però amb independència de la meua trista col·laboració, la Clara va començar a riure pel seu compte. Cada vegada més sovint, quan baixava a buscar-la a casa, ella ja era a la Plaça, i al seu costat hi tenia el Bernat. S'assentaven al respatller d'un banc i ella l'escoltava fent girar entre els dits una fulla de morera. Quan m'hi acostava, de vegades tots dos tenien els ulls aigualits, aquell parell de parell d'ulls esmerilats que també feien servir per plorar. Però, sorprenentment, també reien alhora. Ploraven amb les coses que fan riure, i reien amb les coses que fan plorar. La Clara li demanava al Bernat que li expliqués coses de son germà, perquè un dia també s'havia cregut que ja arribaria el moment de tindre temps de coneixe'l. I el Jaume ens havia deixat a tothom amb un pam de nas. De mica en mica, les converses amb la Clara que començaven amb el Jaume van anar seguides de les de lo Bernat això, lo Bernat allò, i lo Bernat allò de més enllà.

La Clara començava a tirar endavant impel·lida per una força que creixia com una bola de neu muntanya avall. Me pensava que mai no tornaria a riure, m'havia dit un dia, pero el Bernat me fa riure, i al seu costat lo temps és com si fugís. I jo ja sabia que, a mercè d'un temps que s'accelerava, les ferides cicatritzarien més aviat.

El Bernat va resultar ser, doncs, una teràpia. Aquell Bernat que, a diferència d'una servidora, sabia perfectament quan havia de parlar i quan havia de callar. Que podia capgirar els segons més tràgics amb les seues sortides enginyoses i estranyes. Per tot això, aquell últim dia de festa major, no ens va sorprendre que ens digués que tenia entrades per al teatre, tot i que, al poble, aquell dia, i aquell any, no hi havia teatre.

El vam seguir i vam fer cap al fons del Casinet, obrintnos pas entre la gentada que començava a ocupar les taules. A les hores del ball, el Zem era tancat per ordres municipals, perquè el que tocava era fer *bulto* a la Plaça, però el Bernat en tenia una clau. La panoràmica de la finestra del Zem, que cau en picat sobre la vall Forcada, havia estat el darrer objectiu del dibuixant: al seu bloc, la granja del Tomaset, la Cova del Penjat i la pixarrada del riu de la Cana ja figuraven convertits en un d'aquells arabescos que, en opinió dels profans, no els entenia ni sa mare. Així doncs, aquella tarda, la Clara i jo ens vam beneficiar del seu tràfic d'influències i vam poder contemplar, privilegiades, com el riu de la Cana tornava a ser riu i la Cova quedava velada per una cortina tropical.

Avui, el Casinet està reformat, però l'olor, a fe de déu, és la mateixa: *carajillo* de conyac i caliquenyo. Només obrir la porta, ja tinc sis o set caps girats com per efecte d'un ressort. En aquesta hora només hi ha hòmens, i als hòmens, aviat els tens saludats. Com sempre, els vells juguen a la botifarra, amb la diferència que els que avui fan de vells són els que abans ens feien d'oncles i de pares. Al racó, la tele encesa, sense que ningú no li faci ni cas ni mig. El Pep és darrere de la barra, ociós, llegint el *Mundo Deportivo*.

—Ep, qué dius, nòa?

—Mira, per aquí uns dies.

El Pep es treu un manyoc de claus del davantal i el fa picar contra el taulell.

—Carai, això sí que és clarividència!

—La Tere, que m'ha dit que vindries. És aquesta, la redona. Sempre ho tenen tot encés, com que pague la casa.

I per acabar, no falla: Aixins, que te hi has d'estar garies dies? No, demà passat ja marxo. Dona, no hauries de ser tan cara de veure. Apunto dues creuetes més a la llibreta mental i surto per on he entrat, somrient als botifarraires, que ja tenen la notícia del dia per comentar. Aquests petits contactes amb la gent del poble sempre m'han agradat; a més a més, els hòmens no tenen aquell punt de suspicàcia que em posen al damunt les meues congèneres, i em fan sentir còmoda i, d'alguna manera, com protegida dintre d'una closca d'ou.

El primer que m'arriba en obrir el Zem és una sentor de tabac concentrat i d'altres substàncies de dubtosa salubritat. He d'encendre els fluorecents perquè la finestra amb prou feina deixa passar una claror esmorteïda. Nosaltres encara hi passàvem un drap, coi! Necessito aire, llum natural, respirar. Els batents de la finestra cedeixen a una enganxifor difícil de definir, i tota la vallada se m'obre a la vista en un cop de vent que talla.

La decepció és una bufetada. Tot s'ha encongit, com els ous de la padrina. D'un cap a l'altre, és un pessebre de molsa seca. La meitat dels horts són un niu d'abaltrers, i han construït un afegit a la granja del Tomaset que es menja mitja Cova. Tot plegat és com si m'haguessin plogut al damunt dues dècades de cop.

Fa disset anys —hosti, disset anys—, cada estació tenia en la vall Forcada el seu reflex particular, en els horts, en tota la roquera, en els bancals que baixen fins al riu. Semblaven quatre paisatges diferents. Amb el del dia de la tempesta, cinc. Hòstiaaa, exclamava el Bernat, enganxat al vidre: Que passin les bèsties, que això és el diluvi!

—A veure, deixa-me-ho veure!

La Clara va fer un pas endavant i, aixecant els talons, va recolzar el mentó a l'espatlla del Trau. La meua amiga havia mogut peça. L'acostament era prou agosarat per fer-me entendre —per si potser pensava una altra cosa, per si de cas no ho tingués clar— que el portador dels rulls més cotitzats de la comarca ja m'era un mos definitivament prohibit. Perquè la Clara, que era molta Clara, per primer cop, davant del meu nas, estava marcant territori. La Clara, que era rossa i posseïa uns ulls blaus amb els quals no s'hi podia competir. I, a més a més, des de feia dos mesos, hi havia *allò* de son germà. Per *allò*, la Clara tenia per a mi tots els drets garantits. La vida ja li havia donat un revés que valia per tots els revesos del món, i la meua voluntat era la seua. Si ella havia decidit que havia de ser el Bernat del Trau, havia de ser el Bernat del Trau, tot i que a aquesta servidora li costés una riuada de llàgrimes de coixí.

Però aquella tarda, la tarda que es van negar horts i bancals i baixos de cases, la tarda que la Clara va posar l'alè a dos dits de l'orella del Bernat, la tarda que jo ja tenia coll avall el glop agre de la renúncia, el mateix Bernat no em va deixar temps de pensar: Èlia, que t'estàs perdent la fi del món! I així va ser que vaig avançar cap al cantó lliure del Trau, una mica sense saber quina devia ser la separació adequada. I aleshores ell, sense apartar la vista de la finestra, em va dibuixar amb el dit una ratlla horitzontal a la cintura, i allà hi va descansar la mà. La maniobra, per inesperada, i per vindre de qui venia, em va tallar la respiració, i amb el contacte del seu polze intermitent em vaig sentir fondre, metafòrica i literal, de ventre en avall. I mentre tot això passava, des de fora, a la finestra que avui deu ser la més llardosa del poble, devia veure's el retall de la meua silueta fusionada a la d'una espècie d'home elefant.

Avui, però, no sé si l'havia d'haver obert, aquesta finestra. Hi ha finestres que tancades estan més maques.

A la llum del fluorescent, la llei dels ous de la padrina sembla implacable: el Zem s'ha encongit un grapat de metres quadrats. El futbolí sembla el mateix, i els sofàs, si són els que recordo, estan coberts per una mantota que no hi deixaries ni jeure el gos. A la paret hi penja una bona tele —caram, amb els nanos!—, i a davall de la tele hi corre un reng de taules verdes que de seguida reconec com els pupitres de l'escola vella. Damunt de les taules, seguint el més estricte ordre del caos, centenars de fundes i corrons de cedés s'amunteguen al voltant d'un equip de música ultracompacte i d'una PlayStation —cony, no s'estan de res!—, seguits d'ampolles amb un cul de beure que ja va per la segona fermentació. Aquí i allà, cendrers curulls de burilles i, a la punta del desori, l'ordinador, amb tots els llumets que m'interessen encesos.

Llisco el ratolí per l'estora més immunda de l'era de la informàtica i de seguida se m'encén el monitor, amb un Messenger que m'afanyo a minimitzar i que deixa al descobert la fotografia de tota una colla en l'auge d'una festa. Googlejo ràpidament la web del correu, i mentre espero la resolució de la pàgina, ara em cau una cascada de finestres emergents en què unes senyores depilades m'ensenyen les seues virtuts, convidant-me a clicar aquí i allà amb promeses ben prometedores. Amb tanta explicidesa, aquesta canalla es farien un pet de riure si sabessin com havien de suar la cansalada els de la meua generació per veure tall.

Quan anàvem a col·legi, alguns nanos traficaven amb revistes verdes que no sé pas d'on les treien. De vegades, a les xiquetes ens plantificaven al davant alguna pàgina arrencada, suposo que per veure si ens feia efecte i es guanyaven un premi. Però aleshores nosaltres amb prou feines ens aixecàvem un metre de terra i escapàvem esvalotades de tota aquella mà de carn i pèl i òrgans estranys dels quals no coneixíem l'existència. Fugiu, cotxinos! Però la curiositat ja estava sembrada.

Un dia, la Clara em va vindre a casa tota misteriosa: Nem al Corral que t'ensenyaré una cosa. Ma tieta voltava per la cuina i la finestra no suposava cap amenaça, així que, un cop vam ser a l'amagatall, es va obrir la cremallera de l'anorac i va treure un full d'*aquells*. D'on ho has tret, això? Del Jaume. Hòstic! I hi havia text, i hi havia fotos. Amb la visió d'aquelles imatges que amb prou feines comprenia, i llegint aquelles explicacions en castellà, massa detallades per al meu coneixement d'anatomia, vaig sentir com un esvaïment singular i de cop no em sostenien les cames. Llencem-ho, li vaig dir. No, que si no el Jaume se n'*enterarà* que li hai pres.

Així començava la vida, qui ens ho havia de dir. A partir de llavors, la Clara i jo vam començar a tindre secrets. Més secrets, vull dir. Uns secrets *diferents*, i que ens agradaven. Quan fem la comunió ja no ho farem mai més. No érem conscients de gaire res, però el raonament, ara que hi penso, no anava del tot desencaminat. I passada la comunió: Va, una vegada més i prou.

Poc després, ai!, arribaria el vídeo, un aparell que al començament només era a l'abast d'uns quants privilegiats, com els fills de l'alcalde. La casa de l'alcalde s'aixecava al peu del Jardinet, un tros de terra seca amb algunes amenitats de ferro rovellat on la canalla ens iniciàvem en els blaus, els talls i els punts de sutura. Una tarda de vacances, dos xicotots forasters van treure el cap per la finestra i ens van cridar a la Clara i a mi, que estàvem penjades de la mitja lluna com dues mones.

—Que voleu pujar?

La Clara i jo ens vam mirar. Aquells nois mai no ens havien dirigit la paraula, i avui, ves per on: Que voleu pujar? Però la Clara era valenta i decidida i no es va fer pregar gaire. Nem a veure qué volen. Vols dir? Nem.

Entrar i sortir va ser cosa d'un pensament. Els fills de l'alcalde i els dos xicots eren davant de la tele encesa, fent cara d'idiotes. I una altra vegada aquella cosa. Però ara, de veritat. Una dona es queixava —oh, ah, ah— fent cara de tindre molta son, com les de les revistes, i els primers plans ja eren una mica més comprensibles al nostre enteniment. Adossat a la dona, un home amb un bigoti negre es remullava els llavis amb la llengua. Potser ve d'aquí, que els bigotis sempre m'hagin fet una mica d'angúnia. Els nois, en veure'ns palplantades a la porta amb uns ulls com ous ferrats, reien d'una manera estranya i ens van fer por. Passeu, passeu. Però la Clara em va clavar un cop de colze i vam sortir volant, escales avall. Els xicots encara riuen ara. I vinga secrets i més secrets.

I aquell misteri dels nois.

—Doncs lo Jaume hai vís que fa una cosa amb la mà que fa així.

—Com, així?

—Així, així, amb la titola.

Que n'eren, d'estranys, els nois.

De cap manera no hauríem cregut que els seus mecanismes tinguessin res a veure amb els nostres.

I avui, té: només cal entrar a internet i si ho vols més clar, l'aigua. Com ara mateix, amb aquest coi d'ordinador que em bombardeja amb les senyores depilades. No dono a l'abast a tancar-les, només em faltava aquesta, tu, que m'enganxin amb aquesta estampa. Ara entenc per què el Pep del Casinet està tan al corrent de l'estat de la màquina. I aquesta *webcam* que no em para de mirar. Pel que sigui, la tapo amb un drapot, i per fi arribo a l'objectiu: Safata d'entrada: zero missatges. Potser a l'altra adreça... Vaig saltant d'una pàgina a l'altra prenent totes les precaucions: no recordar usuari ni contrasenya, no recordar usuari ni contrasenya. Vinga, va: Safata d'entrada, zero missatges. Zero missatges aquí, allà i a tot arreu. Merda. Doncs Sortir. Sortir. Sortir.

10

NO PASSARÀ RES QUE TU NO VULGUIS QUE PASSI

Segon dinar a cals padrins. Mon pare mastega mirant l'infinit, perquè avui no li he deixat engegar la tele. Mentrestant, ma tieta aprofita l'ocasió per practicar l'exercici de mandíbula. Si ho hem de mesurar per la xerrera, ja podem afirmar que té costa avall la recuperació.

—I se m'ha acabat la llana i ja fa dos dies que no agafo el ganxet. I amb l'esquena aixins, domés me distreu fer ganxet, m'encenc la tele, i vai fent, vai fent, i em passen les hores la mar de bé. No sé si sent dissabte de pont deuen tindre aubert, a Vilora.

—Qué hi vols, a Vilora?

—No, com que la Conxita va tancar, ara les llanes les compro a Vilora, a la merceria de la plaça, que ni tenen molta varietat i és bona per fer ganxet, aixins com l'altra se't desfeie a la mà, poro a la merceria és prou bona, i un euro, val la troca, que és no re.

—Doncs si em dónes lo número de referència, ja te les puc anar a buscar jo, que no tinc res més a fer.

—Ai, xiqueta, si te hi vols acostar amb un cop de cotxe me faries un gran favort, perqué entre avui i demà acabaria la manta, i aixins te la podries emportar a Barcelona, que tamé hi deu fer fred, suposo jo.

Decideixo no estirar el fil, que la història del fred i la

humitat no sé quantes vegades deu haver sortit, ja, en aquesta taula. Quedem que cap a les cinc hi baixo i a veure què. I per aquesta ximpleria tan ximple, resulta que avui, a l'Estop, muntat en bici, m'hi he trobat el Trau.

No m'ha calgut ni fregar els ulls. Li reconeixeria el perfil fins davall de l'aigua, amb la mica de barba que sé que porta per haver-lo vist al *Silenci?* del 33, farà un parell d'anys. Quan em veu dintre del cotxe, salta de la bici i em fa el senyal d'autoestop, amb una rialla oberta. M'aturo al costat de les seues butxaques i un dors de dits em fa un truc al vidre.

—Que t'has perdut?

L'escanejo en el que triga a abaixar-se una finestreta de cotxe: els rissos anàrquics, la mirada extraterrestre, el contorn dels pòmuls, més dur, la barba clapada; i encara em sobra temps per una passada en profunditat: a frec d'orelles, no fotis!, uns flocs que ja blanquegen, i encara unes línies que no li coneixia a la riba dels ulls. Hòstia, sort que eres tu —riu, les dents adolescents—, ara imagina't que ets una altra i em segresten. Batent un altre rècord de velocitat, també faig una repassada mental al meu aspecte, segons el testimoni de l'últim mirall que em consta: una mica ullerosa i amb els cabells recollits de qualsevol manera, perquè total, per anar de casa al cotxe no cal fer gaire bonic. Mentrestant, li he fet una pregunta: D'on surts?, o D'on véns?, o alguna cosa així.

—Doncs ja ho veus, de treure el rovell a la bici, fins als Hortals i tornar.

—Ostres, quant de temps!

—Collons! Quan l'hi expliqui a la Clara més val que tingui un desfibril·lador a mà.

I fa el gest de reanimació: Punx!, i se m'escapa el riure.

—Que és al poble?

—No, l'he deixada a Tarragona, ja saps que no és gaire aficionada, a practicar Tots Sants.

—Ja, clar.

—No us heu trucat gaire, últimament, no?

—Aix, doncs no, i em sap un greu que no sé on posar-me. I que no la vei..., buf.

Ell es grata el clatell, mirant enlaire: Ara feia... Discutim si són quatre, cinc o sis anys, i ho deixem en números redons.

—Si jo ja li deia: a l'Èlia li haurem de regalar un GPS. Pensàvem que no haguessis fugit del país.

—Que ets exagerat! Vic al mateix lloc de sempre, pero no vinc gaire sovint, la veritat.

—Doncs nosaltres tampoc no baixem gaire, no et pensis. I jo tot just he arribat aquest matí i torno al vespre, pim-pam. He aprofitat que estava descansat per carregar el cotxe i deixar uns quants trastos, perquè ens canviem de pis i sempre aprofites per fer esbandida. Més o menys el pas previ per dir: tot a la bassa, hòssstia!

Caram, pis nou i tot. De l'última mudança, ma tieta me'n va posar al corrent abans que la Clara mateix, entre unes dues-centes notícies més, mentre jo intentava explicar-li que havia aprovat el projecte final de carrera i que també havíem trobat pis amb el Blai. Ja ho deus sapiguer, que a la Clara li ha sortit una fenya al museu d'història, i el Bernat, com que fa de mestre a la universitat, doncs ja estan arreats. El Bernat, vés-li al darrere, devia pensar jo, que és professor a l'Escola d'Art i il·lustra cartells culturals, suplements de diaris de gran tiratge i portades de *bestsellers* d'origen suec. Fins aleshores, hi havia anat pensant cada vegada menys, en l'un i en l'altra, i molt menys encara en tots dos plegats. Tan lluny em sento de les coses que em van allunyar del poble, que de vegades dubto si van passar.

Com dubto si va passar que, un dissabte de setembre, la meua amiga de l'ànima em va dir que aquell dia no estava per sortir, que de cop li havia vingut terror escènic davant del retorn a les classes, com si es trobés a la vora d'un precipici, i que no sabia si dilluns es veuria amb cor de saltar. La Clara havia d'aixecar-se i continuar endavant després del parèntesi estiuenc més dolorós de la seua existència. I estirades al seu llit, mirant el sostre, vam xerrar i xerrar, o més ben dit, va xerrar i xerrar ella, i em va confessar com confiava en una mà que l'havia d'alçar amunt, ben amunt, per fer el gran salt a l'*altra banda*. I aquella mà, esclar, no era la meua: Amb lo Bernat al costat res no em fa por. I mentre m'ho deia plorava, i també plorava jo.

—Èlia.

—Qué?

—Gràcies per se-hi.

—Això no cal que me ho diguis, Clareta.

—No, no, sí que te ho dic. Pero no només ara, gràcies per se-hi *sempre*.

—Fins demà, Clara.

I quan estava arribant a casa —Gràcies per se-hi *sempre*, Gràcies per se-hi *sempre*— vaig sentir un clàxon fluix darrere meu (mec-mec), i era el Bernat, muntat en el Fiesta de sa mare.

—Ja retires?

—Sí, vinc de veure la Clara.

—Com està? No l'he vista, avui.

—No, és que no ha tingut un dia gaire bo. Dilluns tornem a l'insti...

—Esclar, torna a començar la vida.

—Això mateix.

—Doncs jo també estava una mica així i anava a treure el cap al Llanterna. Si vols venir a fer un beure, et torno d'una peça en una hora.

Feia un mes exacte del dia del diluvi, del dia que la Clara em va dir oficialment, deixant-se caure contra la paret del lavabo del Casinet: Me semble que aquet Trau no me'l podré treure mai més del cap. Podia haver estat la meua veu, però era la seua, marcant territori. I a mi ni se'm va acudir d'explicar-li res del que m'acabava de passar. Era conscient que pel terreny fràgil de la Clara s'havia de transitar amb peus de plom, i jo em sentia com si portés a la butxaca una granada sense explotar.

Aquell mes havia sigut per a mi un període absolutament bipolar en què, si per una banda maldava per evitar el Bernat, que era un deliri, per l'altra em venia la Clara i me'l feia menjar per esmorzar, dinar i sopar. I així va ser que, aquella nit de setembre, tot i empatxada com n'estava, vaig sucumbir a la Fruita Prohibida Número U.

De tot això, ja he dit que fa molt de temps que vaig deixar-hi de pensar. Que vaig aprendre a deixar de recordar què va fer que el Bernat i jo no arribéssim al Llanterna, que ens aturéssim a l'entrant del pla dels Hortals, el motor parat, la lluna redona al cap del cingle. Al casset del cotxe sonava Joy Division en mode *auto-reverse*, el súmmum de l'automaticitat. Ell em va explicar que l'Ian Curtis ja tenia un metre de malves, que feia més de deu anys que s'havia penjat. És lo que escoltave ma germana, li vaig dir. A ta germana li encantaven, aquests drames. També em va dir que se li havien acabat les pròrrogues per lliurar-se de la mili i que s'havia fet objector, una cosa inèdita aleshores, i més al poble, i em vaig alegrar de saber que ningú no el desposseiria d'aquella mata de caragols feréstecs per la força del sí o sí. Això no és el pitjor, va dir més o menys: abans que jurar fidelitat a *aquell drap* me la deixaria tallar. I la imatge que em va vindre al cap em va provocar un calfred guillotínic. I encara la broma: Així que aniré a la presó.

—Quéé?

—Que sí, que sí: faré la prestació a la Trinitat, en uns tallers per als reclusos.

Aquí ja em vaig començar a refer. És que fots uns *sustos*, Trau!

—De fet, la manera directa que em tanquin és declarant-me insubmís, que seria més exacte, però ma mare no en vol ni sentir a parlar.

Veig que si engego la memòria, em van caient en cascada els detalls.

—Èlia, Èlia..., d'on ve aquest nom?

—Ai, doncs no ho sé, ma padrina se'n deie. Ma padrina per part de mare. Pero no ho sé, d'on ve.

—Sona bé: Èlia. Sona a sol i serena.

—A sol i serena?

Èlia, la deessa del sol i serena, va riure, bufant-me el serrell, i va fer veu de nas: *E si non è vero è ben trovato*, que diuen els francesos.

I així crec que va començar, que si ara et bufo el serrell, que si ara te'l recomposo, que si una mà aquí, que si l'altra allà, i en sec, aquella llengua tan calenta que em va fer arrencar el bull de tota la sang. Vols que anem al darrere?, em va suggerir, i jo el devia mirar d'alguna manera estranya perquè em va aclarir: No passarà res que *tu* no vulguis que passi; només que no vull fer un trio amb el canvi de marxes. Tot i que aleshores jo no sabia què coi devia ser un trio, vaig riure amb el seu riure. I encara vam riure més mentre intentàvem a cops i puntades arronsar els seients de davant. Jo portava faldilla i em vaig fer una rascada al genoll: el contacte dels seus llavis a la carn —Cura, cura— em va encendre un batec, i el batec una tremolor de cames fulminant. Quan vaig enfonsar els dits en aquells cabells impossibles, vaig descobrir que eren fins i que feien olor de sabó.

De la resta me'n vénen flaixos, recomposats per la incomoditat postural i pel «Love Will Tear us Apart», fluix, repartit cançó sí cançó no: la llum blanca sobre les seues costelles, la temperatura d'unes mans exploradores, la respiració ofegada. I després, la pell més fina de totes les pells —Com se fa? És molt fàcil, fes així—, i encara després, asseguda sobre el seu maluc, la cadència d'un fregament instintiu, cada vegada més moll, a través del teixit de les calces. I en sec, una imatge al cap. Al meu cap —que pensava ha de ser avui, ha de ser amb tu, ha de ser ara— la imatge de la Clara al marge del precipici. La Clara amb la punta dels peus al límit d'un abisme negre i jo cridant des de l'altra banda: Salta, Clara, salta! Ja saps que pots confiar en mi: salta! I llavors ella, sense la mà auxiliadora del Bernat, feia un pas endavant i queia al buit, cega i entregada.

—Perdona, perdona'm, *vale*? Pero vui tornar a casa.

—Què passa? Què tens?

—No res, només que vui que em tornis a casa, sisplau.

El Bernat va avenir-se no sé fins a quin punt al meu batalló d'excuses inconnexes. Als setze anys, jo encara tenia el cap ple de pel·lícules romàntiques en què els hòmens són autèntiques màquines de la contenció, i aquella frenada amb derrapatge no la considerava cap mèrit. Durant el trajecte de tornada, va conduir en silenci, però jo ni me'n vaig adonar, perquè dintre meu estava mantenint-hi una conversa dement: me sap greu, la Clara, lo precipici, la teua mà, l'abisme, la meua mà, hai fet tot lo que hai pogut, i estic feta una merda. Arribats a la porta de casa, amb el motor al ralentí, no em vaig atrevir a mirar-lo quan va parlar des del seient del costat.

—Si t'he fet res que t'hagi molestat, espero que em perdonis.

—No has fet res que m'haigui molestat, al contrari. I vui que em perdonis tu.

—Mai no m'hauria imaginat que diria això, però a les dones *realment* no hi ha qui us entengui.

—Tens tota la raó. I espero que no estiguis enfadat.

—No estic enfadat.

—Ho dius de veritat?

—Si dic que no estic enfadat, és que no estic enfadat.

I potser sí, que era cert, perquè mai més no en vam tornar a parlar. I ell ho va fer fàcil i natural. Els dies successius, quan no hi havia més remei que veure'ns, em feia quatre bromes, com si no hagués passat res. Però per a mi era molt difícil de fer veure que aquell *No passarà res que* tu *no vulguis que passi* no havia succeït mai. Gairebé tan difícil com em va resultar agafar el Bernat i, amb la mateixa mà que havia d'empènyer la Clara al buit, entregar-l'hi —Aquí te'l deixo, estimada— posadet en safata de plata.

Aquell curs preuniversitari vaig estudiar com mai a la vida. Amb l'excusa de la selectivitat, els caps de setmana van ser unes autèntiques maratons d'integrals, derivades i diferencials, un bany d'oxidacions i reduccions, una immersió en la mecànica de les ones i els camps elèctrics, una lluita a vida o mort amb els plans del dièdric i l'axonomètric. La Clara feia lletres pures i tot allò li semblava una bogeria: No vols dir que et petarà el cap, si estàs un cap de setmana més sense sortir? És que dilluns tinc un parcial de química, Clara. I mentre passava tot això, inevitablement, el curs de les coses seguia el seu curs. I el curs de les coses no podia ser un altre. Èlia, ahir, al Zem, per fi mos vam quedar sols i per fi, per fi, per fiiii: me va fer un morreig al·lucinant. I jo ja no tenia forces de tant que havia plorat per anticipat l'arribada d'aquell moment.

Al tros, vaig collir olives com una autòmata, ràs, ràs, ràs, i a la primavera vaig anar a arroplegar rama i vinga fer anar el rampill, acumulant muntanyes de despulles d'oliver més ràpid del que mon pare podia esporgar.

Èlia, em protestava la Clara, avui has de sortir, perqué no sé tu, pero *jo et necessito*.

—Pero si ja tens lo Bernat.

—No és lo mateix, Èlia, i tu ho sàs.

—Pero si al final sempre marxeu i jo em quedo amb la canalla, i és una merda.

—Avui no marxarem, va.

I de vegades feia l'esforç i em costava uns bons mals de ventre, veure-la enganxada al Bernat. I també mal de ventre de sentir-li explicar m'ha dit això, i m'ha dit allò altre, i quan estem sols me fa això, i me fa això altre. Però, esclar, el mal de ventre sumaríssim va arribar el dia que em va vindre per l'esquena i, a cau d'orella, em va dir: T'hai d'explicar una cosa: lo Trau i jo ja ho hem fet.

Així m'ho va dir, lo Trau i jo ja ho hem fet, fent cova amb les dues mans, com quan érem petites: l'Angeleta porte la vora de la fandilla enganxada a la faixa; ja li hai vist la titola *del tot* al Jaume; la Lena i el Robert se fan morrejos al Portal; lo Trau i jo ja ho hem fet.

Jo acabava d'arribar al Zem, i el Zem era ple i no podia fugir. En el moment de la fatal confidència sonava «Frankly Mr. Shankly» dels Smiths i, per un instant, vaig mirar sense mirar el Bernat, com havia après a fer magistralment des del pla dels Hortals. I allà el teníem, feliçment concentrat a alinear la defensa d'una porteria de fusta: Meva, meva, meva! I mentre la Clara em parlava, jo sentia els Smiths i la bola del futbolí petant, metàl·lica, contra l'anatomia dels jugadors.

Però si els Smiths encara els he escoltat alguna vegada, «Love Will Tear Us Apart» no l'he tornada a sentir mai més.

Tot i els meus deliris de considerar que com ell no hi podia haver pas ningú al món, vaig intentar de convence'm que, per probabilitats, a Barcelona n'hi havia d'haver milers, amb les mateixes gràcies. La Clara estudiaria història a Tarragona, i el Bernat, que s'havia tret belles arts en una bufada, se n'hi aniria a viure i amb prou feines els veuria. I a l'estiu vaig decidir anar a Londres a veure la Joana, en el que va ser el meu primer viatge a l'estranger. I quan vaig començar arquitectura, ara un cap de setmana que no puc baixar, que hai d'estudiar, ara un altre que no baixo, que estic mig empiocada. Èlia, tia, em protestava telefònicament la Clara, que ja fa un mes que no mos veiem, i t'hai d'explicar mil coses. Èlia, filla, em demanava ma tieta, si poguesses baixar uns dies mos podries ajudar a l'auliva. Ah, molt bé, i a la Joana no li deies mai res. La Joana era la meua gran excusa, i ells sabien que no em podien pas exigir res que a la meua germana gran no li haguessin exigit abans.

Ah, els grans drames de l'adolescència. Aleshores no ho sabia, i tampoc no m'ho hauria cregut, que el meu precipici particular també tenia una altra banda. Marededéu, si la vida tot just començava ara. En tenia la fórmula, i no me la creia, com tampoc no se l'hauria cregut la Clara quan el seu dolor no tenia consol. Però la fórmula és infal·lible, i malgrat el meu escepticisme va tornar a funcionar. Temps, temps i més temps damunt del temps. A mi també m'esperava una mà ferma a l'altre cantó per fer el salt endavant i continuar. El Blai arribaria de puntetes i, sense adonar-me'n, també arribaria el moment en què un matí em llevaria al seu costat i totes les ferides de xiqueta estarien curades.

L'última vegada que vaig veure el Bernat i la Clara va ser al casament d'una companya d'institut. Allà em van explicar la seua aventura americana, de quan el Bernat va anar a fer de professor d'il·lustració a Nova York. Quina enveja, li vaig dir a la Clara. Ella em va respondre que al començament molt bé, però que al final tampoc no n'hi havia per tant, i jo li vaig dir que no m'ho podia creure, amb les ganes que tenia d'anar-hi jo. Doncs en aquest casament es van conèixer amb el Blai, i els dos nois fins i tot van arribar a fer alguna coreografia etílica plegats, amb uns puros de pam entre les dents. I la meua amiga i jo, eufòriques de ser altre cop juntes, com abans, ens petàvem de riure dins dels escots. Al ball, vam intercanviar parelles i el Bernat em va dir, fent-me girar: Estàs espectacular, d'aquí a recollir un Òscar. I jo vaig riure perquè res del que em pogués dir ja no em faria mai més cap mal. El Blai, després de la Gran Renúncia, era i encara seria molt més del que mai no hauria esperat.

Des del casament, la Clara i jo vam tindre una temporada de trucar-nos més i de prometre'ns que havíem de quedar un dia al poble. Però la vida corria, i el poble, tant a l'una com a l'altra, ja se'ns havia fet molt costa amunt. Els únics dies que podíem coincidir eren per Nadal, quan ella no estava per orgues, i jo arribava amb el Blai davall del braç, dinava a cals padrins, i un altre cop a córrer per ser a la taula dels sogres per Sant Esteve. I així, amb la quotidianitat encarrilada cadascuna pel seu cantó, ja no vam coincidir més.

És per tot això que, avui, trobar-me amb el Bernat un Tots Sants és una carambola històrica. I ara li demano per la Clara, i ell insisteix que la truqui d'un coi de vegada.

—Ja sé que tant hi ha d'aquí a allà com d'allà aquí, però ara és un bon moment per trucar-la, no deixis passar més temps.

—Tens raó, sí.

—Va, que estarà contenta. Que no tens el seu mòbil?

—No, tinc lo vostre fix, pero m'imagino que ja no servirà, oi? Dóna-me'l, va, que això no són maneres.

Trec el mòbil —Hòstia, riu el Bernat: d'on l'has tret, aquest trasto, de la NASA?— i em dicta un número de memòria. Clara-poble, emmagatzemo a l'agenda. Té, em diu, et dono el meu, ja que hi som posats. (Tu tens cobertura, aquí? Quina companyia tens? Ah, perqué la meua no xuta fins a Vilora.) Fem un intercanvi de mòbils, fixos i més n'hi hagués, amb els detalls de quin número és el més adient per a cada situació. Apa, ja ens tenim fitxats, conclou ell, desantse l'aparell al cul. I ara em pregunta on vaig i n'hi faig un resum.

—Tancat: ja et pots estalviar el viatge.

—Com ho saps?

—Quan venia hi he passat a comprar el diari i tot estava tancat. Allò semblava el desert d'Arizona.

—Hosti, ma tieta es morirà, si no pot fer ganxet.

—Digue-li que provi la papiroflèxia.

Intercanviem quatre vaguetats més i al final em diu:

—Escolta, què fas aquesta tarda? Vols que baixem al Casinet a fer un cafè?

—Ah, doncs sí, clar que sí.

—I qui diu un cafè diu una caipirinya. Jo calculo que en una hora estaré llest. Deu minuts per acabar de col·locar les coses, una dutxa ràpida, i el que quedi per batallar amb ma mare perquè li tregui els trastos d'on els he posat.

Quedem entesos, i jo també calculo que, si m'espavilo, una hora encara pot ser suficient per refer-me les parts visibles amb mil productes la finalitat dels quals és que sembli que no t'has fet res. El deixo amb un toc de clàxon i me'n vaig a girar a la zona dels Xalets mentre penso com coi s'ho fa, aquest Trau, per a aconseguir que les coses sempre siguin tan fàcils.

II

EMIGRANT

Quan entro al Casinet, el Pep em mira com si veiés visions: Ja tornes a ser aquí?

—Qué et semble? Deies que no fos tan cara de veure i t'hai fet cas.

El Bernat està d'espectador entre els botifarraires, arropenjat al respatller de la cadira, mossegant un escuradents. Em saluda amb un cop de celles i de seguida s'aixeca, assenyalant-me interrogatiu la taula del racó.

—Pep! (Tu què vols, una cerveseta?), quan puguis ens portaràs dues canyes, sisplau. (Tens gana?, jo estic famèlic!) I unes aulivetes, o unes avellanes, el que sigui que passi per la boca.

Ens acomodem al fons del cafè, i ell m'acosta el cap, afuant els ulls: Ja saps de què es parlarà, al poble, a l'hora de sopar.

—Oi tant!

—Per un moment he estat temptat de dir-te de baixar a Vilora, però què collons!

—Ja no tenim edat, Trau!

—Sí, assumim-ho: ara el nostre lloc és aquí, amb els jaios. Fa un dòmino, Pedrona?

De seguida em poso al dia de com seguir-li el corrent, i aviat ens trobem filant una conversa fluïda, sense forats. Ell endrapa avellanes com un lladre —Agafa'n, agafa'n—, i no tinc temps de decidir-me que ja les té païdes. Mentre ens fem un resum sincopat dels últims anys, em fa gràcia que el seu accent i el meu *semblin tan semblants*. Em fixo que fa la majoria de neutres, i que jo me les trobo també redolant per la boca, sense que mai n'hagi pres consciència plena fins avui. Els nostres parlars convergeixen en un punt, el seu ve des de l'oriental a l'occidental, i el meu tot just ha fet el camí invers. Ha dit jaios i Pedrona en català d'aquí, i en canvi ha pronunciat *dòminu* i *cullons*, així que no puc evitar de fer-li el comentari.

—Suposo que dec parlar un híbrid entre el que havia après abans i després de venir al poble, encara que aquí, fet i fet, només hi vaig viure quatre anys. I des que sóc a Tarragona això és un aiguabarreig que ja hi voldria veure arromangat l'Institut d'Estudis Catalans.

—Ui, doncs jo, ara que m'hi fixo, ja no sé qué dic ni com ho dic. Quan arribo al poble sí que torno a enganxar l'accent, pero necessito uns dies d'immersió completa, i quan estic a punt de recuperar-me del tot ja hai de tornar. A Barcelona hai perdut molt... Quan vai arribar, la meitat de les coses les havia de traduir, que si panís, que si moixó, i ara ja no em surten per falta de pràctica. I el «lo»... (i em sap molt greu, eh?), pero per avorriment que se me'n fotin, a Barcelona ja el tinc desterrat.

El Bernat esbatana els ulls a un espant fictici: És que Barcelona és un monstre, Pedrona: un monstre devorador de patrimonis lingüístics.

No cal que ho juris, dic jo, perdent aire. Què hi farem, sospira ell.

En sec, el sospirador es reincorpora d'un bot a la cadira: Vinga, va, amunt els cors!, i m'acosta el got per brindar. Va, pel Pompeu Fabra, ric jo. Per l'Alcover-Moll!, fa ell. I per dintre sento aquella fiblada que només et punxa de tant en tant, quan t'adones que tot gira redó, a cent anys llum de les preocupacions mundanes.

Quan els vasos ja tornen a ser a taula, el Bernat fa lliscar el polze pel seu, obrint-li una franja lluent.

—Doncs jo el trobo a faltar, el poble.

Aixeco el cap: Ah sí? Ell assenteix, i el dit també assenteix per la paret vertical del got.

—Però la Clara s'ha fet molt a Tarragona. Li agrada, tu. Li agrada arreglar-se, sortir i relacionar-se amb gent, ja la coneixes.

Faig un glop afirmatiu, i ell en fa un altre que li aclareix la veu: Però al poble s'hi està de conya, jo què vols que et digui.

—Sí, tranquil sí que s'hi està...

—Bé, sí... Però mira, jo a l'hivern, sempre que puc, m'escapo i baixo a ajudar el sogre a l'auliva, i la Clara em diu ja t'ho faràs, que jo només treballo amb calefacció. Ei, i jo l'entenc, eh? Si quan vivia aquí ja no li feia gràcia agafar la pinta, ara encara menys.

—Home, quan has estat des dels vuit anys esgarrapant i petant de dents... Jo ja fa qui sap los anys, que no toco una rasqueta, i no ho trobo a faltar gens.

—Sí, es pot dir que vosaltres ja heu complert, però jo..., sí que hi ha dies que acabo cansat com un ruc, però m'agrada, no hi puc fer més. I el Tomeu també ho agraeix, i així la Dolors també aprofita per fer les seves històries. Jo agafo el cotxet, pim-pam, vinc cap aquí i anem tots dos feliços cap al tros. I com que ell no és de vibradors, ni de soroll, ni maquinàries...

—Mira, com mumpare.

—Sí, ells dos deuen ser els últims exponents de la resistència.

M'irromp al cap la imatge del Tomeu i mon pare darrere d'una barricada.

—Què rius?

—No, no res. Perdona, dis.

—No, doncs això, que amb el Tomeu anem a fer de pagès a l'antiga, amb el banc, les borrassetes, i anem pentinant, i xerrem una mica... En definitiva, que m'agrada, tu.

—Sí que t'hi vei posat, sí.

Al seu got, em fixo que les últimes línies esborrades són obliqües i festives. El dit, inquiet i humit.

—Ei, i encara et diré més, que jo ja em veia aquí al poble muntant un hortet, quatre enciams, quatre kiwis, un gosset que m'hi acompanyi, i a les tardes fent dibuixots i enviant-los per internet. Però ja ho veus. La vida no sempre surt com un vol.

Ja ho pots ben dir, penso en veu alta.

—De fet, quan vaig començar a anar a l'auliva amb ells, si jo ja ho entenc, que és molt sacrificat i tota la pesca, i com que tinc sang de pixapins, això que diré pot sonar frívol. Però el contacte amb l'aire gelat, el silenci, la música de les aulivetes caient pels escalons del banc, rrrr, és com... Ei, amb totes les distàncies, eh?, però saps aquests hipiprogres de cap de setmana que es reclouen en un temple budista del Garraf, amb budes d'escaiola i tal i tal...

—Ui, sí, jo en conec uns quants, d'aquets... Se fan fer la casa amb *feng-shui* i encabat te pregunten on han de posar la parabòlica.

El Bernat fa una rialla i m'apunta amb el got: Exacte, els mateixos, sí senyora.

—Ai, perdona, que et tallo.

—No, no. Doncs saps què busquen, aquesta gent? Ells van d'excursió al templet, a fusionar-se amb el cosmos un parell de dies, reciten els seus mantres, entren en trànsit amb un paio que toca un bol amb una mà de morter: uòoooo...

Faig un glop per empassar-me el riure.

—Nooo, no riguis no: són els sons bàsics, els sons de les

coses ancestrals. Al nostre cervell els fa bé, encara que no els haguem sentit mai, i quan els sentim, pam, ens hi trobem com a casa. Doncs al tros igual, el foc a terra, per exemple, quan crepita, i el vent, shhhhh, entre les fulles dels pins i dels aulivers, i les soles de les sabates, cràs, cràs, xafant els terrossos i la terra dels camins. Els tenim a la càrrega genètica, Èlia. Els sons de la terra els portem a dins, i el tecleig dels ordinadors no. O, almenys, no encara.

Mentre parla mira endins, i passa els dits pel coll del got buit, per les arestes de la taula, pels merlets del cendrer, palpant textures invisibles.

—Carai, Trau, lo teu sí que és poesia.

—Potser massa, oi? Saps si els de la Unió de Pagesos fan Jocs Florals?

Ara ja em peto del tot: Alguna medalla sí que et caurie, Trau!, i buido la meua canya endarrerida.

—Fem una altra ronda o què, Pedrona?

Ens dirigim al Pep en el llenguatge internacional dels signes i en un no res tenim renovades les existències. El Bernat ja té pissarra nova, però la primera ratlla la fa al meu vas, cosa que em fa parpellejar.

—Tu em tens preparada una bufetada, oi?

—Una bufetada de qué?

—Em veus com als col·legues del *feng-shui*, oi?

—No, no, no...

Ell riu, incrèdul, acostant-se el got al nas: Va, dispara.

—No, bé, si tot això que tu dius és molt bonic, i en certa manera ho puc entendre, no et pensis...

—Peeerò...

La cervesa m'anima a exposar quatre obvietats disperses, que si la visió idealitzada de la vida de pagès, que si els preus, que si els factors que no podem controlar, la sequera, les gelades, si plou, no plou... I encara hi afegeixo una mica d'aportació reivindicativa sobre el rec de secà, que estic convençuda que a la llarga no pot acabar bé, que els arbres s'hi tornaran. El Bernat obre la boca per fer un comentari i abans de saber cap a on carrega jo ja apago el foc: No, no, no en vui parlar, un altre dia, un altre dia.

—D'acord, em deus un discurs.

—La cosa és que anar al tros sí que pot ser un exercici espiritual per un saltamarges de cap de setmana, que no em refereixo a tu, ja ho saps...

Ell m'assenyala amb el dit, sorneguer: No sabies com dir-m'ho, eh? I jo m'escudo darrere el got, fent una mica de comèdia, abans de seguir amb la meua tesi particular.

—Lo que vui dir, que no sé si m'explico tampoc, és que pel pagés això és lo menjar de casa seua, és lo plat a taula, i amb això s'hi pot fer tota la literatura que vulguis, pero no deixe de ser el seu mitjà de subsistència.

—Sí, sí, res a dir sobre això. Però en el fons estem parlant del mateix, ja ho veuràs. Estem d'acord que dependre de la meteorologia és com una ruleta russa, i que ja té delicte que l'oli el paguin a preus de fa trenta anys, i tantes i tantes coses que no arreglarem ara. Però si mirem l'activitat en sí, aïlladament, pam, pam...

Projecta al mig de la taula un tancat imaginari, i jo el segueixo, ara les mans, ara els ulls.

—El que intento dir és que, d'entre totes les feines, aquesta té fil directe amb els orígens. Els aliments, la terra, tot allò que és bàsic i primer. I per això crec, humiiiilment, que anar al tros és la feina més natural que hi ha, i la més civilitzada. La terra i el follar són la *base* de totes les civilitzacions.

Aquí jo també hi fico teoria: I les guerres, Trau.

—Ei, no fotem. Una cosa és sembrar, i l'altra arrasar. I jo parlo de sembrar, de treballar amb *les bases*... Que potser gela, sí, o fot una pedregada que t'ho mata tot, i tooot ha de tornar a començar. Però és la vida mateixa, el cicle de totes les coses, i el contacte amb això... O si no, mira: anem a les proves. Mira el Martí: va fer econòmiques i ha tornat al tros. I la Tomaseta petita, que va fer química i avui s'encarrega de la granja. Abans d'agafar el tractor potser fan escalfaments, com els del Barça, i potser porten els números amb un Excel. Però han tornat, cada vegada n'hi ha més que tornen. Si s'hi volien fer rics s'haurien fet intermediaris, o s'haurien muntat una màfia, valgui la redundància.

I ara riem, perquè jo he dit alhora: Que ve a ser el mateix.

—No és per la pasta, Èlia: si els ho demanes, tots tenen un discurs. Agafa el Martí un dia i li fas una entrevista. T'aconsello que hi vagis amb temps.

Ara m'adono que mai no he mantingut amb ningú una conversa en aquest termes, ni amb ma tieta, ni amb mon pare, ni amb els padrins, tots pagesos fins al moll de l'os. I avui tinc al davant aquest Trau que canta les excel·lències de tot allò que jo mai no he sabut veure, tot i tindre-ho a les mans des d'abans de néixer. I tot això és el que penso mentre el Bernat enfila la conclusió:

—Mira, jo no he nascut aquí, molt bé, però si mon pare hagués sigut pagès, no es pot dir mai, però crec que m'hauria agradat portar-li les terres i criar aquí els meus fills. Que corrin pels carrers amb les bicis i es fotin de cap pels marges i que sàpiguen d'on ve el pollastre i d'on surten els nens. I després que juguin amb la Play, si volen, però abans que res que siguin salvatges, lliures i bons salvatges, tant de temps com puguin i mentre ho puguin ser.

Carai, Trau, és l'únic que se m'acut de dir-li, deixant-me caure la galta al puny. Ell aixeca el cap, com si s'acabés de despertar. Em fixo en el cendrer que ha anat de banda a banda de la taula, i faig una ràpida associació d'idees: Te fa res que fumi?

—Hòstia, que fumes?

Trec el paquet de la bossa, on hi havia anat a parar per la llei del «si de cas».

—Bé, fumar, fumar... Només quan estic mig així, com al casament, te'n recordes?

—Ei, sí. Doncs va, jo també faré una malesa, ara que no ens veu ningú.

I riu, i quan riu, al voltant dels ulls se li marquen uns sécs que encara em sorprenen.

Penso que, a aquesta hora, tot lo poble deu anar ple que al Casinet hi ha aquell del Trau amb la del Pedró, que no sé què deuen parlar tantes hores, bevent cerveses com si fossin aigua, i ara fumant!, que, en el meu cas, és la primera vegada que ho faig en públic, i en el seu potser també, perquè, tret del puro del casament, ara recordo que no l'he vist fumar mai.

—Tu fumes?

—Per qui m'has pres, Pedrona?, no sóc home de vicis, jo; porta aquí aquest encenedor!

I ara sí que no sé si fa broma o no, però ja en conec la sensació.

Quan decidim demanar la tercera canya, a fora ja és negra nit. Com que no solc beure gaire, estic contenta i a gust. Ni tan sols penso que aquesta trobada nostra segurament també deu haver arribat a cal Petit, i segurament també, perquè no vull subestimar la capacitat expansiva de les altes instàncies, ha fet cap o farà cap a les orelles de la Clara, que a hores d'ara deu estar emplenant caixes de cartró en el seu futur expis de Tarragona. Però què coi, quan vas camí dels quaranta ja no estàs per tindre manies. I amb dues cerveses i escaig circulant-me per les venes, encara menys.

Saps qué?, li dic al Bernat. Què?, em respon, exhalant el fum amb la barbeta alçada.

—Doncs que crec que a mi també em passe una cosa semblant, que no té res a veure amb lo tros, o potser sí, pero que és una mica com tot això que has dit dels orígens... No sé si saps que els pares del Blai tenen una casa a Canargós, al costat de Ribes...

El Bernat s'inclina endavant i fa que no, acostant-se el cendrer.

—Doncs sí, tinc uns sogres una mica *pijos* i hi tenen un xalet d'aquets de fer bonic, amb la pissarra, la teulada a dos aigües, piscina i tota la mandanga. Ells agafen los gats i carretera amunt, i nantros també hi pugem molt sovint, als estius, a les vacances, sempre que podem, perquè és a una hora i poc per la Nacional, i en un *plis* ja hi ets, i allà ho tenim tot fet, perquè la mare del Blai és una cuinera ole-ole, li agrade remenar fogons i no li fa mandra res...

No sé com m'ho faig que sempre m'embolico. Espero que aquest mig somriure del Bernat no sigui d'avorriment. Va, Èlia, al gra:

—Doncs això: que anquet poble sento com si recuperés una mica lo que aquí hai deixat perdre.

Molt bé, aquí és on volia arribar. Poso el turbo:

—A veure si m'entens, ja fa la tira que sóc a Barcelona, i al començament això de ser anònima, de fer lo que et done la gana sense donar explicacions, doncs per mi ere com una alliberació, que el poble el veia com un nucli tancat, com estar en una telesèrie que totes les circumstàncies passen amb la mateixa gent i entre la mateixa gent, i Barcelona ere, ooooh!, arribava a l'estació de Sants i ja era feliç, una fornigueta més, i cap a l'anonimat falta gent. I ho vivia com una alliberació, t'ho juro, perquè quan ets jove i tens lo cap ple de pardals te penses que tot ho trobaràs fora de tu, saps?

El Bernat somriu d'ulls en avall: no ho ha interpretat com una pregunta.

—I quan optes per aquet camí jo crec que estàs jugant amb foc, perquè no te n'adones i, de mica en mica, que si ara no baixo, que si ara tampoc, que si quan baixo no surto, te vas desvinculant de coses que també són bàsiques: lo poble, la gent que coneixes, la terra, que dius tu, i cada vegada et coste més tornar a relacionar-te com abans, perqué ja no ets la mateixa persona, ets com lo fill pròdig...

Ja, m'interromp, però sense sarau de benvinguda. I treu un fum veloç cap al sostre i apaga el cigarret al cendrer, al costat de la meua burilla.

—Això mateix, ni sarau, ni jalar. I jo, és que la nostàlgia la porto molt malament, Trau. I a Canargós és una mica com tot això... M'agrade anar pels carrers i conéixer la gent, la casa tal, la casa qual, i saludar, i parlar ara amb aquet, ara amb l'altre, del camp, de les vaques, buscar aquella complicitat, di'ls-hi que vinc d'un poble també molt petit, que la gent és pagesa, que la meua família és pagesa, i d'alguna manera intentar integrar-m'hi, que entenguin que no els veig com los Pastorets, saps? I ja ho veuen, que parlo així *raro*, com lo Caelles..., bé, ara més com la Mari Pau...

El Bernat riu, els sécs als ulls, els dits perduts en la cabellera esvalotada que ja té algun floc que blanqueja.

—I clar, los hi fa gràcia, també, pero clar, per molt que m'hi esforci, per ells sóc de fora i realment ho sóc. I mira que el Blai un dia es va il·luminar i ja va començar a dir que mose hi podríem quedar a viure, que mos féssim arquitectes municipals i jo qué sé... Pero ell és un urbanita nat i..., vui dir que ell només hi veu un lloc tranquil on anar en *mountain bike* i descansar la vista al verd i a les muntanyes, mentre que jo lo que hi busco és una altra cosa, i ara mentre parlo me n'adono... És una cosa que ja hai tingut a les mans, i que en un moment donat la vai deixar escapar. Una cosa que tenia quan vivia aquí i anàvem amunt i avall, déu, déu, i et senties que pertanyies *a un lloc*. Tenies un sentiment de *pertinença*, saps? Encara que només sigui per la manera de parlar, perqué el parlar també és una manera de veure el món, diuen, no?

El Bernat no cau en el parany de les preguntes retòriques, així que continuo, perquè tot el que dic és el primer cop que m'ho sento dir, i m'interessa saber com acaba:

—I ara... Ara estic com en terra de ningú, per dir-ho així. Que pels d'aquí sóc de Barcelona, i pels de Barcelona sóc de Lleida o de cap allà, que a partir d'un punt tot ho veuen igual, i potser sense adonar-me'n estic buscant los meus orígens en un poble equivocat, com mirant de recuperar tot allò que tenia al poble pero sense..., los records del poble, o les implicacions emocionals o com n'hi vulguis dir. Pero aquets orígens nous són orígens de pega... Perqué ja en tinc uns, i no els hai sapigut gestionar.

Aixeco la vista per il·lustrar el punt i final —i no els hai sapigut gestionar— i em trobo els ulls del Bernat a dos pams, incisius.

—Hòstia.

—Quin rotllo que t'hai fotut, oi?

—No, no. T'hauria de sentir parlar mumpare. Quan muns avis van anar a viure a Barcelona, mumpare era un nas de mocs. Eren del Lluçanès, ho coneixes?

—No gaire, la veritat.

—Bé, és igual. Doncs a mumpare sempre li havia quedat això que dius tu: el poble, el poble i el *repoble*. I això que pràcticament no hi havia viscut, que ja és un cas clínic. Ei, no tinc vocació de psicòleg, eh?, però si em deixes que t'ho digui, a tu el que et passa és que ets una emigrant i encara no te n'has adonat. En tens els símptomes, com mumpare, creu-me el que et dic.

Ara sí que em fa riure: Emigrant? Aquet és lo diagnòstic, doctor?

—Ei, que per ser emigrant no cal anar a viure a l'altra punta del planeta, es pot ser emigrant de moltes coses, de realitats, de sentiments, de la llengua, també. Perquè cadascú té la pàtria que té, i se'n pot sentir allunyat encara que et trobis a deu quilòmetres, i la pots enyorar encara que siguis a tres hores de tren.

—Hosti, doncs ara que ho dius... Si sabessis les decepcions que hai tingut, de Barcelona, que creia que havie de ser un paradís tropical i al final no res. Sí que tornes a fer amics, intentes fer una mica de barri, pero el barri i la gent van pel seu cantó, i ara no vui fer sociologia barata, pero en deu anys que fa que vic al mateix pis només me saludo amb la veïna del davant i gràcies, i una veïna nova, l'altre dia, també, és que...! Va i em diu *Ay, ¿hablas catalán?, pero ¿tú eres de aquí?* T'ho pots creure, la tia?, d'on vol que sigui, de Singapur?

El Bernat branda el cap: Colonialistes.

—Ja ho veus... I això que et volia dir, que tinc amics fantàstics, eh?, que no em puc queixar, pero al cap i a la fi són amics d'una determinada etapa de la meua vida que jo considero que és molt parcial, que la *jo de veritat* s'explique molt des d'aquí, també, saps? Allà m'hai intentat fer a mi mateixa *per omissió*, i hi ha coses que no es poden ometre, i més les de quan te comences a fer com a persona, perqué són aquestes *bases* que dius. Potser sí que sóc una emigrant sense saber-ho, i me n'alegro, que tot això que t'explico no et vingui de nou.

—Ei: que a mi no em ve de nou, que ho tinc molt teoritzat, tot això. Poca feina?, doncs sí, mira, la vida de l'artista. És això que tu dius: un dia te'n vas a buscar un món millor, per necessitat, en el teu cas pels estudis, per fer una carrera, i emigres —Eurooopa, Eurooopa—, i després t'adones que tots els al·licients que et van impulsar a fer les maletes, quan els tens a la mà, tampoc no et donen l'assossec que esperaves. I això no vol dir que no hagi valgut la pena, o que no fos necessari. Però quan ho pots veure amb perspectiva, quan estàs assentat, s'han acabat les classes, els exàmens, ja tens una feineta una mica fixa, pim, pam...

Tinc com una sensació de *déjà-vu* induït. Tot això em sone, dic, massa fluix.

—Mira: per mumpare, la seva infantesa al poble era una obsessió, una obsessió. Però com que de *crio* només ho ets una vegada, ara crec que l'home se sentia més emigrant d'ell mateix quan vivia al poble, que no pas del poble mateix. I quan a ma mare li van donar plaça a l'escola més remota que van trobar al mapa, perquè portava mil anys sense exercir, se li va encendre la bombeta, plinc!, i va dir, ja està, a cagar tot que ens n'anem. I jo, que aquí on em veus era un nano de col·le anglès, uniforme, i tal i tal —i fa la serp, impostant la veu—, i com que muns pares, ma mare sobretot, eren de ui, el potencial, el potencial, guitarra, teatre, natació, el bàsquet, que s'expressi, que s'expressi, que em tenien explotat, tanta expressió, vaig pensar mira, seran com unes vacances llargues. I com que no he estat mai de protestar gaire, ja ho saps, mentre no m'emprenyin, doncs vaig deixant passar les coses, sóc una mica *blandiblub*. —I així em va, riu.

I jo també ric, sense saber ben bé per què. Potser perquè m'imaginava el Bernat de totes les maneres menys convertit en gelatina.

—I ja ho veus, Pedrona, vaig deixar els amics pensant que els convidaria a les vacances, que ja era ser il·lús, perquè venir de Barcelona a aquí, abans arribes a Vladivostok amb el Transiberià, però bé. A més a més, també és una edat de canvis, i quan t'hi acostumes, et trobes que ja no ve d'un. I com que de seguida vaig conèixer el Petit i la colla, m'hi vaig trobar bé. Jo anava fent dibuixets, *ninonà*, que en el fons era el que m'agradava, i al final, ja ho veus, tots feliços i menjant anissos per sopar. I jo sempre els estaré agraït, perquè en un poble la vida es viu ultraconcentrada, vius la teva i la dels altres, i tot suma, i aquestes experiències, jo crec que per a un nano són essencials. I ara mira, ficat a Tarragona, els horaris, les classes, i sant tornem-hi... I m'agradaria creure que no he tancat el cicle, encara. Segur que ja m'entens.

Dic que sí, per si m'he perdut alguna cosa. El Bernat s'empassa l'últim glop i em planta el got a tocar del meu, que ja fa estona que té els mateixos dos dits de cervesa al cul. La seua veu em desperta, nova:

—De vegades, saps què, Pedrona?, m'agafen ganes d'agafar la jubilació anticipada.

Vaaa, Trau, ric, que d'aquesta mos en sortim!, i agafo un altre cigarret. Estic contenta, però l'estona passa volant. *Hústia*, tres quarts!, salta el Bernat.

—Ooooh, te n'has d'anar...

—*Macagun* la llei de la Relativitat! A les nou haig de ser a Tarragona i si em fan bufar petaré la màquina.

—T'ha pujat? No agafis lo cotxe, ara, eh?

—No t'amoïnis, que entre que passo per casa i per cals sogres, entre un lavabo i l'altre ja ho arreglarem.

Deso el cigarret intacte i ens aixequem, arrossegant les cadires amb un xerric que també m'és familiar. Mentre em poso l'abric, el Bernat ja és a la barra i paga el que li diu el Pep, ignorant les meues protestes. Abans de sortir, els tres botifarraires que queden ens fan un cop de cap tediós. Cap a on vas, primer?, li demano, cordant-me l'últim botó.

—Vaig cap a casa, així t'acompanyo un tros. Si no tens altres plans, esclar.

—Joo? Quins plans vols que tingui, que no te l'hai explicat, la meua trista vida?

Sortint dels perxes del Casinet desfilem per davant d'un grup de jovenets mandrosos que deuen sortir del Zem. Déu, déu. Hi reconec els Girons i algunes noietes, i me'n faig creus que alguns siguin qui crec que són, però estirats d'aquí i d'allà, com si els haguessin modificat amb Photoshop la fotografia de la comunió. Ostres, li comento al Bernat, aquell és aquell?,

aquell és l'altre? I ell que sí, que sí, i que el temps passa que vola.

—Doncs ahir vai anar al Zem, tu.

—Ah sí? I no has agafat la triquinosi?

—És que havia de consultar una cosa per internet, i buf...

—Ei, si necessites consultar el que sigui ja pots passar per casa. Però sense cap problema, eh? Mumpare sempre hi és, una hora o altra, li demanes i no cal que et vagis a jugar la vida per aquests antres de déu.

—Ah, doncs mira, te ho tinc en compte, eh? I teniu ADSL?

—Però si mig poble té ADSL! De moment només amb Ibernet, per això, que surt per un colló de mico, però tot sigui per poder mirar tractors. I te'n faries creus de qui s'ha instal·lat un ordinador a casa, que amb prou feines si saben com s'engega. Ara, la «e» de l'explorer, tu, de memòria. Li han dit a la dona, oh, és que hai de mirar tractors, Rossita, maquinària *alemana*!

—Aaah, clar, maquinària *alemana*. Sobretot amb uns bons neumàtics, oi?

—*Eccolicuà*... I amb seients de cuiro i un volant ben rodó i que es pugui agafar bé.

Veig que estem en sintonia.

A la costa ens creuem amb el vell de ca l'Alegre, que ens mira dues vegades per davall de la boina i ens fa Déu, i nosaltres Déu, i ens mirem i somriem: el «déu» innocent que, ara ja ho sabem, té el significat d'un món.

—Un dia li picaré l'ullet, ei, mmh.

—Trau, que no ho saps, que al poble no hi ha gais? Ni gais ni lesbianes ni divorcis.

—Lesbianes i divorcis no ho sé, però en alguna casa hi ha algun armari que peta.

—Ah síí?

—Pedrona, que el poble no és una reserva de mutants!

—Ah noo?

—Bé, amb la Nuclear, no se sap mai.

—Això vol dir que t'han tirat los trastos! Qui?!

—Va, deixem-ho que prendrem mal.

No insistiré. De fet, tampoc no ha de ser estrany que algú temptegi el Trau per si sona la flauta, mai millor dit. Així que decideixo canviar de tema i li assenyalo la jaqueta, d'un color de la família dels verds: Eh, ja no vas fosc.

—Ai no, és que em vaig equivocar de carrera. M'havia d'haver fet arquitecte.

—Ha-hà.

I d'aquí fem unes pinzellades ràpides sobre la meua feina, i més concretament del malament que està la meua feina, que la crisi ens ha agafat a tots amb els pixats al ventre, i que el Blai i jo hem reduït la jornada i ja veurem què passarà amb els respectius despatxos. No li dic res de la separació. Primer, perquè encara no me l'acabo de creure, i segon, perquè, per algun motiu que no sé escatir, penso que això em dóna un cert avantatge, que és com tindre un as a la màniga, que mai no se sap quan et pot fer servei.

Ens aturem a l'entrada del seu carrer. Passats els perxes, hi veig aparcat un cotxe que no pot ser de ningú més.

—Coi, un Volvo, tens?

No conec les marques, però aquell és com el dels pares del Blai, però en gris.

—Sí senyora: tecnologia escandinava. Bé, almenys la calefacció va com una seda. És un trasto, però com que sempre vaig carregat... Només em cap al garaig si no hi són muns pares, i tot i així mirant-m'hi molt.

Ens quedem un moment en silenci, cara a cara. Som al mig del poble i calculo que, en aquelles finestres que se'ns aboquen damunt dels caps, pel cap baix hi deuen haver tres o quatre cortines apartades. Suposo que a ell li deuen sortir unes xifres semblants.

—Bé, ara sí que m'haig de posar les piles.

—Sí, ja li donaràs records, a la Clara, molts, molts records i molts petons petoníssims, i dis-li que la trucaré, que es prepari que la truco.

—Ui, ui, quantes coses. No, mira: dilluuuns, agafes aquest mòbil tan *high-tech* que tens, vas a l'agendaaa, que segur que deu ser rotllo Minority Repooort, busques el número que t'he donat i la truques. Que ja comença a ser hora, i a ella li agradarà sentir-te, ja t'ho dic jo.

—Sí, clar que sí, això també.

El miro fix, la cervesa m'ha pujat més del que em pensava.

—Estic molt contenta d'haver-te vist, i aquesta estona ha estat fantàstica, una autèntica teràpia.

—Sí, per mi també. Ja intercanviarem factures, doncs.

—Això, almenys aquet mes ni tindré alguna per passar...

Ell riu i es posa seriós alhora.

—M'ha fet molta il·lusió de veure't, de debò. No sé per què ha hagut de passar tant de temps.

—Ja, *bueno*...

Se m'acosta, m'acosto, i ens fem dos petons amb mala traça. La seua mica de barba em punxa el mentó i les comissures dels llavis. La resta és mecànic i afegit. Vigila, no corris, si convé surt més tard. No t'amoïnis. I dóna records a tothom. De part teva, pel que sigui ens truquem. Ja hi pots comptar. Apa déu. Déu.

Quan em giro, durant les primeres passes noto una minúscula sensació, líquida i freda, en dos punts de cada galta. I que s'evapora ràpidament.

12

JO TAMBÉ PUC SER *BLANDIBLUB*

Avui, quan obro els ulls, el primer que veig és la paret dels requadres blancs. Ja estic ubicada: diumenge, poble, tres de novembre. Em giro cap a la tauleta per mirar l'hora al mòbil, que almenys aquí em serveixi per a alguna cosa, i, coi, les dotze! Ahir em va costar molt, agafar el son. Abans de sopar amb mon pare, vaig fer la visita a ma tieta. Com estàs, que necessites res?, i ella: Mira, filla, hai desfet tota la manta i ara la torno a fer, domés sigui per distreure'm entre avui i demà, perqué a la tele no fan re de bo. Ai, tieta, me sap greu, dilluns potser te hi podrà baixar el papa.

I quan ja sortia per la porta va i em deixa anar: No ho sabia, que fumessis.

—Recony, qui te ho ha dit, això?

—No, dingú, la Tere de l'Ajuntament, que es veu que ha telefonat al Pep per veure si us havíeu aclarit i li ha explicat que éreu allà al cafè amb lo Bernat del Trau, i encabat m'ha telefonat a mi per veure qué feia, i mira, parlant, parlant...

Jo és que al·lucino en tota la gamma de la paleta Pantone.

—Coi, tieta, si als trenta-quatre anys no puc fer un *cigarro* en una ocasió excepcional, ja em diràs tu.

—*Bueno*, *bueno*, jo no li diré re a tumpare, que tindrie un disgust.

—Fes lo que vulguis, pero ja som tots prou grandets.

—Ai, xiqueta, sí que us feu grans, sí, i com que avui lo jovent feu lo que voleu, casats, solters...

Em fa riure, perquè, coneixent-la, ara em veig a vindre que em dirà que en aquelles hores una dona no hi ha d'anar a fer re, al cafè, però continua: Pensa que la gent parle molt, massa, i a vegades no saben lo que diuen i parlen igualment...

—Ai, tieta, no em siguis carca! Que diguin lo que vulguin, lo Bernat i jo som persones adultes i només faltarie ara que haguéssim de demanar permís per fer un café junts, ara sí que em mates.

—Mira, ja us arreglareu, si valtros us enteneu, jo no us hai de dir re, que tens rauó que ja sou prou grandets per sapiguer lo que us convé.

—Tieta, coi, sembles l'Enigmàrius. Si em vols dir *algo* hauries de parlar clar, perqué sóc d'una generació que no en sabem gaire, de llegir entre línies.

El que vaig dir. Em va demanar, vine, seu aquí un momentet, i llavors va agafar aire, i quan ma tieta agafa aire, ja et pots calçar, perquè allò és un tren de vapor a tota màquina. I així em va explicar que no re, que no té cap importància, que són coses de velles, i que tampoc no passarà re si me ho explique, perqué a vegades les coses pesen i, quan ni portes moltes a l'esquena, te n'has de treure alguna del damunt, i que ara ja me ho pot dir, que ha passat molt de temps i jo ja sóc prou gran per entendre-ho, poro que una matinada de fa molts anys, que jo era joveneta, va sentir com un *pito* fluix al carrer i que, per les curtines, me va veure com pujava tota decidida al cotxe de la mestra del Trau, que ja sabia que anquelles hores domés lo podie portar el Bernat, que ja ere un mosso. I que —mira, filla, és que érets jove i em feies patir— es va esperar desvetllada que tornés —amb l'ai al cort, perqué aquestes coses ja se sap, i com que el Bernat ere un mosso, ja— i al cap d'un *rato* llarg va sentir un cotxe parat a baix i me hi va veure a mi sortin-hi per la porta, tota arbolada, i que com que pel poble corrie que aquell noi del Trau se veie molt amb la Clara, pobreta, que els veien a la Plaça, i a la porta de cal Petit, i com que els dies de *després* jo estava estranya, i no minjava, i en sec me va agafar per no sortir, i que em tancava al quarto, i quan ella me ho demanave sempre li deia de males maneres que no em passave re, doncs que ja es pensave qui sap lo qué, que ja me ho puc imaginar. I que al final no re, gràcies a déu, poro que ella té ulls, i que no té estudis poro no és ximpla, i que sempre li ha quedat a dintre, en resum, que jo devia patir molt.

En aquest punt estava garratibada. De pasta de moniato cuit del dia anterior. I també avergonyida, com una xiqueta a qui li han enganxat entre mans una d'aquelles pàgines clandestines que portava la Clara al Corral.

Però el drama de ma tieta continuava: I que mira, filla, los hòmens no les veuen, aquestes coses, que són d'una antra manera, i a vegades n'hi ha per pensar que tenen sort, de ser d'aquesta manera, poro que les dones mirem per altres coses i que tot és més complicat. I que *després* d'aquell dia ella va passar totes les angúnies del món, per mi, i per tot, perqué va estar dies i dies parant l'aurella a la carnisseria i al Peix i a la Plaça, que ja puc comptar que davant seu tampoc no dirien re, poro que els de cal Petit encara li deien que n'estaven tan contents, d'aquell xicot, que ere tan atent i tan educat i que es preocupave tant per la xiqueta, i quan van anar passant los dies al final va respirar *aliviada* de sapiguer que allò que no havie sortit de la seua boca tampoc no havie sortit de la de dingú, perqué aquella matinada, gràcies a déu, domés hi havie hagut uns ulls desperts, perqué si algú de segons quina casa hagués vist segons lo qué, qui sap quin rebombori hi haurie hagut per tot lo poble. I que ara veu que podé havie fet una muntanya de no re, que són coses de velles, poro que com que abans tot ere molt diferent, d'ara, les noies eren d'una antra manera, que es festejave, los xicots naen a les cases, i an ella, déu li'n guard!, que li haguessen dit cap mal de mi, que jo era molt bona xiqueta, que sempre ho hai sigut, i la Clara tamé, poro que hai de tindre present que, com que a cal Petit ja tinien per segur que anquell noi del Trau l'havien de tindre per gendre, doncs que ella havie passat moltes angúnies per tot plegat. I sort que nantros som jóvens i ara són uns altres temps i fem la nostra, i que quan vai portar el Blai a casa i el va veure tan maco i tan intel·ligent i tan aixirit, i que jo n'estava tant, d'ell, i que ell n'estave tant, de mi, va donar gràcies a déu perqué ja em va veure arreada, i que la fenya estave feta i que jo ja tenia qui hagués de patir per mi. Poro que ho hai d'entendre, que ella és vella, i que no té cultura de re, poro que sap que hi ha coses que a vegades semblen mortes i enterrades, i que les dones som d'aquesta manera que a vegades fem coses sense sapiguer per qué les fem, poro que per dintre sí que sabem per qué les fem, i que quan te fas gran vas entenent que moltes vegades mos enganyem a nantros mateixes perqué si no patiríem molt. I jo no vui que patixis, xiqueta.

Amb aquella conclusió tan críptica, el meu cos de pasta de moniato amenaçava d'adoptar l'estat sòlid. Però ràpidament, per allò dels recursos d'autodefensa que desenvolupes amb l'edat, de seguida vaig agafar-me a una adaptació pròpia de la història: que mentre jo feia tots els esforços del món per menjar-me les meues penúries, la tieta passava pel seu calvari particular en nom del meu honor, l'honor de cal Petit i jo què sé quines trifulgues medievals més. Al final, en un intent reflex de treure ferro a la situació, vaig esclatar de riure: Hosti, tieta!, no vols dir que veus massa *culebrons*? Però era un riure-escut, un riure marca de la casa, perquè a cal Pedró les coses grosses mai no s'han dit clares, o, més aviat, sempre s'hi ha passat pel damunt com si no existissin, i en aquest aspecte, ara que hi penso, la Joana n'era la mestra número u.

Que jo recordi, quan ma germana vivia a casa, o quan jo hi vivia, ni ella, ni la tieta, ni encara menys mon pare, que viu al seu món, mai no aprofundien en res que pogués afectar mínimament alguna fibra sensible i magistralment adormida. Era una senzilla qüestió de supervivència emocional. I ara entenc que, protegint-se a elles mateixes, també em protegien a mi amb una acurada delimitació del territori: d'aquí fins aquí és zona segura, i més enllà no ho sabem, perquè no hi entrarem, per si de cas. No recordo com devia ser abans, amb ma mare, però després que ella ens faltés, els Pedrons, i molt concretament les Pedrones, les unes per les altres, vam trobar el *sistema*: passat el dol obligatori, es va acabar tot això de parlar de les coses que fan mal. Justament perquè fan mal. I, de mal, ja n'havíem passat prou. D'alguna manera devíem pensar que, obviant els dolors, aquests desapareixien. I de fet sí que desapareixien: de la superfície. Però al fons de tot encara hi eren, lligats a un roc de cent quilos que ens els mantenia lluny del camp visual, sempre situat a terra ferma. I aquest roc de cent quilos era —i és— el silenci. I quan no era —ni és— el silenci, era —i és— el transvestisme de la realitat perquè fos la que més convenia als nostres interessos *emocionals*. I ahir, quan ma tieta va decidir que gairebé vint anys de silenci eren suficients, que ja no podien fer mal sinó evitar, prevenir —delimitar el territori—, la meua fugida endavant va ser la de fer-li una mica de sociologia sobre l'emancipació mental de les dones i com funcionen les relacions de gènere entre les persones del segle vint-i-u. En definitiva: tirar d'informe, tirar d'arxiu. Un discurs asèptic i irrebatible, en què jo ja no era jo —quin descans!—, sinó que eren totes les dones emancipades del món que corrien en el meu auxili, que deien en cant coral que li agraíem molt el vot de silenci que va fer en el seu moment i que es preocupés tant per nosaltres i per les cases dels altres, però que no li calia patir tant per una simple anècdota adolescent de la categoria de l'aigua passada i que en aigua passada s'havia quedat. I, per acabar, que no teníem cap necessitat de dir-l'hi, però que estigués tranquil·la: que el Bernat encabat aniria a fer visita als sogres i que la informació els arribaria neta, polida i de primera mà.

Que bé que funciona, la tàctica Pedrona. Que tranquils ens deixa a tots. Així que, amb ma tieta, senzillament l'endemà ens tornaríem a veure per dinar i ella em parlaria de les llanes i de la manta que ha desfet, i la vida continuaria endavant, segura i indolora, passant per damunt d'aquell moment puntual de debilitat que l'havia impulsat a intentar explicar-me no sé què, i que ja he oblidat. I, com a conclusió definitiva, pensaré uns dies més que he fet ben fet de no haver dit res, encara, d'això del Blai. L'as a la màniga: tàctica Pedrona *trade mark*.

I així ha sigut que, entre unes coses i les altres, he passat la nit del lloro. En una mena de somnolència febrosa, segurament gentilesa del pebrot de l'amanida, se m'apareixien darrere les parpelles els dits polits del Bernat fent girar el cendrer, i després uns peus nus trepitjant els cavallons del llaurat, *oro-plata*, *oro-plata*, i una altra vegada el Bernat, passant-se el palmell de la mà pel mentó i rient, i el feix de línies fines al voltant dels ulls, i la polpa dels seus llavis dient la terra i el follar, i el follar, la vida no sempre surt com un vol, i ma tieta apartant les cortines i mirant-me com quan tenia setze anys i dient-me: Jo no vui que patixis, xiqueta.

Però mira, si els matins també serveixen per alguna cosa és perquè constatis que els fantasmes nocturns no són més que això, fantasmes nocturns. I si van acompanyats d'una mala digestió, la coartada és perfecta.

La vida no sempre surt com una vol. Doncs sí, i què? Per què m'hi he d'encaparrar, si estic viva, si tinc trenta-quatre anys i, si m'ho proposo, jo també puc ser *blandiblub*. Ara això sembla un eslògan: ei, tu també pots ser *blandiblub*! Potser encara és massa aviat per saber-ho, però em conec la història i en tinc la fórmula. I segurament ha arribat l'hora de creure-m'ho *una altra vegada*. La vida és canvi, i jo, què cony, també tinc dret a canviar, encara que sigui de perspectiva.

Mentre em dutxo, m'imagino que l'aigua es va emportant com un tel espès que em cobria la pell. Amb l'aigua deixo passar les coses, amb l'aigua picant-me al front, velant-me les orelles. I així, eixordida pel brunzit niagarià, entro en una mena de trànsit, el trànsit de les coses ancestrals, el so de l'aigua que ens cau al damunt, que ens xopa fins a les arrels, i que el tenim a dintre. Què et sembla, Trau? A més a més, ara m'adono que avui, per primer cop en els dos mesos que fa de la separació, el pensament que m'ha vingut al cap en obrir els ulls no ha sigut dedicat al Blai. Ni què deu estar fent, ni a on ho deu estar fent, ni amb qui. És més, quan surto de la dutxa, mentre busco la pinta al fons del necesser Mary Poppins, miro la butxaqueta on hi guardo les pastilles i decideixo que aquesta nit deixaré de prendre-les. I em guardaré la llengüeta encetada tot just ahir —Sa, Do, Lu, Ma, Mi, Ju, Vi— com a testimoni de l'inici de la meua recuperació: la pastilla Do, corresponent al tres de novembre, i totes les dinou que falten, es quedaran intactes, relíquies incorruptes de necesser.

De fet, aquest matí, si se'n pot dir així de les dotze del migdia, em sento estranyament d'humor i em sembla que ja sé a què dedicaré el dia. Ni mòbils, ni internets, ni febres diverses: són les meues últimes hores al poble i les penso aprofitar. Sense pensar-m'ho més, baixo al menjador, agafo el telèfon i marco un número que em surt sense mirar.

—Tomeu?

—Qui demane?

—Tomeu, sóc l'Èlia.

—Ai, espera't, espera't, que crido la Dolors. (Dolors!)

No sé per quin estrany mecanisme mental, els hòmens

del poble, quan qui truca és una veu femenina, sempre et passen la dona.

—Qui demane?

—Hola, Dolors, sóc l'Èlia.

—Ah..., eh... Aaai! Èlia, *carinyo*, això sí que no me ho esperae! Que contenta que em fas!

—Com esteu, esteu tots bé?

—Mira, nà fent, *carinyo*, nà fent. I tu qué dius? Ja me ho han dit, que havies baixat, i el Bernat diu que ahir us vau veure un *rato*, que ja me ho imaginae, que hauries baixat, perqué per Tots Sants *tu sempre baixes*, oi que sí?

—Sí, cada any com un clau, ja és una tradició.

—Ai, no sàs lo contenta que em fas, que haiguis picat!

—Sí, sí, jo també estic molt contenta de senti't, i sempre que baixo penso que hai de passar a veure-us, i mira, entre unes coses i unes altres...

—*Bueno*, dona, avui los jóvens sempre aneu molt atabalats, jo ja ho entenc.

—Sí, bé, lo que passe és que deixes passar un dia, i l'altre, i... No, que et volia dir que, si voleu, encabat de dinar us puc passar a veure, si us va bé, eh?

—Ai, això no cal que ho diguis, dona! I si vols vindre a dinar, tens un plat a taula, que som lo Tomeu i jo sols i tamé s'agraïx, la companyia.

—Moltes gràcies, Dolors, pero avui dinaré a casa, com que baixo poc, la tieta i el papa també estan contents i així aumplim la taula.

—Ai, sí, sí, està clar que sí, *carinyo*. I com se trobe, la tieta? Ja està més aixirida?

I això i allò. Quan penjo el telèfon sento l'accès d'una petita eufòria: no puc esperar que sigui l'hora de tornar a fer el recorregut que, de tan sabut, les cames m'hi portaran soles.

13

JA ESTÀ. JA HA PASSAT

—Tieta, que li vols res, a la Dolors?, vai a fer el café a cal Petit.

—Ah, no, no, vés tranquil·la, vés... A cal Petit, dius que vas?

Doncs sí, penso: enxoma-la, aquesta!

—Papa, que vas al café? Doncs baixo amb tu, que vai a cal Petit.

—Ah, poro jo vai al Sindicat, eh?

Mon pare, a la seua manera, és un diplomàtic: va un dia a cada cafè, i per ara i tant encara no se n'ha mort.

—*Bueno*, és igual, faré una mica de volta, tampoc no tinc res més a fer.

Els canals perceptius del meu progenitor no arriben a la freqüència comunicativa en infrarojos que, a força d'anys, hem anat desenvolupant les Pedrones. Que vas a cal Petit?, doncs molt rebé. Ni tan sols no es planteja que fa més de deu anys que no trepitjo aquella casa.

De vegades em pregunto què li deu passar pel cap, a aquest home, i d'altres, què li devia trobar ma mare, tan inquieta ella, a banda de la planta d'actor italià en blanc i negre que, tot i l'edat, no l'ha acabat d'abandonar. Si ma mare valorava el silenci, segur que mon pare era el company perfecte, però no em consta que fos el cas. A ma mare només li agradava el silenci de llegir: Voleu està-us-e quietes, les dos, que no em deixeu estar pa'lo que estic? Potser la clau es troba en la combinació de l'home de tros, que matina, que va a l'hort, i que als migdies veu els telenotícies i als vespres mira l'*Àgora*, el *30 minuts*, el *Segle* XX, i tots aquests programes introduïts per periodistes solvents de trajo i corbata. Mon pare, no es pot negar, és un home que està al dia, però que no n'és practicant. Potser sí que al cafè llegeix el *Diari de Tarragona*, discuteix amb altres hòmens sobre la crisi del totxo, sobre la guerra de l'Iraq o sobre l'Obama, però això no ho sé. De vegades li he deixat anar algun encenall de l'actualitat informativa i no se m'hi ha enganxat. Però sap de què parlo, l'hi veig als ulls. Potser no li inspiro gaire confiança, com a interlocutora. Potser em té massa vista formant part del galliner que, amb ma germana i ma tieta, ja s'encarregava d'omplir de parlamenta supèrflua tot l'aire de cal Pedró. Masses dones juntes, això sí que l'hi havia sentit a dir, alguna vegada.

Mon pare és realment, per mi, un desconegut entranyable. Potser la sordesa l'ha tornat una mica més ermità del que ja era quan tenia els sentits a ple rendiment. Però jo l'adoro, i sé que, en el fons, ell ho sap. Per això, quan baixem la costa camí del Sindicat i me li agafo del bracet, li noto una petita estarrufamenta, heus aquí la meua xiqueta, la més guapa de tot lo poble i part de l'estranger. Perquè abans de morir ma mare sí que tenia alguna sortida d'aquestes, que a ma germana i a mi ens deixaven amb ullets de babaues. Sou les ratotes més guapes de tota la comarca. Que suposo que és el que deuen pensar tots els pares de les seues xiquetes.

I així, fent camí l'un al costat de l'altre, ens creuem amb alguns hòmens que ens paren i tots ens fan el comentari: Carai, Pedró, sí que vas ben acompanyat! Cony, Pedró, a on te l'has trobat, aquesta mossa tan guapa? I ell vinga estarrufar-se a la seua manera, perquè com que és així timidot, doncs l'únic que m'arriben són les vibracions que no li fa cap fàstic una mica de lluïment paternal, poc que el pot exercir.

Estic contenta, contenta de trobar-me amb gent que conec i que em coneix, i que potser sí que em veu una mica fora de context, però que al costat de mon pare no em tracta com a una forastera, sinó com a la xiqueta que van veure néixer, que van fer-li alguna festa quan ma mare em portava en el cotxet, i que consideren que sóc part del seu món, i que, d'alguna manera, també sóc part d'ells mateixos. O que, si més no, tenim un lloc en comú que ens uneix, allò de les bombolles.

—Papa, qui va vindre, al meu bateig?

—Dona, doncs tothom.

—I qui és, tothom?

—Doncs tothom, tot lo poble.

—Que fort, no?

I segurament no entén què vull dir.

Abans, i no sé delimitar l'abast d'aquest *abans*, tothom anava a missa, i si coincidia amb un bateig o amb un casament, doncs coincidia, i a la família no hi feies cap nosa. La Clara i jo vam assistir a missa fins ben passada la primera comunió, i encabat, per a disgust de tietes i padrines, ja vam començar a fer una mica el que volíem. Quan teníem set o vuit anys, el que tenia de bo anar a missa era posar-se el vestit de diumenge, les sabates noves i assentar-nos al davant de tot, al banc de les xiquetes, on s'alineava un reng de genolls de totes les constitucions. Com que se'ns deia que a missa *no es podia* encreuar les cames —Xt, Èlia, Clara, los ginolls junts!— el tauló reclinatori era tot un mostrari de parells de sabates inquietes i lluents. Jo seia al costat de la Clara i ens agradava cantar: anyell de déu que lleveu el pecat del món, tingueeeu pietaaat de nosaaaaltres. Però com que la lletra deia «nosaltres», i al poble dèiem «nantros», també suposàvem que el missatge no anava per *nantros*. Quan sentia la paraula pietat, a mi se me n'anava la vista als rostres encantats de les imatges que ocupaven les capelles, entre núvols de tempesta i àngels bufadors. Moltes giraven els ulls —tingueeeu pietaaat de nosaaaaltres— i eren perfectes per acompanyar el deliri infantil d'una nit febrosa.

—Papa, i tu quan érets petit no te hi feien anar, tuns pares, a missa?

—A jo, fer el paperot no m'ha agradat mai.

I d'aquí no el trauràs, així que m'hi conformo, perquè aquest no és tema que es pugui discutir a quatre passes d'arribar al Sindicat.

Quan el deixo a la porta, constato que d'aquest trajecte curtíssim n'he tret una llibreta mental plena de creuetes, i camino dreta, saltironant una mica. Mentre desfaig el tros de camí que em separa de la ruta, em creuo també amb el gos de cal Masot, i li faig Txuc, xuc, vine petit, però els gossos de poble van a la seua i només et són sociables si hi tenen alguna cosa a guanyar. No els ho retrec, segur que tenen les seues raons. A tocar de la porta de cal Petit, encara tinc l'oportunitat de fer ratlla i bingo amb la Carnissera vella, i em sotmeto agraïda al seu interrogatori, que parteix d'una base informativa més recent, i culmina amb una actualització més recent encara.

Quan traspasso la porta del menjador de la Clara, la rebuda és de les que fan època. La Dolors va d'un cantó cap a l'altre, i ja té posada a taula, a banda del Tomeu i el seu inseparable Winston, una plata plena de pastissets, coraçons, barretets, ametlles garrapinyades i altres delícies de la rebosteria local.

—Ai, Èlia, si ho arribo a sapiguer hauria fet un cóc ràpid, que sé que t'agrade molt.

—Gràcies, Dolors, pero no cal, dona, prou feina tens.

—Poro seu, seu! Que et fai, un talladet?

—Mira, sí. Carai, quin sofà més modern!

El Tomeu ja veu que anem entrant al seu territori.

—Sí, és un sofà d'aquets que s'atxeque això, veus? I astires les cames, veus?

—És fantàstic, això.

—Oh, tu que ets arquitecta ja ho deus sapiguer.

Aquesta és l'altra. Tot comença de la manera més innocent: «tu que ets arquitecta...», i a partir d'aquí ja hi pots anar posant els complements més rocambolescos: ja em diràs si són maneres, una finestra que no tanque bé; si puges a l'angorfa notaràs l'escalfor del tubo de l'astufa; veuràs que anquet anxufe no hi ha corrent. I aleshores sempre és el mateix: No, és que jo faig equipaments, rehabilitacions, peritatges. I llavors és quan et demanen per parets mestres, bigues travesseres i esquerdes al sostre amanides amb les últimes notícies sobre explosions de gas, ensorraments de túnels del Carmel i Sagrades Famílies. Un dia n'hauria d'escriure una antologia, però no pas avui, perquè amb el matrimoni Petit i un tallat fumejant entre mans, els temes van rodant i no me'n vull perdre cap. A més a més, la meua immersió lingüística ja està donant resultats i gaudeixo de sentir com la llengua em va sola, costa avall: Vei que hau canviat tots los mobles i tot, estan molt bé.

I aquí ja hi entra la Dolors:

—Sí, podé són massa moderns, pel meu gust, poro hi vam anar amb los nois, allà a la Sènia, i *casi* que van trià-ho tot ells. Mira, és senzillet, que també m'agrade, poro clar, si hi haguéssem nat nantros sols, podé haguéssem triat una cosa una mica més clàssica, una cosa rústica, que al poble fa molt bonic.

Més val que no continuem per aquest cantó. A banda dels mobles nous, en les lleixes i les parets del menjador el contingut és el de sempre, amb els sellons de ceràmica i els quadres de flors de punt de creu. En un cantó del bufet, ara que em giro discretament, s'hi alineen les fotografies que, a l'entrar, no m'he vist amb cor de mirar: les de les comunions del Jaume i de la Clara, i una altra d'un Jaume melancòlic, alt i vestit de fosc, arropenjat en una roca que deu ser de la Cova del Penjat. Al final de tot, hi ha un marc de metacrilat amb una imatge en blanc i negre de la Clara abocada per l'esquena del Bernat, que riu i fa un gest com d'agafat per sorpresa. El fons pot ser Roma, o pot ser París.

—Doncs demà comence l'auliva, i com que som ell i jo sols, doncs mos-e-ho haurem de pendre amb calma, ves qué hi vols fer.

—Ja em va dir el Bernat que de tant en tant us baixave a ajudar.

—Ai, sí, ahir va marxar d'una revolada, perqué anave tard, i va ser pujar i baixar, i *bueno*, *bueno*, doncs ja mos veurem un antre dia, no ve d'aquí. I aixins diu que vau anar aquí al café.

—Sí, mos vam trobar de casualitat allà a l'Estop, que ell venie de fer un tomb amb la bici, i vam dir va, com que an ell tampoc lo vec gaire, per no dir gens...

—I amb la Clara ja deu fer temps, que no us hau vís, clar.

—Ui, no ho vui ni comptar, me fa vergonya i tot. Pero demà li faré un truc, així mos posarem al dia.

—Sí, xiqueta, sí. Perqué no et va dir re, lo Bernat...

—No, res de qué?

—Ai, podé no hauria de dir re, jo ara...

Som-hi, Èlia, el toro per les banyes:

—Ara em diràs que està embarassada, com a les pel·lícules.

—Ara sí qué...! Ara sí que l'hai vessat, me semble. És que clar, com que avui se diu tot, me pensava que mira, i com que us féieu tant, doncs dic vaie... Mira, *bueno*, és igual, al final, ja em perdonarà la Clara que se m'haigui escapat sense vulguer.

Ja està. Ja ha passat.

Detecció de constants vitals: afirmatiu, amb puntes de taquicàrdia. Processant el missatge, esperant instruccions des de la base per engegar el pilot automàtic.

—És que mira, hem tingut un disgust, *carinyo*. Perqué va ser ara al setembre, oi, Tomeu, que ere passat l'onze de setembre?, *bueno*, és igual, va ser l'últim dia que van baixar els dos, i tot va ser di-mos que esperaen, com que avui tot se sap molt aviat, tamé, i tot està molt controlat, doncs de seguida ho diuen, i mira, xiqueta, érem aquí matcix, que estàvem tan contents perqué mos feie una il·lusió bàrbara, i la mateixa nit que van tornar cap a Tarragona, corrents cap a urgències i l'undemà ja em va picar la Clara tota desfeta que l'havie perdut.

Hòstia.

—Doncs de set setmanes, astae. Que ara ja està més bé, pobreta, eh, poro ho ha passat molt malament (*bueno*, los dos, *claro*), i jo ja l'hi dic, que abans de tindre al Jaume jo tamé vai tindre un avort, i que encabat mira, que a vegades, si no ha d'anar bé, més val aixins.

Hòstia, hòstia.

—I ara està més animadeta, poro ho ha passat francament malament. Està clar que astae de poc, de molt poquet, poro clar, *lo primer*, tu diràs, és normal que li caigui el món al damunt.

El pilot automàtic ja està en marxa:

—Ai, Dolors... Ara sí que em deixes... Doncs la trucaré, i tant. I em sap greu, perqué no sabia res de res, si no l'hauria trucat com a mínim.

—Dona, aquestes coses ja se sap, cada parella és un món, i segons com tampoc no ho expliquen, perqué sent de tan poquet temps, i com que encara no ho havien dit més que als de casa, que *casi* los hi va sortir sense vulguer. I nantros no hem dit re a ningú, *claro*... I jo que estava convençuda que mos havies dit de vindre a fer un crit perqué el Bernat te ho havie dit.

Doncs no. El Bernat no m'ho ha dit. I em vull estalviar les conclusions, perquè tinc el cap a punt de la ignició, i la Dolors veig que ja treu les seues:

—Podé no se hi ha vís amb cor, pobre fill, que lo seu ha passat, tamé, i aquestes coses no fan gràcia, tampoc, d'explicar. Ai, senyor, ja em perdonarà, la Clara...

—Segur que sí, dona, no patixis.

—I *bueno*, jo, és lo que jo li dic, ja ni vindrà un antre, que no se hi obsessioni, tantes hi hem passat, per aquí, i encabat mira. Qué hem de fer? Tirar endavant, ves.

—Claaar, clar.

—I valtros qué, amb aquell noi, Blai, se diu, oi?, no us animeu, no us animeu?

No hem de subestimar mai el potencial *hara-kiri* de les paraules.

—*Bueno*, de moment no, s'ha de tindre temps, i ganes, també...

—Això sí, això sí. La vostra generació rai, que ara, mira, aquella de la tele, ni va tindre dos, i ara no sé si dic un disbarat, que em semble que ja anae cap als cinquanta.

Reitero la puntualització anterior.

—Sí, coranta llargs, me semble que tenie.

I ara és quan el Tomeu entra definitivament en *stand-by*, perquè les dones comencem a discutir si la de la tele en tenia quaranta-i-tants o quaranta-i-tants-més quan va parir, i ves aquella altra de no sé a on, que ni tenie sixanta, i tamé bessonada, que va enganyar la clínica, i que gàrie bé del cap no ho astae, no, que es veu que al final ha tingut un càncer i es va morir no fa pas gàrie, amb los dos xiquets petits, i que ai, que malament que està el món. I jo, gràcies als coneixements adquirits en l'última visita a la perruqueria, m'enganxo a la conversa amb un interès insòlit, i m'hi esplaio i giro i tombo, per esbandir els pensaments.

Les ganes de trobar-me ningú pel carrer m'han passat de cop. Són quarts de sis de la tarda i travesso la Plaça com un espectre, amb una bossa d'ametlles garrapinyades al puny que la Dolors m'ha fet emportar sí o sí, per al viatge. Quan m'he vist amb forces d'aixecar-me d'aquella cadira, ja li he dit que *bueno*, jo hai d'anar tirant, perquè marxo avui mateix. Ai, sí, *carinyo*, sí, tu fes la teua, fes.

He anat directa al Corral i m'he encès un cigarret, amb el cul clavat al barró del banc. Veig que la finestra de la tieta encara té la persiana espatllada, encallada a mig camí. Si entra al quarto, només li veuré la faixa, i la seua faixa, que se sàpiga, no té ulls.

El meu sistema nerviós no està preparat per a gestionar sentiments *tan* contradictoris. Necessito un transplantament de cervell amb urgència, no estic orgullosa del que estic pensant. Em sento miserable, hipòcrita, un monstre, i alhora desitjo que la Clara estigui bé i que tiri endavant amb els seus somnis. El mareig del cigarret ja comença a fer efecte, i em deixo anar.

El Bernat i la Clara follen, però tu què et pensaves? I esclar, que follen. I si busquen la criatura, follen encara més, fan càlculs, miren calendaris, i som-hi, del dret i del revés. I així, com que el Bernat es folla a la Clara, li fa un fill. Les parelles ja les fan, aquestes coses. S'ajunten, follen, tenen fills.

Em fa la sensació que això ja ho he viscut. De vegades tinc una percepció distorsionada de la vida de la gent que m'envolta, com si ells també estiguessin aturats en el meu temps. Llavors un dia em diuen, estem embarassats, perquè avui s'embarassen tots dos, i així t'ho diuen: estem embarassats, i et quedes com ai, què ha passat, aquí?, perquè encara els veus assentats a la cafeteria rematant una presentació de projectes o conjecturant sobre la manera de fer-nos rics muntant un negoci de fotocòpies al costat de l'ETSAB.

Per això, quan una nit d'aquestes tòrrides i memorables el Blai em va demanar Per què no tenim un fill?, en sec vaig descobrir que ell també vivia un temps diferent del meu. Pero si acabem de començar el projecte del Campus! A ell, esclar, aquell detall de tindre un fill no li afectava el desenvolupament dels *seus* projectes. Era un altre projecte més, important, crucial, si tu vols, però un més: un dia estàs treballant, l'endemà tens un fill, i l'altre tornes a enganxar, i anar fent. I per a mi, en el cas que hagués de ser, era *el gran projecte*. I encara no era el moment, recoi, si feia quatre dies que m'havia fet la foto per a l'orla. L'efecte d'haver estudiat una carrera eterna té això: quan l'acabes, per cada any que compleixes te'n restes cinc. La precarietat laboral dels primers anys de llicenciat fa que sentis que l'adolescència se t'allarga com un xiclet —*matxaques* de despatx *forever*—, però per molta vida de becari que portis, l'edat és la que et figura al carnet d'identitat. I aleshores és quan et ve algú d'una altra galàxia i et diu, per què no tenim un fill?, i et gira la cara del revés amb un cop de calendari.

Total, que el que havia començat amb un festival sexual de traca i mocador, va acabar amb el Blai agafant el sac de dormir i deixant-se caure de mala manera al sofà, i amb mi i tot el corifeu de dones emancipades del món sanglotant fins a la matinada. Mentre intentava recuperar el compàs de la respiració, vaig començar a sentir el que em va semblar com un sorollet. A la meua esquena, una mà traïdora havia engegat un rellotge invisible i me l'havia deixat a la tauleta de nit: tic-tac, tic-tac, tic-tac.

Passat un bon temps, i allò que parles d'aquest tic-tac, la meua amiga i col·lega de feina, la Paula, que ja va pel segon, em va dir: Doncs nena, si estàs esperant que sigui el millor moment, ja et dic ara que el millor moment no ho és mai. O fas el pas, o no el fas, però *el moment adequat* no existeix. El missatge em va arribar, però tard, com sempre. Quan va ser l'hora de tornar-ne a parlar, el Blai es va acollonir i va sortir corrents. Segons quines decisions no es poden prendre en un moment d'eufòria horitzontal. I quan em va dir que marxava, ho va dir ben dret davant de la porta: Em sap greu, però serà millor que me'n vagi.

La Paula és de les poques persones que tinc al corrent de la separació, i la seua teoria del moment adequat porta cua:

—El fill, nena, te l'has de deixar fer a la primera. L'has d'agafar al vol, perquè ja et dic jo que el moment adequat no existeix. Perquè si no, quan els homes es veuen amb una pròrroga, li agafen el gust i aprofiten per tirar una *cana* a l'aire i si és amb una tia més jove ja l'hem cagat, perquè encara es veuen amb la pròrroga més llarga i... Perdona que t'ho digui a lo bèstia, però mira, les coses són com són.

—Això és que m'estàs insinuant alguna cosa que saps?

—Noo, nena, jo no sé res, però parlant-ho amb el Roger vam arribar a la conclusió que un home no et deixa així com així, que n'ha de tenir una altra amagada *porai*, perquè diu el Roger que un tio no es tira al buit sense un paracaigudes, que són uns caguetes, Èlia. Si tenen el llit calent ja ho tenen tot solucionat, saps com aquell anunci? Si la teva vida sexual va bé, la resta no sé què.

—Dona, la nostra vida sexual, teníem alts i baixos, sí, com tothom, pero el Blai no crec que es pogués queixar...

—Ja, tia, però ells *ho saben*: amb un fill, ja es poden precintar la cigala. Que s'ho expliquen entre ells, nena, i llavors els supervivents volen *apurar*. Per això et dic que els has d'enganxar quan estan tous, que si no...

—Hosti, Paula, que depriment.

—Que no, tia, que ben mirat tenir fills tampoc no és

garantia de res, eh? Que la tita els crema sempre, i en una relació de *trope-cents* anys, ja ho saps. Mira, un col·lega del Roger, doncs està *liat* amb una pacient, una *cria*, però com que ell ja té tres nanos, no pateixis, que amb la canalla petita no la deixarà, la dona, i mentre ella no ho sap, el matrimoni perfecte, tu... I mira, si les banyes fan aquest efecte, ja l'hi dic al Roger: a veure si n'aprens de l'Enric i li fots una bona citologia a una pacient ben bonota d'aquelles teves.

—Que ets béstia.

—Si et vull animar, dona! Aprofita tu també la teva pròrroga, que són dos dies! I dels *crios* ja no te'n parlo perquè encara et faràs lligar les trompes demà mateix.

La Paula m'agrada perquè no té gens mitificada la maternitat.

—El Max és una bèstia, però al final li he agafat *carinyo*, ha ha. Ara amb un germanet sabrà què val una pinta. I jo amb dos, tanco la paradeta i a esperar que tinguin edat per anar-se'n de casa i acabar de fer-me el tint. Ah, quin plaer, t'ho imagines?

I quan em diu aquestes coses no sé si em fa surar o encara m'enfonsa més, però el cas és que sempre acabem rient.

—Ai, Paula, perdona que et truqui en diumenge.

—No res, nena. *Estàs bé?!*

Aquest «estàs bé» ha sonat una mica exagerat, potser es pensa que la truco per comunicar-li que, animada per les seues animacions, estic a punt de tallar-me les venes o alguna mesura dràstica per l'estil.

—Sí, sí, estic bé. No, que et truco perqué demà no aniré al despatx, me quedo un dia més al poble.

—Ah, tranquil·la, ja l'hi diré al Pere. Que passa res?

—No, només que demà comence l'auliva, i ma tieta està una mica fotuda de l'esquena i així ajudo a mumpare.

—Vaja, això sí que és una novetat: solidaritat familiar agrària!

—Sí, tu riu. I potser no torno fins dimarts al matí, perqué demà estaré feta caldo.

—*Bueno*, tranqui, nosaltres seguim amb Montcada, quin pal.

—En fi, que sigui lleu. Si hi ha alguna cosa, que sàpiguis que estic absolutament incomunicada.

—Ni als fixos, no et puc trobar?

—Seré tot lo dia al tros.

—Val, val, però estàs bé, eh?

—Sííí, estic bé.

—Entesos, no prenguis mal!

Penjo el telèfon i em quedo una estona badant al sofà, fins que arriba mon pare del cafè.

—Papa, si vols, demà t'acompanyo a l'auliva.

—Que no te n'anaes ara?

—Sí, pero com que no ve d'un dia, i com que la tieta encara no està per treballar, que ella es pense que sí pero ja li hai dit que de cap manera, doncs així t'ajudo.

—Ah, doncs a les set ja et cridaré.

—Hosti, les set...

—Oh, qué et penses?

—Per quin tros començarem?

—Anirem a veure com està la Solana de Dalt.

14

ÈLIA, SÓN LES SET

—Èlia, són les set.

Quan sento els nusos de mon pare trucant la porta, em fa la impressió que només he dormit deu minuts de rellotge, submergida en un son embafat i inquiet. El primer pensament que tinc avui tampoc no és del Blai, sinó de girar-me davall del cobrellit i dir que estic malalta, o qualsevol excusa. Prou em quedaria dormint fins a les quatre de la tarda, i encabat agafaria el cotxe i no pararia fins a Andorra, fins a Suïssa, fins a Sebastopol.

Em recordo dels hiverns d'entrecurs, quan sentia el toc-toc —Èlia, són les set; o abans: Joana, són les set—, i jo ja em volia morir, perquè això volia dir que no plovia, ni hi havia boira plana, ni gebre, ni nevava, ni havia fet una ventada sobrenatural que s'hagués emportat tots els camins d'anar al tros. Avui tornen a ser les set, i quan desentelo el vidre de la finestra ja veig el cel ras com el cap d'un frare. En fi, hem vingut a jugar i jugarem.

Rosegant un crostó de pa amb xocolata, surto cap al garaig feta un botifarró, i penso que la primera penitència del dia va per bon camí: la meua indumentària consta de dos sostres de jerseis donats, un xandall lila de Tactel, una bufanda de borles, un barret fastigós de llana —que m'ha costat segles de trobar—, i un anorac de batalla de mon pare, amb folre interior de *borreguillo* verd. Les vambes, reciclades de l'institut, de fer gimnàstica. Miss Solana de Dalt en tot l'esplendor. Encara sort que, des de fa uns anys, mon pare va comprar un 4L de quarta mà per anar al tros, perquè ni ell ni ma tieta ja no estan per agafar freds a cavall del tractor. D'aquesta manera, el periple cap a la Solana es produeix de semiincògnit, perquè, des de fora, amb tal abillamenta de camuflatge, tothom es pensa que aquell bony de roba és ma tieta, i saluden mecànicament des dels tractors sense que se'ls encengui l'espurna de la sospita. La majoria van amb els estenedors al darrere, i mon pare dubta de fer alguns avançaments, perquè allò és com passar un tràiler. Els estenedors, en un tros pla i aclarit, fan el paper de les borrasses, desplegats com uns enormes paraigües al voltant del coll de l'arbre. La impressió que fan penjats del tractor és d'una inestabilitat tal que sembla desafiar les lleis dels contrapesos universals.

Quan aterro al tros, derrotada i amb les mans ertes, m'encomano a l'esperit del poeta: Aviam, Bernat, si m'inspires. Perquè em sento rovellada de totes les juntures, fins i tot de les que no sé que tinc. Mon pare dóna instruccions, i jo el segueixo com un gosset.

—Començarem aquí a l'aubac, i anirem baixant. Tu estén aquet de la punta, que jo vai al mas a buscar el banc. Al cabàs del cotxe hi ha les màquines i els guants de plàstic de ta tieta, si els vols.

Em poso a estendre les borrasses, i només d'acotxar-me per arreglar la soca ja he bellugat més músculs que en tot un any. Per estendre un sol oliver, tampoc no es pot dir que bati cap rècord: primer la borrassa de la banda de baix, després la de la banda de dalt, i a la part de l'espona, un nus a cada punta agafat a les branques mortes de dos ametllers, perquè no redolin les olives a l'altre bancal. La soca, ben tancada, apartant els llucs. Quan arriba mon pare, em troba dreta, contemplant l'obra acabada.

—Qué et semble, papa? Enginyeria pura!

Ja pots comptar, riu: I les màquines?

—Ai sí, ara les porto!

Mon pare puja al banc i li passo el seu estri estrany.

—Com se ni diu, d'aquesta màquina?

—Ni diuen de «*rodillos*», alguns «la sevillana».

—Ja no la deu fer servir ningú, aquesta relíquia.

—Doncs que siguem lo Petit i jo... I els profetaires.

—Los profetaires?

—Los que van a preu fet.

—Ara m'has sortit humorista!

—No sóc jo, que ho diu. Se diu, això, se diu.

—Ah, sí? Primera notícia.

—Ara tothom va amb *aplausos*.

Cada vegada que sento això dels *aplausos*, és que em peto. La màquina d'aplaudir és un batollador amb dos palmells de varetes que impacten les rames i fan caure el fruit. Fot un soroll infernal, perquè té motor. Jo no els he vist fer servir de prop, però és fàcil d'imaginar que l'efectivitat té un preu. Mon pare em diu que és el que menys mal fa a les rames, però que ell se'ls estima, els seus olivers, per ara i tant. I esclar, que se n'avance, diu, poro jo no tinc cap pressa per arribar an cap *puesto*. Mira, un altre filòsof, penso jo.

La meua rasqueta és l'últim crit, si se'n pot dir així, i fa com un rampill de plàstic blau que sembla comprat al Toys 'R' Us. Agafo una rama per la base, la que veig més plena, i ràààs, la pentino amb gust, i les arbequines multicolors fan gro-gro-gro —què et sembla, Trau?— caient damunt de l'empenya de les vambes, i es dispersen, juganeres, per acomodar-se a la topografia verda de les borrasses. Comença a sortir el sol, canten els moixons, i a cinc-cents metres a la redona l'únic soroll artificial que se sent és el grinyol de la sevillana, algun avió que ratlla el cel com un cometa, i potser els engranatges del meu cervell.

Papa, penso, no l'hi diguis, a la tieta, però el Blai i jo... Bah, deixem-ho córrer. Estiguem per la feina, que si les coses al despatx van com van, potser encara li haurem de trobar el gust, a collir olives. Els trossos ja hi són, tinc endoll directe amb el cap de l'empresa i no em caldria pagar lloguer. Sembla mentida que tota la vida rural que havíem somiat amb el Blai sempre l'hagi tingut tan a prop, terra endins, i tota muntada. Em podria apuntar a fer com el Martí del Sant Pau, i com les Tomasetes, i m'estalviaria una calerada en vestits de fer bonic i podria anar tot lo dia amb roba del Decathlon. I a prendre vent els concursos i la mare que els va parir. Perquè ara, al despatx, a banda del projecte de Montcada, només fem concursos. I els concursos no fan bullir l'olla. I discutim entre els companys, i ja hi comença a haver mala maror, perquè ens hi juguem les garrofes. Ja no és com fa un parell d'anys, que ens hi llançàvem lúdicament, per a treure la pols a la fantasia arquitectònica amb què ens vam criar a la carrera, i si toca, toca. Ara estem nerviosos perquè no surten, perquè hem de competir amb cinquanta mil despatxos més que també es troben en la mateixa situació. És la llei de la selva. Quan acabem Montcada, haurem de fer fora els estudiants, perquè ja no ens surten els números. I després dels estudiants, venim nosaltres, la Paula i jo, que tot just estàvem pensant d'establir-nos pel nostre compte. Però amb la crisi del totxo, tots els nostres projectes, els d'arquitectura i els vitals, han fet una frenada en sec, i amb la meua sòcia potencial no ens veiem en cor de tirar-nos a la piscina, més que res perquè és seca de fa molt de temps. Al final, ella ha decidit aprofitar la baixada de feina per tindre un fill, i com que el Roger és metge obstetra, si totes les autònomes afectades per la crisi tenen la mateixa pensada, l'un per l'altre ja ho tindran tot arreglat.

—Va, estenem l'altre.

—Espera, que encara em falte aquet trosset d'aquí.

Esgarrapo amb més celeritat, i mon pare m'ajuda a espigolar. Déu n'hi do, l'home, com s'aguanta. Va d'un cantó a l'altre, amb el pas pausat però sense aturar-se ni un moment, i no li fa cap mandra haver d'acotxar-se cent mil vegades. Sí que camina una mica encongit, però per haver estat tota la vida doblegant l'esquena, encara té un nivell. Jo, en canvi, només de carregar la borrassa mig buida ja esbufego.

—Quants aulivers hi ha, anquet tros?

—Cinc-cents.

—Coi, déu n'hi do, no? I als Vingalis?

—No, allà *menos*, quatre-cents cinquanta.

Hosti, i s'han de collir tots... I encabat encara hi ha la Solana de Baix, i l'Aulivera. M'agafa un mareig de pensarhi. Però sigui com vulgui, cada any s'ha fet. I mira per on, tots aquests milers d'olivers també m'han vist néixer, m'han posat el plat calent a taula i encara m'han pagat la carrera, que no és que sigui barata, que a mon pare, quan cada setmana l'havia de trucar per demanar-li més diners per al material —és que papa, ara necessito un paral·lex, ara regles, ara ròtrings, ara paper de ceba, vegetal, còpies en din-Ao—, doncs ma tieta li deia, no vols dir que aquesta xiqueta es deu haver ajuntat amb males companyies? Així que aquests olivers vinga fer olives i mon pare i ma tieta vinga collir-les perquè jo pogués fer ratlles sobre papers com llençols i gastar al mateix ritme que els meus companys de classe, fills d'arquitectes, d'advocats i de metges. Encara sort que ens vam estalviar el lloguer, perquè vaig fer tota la carrera al pis de l'oncle Serafí i la tia Fina, al barri de Sants, en una habitació que donava a un celobert cosit de fils d'estendre i humitats. Bé, tota la carrera potser no, perquè quan vaig conèixer el Blai, de seguida vaig disposar d'una tauleta blanca i lluminosa en un estudi de les Corts que havien llogat entre uns quants estudiants amb tants possibles com ell. Però entre unes coses i les altres no vaig haver d'arrendar casa fins acabada la carrera, si no, no sé si aquests arbres haurien donat per a tant de dispendi. És ben bé per mirar-se'ls amb una altra cara.

—Arregla la soca. Té les pinces.

Amb una pinça metàl·lica que amb prou feines puc obrir, fixo la borrassa al coll de la soca, ben tibant, i queda com una rebequeta verda. Abans d'aixecar-me, sense ser-ne conscient, passo la mà plana per l'escorça recaragolada, i el tacte em torna una sensació compacta i viva, com una energia que em sorprèn i em fa constrènyer el front. De sobte, no puc evitar que m'envaeixi un respecte profund cap a aquest ésser de gravetat pètria i metabolisme lentíssim. Aquest oliver, i l'altre, i tots els que m'envolten em veuran passar, com han vist passar als meus padrins, i als padrins dels meus padrins. El seu temps es mesura amb una altra escala de l'escalímetre. Les meues circumstàncies passen a 1:1.000, i les seues a 1:20, potser a 1:5. Per a ells sóc un insecte frenètic de temporada. I resulta que jo els ho dec tot i ells no em deuen res de res.

—Ja t'encantes?

—Quants anys té, aquet auliver?

—Més que tu i més que jo. Estira la borrassa d'allà, que cauran totes.

La feina i la lírica, de moment, sembla que no van pel mateix cantó. Però jo ho continuo intentant, i no perquè m'hi esforci, sinó perquè, aquest cop, em surt de natural. Em surt de natural passar la mà per les pedres de l'espona, mentre en trio una per fixar un cap de borrassa. Em surt de natural mirar-me els peus quan trepitjo la terra blanca i eixuta, feta de grumolls que se't desfan a la mà i que sembla que no puguin criar res més que argilagues i rostolls. I veig aquí els olivers de casa, allà els ametllers del veí i més enllà una mica de vinya, i que tot doni fruit a partir de tanta escassetat em sembla com un miracle. I ara segueixo el bot d'un llangost de color de terra i l'allibero de la xarxa de les borrasses. I salto per damunt d'un reng de fornigues cabessudes, que també fan la seua via. Tant si en sóc conscient com si no, al món d'on vinc tot segueix la pauta natural, que ja ni me'n recordava de com era, però que existeix independentment de mi i de les meues circumstàncies.

—Papa, a tu t'agrade fer de pagés?

—Oh, no coneixo cap altra cosa, jo.

—I si haguessis pogut triar, hauries triat fer de pagés?

—Per dir això primer s'ha de puguer triar, i jo no ho vai puguer triar.

—Ja, pero ja m'entens. Mira el Serafí, que se'n va anar a Barcelona.

—Oh, poro ell és paleta.

—Sííííí, ell és paleta, pero podie haver seguit amb lo tros.

—Això, si hagués volgut.

—I tu qué?

—Jo qué?

—Aiii, papa, que és difícil parlar amb tu.

I li passo les pues de la rasqueta pel séc dels genolls.

—Tens pessigolles!

—Deixa, pesada! I cull!

—Ja cullo, ja cullo, que no ho veus? Si avui estic collint més que mai.

—Ja pots comptar.

—Qué, que hi estic posant ganes, eh?

—Prou-prou.

—I tu d'on treus los ànims, quan veus que et queden dos mil aulivers per collir?

—Oh, s'han de collir.

—Sí, clar. És que jo no puc sofrir la feina per fer. Quan vei que se m'acumule la feina, no paro, no paro, perqué me la vui treure del damunt. I no respiro fins que ja està feta.

—*Bueno*, doncs és una mica com això, tamé.

—A tu també et fa febre?

—És lo que toque, i radere d'un dia ni ve un antre. I sort d'això.

—I no se't fa molt pesat?

—Si hi ha aulives, no se'n fa, de pesat. És nà fent.

—Perqué el Bernat, l'altre dia, me va dir que baixe a ajudar al Tomeu, i que li agrade.

—Oh, sí, poro clar.

—Pero clar qué?

—Que no és lo mateix collir un cap de setmana, o uns dies per Nadal, que tres mesos cada dia.

—Ja, pero diu que ho fa tan de gust.

—Oh, lo Tomeu n'està molt content, perqué són sols, i quan ell baixe, doncs n'avancen.

—Diu que si sumpare hagués sigut pagés, que a ell li haurie agradat de portar el tros. Oh, i té un discurs que *bueno*, te n'aniries demà mateix a llaurar.

—Oh, ja ho crec, ja. Aquet noi se fa escoltar, ja ho sé jo.

—I com és que ho saps?

—*Bueno*, a vegades me'l trobo al cafè, o si algun camí ve a entrar les aulives. Si ja ho sé jo, que li agrade, tot això.

—Ah, sí? No ho sabia, que ho sabies. I qué t'explique?

—No, no re, ve allà... Sempre ni té una per dir, ell.

—Com qué?

—No ho sé, pregunte coses, se hi interesse, poro això no és d'ara. Tamé em pregunte per tu, qué fa l'Elia, qué fa?

—Ah, sí? I tu qué li dius?

—*Bueno*, lo que sé, va fent, la fenya... Mira, mira aquí que estàs xafant totes les aulives!

—Ai, sí!

—Un dia va vindre a l'hort.

—Ah síííí?

—Passae amb la bicicleta, i va baixar.

—I qué, i qué?

—No re, me va dir que li expliqués los enciams, les tomateres, lo que costae fe's.

—I tu qué li vas dir?

—*Bueno*, li vai explicar una mica, les llaors, lo planter. Per tot sc hi interesse, ell.

—Sí, ja em va dir que volie fer hort.

—Això diu, això diu.

—I tu ja ho sabies?

—Dona, li agrade, tot això, ja ho sé, jo.

—I qué més saps?

—Qué més sé de qué?

—Ai, deixa, és igual.

—Va, estreny la soca.

Mon pare no és gaire conversador, però encara passem l'estona entretinguda. A mig matí faig el re-esmorzar, que és com n'hi dèiem la Joana i jo a menjar quatre magdalenes o un parell de mandarines per recuperar una mica de forces. En aquest cas les he ben necessitades per reunir les olives i ajudar a mon pare a posar-les a les caixes, perquè avui ja no es fan servir sacs, i m'ha tocat doblegar la frontissa de valent.

—N'hem fet moltes o poques?

—Déu n'hi doret.

I presumeixo que el meu esforç hagi valgut la pena: Ho veus, home de poca fe?

A l'hora de dinar, mon pare fa un foc i, assentats amb l'esquena a l'espona, escalfem en un tupí el caldo que ens ha fet la tieta, i torrem pa sucat amb tomata per acompanyar la carn a la brasa i les escarxofes. I dic «-em», perquè jo no sé ni tombar un tall de carn i necessito assistència continuada.

—Buà, ja estava que no m'aguantava dreta.

—Oh, a Barcelona no deus fer pas una gana com aquesta, no.

—Home, si a Barcelona a migdia m'esperés una escarxofa així, no pensaria en res més en tot lo dematí.

Mon pare riu i segueix endrapant, mirant a terra. Jo, en canvi, miro cap a tot arreu, cap al mas, cap als marges, cap a una punta de roca del tros del davant on hi ha les restes d'una barraca: una paret de rames seques de pins i un bony que devia haver sigut el barracó. Quan veig aquestes despulles sinistres, immediatament penso en el Jaume, que no podia veure els barraquers ni en pintura. N'hi havia alguns que es vantaven d'haver agafat més de cent tords i dotzenes de grives i griverets, i després corrien per les cases amb les bèsties embolicades en paper de diari que no sabien què fer-ne ni a qui col·locar-les. Perquè si un n'agafava tants, l'altre en volia agafar tants més, i allò no podia sinó acabar en massacre. Però no només era aquesta estúpida competició, el que arborava el Jaume, sinó també la tècnica de caça. Perquè la barraca era una activitat cruel, basada en l'engany de les pobres bèsties, que, atretes pel reclam d'un mascle engabiat, o per un casset refilador, es posaven de potes a les virguelles i els pulligons envescats a matar i allà s'hi quedaven enganxats de males maneres. Encabat, el caçador, nyec, els girava el coll, o els agafava per les potes i els fotia de cap a terra, i au, a la cassola, i els que quedin, per presumir. Em sembla que ara els forestals ja els comencen a fer la vida impossible, i me n'alegro pel Jaume, que no ho va poder veure. Quan ma tieta em diu, han enganxat anquet, han multat anquet altre, me l'imagino a ell, des d'on sigui que es trobi, fent-los una botifarra monumental.

—Va, nòa, som-hi.

—Jaaa?

Encara no ens ha començat la digestió, que ja som esgarrapant una altra vegada. El sol escalfa una mica i de l'única cosa que tens ganes és de jeure a fer el romancer. Però al tros no hi ha temps per perdre, i jo sento que m'adormo mentre cullo, que se'm pleguen les cames. I només són les dues de la tarda, si hi penso gaire més em tombaré. Mon pare se n'adona, que en aquesta hora tot em són penes i treballs: Allà al cotxe hi ha la ràdio, si la vols posar, poro aquí anquet racó només s'agafen les espanyoles.

—Hosti, ja és mala sort, i la Cope també?

—Ja pots comptar que els bisbes arriben a tot arreu.

—Aaah, això sí que ho saps tu, eh?

—A jo, aquesta gent me fan posar nerviós.

I estirant d'aquest fil, ens va passant una horeta, i encara una altra, fins que ja no puc més i he d'anar al lavabo.

—Allà al cotxe ta tieta hi té un assesser.

—I hi ha paper?

—De tot, hi ha.

Clar, de tot, menys un vàter. M'enfilo per un derroc i camino en direcció a uns coscolls ben alts, on m'endinso com un gos, agafada al rotllo de paper com si fos la gran salvació. El camp no està fet per a la fisiologia de les dones, que de seguida hem de posar el cul a l'aire, així que faig la feina en dos segons. És humiliant, ja ho pensava abans, i ho penso avui. Pixar i cagar ajupit, Trau, això sí que ho deus trobar la mar d'ancestral. Però potser no hi pensaves, en *això* concret, quan m'explicaves el teu rotllo de les coses bàsiques. Potser estaves pensant en el dia en què la Clara em va explicar telefònicament com us ho havíeu fet al tros. Que sons pares eren collint a la vall, i vosaltres havíeu de començar a estendre a dalt a la punta. I que aleshores, en un impuls d'aquests que tu devies considerar tan bàsic, vau deixar les borrasses fetes un manyoc al costat d'un marge i que vau cardar allà mateix, amb el tou dels anoracs davall del cul, darrere d'un núvol d'arboç, com dues bestioles. I que la Clara, amb aquella sensació de l'aire gelat a les cuixes i el temor que us enganxessin, havia experimentat el primer coit directament orgasmàtic de la seua història. Penso que no sé com deuen ser els teus ulls citrins, davall d'aquesta llum abusiva. Ni com de calentes poden arribar a ser les teues mans, en un context rústic i hivernal. Ni tampoc com deu ser acollir la teua envestida entre les cuixes gelades. Ni ho sé, ni ho sabré mai, ni què cony m'importa, hòstia! Només sé que, en pensar-ho, se m'ha encès aquell batec —atàvic, ancestral— més avall del ventre, i una mica més tard, quan baixo pel derroc cap a trobar mon pare, amb prou feines m'aguanten les cames.

—Va, estenem l'altre, que ja hai acabat les faldes.

—Ai, me sap greu, me pensava que havia anat més ràpid.

Anàvem bé, Èlia. Collint olives has estat pel que havies d'estar. El context era favorable a l'abstracció, a l'anar fent i l'anar fent. El temple budista de cap de setmana. Necessito recuperar aquest estat, restaurar el sistema. Aquest vespre he de trucar a la Clara i matar-ho. Centrar-me, posar-me on he d'estar.

—Estira més cap anfora.

—Cap aquí?

—I té dos pinces.

Me les llença: una i dos.

—Que et semble, les dos al vol!

—Carai. Va, estira bé.

Tota la tarda cullo com una màquina. Estiro borrasses, arreglo la soca, faig rebaranes, torno a collir, estiro més borrasses, soca, collir, reuneixo olives i carrego mitges caixes. Suo, i em trec l'anorac.

—Que no agafaràs fred?

—No patixis, que tinc una suada de por.

—Va, acabem l'altre i retirem.

Al camí, ja és fosc. Un cop a la carretera, el poble apareix com una petita constel·lació de llumetes grogues sobre el negre de la serra del Montsant. Al mig, la resplendor lletosa dels fanals de la Plaça. Allà lluny, elevat, un altre esquitx, dèbil, de llums blanques: la Figuera. Com deia ma padrina, la Figuera està molt alta, Cabassers molt amagat, la Bisbal entre dos roques i Margalef en un forat, o una cosa així. Quan arribem, la tieta ja ens té oberta la porta del garaig.

—Qué, com ha anat?

Li'n faig un resum i corro cap a la dutxa, a treure'm la pell.

15

VAI SENTIR BEN BÉ COM EM SORTIA DE DINTRE...

El telèfon del menjador és tan vell, que com a agenda té un invent que vaig idear fa la tira d'anys, consistent a adherir-li a l'esquena tres números màgics amb Ironfix: Tieta, Èlia, Joana. Des que existeix aquest recordatori rupestre, el telèfon de la Joana, que em consti, només l'he fet servir jo. L'agenda que necessito ara, però, és al mòbil, i la mà em tremola tant que he de deixar-lo al reposabraços del sofà per llegir-ne la pantalla. Clara-poble, sis-etcètera i dos números més. Marco i penjo. Va, no siguis burra. Marco i espero, amb el cor constret per una xarxa.

—Sí?

—Clara, sóc l'Èlia!

—Guapaaa! Espera, espera! Ja està, ja estic assentada.

—Sí, això t'anava a dir, assenta't, perquè sóc l'Èlia, i no el meu fantasma.

—Que ets tonta! No m'ho puc creureee, no m'ho puc creure! Quant feia, ara, que no parlàvem?

—Ai, me sap molt greeeu...

—I a mi, i a mi!

—No, a mi més!

En cinc minuts, tots els anys que fa que no ens sentíem la veu els convertim en les millors entrades de l'enciclopèdia universal de les disculpes.

—Doncs quan el Bernat em va dir que us havíeu vist i que em trucaries avui, he estat tot lo dia, buf, i ara ja em pensava *bueno*, ara en aquesta hora ja no trucarà.

—No, és que no t'ho perdis: hai anat al tros amb mumpare.

—Qué dius, ara em vas de pagesa?

—Puntualment, eh?, que demà ja torno cap a Barcelona.

I ara li sintetitzo tot allò del despatx i els concursos, i ella m'explica que a la feina està encantada, com que és mig funcionària, i que li agrada molt, i que quan acabi amb tota la moguda del trasllat potser farà oposicions per ser funcionària del tot.

—Doncs has de pujar un dia a veure el pis, és una passada, així, rotllo antic, sostres alts, terrasseta, un estudi pel Bernat amb una llum que t'hi cagues... Ja espero la teva opinió professional!

La *teva* opinió professional? Recordava l'accent dil·luït de la Clara, però no pas fins tan lluny. Deu ser que aquests dies l'oïda ja se m'ha fet al poble, i m'escolto una mica les vocals quan li faig: Ui, sí, professional del tot...! De compra o de lloguer?

—No, jo volia compra, pero el Bernat és més cabeçut... I al final mira, pero hem trobat un xollo, eh?, estic molt contenta, ja te n'enviaré fotos, passa'm el mail ja, abans que me n'oblidi. I tens Facebook?

—No encara, no tinc temps, per aquestes coses. O no en tenia.

Fets els intercanvis d'adreces, no me n'adono que ja estic estirada, llarga com sóc, de cap a cap del sofà.

—Ei, doncs t'has de fer del Facebook, que hi tinc penjades un munt de fotos, les has de veure, les últimes són de Marrakeix, que hi vam anar quatre amigues i has de veure quin hotel, em sembla que és d'algun arquitecte d'aquests canyeros, no et sona?

Ui, terreny perillós, fora, fora. Així que aprofito l'ocasió per no entretenir-ho més i entrar a matar.

—Escolta, Clareta, que has parlat amb ta mare?

—Quan, avui?

—Ahir vai anar a fer el café a casa teua.

—Aaah, mí-te-la. Ja et va inflar de barretets, la Doloretes?

—Sí, i d'ametlles garrapinyades, també. Ah, i molt guais, los mobles.

—Eh, que sí? Els vam triar nantros, aquet i aquet i no se'n parli més. Perqué els vells ja feien fàstic, allò marronot. Ara només falten les habitacions, que si no tenen coranta anys...

—Ja, i escolta, doncs que... Ai, és que no sé per on començar.

—El qué...?

—Doncs això, que em va explicar, se li va escapar, eh?, que has tingut un..., i que..., això, que no va anar bé.

—Mecagon la dona!

—Se li va escapar, Clareta, que som amigues. I si ho hagués sapigut t'hauria vingut a veure a l'acte, te ho juro.

Ara la seua veu ja és una altra, com si hagués premut un interruptor.

—Ha sigut duríssim, Èlia, no m'ho imaginava pas. Perqué estava a la setena setmana, que és just quan t'ho comences a creure, perqué va ser mitja sorpresa, no teníem res planificat ni res, i ja ens en començàvem a fer a la idea, i sí que havia tingut algunes pèrdues més cap aquí, i a urgències em van fer una eco per veure si tot estava bé, i... Li bategava el cor, Èlia... I al cap de quatre dies...

—Hosti, ho sento molt, Clareta.

I ho dic amb el cor. Amb el cor i amb el ventre i amb totes les entranyes.

—És que per mi era com un senyal, saps? Estàvem buscant pis, tot això de la feina, i un dia, ai, que no em ve la regla. Perqué amb les pastilles és com un clau, i també vas tranquil·la, pero si te'n descuides una... I *bueno*, també saps que pot passar de tot, clar, i ja n'havíem parlat, pero com que ell sempre em diu que les dones hem d'aprofitar-nos de l'època que vivim i que, perquè et canviï la vida, si ja estàs bé, que allarguis tot lo que puguis, pero clar, també trenta-cinc ja són trenta-cinc... Total, que estàvem a punt de marxar uns dies a Formentera i passava un dia, i un altre, i un mal els pits com si m'hagués de vindre, i res, i res. I al final, a Formentera mateix, a l'apartament, un moment que el Bernat havia sortit, dic mira, baixo a la farmàcia i compro un predictor i surto de dubtes. I quan ho vai veure, no m'ho podia creure.

—Ostres, i qué et va dir el Bernat?

—No, quan l'hi vai dir va caure de cul, perqué clar, ell viu molt tranquil al seu planeta, pero un fill ja és una responsabilitat, ja és per posar els peus a terra, i de seguida va considerar que si la criatura havia decidit vindre, doncs que endavant les atxes, ja el coneixes.

—Clar, clar.

—I jo vai començar a comprar llibres i revistes, que ho tinc tot guardat en un calaix que no m'atreveixo ni a obrir. Si de tota la mudança, és potser l'últim que em queda, i ara em fa una cosa aquell calaix, perqué em dic, et vas precipitar, era massa aviat, pero em feia tanta il·lusió, perqué una criatura que ve de sorpresa és com més autèntic, perqué mana, *fa per néixer*, saps? Diu, aparteu-se que vinc, i et trobes que li has de fer *puesto*, a casa i a la teva vida, i és... com passen les coses importants..., les dolentes i les bones...

—Clareta...

—Perdona...

—Noo, no. És normal, tot això que dius, segur.

—I és que em vénen totes aquelles imatges al cap de quan vai arribar a urgències, que acabàvem de tornar del poble i ja ho havíem dit a muns pares i al final als seus, i vam sortir més aviat perqué, no sé per qué, ho pressentia, perqué a la tarda ja tornava a tacar, i al cotxe vai començar a sentir com uns dolors forts de regla, cada vegada més forts, i vam anar directament a urgències i allà em van dir que ja estava expulsant l'embrió, que els dolors aquells eren contraccions per expulsà'l, que a la eco ja no es veia res, gairebé, i em van donar com unes gotes i allà esperant que acabés de sortir... Vai sentir ben bé com em sortia de dintre... Va ser... el pitjor que hai viscut mai.

—Hosti, Clara...

—Al final no em van haver de fer raspat ni res, vam tornar cap a casa, els dos plorant, i jo vai estar una setmana al llit, feta caldo. I plorava de por, de ràbia, de culpabilitat, perqué pensava que potser no havia d'haver baixat al poble i si tacava m'havia d'haver quedat reposant, pero com que a urgències ja havíem vist que tot bé, que tot normal, doncs ja et penses que són coses de mare paranoica i primerenca, que tot li sembla un mal símptoma, i vai pensar que havia de ser més soferta... I encara em fustigo, eh?, perqué tinc estones que no puc, no puc, i em poso a plorar, i torno a donar-li voltes i al Bernat li deixo el cap com una cafetera.

—Ja, Clara, pero si la cosa no havie de sortir bé, millor que sigui quan estàs de molt poc.

—Clar, és lo que em diu ell, lo que em diu tothom, i ma mare, no sé si t'ho va dir, que també va tindre un avort. Pero és que són moltes coses que et cauen al damunt, perqué vulguis o no ja et muntes la pel·lícula, mires robeta, penses noms, i tot lo que vivies que era com un somni, acaba convertint-se en una experiència espantosa, físicament i emocionalment, que no te la pots imaginar si no et passa.

—Ostres, me sap tan greu, si et pugués ajudar...

—Ja m'ajudes ara, escoltant-me. Com que tampoc no ho he explicat a ningú, ni a les amigues, ni a les companyes, perqué no vui que em mirin d'aquella manera, saps?

Ja sé de quina manera vol dir, la manera com ens mirava

la gent pels nostres morts, que la Joana va interpretar un dia que era com si portéssim la cama permanentment enguixada.

—Ara em penso que l'únic que em pot ajudar és tornar-m'hi a quedar, al més aviat millor, pero em fa un pànic, em sembla que aquet pànic ja no me'l treuré mai més de sobre.

—I ja estàs prou bé, si te hi vols tornar a posar?

—Jo per mi sí, la *gine* em va dir que a la que ovulés ja estava a punt, pero el Bernat diu que ens esperem una mica, que jo estigui més forta mentalment i que no sigui tot per intentar treure un clau amb un altre clau, mai millor dit.

I ara riu mentre plora, i plora mentre riu. I jo tinc la temptació de fer el mateix.

—*Bueno*, jo penso que el Bernat té raó, que és relativament recent i...

—Sí, sí, tothom té raó menys jo, que tinc uns dies que estic intractable, de la ràbia que encara em dura. I jo ja ho entenc, pero també sento que ningú no m'entén a mi. Sí que tinc al Bernat i és un amor, pero és lo que jo li dic, que jo sento el que sento, i el que sento només ho puc sentir jo. I per un cantó, em fa ràbia, i per l'altre... Pero ara estic més bé, eh?, en *sèrio*.

—Me n'alegro, ja ho veuràs com amb temps tot passarà...

—Ja, suposo que sí. Pero encara tinc molts *ratos*, sobretot quan dic avui fa un mes, avui fa un mes i una setmana... Pero procuro no pensar-hi tant.

Aquest bucle demana urgentment un canvi de tema, i sort que la Clara se n'ha adonat, perquè jo tinc el cap en blanc.

—*Bueno*, va, ja n'hi ha prou, de penes! I tu qué, qué m'expliques, i el Blai?

Va, Èlia, és el moment.

—Doncs si dius que ja n'hi ha prou, de penes, potser que no t'expliqui res.

—Va, no m'espantis.

—Lo Blai m'ha deixat.

—Qué dius!

—Doncs com ho sents.

—No m'ha dit res, el Bernat!

—No, és que no li vai dir res, perqué encara estic com fent-me'n a la idea, perqué es pot dir que va ser d'un dia per l'altre.

De cop sento com si algú m'hagués destapat un desguàs:

—De fet, sí que va ser d'un dia per l'altre. Va tornar del despatx al vespre, lo primer dia després de les vacances, i vam començar amb lo tema de tot l'agost, que els propietaris del pis se'l volen vendre quan se mos acabi el contracte, que és al juny, i mos van dir si volíem comprà'l, perqué ni tenen l'obligació, i ell deie que si lloguer amb opció a compra, que els pisos ja estan baixant i que ara intentaven colar-mos dos-cents mil euros, toca't un ou, i que allò ja ho sabíem nantros, que no ho val ni de lluny, i de parlar del pis ja mos vam embolicar a parlar del futur, que qué pensàvem fer, i jo li vai dir, pensant que es referia a *allò*, que si volíem tindre canalla que potser que busquéssim un antre pis més gran, perqué aquet té sixanta metres, dos habitacions, i una ha de ser despatx a la força, i allavons ell me va sortir que no n'estave seguuur, que ere una decisió molt importaaant i d'aquí que no sabie si es veie amb *crios* i..., total, que no sabie si se hi veie, amb mi. Que m'estimave, pero que no sabie si m'estimave com m'haurie d'estimar, que estave fet un embolic, i allò ja va ser com una traca, van començar a sortir coses, coses importants que sempre havíem donat com a suposades, i que no eren així, que cadascun les pensave a la seua manera, i no sé, vam estar parlant tota la nit, sense sopar, i a mesura que passaven les hores jo és que no me ho creia que lo nostre fos tan fràgil, ho veia a prova de bomba, mos veia vellets, junts, fent mil coses, i en sec ja no era així, cada segon que passave lo que em deie l'allunyave més de mi i de la imatge que jo en tenia. Ere com un *desconegut*, no sé com di-te-ho. I vam estar dos dies com uns estranys, ell feie tot lo possible per no coincidir amb mi a casa, que l'endemà de tot allò ja va anar a dormir a casa suns pares, així que per ell ja ere totalment oficial. Va ser tot molt estrany, i al tercer dia li vai dir de tornar-ni a parlar i encara va ser pitjor, i li vai dir de tot, sense pensar-ho, clar, perqué jo hauria donat un braç perqué em digués que tot allò tan dur que m'havie dit no ho havie volgut dir, que s'havie desfogat i prou. Pero a canvi em va dir: serà millor que me'n vagi. I va sortir per la porta i ja només hem coincidit al banc, per cancel·lar comptes, i un compte habitatge que teníem, que ja veurem qué passe amb hisenda, i al pis diu que me hi quedi jo, i va tindre la santa barra de dir que m'ajudarie a pagar el lloguer fins que tingui clar qué vui fer, i jo li vai dir que no volia ni un puto duro, seu, i encara hai tingut moltes coses seues a casa fins fa no res. I de mica en mica, cada dia, quan hai anat tornant del despatx, me hi trobo una cosa menys, i em semble que aquet cap de setmana que no hi hai sigut ja haurà fet net.

—Ostres, quin greu, Èlia... Jo tampoc és que el conegués gaire, pero al casament semblava un encant.

—Sí, sí, si ell és un encant *objectiu*. I jo encara penso que ho és, perqué encara me l'estimo, pero necessito girar full abans que tot això m'acabi arruïnant la vida, la personal i la professional. Si vai anar a un psiquiatra i tot, i em va donar química amb un embut, que els primers dies me va anar de conya, no te ho negaré. Anava zombi al despatx, treballava, i cap a casa, així, sense processar res. Pero mira, aquets dies al poble m'han anat millor que totes les pastilles del món, com que amb ell baixàvem tot just los dos dies de Nadal, doncs com que no el relaciono amb lo poble, i hai desconnectat un munt. Mira que estic per quedar-me-hi tota la setmana, pero mon pare encara s'animarie i em farie anar al tros.

Riem, però ja no és el riure d'abans. Un dia parlàvem de

nois, i avui parlem de canalla o, més ben dit, de no-canalla, coses d'adults. La meua percepció temporal esbiaixada continua sorprenent-me, implacable.

—Ai, me sap molt greu, Èlia, guapa.

—És que són catorze anys, eh? I són moltes coses.

—A mi m'ho explicaràs... I perdona, eh?, pero no vols dir que ni té una altra?

—Tothom me diu lo mateix, pero ell diu que no, que tan de bo fos tan fàcil, di'm que tenie una altra tia al cap i au. Pero mira, a mi ja m'és igual, no crec que el fet que estigués amb una altra m'alleugés de cap manera.

—I si és gai?

—Ja et dic jo que *no és gai*.

—Jaaa, pero com que hi ha homes que ho porten així d'amagat, que es casen pero els agraden els homes i anar al gimnàs i tot això.

Em fa riure.

—Sí, *bueno*, pero no em crec que la dona no sospiti res, encara que l'home s'autoenganyi i faigui el paper.

—Ai, no ho sé, pero el Bernat per exemple ni coneix un de quan estudiava a Barcelona que també és d'un poble petit i que tenia nòvia i es veu que allà es fotia uns lots impressionants amb tios, i com que anava de farra amb el Bernat ell ho veia, i fins i tot va tindre un *lio* una mica *sèrio* amb un company de pis... I al final, quan va acabar la carrera va tornar al poble, es va casar amb la nòvia i em sembla que ja van pel tercer. Vui dir amb això que no se sap mai, i si la dona sospités *algo* no crec que s'hagués deixat prenyar, tampoc, que ara no és com abans que les dones ho aguantaven tot.

Fem una mica de debat casolà sobre la derivació *homo* de la conversa i al final tot torna al mateix lloc.

—Doncs mira que és llàstima, perqué justament ahir ni parlàvem amb el Bernat, perqué el Blai muntava expos i tot això, oi?

Doncs sí, i ara li explico que van començar a fer coses pel Fòrum, espais efímers, estands per fires, i van anar a Munic, a Venècia, i van començar a guanyar premis FAD i ja es van anar fent un nom.

—Pero la feina aquesta ha baixat un ou, també.

—Ja, per això t'ho deia, com que justament li havies comentat al Bernat que la cosa pintava malament, doncs resulta... (ara això és una primícia, eh?), pero li han demanat de fer una expo al CaixaFòrum, que es veu que ha de ser una cosa fora de sèrie.

—Hosti, tu, que bé. Al CaixaFòrum de Montjuïc?

—Nooo, no, aquí a Tarragona, que també ni tenim, d'aquestes coses. I no és de material seu, eh?, pero li van dir que fes com de comissari ell, i ahir que parlàvem de tu i de tot això de la feina, em va vindre al cap i li vai dir, i per qué no l'hi encarregues al Blai, una cosa així amb plafons i tal, i em va dir, doncs no se m'havia acudit. I ara mira.

—Eh, que encara l'hi pot demanar, eh? Que a mi no em fa res, i encara que haguem partit peres no vol dir que li haguem de boicotejar un bon encàrrec.

—Ja, tia, pero no és lo mateix, ja ho saps. *Bueno*, jo parlaré amb ell i, si no t'importa, el posaré en antecedents i que decideixi el que més li convingui.

—Val, tu mateixa, jo no li vai dir res, pero ja és hora que ho assumeixi, i anar-ho dient també pot ser una manera.

—Suposo que encara no has dit res, a casa, perqué ma mare m'hauria vingut amb la notícia en temps real.

—No ho hai dit a ningú, encara. *Bueno*, a la feina sí, clar, perqué hi ha coses que no es poden dissimular, pero aquí al poble, és que em fa una mannndra...

—Ja, pero pensa que tu només ho has d'explicar a la Glòria, i ella ja ho escamparà pels quatre punts cardinals.

—Tens raó, és més efectiu que fer un pregó.

—Doncs ja no tens excusa per no vindre, per veure el pis i tot, podem fer un sopar i et quedes a dormir.

—Serie bona idea, sí.

—I quan tornes, demà al dematí?

—Si m'aixeco sí, és la intenció... Que baixaràs, per Nadal?

—Sí, pero buf, ja saps que a mi el Nadal... I aquet també serà una merda.

—Ja, lo meu també promet.

—Que vindrà, la Joana?

—Això espero, pero no ho sé. Cada any diu que vindrà i al final res.

Fem una mica d'interludi dedicat a ma germana i la seua gran vida lisboeta. Ens hi referim com si parléssim d'algun personatge de novel·la, llunyà i misteriós, però de fet, aquesta percepció també la teníem abans fins i tot que marxés a l'estranger.

—Escolta, que ja ha arribat mumpare i encara que sordegi, me fa cosa que em pugui sentir explicar segons qué. Li hai de comprar un inalàmbric ja, perqué això no pot ser. Te puc trucar en un altre moment, oi?

—Claaar, i pobra de tu que no ho facis!

—Ai, me sap greu...

Ja hi tornem a ser, que si ai, que si ui, abans d'enfilar l'enciclopèdia universal dels comiats.

—Vaaaa, petons, petons, petons.

—Molts petons, Clareta!

—Txuc, txuc, txuc, guapa.

Quan penjo, si no fos perquè tinc la ronyonada a punt del col·lapse, em fa l'efecte que estic levitant. M'he tret cent quilos del damunt. Què dic, cent quilos?: una tona, del damunt. Perquè estic convençuda que aquesta vegada ho faré bé, ho faré bé, i demà serà un altre dia. El primer dia. El dia zero de la meua segona vida.

HIVERN

TIC-TAC, TIC-TAC · ESTIC SO-OLA · I *L'ESCURÇÓ NEGRE*, ENCARA MILLOR · NO T'HO PRENGUIS MALAMENT, PERO EL TEU HOME EM POSA CALENTA · NO MOS ANIRIE MALAMENT UN TRADUCTOR SIMULTANI · PERO QUÉ US ENSENYEN, A LA FACULTAT? · CAP DE LES DUES NO SOM A LA MATEIXA PELL · XONA, XONETA, PIPETA DOLÇA · AI, QUINS MISTERIS · QUE DESCANSIS · LA TERRA NO EMBRUTE · JA ESTÀ, JA NO ENGANXA · COM TE'L DEMANE, LA GLÒRIA? · SÓC UNA TOMBA · UNA *STARGATE* ACOLLONANT · UN OS QUE PETA · EVASIÓ PURA · MILIONS DE QUILÒMETRES

16

TIC-TAC, TIC-TAC

Obro els ulls, el coixí que és massa tou, tauleta de nit amb volants. D'acord, ja ho tinc: sóc al llit de la Joana, divendres, poble, vint-i-cinc de desembre. Palpo el mòbil i en llegeixo la pantalla amb un ull: cony, les dotze!, m'he d'espavilar. De baix al carrer m'arriben cops de portes de cotxe i unes veus que em són familiars, barrejades efusivament amb la de la tieta. Ja han arribat l'oncle Serafí i la tia Fina, i jo amb aquests cabells. Baixo al menjador arrossegant les sabatilles de retaló i em trobo a mon pare instal·lat al sofà, llegint la premsa. Pel seu aniversari, entre la Joana i jo li hem regalat una subscripció a un parell de diaris, un de cada color, i em sembla que és el present que més il·lusió li ha fet de tots els que portem fins ara. No sé com no se'ns va acudir abans, en comptes d'obsequiar-lo amb màquines d'afaitar, corbates per a la festa major, auriculars inalàmbrics i jerseis del Massimo Dutti. Hosti, Joana —li reia per telèfon—, hauries de veure al papa amb lo jarsei, semble el Vittorio de Sica, pero amb jarsei, *claro*. I ens petàvem. Doncs ara el carter li porta cada dia la premsa des del quiosc de Vilora, i es pot dir que el tenim feliç, o, si més no, entretingut.

—Papa, que no ho sents? Ja han arribat.

—Ah, doncs no hai sentit re, jo.

—Me vai a dutxar, di'ls-hi que ara hi vai.

Tinc la regla i estic planxada: aquest cos costarà, avui, d'engegar. Em dutxo en una ensabonada, m'insereixo un tampó regular, m'eixugo amb dos cops de tovallola i poso els cabells al vent de la marxa més alta de l'assecador, mentre em rento les dents i em calço les botes gairebé simultàniament. També em pinto una mica, que si la Fina em veu amb aquesta cara ja em farà el comentari, que ella es fixa en tot. No sé si després del desplegament d'aquestes habilitats em llogarien, al Cirque du Soleil. De moment, un Gelocatil i som-hi.

Quan faig acte de presència a cals padrins, les festes són considerables, ireparteixo salutacions i rebo petons perfumats.

—Qué diu la collona aquesta?, aviat no et coneixerem!

—Va, Serafí, no exageris!

De seguida la Fina em té passada revista:

—Neeena, que és mooona, aquesta faldilla que portes!

—Doncs és del Zara, no et pensis.

—Ah, doncs és prou mona, trobo.

La tia Fina diu «neeena» i diu «mooona» per aquella confiança que em té dels anys que vaig viure a casa seua, però també perquè es pensa que té una edat que ja fa vint anys que no té. I quan diu «neeena» i diu «mooona» t'ho diu fent l'accent de Barcelona, que fa més fi. Perquè la Fina és filla de cal Masot, però estic convençuda que a les seues amigues de l'*aquagym* no els confessaria ni sota tortura que abans d'anar a viure a la capital esgarrapava olives amb aquestes mans de rabiosa manicura.

—Nena, t'has aprimat, eh? Mira quina cintureta...

—Los disgustos, Fina!

La tia Fina no em deixa que li digui tieta: A mi no em diguis «tieta», que em fa gran, i jo, mal m'està dir-ho, encara faig goig, oi, Serafí? I ara es pica el pit amb la mà plana, les ungles vermelles impactant sobre la bijuteria.

—Ai, bonica, quan m'ho va dir la Glòria, ens vam quedar

parats. I aquella planta que tenia, el Blai, que sempre anava tan ben vestit, per la seva edat. Una mica massa fosc, però l'estilitzava, l'estilitzava, que no és que li calgués, eh?, que era un *figurín*. Però no ens ho esperàvem pas, d'ell, no pas.

—Sí, sí, pero canviem de tema, perqué el tema Blai ja canse.

L'oncle Serafí surt al rescat:

—Collons, si sirà per hòmens! Vas pel carrer i n'està tot ple.

—Amb això sí que t'hai de donar la raó.

Amb els oncles ja hi parlaria, ja, d'aquestes coses, però la presència de mon pare i la tieta em tira enrere. Per sort meua, la Fina enfila el cantó pràctic i em demana què tinc pensat de fer, amb el pis, i m'hi esplaio perquè els de casa també sàpiguen la idea que en tinc, ja que, per variar, encara és hora que me l'hagin de preguntar.

—Doncs de moment me hi quedo fins al juny, que se m'acabe el contracte, i encabat ja veurem lo qué. Perqué els propietaris se'l volen vendre, i a mi no m'arribe ni per pagar una porta.

I el banc, blablablà, quan sàpiguen que sóc autònoma, la hipoteca no me la donaran ni pintada a l'oli. I que aquell pis, per pagar-lo jo sola és impossible, que em polirà els estalvis en dos dies, i ja tinc decidit de buscar un estudi, una cosa petita, i tornem a començar. Espero que a mon pare i a ma tieta els hagi quedat clar.

—Ja saps que a casa nostra hi tens una habitació, eh? Si vols tornar, jo, encantada, encantada, i el Serafí igualment. Perquè l'hem buidat, i l'hem pintat i sembla una altra, *hasta* sembla que sigui més lluminosa.

—Gràcies, Fina, pero suposo que ja m'espavilaré.

—Ai, sí, està clar que sí, cuca meva. I segur que aviat trobaràs un altre nòvio més maco, que ara és quan es divòrcien tots els de la teva edat.

Ja hi som amb les seues teories:

—I si s'han divorciat, és perquè han tingut parella, i això és lo principal, que sapiguin entrar a la cuina, posar una rentadora i fer-se el llit.

—Ai, Fina, és que no hi vui pensar, en això, ara.

L'oncle Serafí encara en té una de millor per dir:

—Dis que sí, recony! Ja em diràs per qué els necessite, los hòmens, una arquitecta: per fer nosa i no fer re.

—Ara t'escolto, Serafí.

Acabada la teràpia sentimental, les dones ens fiquem a la cuina, i els hòmens-alfa fan una cervesa al menjador esperant que es pari sola la taula. Jo preparo el vermut, que les llaunes són la meua especialitat, i amaneixo escopinyes i navalles mentre les tietes discuteixen sobre si els galets, perquè no es trenquin, s'han de fer amb el foc encès o apagat un cop bull el caldo, i que si el gratinat dels canelons és millor amb gratinador elèctric o de gas. I entremig de tanta emoció, un miracle: el telèfon salvador. Calleu, que truquen! Esclar, la Paula sempre truca per Nadal, si no a casa a cals padrins, però ara ni hi pensava.

—Què, estimada, ja esteu entaulats?

—Ostres Pauleta, m'has salvat.

—No sé qui salva a qui, tia: mira l'hora que és encara i ja estic pensant d'agafar el llit i segellar la porta, amb el Max amb angines, les sogres disputant-se'l com dues bruixes, els nebots que es pensen que és un nino per jugar, que són pitjor que ell, que ja és dir, que el primer que han fet ha sigut arrencar una porta del bufet i tirar una coca-cola per terra i m'han desgraciat la catifa...!

—La roja?

—Em suïcidaré, Èlia, i la criatura que l'acabin de fer en un pot de vidre.

—Animal!

—Ara els hem posat la tele i a veure si regna la calma

d'una puta vegada. La tele! L'invent del segle! Pensa que ja tinc somnis eròtics amb el Bob Esponja! Però va, explica'm tu alguna cosa bona, abans que sigui massa tard.

—Una cosa bona? Com no et canti el menú de Nadal...

—Ah, el menú, mira per on, que ara al Roger li ha agafat per fer règim, precisament ara! Si s'ha apuntat al DIR i tot, el molt...

—Al DIR el Rogeeer? Ha! El que deia que els gimnasos eren per acomplexats mentals.

—La crisi dels quaranta, tu! I com que allà hi veu ties bones, i com que jo estic feta una bola d'estries...

—Au, exagerada!

—Ah, i lo més bo és que ara els diumenges li ha agafat la vena d'ajuntar-se amb l'Enric i altres barrilets *canosos* a fer BTT per la carretera de les Aigües, que un dia d'aquests me'l portaran plegat d'un infart de miocardi. I l'endemà no s'aguanta dret, i jo al darrere: Neeen, on t'has deixat el cavall?

A la Paula sempre li dic que hauria d'enviar algun currículum al Club de la Comedia.

—Això és que es deu estar preparant per les olimpíades amb algun Bollycao de la consulta, perquè a mi no m'ha dedicat mai tantes abdominals, no... Ai, què passa, ara? Espera.

Sento de fons l'esclat d'un plor, creixent com una sirena de bombers, i la veu de la Paula m'arriba des de sota l'aigua (Roger, que no els deixeu sols, *joder*... Aleix, què us he dit?!... No, deixa això, Aniol, no!... Aleix, el Max és petit, deixa la pilota allà, recull els camions, va, que ara dinarem...). Ai, perdona, necessito unes valerianes. I un *lingotasso* de whisky per fer-les baixar.

—Ja veig que estàs *liada*.

—Que no!!! Ai, perdona, no t'ho dic a tu, eh? (Mira, que s'ha acabat la tele, eh? S'ha acabat!) Perdona, Èlia, és que quan et veuen que no estàs per ells, et munten el *tinglado*, és automàtic. I ara no sé on s'ha ficat tothom... Escolta, ja parlarem, val? (Que ho recullis ara mateix, t'he dit! Au, tothom a plorar, vinga!) Perdona, perdona, t'he de deixar, si no aquí hi començaran a haver baixes.

Al costat del camp de batalla de la Paula, cals padrins és una tomba.

—Tallo fuet, tieta?

—Talla lo que vulguis, filla.

La Fina ja comença: Ai, ai, no sé si n'hauria de menjar, jo, de fuet, perquè aquestes cartutxeres són la meva perdició... Però va, un dia és un dia.

Cony, penso, si als seixanta-cinc les dones encara ens hem de preocupar per les cartutxeres, ja podem plegar. Però durant el dinar, sembla que la Fina s'oblida per un moment dels complexos, i endrapa feliç i conversadora, agafant els coberts amb les ungles i fent dringar a l'aire tota la quincalla dels canells.

—I de la Joana què en sabem?

—Doncs vai parlar amb ella farà un mes, mos veiem per internet, i està com sempre, feliç i contenta, amb les traduccions...

—I encara va amb aquells cabellots enganxifosos?

—No, ara ja no, ara porte rastes, ja fa uns anys que li ha agafat per aquí. De punk a alternativa i tiro perqué em toque.

—Però què em dius, ara?! Aquells cagallons tan fastigosos?

—Dona, fastigosos...

La tieta ja hi fica cullerada:

—Ja pots comptar, jo ja no sé ni la cara que té.

—Ai, tieta, no comencis.

—Si ja ho sé jo, lo que em dic. Tan amorosa que ere de xiqueta, ai senyor, i pentinada que anave.

I ara veig que la Fina pot ser de tot menys tonta:

—Ui, ara que m'hi fixo: on és, l'arbre, que no l'heu fet?

—No, aquet any no estic d'humor.

La Fina branda el cap: Molt malament, molt malament.

Se'm fa estrany, aquest Nadal, sense el Blai a taula xerrant amb els cosins, que vénen un cop cada dos anys, o fent-li bromes a la Fina, o ajudant a ma tieta amb els canelons, o a portar plats, i més tard a rentar-los, que els hòmens se'l miraven mentre voltava per la cuina i sempre li feien la conyeta: Ja t'han anredat, aquestes dones? I és que mon pare i l'oncle no acabaven d'entendre que aquell mascle que tenien al davant era simplement un exemplar del segle vint-i-u en acció, i poc es creurien que, gràcies a la seua mà per la cuina, jo havia arribat fins aquí sense que m'haguessin explotat les artèries per la concentració de sal de les sopes de sobre.

El Blai encantava les dones de casa —Xiqueta, amb aquet noi sí que has fet sort, deia ma tieta. Neeena, és que ho sap fer tot!, exagerava la Fina—, i esclar, també feia el pes als hòmens, sobretot a l'oncle Serafí, per allò de l'afinitat professional, i sempre que parava l'orella els sentia discutir animadament sobre sistemes constructius i obres diverses. L'oncle Serafí ara ja està jubilat, però ha sigut un paleta d'aquests de poble que et feia tan bé un enguixat, com un enrajolat, com una escala de caragol.

—D'això se'n diu tindre aufici, mecagon l'hòstia, ara descobrirem la sopa d'all.

—Te posaries malalt, Serafí, si ara anessis a l'obra.

—Ca! Que et penses que no ho sé, com se fan les obres ara? Amb aquets manobres que qui sap d'on vénen i als dos dies ja els foten davant de l'*hormigonera*. Tu hi has vist mai un bloc de pisos, al desert? Si lo estrany és que no haigui caigut tot, cony de cony.

—Ja, pero la culpa no és d'ells, home, que bé han de menjar. La culpa és de qui els contracte per estalviar-se quatre duros. Lo pitjor són aquets que amb un mòdul d'encofrador ja s'han cregut los reis del mambo.

—Reee, tu fes-me cas a mi: aufici!, au-fi-ci! I l'aufici, que se sàpigui, només se guanye treballant. Treballant i treballant i fixant-te amb los qui en saben, no fumant porros i pensant en lo cap de semana. Poro clar, busca'ls, ara, los qui en saben: si tots estem jubilats, i els que no, ja se n'han afartat los cucs.

En això l'oncle té part de raó: tindre ofici és una qualitat que es troba a les antípodes de l'activitat hiperremunerada dels nous paletes que han sortit amb el *boom* de la construcció. Aquests nanos amb prou feines si saben fer una cosa —perquè són *ep·pecialistas*— i, al damunt, quan la fan malament, només saben que culpar-se els uns als altres: *Esto es el enyesador, coño, que m'ha tapao las cajas d'empalmes*, o *Esto es del de las racholas, que hasta que no termine no puedo ponemme con el pladur*. I espera, que a les visites d'obres tu arribaves amb el teu cotxet i amb prou feines trobaves un racó entre els Bemevés i els Audis dels oficials de primera. Perquè aquests *ep·pecialistas* s'han cregut que guanyarien tres mil euros al mes tota la vida, i s'han comprat pisos pels descosits i han acostumat les seues *xatis* a anar de vacances a Cancún i a Santo Domingo, i ara resulta que, amb la clatellada del totxo, es troben endeutats fins al pírcing de les celles.

—Oh, recony, i qué es pensaven? Lo que comence malament, no pot acabar bé, ves si tamé los hi haurem d'ensinyar els vells, això.

I d'això parlo amb els hòmens, fent el paper del Blai, i encara es pot dir que em distrec una mica. En un moment donat, de fons, m'arriba el to conspiratiu de les tietes i no puc evitar d'enfocar l'antena cap al senyal:

—I *bueno*, ja ho diu la Dolors, que no se hi obsessioni, que ella, jo me'n recordo, de quan va tindre l'avort, i eren coses que passaven, que sempre han passat, vaie, lo que allavons no es deie com ara, que domés ho sabies si te ho deien en confiança, i ara se ho agafen tot com si s'acabés lo món.

—Dona, és comprensible, pobreta, i en aquesta edat, doncs ja se sap...

Ai, que m'agafarà alguna cosa.

—Eh, que la Clara té la meua edat, eh?

—Ja, bonica, aviam si m'entens. El que em referia és que si la Clara en vol tenir més, doncs que esclar, no és el mateix començar ara que als vint-i-cinc. I és comprensible, eh?, que les dones que *som* treballadores i independents, tenim una altra mentalitat...

La Fina havia fet d'administrativa en una empresa d'electrodomèstics, i segons com te'n parla és com si hagués sigut ambaixadora de l'ONU.

—I clar, com que som independents, també volem més temps per nosaltres, per realitzar-nos professionalment, i *bueno*, a molt *males*, tu sempre podràs adoptar.

Recony amb la conclusió.

—Sí, *bueno*, això si decideixo tindre fills algun dia. I per això de l'edat, mireu aquella de la tele, que anave cap als cinquanta i bessonada, dos xiquets.

Ole, Èlia, gir magistral. Perquè ara ma tieta i la Fina hi han caigut de quatre potes i ja estan discutint sobre si la de la tele en tenia tants i tants més, i tal i qual.

Vaig a preparar els cafès, abans que m'agafi una depressió. Recolzada al marbre de la cuina, mentre espero que la cafetera arrenqui el bull, enyoro un altre cop el Blai, el Blai de les festes de Nadal, quan entrava a la cuina a buscar les tasses i el sucre i m'agafava per darrera i em mossegava el coll o em magrejava els pits, i jo feia veure que em molestava: Vaaa, que ho tombarem tot! I avui aquestes dones furga que furgaràs amb els arrossos que es coven i els ovaris amb data de caducitat. Quan sento el primer borbolleig de l'aigua, la cuina s'omple d'olor de mossegada al coll i em redola una humitat pesant galta avall. Allà lluny, dintre del cap, m'arriba el compàs d'un sorollet metàl·lic. Tic-tac, tic-tac.

17

ESTIC SO-OLA

—Bon Nadal, Eliete!

—Hosti, Joana, quina sorpresa! Bon Nadal! T'anava a trucar ara mateix.

Que si ja hem dinat, que els oncles, que si això, que si allò.

—Escolta, quan tornes a la civilització?

—Doncs mira, no te ho creuràs: per Reis, torno. És que el pis me cau al damunt, i aquí al poble és una desconnexió total, te ho juro.

—Com enganxi anquet Blai lo penjo pels collons!

—Eh, que estic bé, eh? I més a més m'hai agafat lo portàtil per treballar una mica, que poca feina que hi ha, i aquestos de Montcada encara mos vénen amb presses.

—Així encara no us ha entrat cap més projecte?

—L'any que ve ja em veig arroplegant aulives, mira que et dic.

—Calla, nena, ja trobaràs *algo*, que ets una *lumbrera*... *Bueno*, escolta, que jo trucava per una cosa: que tens Skype, a mà?

—Eh, pero que no ho saps, que estàs trucant al segle dinou?

—Ja, pero com que em vas dir que al Zem tenien *webcam*...

—Ui, sí, pero no voldràs que agafi una infecció.

—Doncs tapa't lo nas i escapa-te-hi un *rato*, perqué t'hai d'ensenyar una cosa urgent, urgentíssima!

—Qué m'has d'ensenyar?

—Tu connecta't i ja ho veuràs. Fins a les tantes hi sóc, que estic fent una traducció mortal i em passo tot lo puto dia a l'ordinador.

Quina novetat. La Joana treballa a casa, com una reina, i quan s'hi enganxa és capaç de fer maratons de vint-i-quatre hores. I en pijama i sabatilles, que té el seu mèrit.

—Hosti, Joana, no em deixis així!

—Va, una pista: és una cosa que al·lucinaràs, un regal de Nadal per tu! I ara passa'm la Fina.

—Hosti, quina intriga. Doncs ja intentaré passar pel Zem, pero avui ja no, que deurà ser ple de canalla, i jo passo.

—Fes-te-ho com vulguis que jo t'espero a partir de *ja*, eh?

La Fina arriba bracejant pel passadís —Ui, la Joaaana: porta, porta— i la deixo penjada de l'auricular.

—Ai, neeena! Què m'ha dit, l'Èlia, que ara vas de rastafari?

—Papa, vai un moment a casa, que hai de fer unes coses.

Em poso l'abric i els guants i me'n vaig directa al Corral, a fumar. Ara fumo, mira. Penso que quan em passi això del Blai ja ho deixaré. Fa un fred que pela, i m'arronso al banc, procurant que no se'm faci una carrera a les mitges. Exhalo unes glopades llargues de fum i baf, que s'eleven cap al cel, blanc. Veig cuquets transparents, com captats per la lent d'un microscopi, tot de mitocondris filiformes entre espurnes blanques.

Sé que ara mateix la Clara i el Bernat deuen ser a cal Petit. Cada any, entre tiets, padrins, cosins i canalla, s'hi ajunten una bona plana. Tot i que la Clara detesta el Nadal, penso que almenys el passa ben acompanyada, allò que se'n diu abrigada pel caliu familiar. A casa meua tot és més trist. La Joana fa segles que no ve, i per Sant Esteve, que els oncles van a cal Masot, serem ma tieta, mon pare i jo sols. Serà el primer Sant Esteve en una dècada que passo al poble. Aquest any ja no hi haurà la taula tan ben parada de la Lídia, d'estovalles blanquíssimes i coberts magnífics, ni les muntanyes de llagostins que només de pensar-hi ja em fan salivar. Ja no riuré més fins caure plegada de les bromes entre el Blai i sons germans, tirant-se tovallons, caps de gambes i taps de suro pel cap. I ja no tindré més postres de Sant Esteve, jugant al Rummikub amb els germans i els cosins del Blai, fent trampes escandaloses gràcies als efectes dels xarrups de digestius francesos. Tot això s'ha acabat.

L'endemà de la primera nit que vaig dormir sola, la Lídia em va trucar, desfeta, dient-me que no entenia el seu fill, que li sabia tant de greu tot plegat que no sabia què dir-me. Que havia interrogat el Blai del dret i del revés, i que ell la defugia, li contestava que no n'havia de fer res, que eren coses nostres. Vam plorar les dues molts vespres, amarant els mòbils, i al final un dia vam decidir de no trucar-nos més, de moment, perquè allò em feia —o ens feia— més mal que bé. A canvi, em va recomanar un metge conegut seu per si em feia falta, perquè no se li acudia què més hi podia fer. El Claudi no m'ha trucat, deu pensar que això són coses de dones, que ja parlaria la Lídia per ell. I l'Oriol, que és el petit, me'l vaig trobar un dia a la Fnac, i no sabia on posar-se, pobre. T'enyorem molt, em va dir, per davall d'aquells cabells de gravetat zero. I jo a vosaltres, Oriolet, li vaig dir, perquè quan li vaig aparèixer per primer cop a casa, ell amb prou feines tenia els divuit, i per mi sempre ha sigut l'Oriolet. I aquí es va acabar tot, catorze anys de projectes, de viatges, de vacances, de Canargós. Perquè ja no hi tornaré més, a Canargós. I potser això és de les coses que em saben més greu de tot.

Quan surto del Corral, me'n vaig directa a casa a rentar-me les dents i tot el rastre del delicte. Potser hauria de saltar-me els protocols i fer un truc a la Clara, felicitar-li el Nadal, explicar-nos les penes. Va, agafo el telèfon i truco a cal Petit, que si es tracta de superar traumes, avui és el dia.

—Hola Dolors, sóc l'Èlia.

—Nena, que no em coneixes la veu?

—Ai, hosti, Clara, perdona.

—Que nooo, que bé que em truquis!

—Aix, sí, tant dir que et trucaria, i si em descuido...

—Si t'haguessis fet del Facebook, tossuda... Qué expliques, guapa?

—No, no, això tu: com estàs? Ja sé que no truco el millor dia...

—Ai, com estic... Estic, mira. I aquet any a sobre amb los xiquets, i la Nurieta, que ja té onze mesos... Em pensava que ho portaria bé, t'ho juro, pero el cap va a la seva, no ho puc evitar.

—Clar, clar...

—Et diria de vindre, pero avui sóc una ànima en pena, em perdones, oi?

—Això no cal ni que m'ho diguis, Clareta.

I que demà van a dinar a cal Trau i que suposa que ja serà una altra cosa, que muntaran el pessebre i tal i tal.

—Doncs nantros ni arbre, tu. Com que cada any lo féiem amb lo Blai...

I d'aquí a que si poguéssim tornar enrere, que què felices que érem a l'institut, quan la màxima preocupació era si tindríem prou gasolina per anar a fer mal per aquestes contrades.

—Doncs no te ho vai dir que per Tots Sants vai baixar a la gasolinera, i encara esperava trobar-hi el Cesc!

—El Cesc? Que no ho saps?

—Que no sé qué?

—Que el van enganxar que traficava a la gasolinera.

Coca, costo, pastilles, de tot. No ho vas veure al *Diari de Tarragona*?

—Hosti, no sabia res!

—Dos anys, fa, que el van fotre fora. Es veu que tota la canallota del poble hi anaven a proveir, que els del Zem són uns ionquis que t'hi cagues.

—Hosti, que fort... I a la nostra època que mos fumàvem un porro i ja mos pensàvem qui sap lo qué.

—Doncs ja ho veus tu, com canvien els temps.

—No, si al final tindran raó aquesta canalla que pel carrer mos diuen Senyora, té foc?, i jo hosti, senyora ho seràs tu, no et fot!

—Ui, doncs jo potser sí que m'he tornat una mica senyora, perqué ni els porros, ja no puc veure... I el tabac, quan estava embarassada, amb mumpare i tota la casa empudegada de Winston... Ai, ho veus? Ja hi torno!

És el moment de fer una finta, ràpid:

—I quan marxeu?

—Diumenge, perqué jo treballo dilluns, com que els museus van per festes... I m'anirà de conya perqué així no penso tant.

—Ja tens raó, ja. Doncs jo si m'agafe aniré a l'auliva, que ara mateix, per mi, lo *puesto* menys relacionat amb Barcelona és lo tros.

—Ai, sembles el Bernat, quan dius aquestes coses.

—I ell com està, com ho porte?

—Ah, també està una mica així, perqué em veu així, i mira. Algun dia d'aquets farà un pet com un aglà, pobret meu.

En sec m'han passat les ganes de prolongar la conversa.

—Doncs li dónes records, val? I a tuns pares també, i a tothom.

Quan penjo no sé pas si posar-me a plorar o tirar-me pel balcó. I com que casa meua no té balcons, enfonso la boca en un coixí del sofà i ploro.

El rogall del telèfon em recorda que poc dura la tranquil·litat, a la casa dels pobres.

—Èlia, nena, com és que no véns?

M'eixugo els mocs amb el puny.

—Ai, Fina, és que m'hai estirat un *rato*, que em semble que se m'han posat malament los torrons. Pero ja estic més bé, ara vinc.

Bado una estona llarga amb el cap entre els genolls, comptant mentalment les pedretes més fosques del terratzo, una-dos-tres, cinc-set-deu. A la que fa cent m'aixeco i em posiciono davant del mirall del rebedor. Sembla que m'hagi esclafat el nas contra la paret, els ulls passats per aigua, les galtes de setí. No puc pas fer veure que no ha passat res. I ara truquen al timbre, hosti.

—Qui és?!

—Èlia, nena, obre.

Havia d'haver sabut interpretar el repic d'aquests talons a l'escaló de l'entradeta.

—Ara vinc, Fina, no patixis, vai un moment al lavabo i vinc.

—Va, obre, que fa fred.

Faig girar el pom a la meua esquena, i encara no tinc temps de fer un pas cap al lavabo que la Fina passa cap a dintre com un llamp, cloc, cloc, recloc.

—Què fa, aquesta panxolina? Et porto un Almax, mira. Oh, però què...? Ooh, ja m'ho pensava, jo, això.

—És que tinc un dia fatal, Fina...

—Vine, vine, anem a seure, va. És pel Blai, oi?

—Sí, *bueno*, i també pels torrons.

Em deixo caure al sofà, al seu costat, i encara no he començat a comptar pedretes, una-dos-tres, que em puja de l'estómac un plor automàtic i nerviós, tres-dos-un, i esclato.

—Oi, oi, oi, va, va, plora, treu-ho tot, treu...

Amb una habilitat d'experta, la Fina desenfunda un paquet de clínex i en pinça un amb les ungles vermelles, estirada magistral.

—Té, té, sona't. Vine aquí, vine.

No puc parar, em costa respirar. Quan m'ofereix una abraçada, em deixo caure de nas contra tres voltes de perles falses i la pituïtària se'm perd en una atmosfera cosmètica i perfumada.

—E-és que estic..., estic mo-olt trista, Fi-ina...

—Oi, oi, oi.

—És que tot me surt maa-la-meent. I em sento soo-la, i la fee-ina se m'aa-cabe, i no-o sé qué-e fa-aré...

—Plora, tu plora, que va bé.

Sento el pit com si me'l comprimissin amb un serjant, no puc deixar de sanglotar. Em sembla que és la primera vegada que li ploro a algú la pèrdua del Blai. El psiquiatra ja m'ho va dir, que seria com un dol, i que sortiria quan sortiria, que cadascú és cadascú, i això i allò. En el meu cas, ni tan sols davant de la Paula no em vaig posar d'aquesta manera. Tot va ser molt controlat, el drama en la justa mesura, i ara penso que potser era una estratègia inconscient de defensa, no fos cas que la meua amiga i confident tingués la temptació —tan humana— de convertir la meua situació en la seua catarsi. Però amb la Fina sento que aquest risc desapareix, la distància és prou gran, i al final no puc evitar que em surti tot.

—Ésq..., és que ja tinc tre-enta-quatre a-anys, i e-el Blai té tota la vida per dava-ant, i a mi m'ha deixat se-ense re-es...

—No ho diguis, això, tontina, si les noies d'avui podeu fer el que vulgueu, sou independents, i tu ets una dona forta, que això no cal que t'ho digui.

—No sóc forta, Fi-ina, mira co-om estic, feta una meerda. I per qué vui ser independe-ent, si estic so-ola, si no tre-eballo per ningú, i to-otes les meues a-amigues tenen fills i la vi-ida muntada i jo hai de torna-ar a començа-ar... Estic a ze-ero...

—No, no, no. Tu no has de tornar a començar, tu el que has de fer és continuar, i fer coses que abans no havies fet pel que sigui, i distreure't. Mira, hi ha viatges organitzats per *singles* que fan creuers pel Mediterrani, i fan festes en hotels, i trobades i excursions...

Amb aquesta perspectiva encara se m'aviva més el plor.

—Amb lo guapa que ets, mira't, lo guapa que ets, amb els cabells així llargs i preciosos, i aquest tipet que tens. Si no t'ha de costar gens, de trobar-ne un altre. El Blai ha sigut ben ruc, de deixar-te escapar.

—Pero mi-ira, si fos tot això que tu di-ius no m'ha-auria deixa-at. I-i a més la Paula em diu que-e ni pot tindre u-una altra, que els hò-mens no es tiren al buit sense u-un paracaiguudes...

—Mira, doncs això, això podries fer, paracaigudisme, que diuen que amb l'adrenalina et quedes nova, que et posen enganxada a un entrenador, que pot ser guapo i tot i mira, no se sap mai...

—No és a-això, és que estic so-ola de ve-eritat.

—No ho estàs, de sola: em tens a mi, tens a la tieta, a tumpare, a l'oncle, tens les teves amigues de la universitat, i la Paula, i la Clara, i mira la Clara, també acaba de passar un disgust, i s'ha de seguir, no hi ha d'altra...

—Pe-eró la Paula esta-à casada i té u-una família, i el Roger és mo-olt maco, i la Cla-ara té el Be-ernat, que-e és l'ho-ome perfecte.

—Ai, nena, els homes perfectes no existeixen, ja pots creure't a la Fina. Tu ara el que has de fer és procurar distreure't, moure't, res de quedar-te a casa. Mira, pots fer cursets, per exemple: als cursos de tast de vins hi ha homes amb molta classe...

—O-odio el ta-ast de vins, és una xo-orrada.

—*Bueno*, *bueno*, però també pots fer ioga, o anar a la piscina, a mi nedar em va molt bé, et quedes nova.

Penso en la pell davall de l'aigua, en deixar una piscina plena de pell com si hi hagués nedat una serp.

—Pe-ero és que Barcelona em cau al da-amunt.

—Doncs fes vacances, no dius que ara no tens tanta feina? No deies que volies anar a Nova York? O, no ho sé, ves a veure uns dies a la Joana. Els portuguesos són molt guapos, i aquell parlar que tenen... Uiii!

—Po-otser sí, potser sí.

—*Bueno*, va, ja hem decidit alguna cosa. I sobretot surt, has de sortir, no et quedis tancada aquí a casa, vés a passejar, truca a la Clara i sortiu al vespre, no ho sé, tot allò que fèieu abans. Feu un sopar de noies.

—Po-otser sí.

—Esclar que sí, bonica. Oi, oi, oi.

No sé si les mares, de normal, consolen les filles d'aquesta manera, ni si les filles troben consol en les mares de la mateixa manera que ara el trobo en la Fina. Tant és, no ho sabré mai, però avui m'alegro de tindre una espatlla a mà per deixar-m'hi caure.

Saps què farem?, em diu, passant-me els cabells per darrere l'orella: Farem l'arbre, què et sembla?, que encara hi som a temps.

—Ai, Fina, és que no en tinc ganes.

—Va, espavila't, vés a rentar-te la cara que jo vaig aquí al costat a començar a preparar-ho tot, que està molt trist, aquell menjador, sense un trist detallet de Nadal.

18

I L'*ESCURÇÓ NEGRE*, ENCARA MILLOR

Des de l'altre cantó de la porta sento mon pare que truca, toctoc, Èlia, te demanen al *telèfono*.

—Qui és?

—La Fina.

M'aixeco a càmera lenta i quan obro veig mon pare que gira cua: recony d'home...!

—Papa, que l'inalàmbric no el vai portar pas per fer bonic!

—No sé com va, jo, allò.

—Dis-li que ara baixo.

Encara tinc el cap al primer son, que la Fina ja m'ha enredat. No sabia que encara durés, això: quan vivia al poble, per Sant Esteve, un grupet de dones i algun home ociós passaven a mirar els pessebres de les cases que ho haguessin sol·licitat. A canvi de la visita, rebien un obsequi, una capsa de fusta treballada, una figureta de ceràmica, un gerro, cada any una nosa diferent.

—Doncs han quedat a les sis a la porta del Casinet, i tu m'hi acompanyaràs, oi que sí? No s'hi val a dir que no, nena, que a tu t'ha de tocar l'aire.

—Hosti, Fina, no ho sé... És que no em coneixerà ningú, i jo no coneixeré ningú, tampoc.

—Què dius, ara, que no has de conèixer a ningú? A tothom, coneixes, i tothom et coneix a tu, no em diràs ara que no vols venir per aquesta *tonteria*... Vaa, nena, que veurem les cases per dins, que això també té la seva molla!

La veritat és que la idea no em desagradava del tot. He remugat una mica per fer el fet, i en penjar el telèfon he pensat que ja tenia excusa per treure la Clara de casa.

—Hola Tomeu, sóc l'Èlia. Qué...?

—Ai, espera't, que et passo a la Dolors.

En fi. Al final arribo a la Clara, i la proposta no sembla que l'entusiasmi gaire.

—Vaa, Clareta, pren-te-ho com una ruta d'aquestes teues per l'orient mitjà.

—Ui, igualet, igualet.

—No pensaves pas tornar a Tarragona sense veure'm, traïdora...

—No, no, si ahir em vai quedar feta pols, quan em vas trucar, i avui ja pensava de dir-te de vindre a fer el café a cal Trau.

Me l'esperava tan poc, aquesta, que continuo amb el guió que tinc al cap:

—Vaaa... Que veurem cases... I jo no hi vui anar sola amb la Fina.

—*Bueno*, quan vinguis a fer el café ni parlem.

—És que no ho sé, si podré vindre, perqué som mumpare i la tieta i jo sols...

—Au, no em diguis ara que t'hi passaràs tota la tarda, a casa. Te truco encabat de dinar i véns un *rato*.

Aviat ho té dit, ella.

L'estona que va des que m'assento a taula, mastego les gambes, i finalment sona el telèfon, se'm fa una eternitat. Una eternitat que em passo filant els monòlegs mentals que ja són la meua especialitat: És que sembles idiota, Èlia. A veure, què és el més greu que pot passar?, que els vegis junts? Tantes vegades els has vist junts i la Terra no ha deixat de girar al voltant del Sol. Has de fer el pas, cony, no pots estar tota la vida fugint de les situacions que et són incòmodes. T'has de fer a la idea que el Blai no tornarà, que comences una nova etapa. I, si anem a pams, avui el que et demana el cos és veure gent diferent, passejar-te pel poble, saludar aquest i l'altre, i tornar a veure la Clara. Fora històries: et vestiràs com una reina, aniràs a cal Trau i et comportaràs com una persona adulta. Ja no pots esperar més per practicar l'edat que tens.

I així, amb tot aquest formiguer voltant pel cap, dic que ara hi vaig a la Clara —Sí, sí, sí!—, penjo el telèfon, corro cap a casa a raspatllar-me les dents, hidratar-me la cara, pintar-me efecte natural, arrissar-me les pestanyes, recollir-me els cabells —ara me'ls recullo, no, no, millor deixats anar, sí, no, sí, no—, i entre unes coses i unes altres ja sóc a la porta de cal Trau, picant de peus no sé si de fred o de mal de ventre. A l'esquerra hi ha aparcat el Volvo gris, i mentre hi penso m'imagino que dec haver trucat al timbre, perquè la Clara em surt abocada per una finestra de mig punt: Està obert, corre, puja!

El cor em sortirà disparat. L'he vista un segon, però ja li he reconegut els cabells més curts i la careta de nena d'anunci. Respira, Èlia. Empenyo la porta i quan veig aquesta nina a dalt al replà, amb els braços de bat a bat i una rialla que no s'acaba mai, pujo les escales de dues en dues per llançar-m'hi a sobre i, de passada, no caure plegada. Ens abracem pendulant, i quan li sento l'olor dels cabells tota ella m'esdevé familiar fins al moll de l'os. I riem i saltem i posem a prova la capacitat de reverberació d'aquest pou d'escala blanquíssim on no he estat mai. Quan ens separem les cares, tenim els ulls molls, i ella em posa les mans a les galtes i em diu guapa, guapa, quins cabells més llargs, estàs guapíssima, i jo, i tu més, i tu més, si estàs com sempre! I de veritat crec que està com sempre, potser amb els pòmuls una mica més magres, potser amb un punt de blavor davall dels ulls, més blaus encara, que quan riuen desperten unes arruguetes tot al voltant. Si fa no fot com les que em trobo cada matí al mirall de casa, quan faig veure que ric per calcular l'abast de la tragèdia.

—Estàs primíssima, ja menges? Jo mira quin cul que fai.

—Encara estem amb aquestes manies?

Li elogio el vestit, que sé que li agraden, aquestes coses.

—És xulo, eh? De Milà, pero una ganga, eh? Quan et facis del Facebook ja en veuràs les fotos.

En sec m'han passat tots els mals. Mira que era fàcil. Em deixo estirar de la mà per dos trams més d'escala i traspassem un llindar ample, que la Clara clou darrere nostre amb una gran porta blanca. I ja tenim la plana dels Traus situada en el seu hàbitat natural: el pare recollint els últims coberts, l'Elisenda redistribuïnt els coixins del sofà, i l'hereu Trau, mira-te'l tu, carregat de tasses i platets i que només de veure'ns ja fa la primera rialla: Collons, quin xivarri, qualsevol diria que no us heu vist en cinc anys!

—Us ajudo?

—No, no, seu, seu!

La Clara em pessiga les galtes: Aixx, guapa!

Què, neva o no neva?, demana el pare Trau. De la barba de nàufrag, la veu li surt assossegada com el tai-txi: Han dit a la tele que avui nevarà a cotes baixes. Ui, faig jo, pero han de ser molt baixes, aquestes cotes. Tres-cents metres, encara ens tocarà. I ara riu, i li riuen els ulls, i de la separació entre els llagrimals li confirmo una prova irrefutable de paternitat.

I què fa, la Joana?, demana l'Elisenda: Que en fa, de

temps, que no la veig! Li explico que s'ha quedat a Lisboa, i tal i tal. Ai, què tindran, aquests portuguesos!, sospira, recollint-se el núvol de rissos grisencs amb una pinça.

Mai no havia entrat a cal Trau, però d'oïdes ja es podria dir que hi he estat. La porta que tinc més vista, per això, és la del garaig, que dóna al carrer de Baix, com casa meua i totes les de la perifèria del poble. La Clara m'havia insistit moltes vegades que hi has de pujar, has de vindre. Però esclar, quan m'ho deia, anar a cal Trau era de les últimes coses que tenia la intenció de fer, en aquesta vida. El cas és que ara, quan engego el radar, de seguida veig de què va la cosa. La reforma és el resultat d'una buidada generalitzada d'envans, i d'un cop d'ull en dedueixo les cicatrius a l'embigat de fusta. Quan abaixo el cap, la taula de cafè ja és parada amb tota una exposició de culleretes, tasses, estalvis, pastes de color de suro i un parell de cafeteres. La Clara ja ha triat lloc al sofà i em tusta un coixí al seu costat. L'Elisenda s'excusa pel moble: És d'obra, però ja me'n penedeixo, perquè si me'n canso no el puc tirar per la finestra.

Que el sofà és d'obra, jo ja ho sabia. De la mateixa manera que també sé que damunt dels caps hi tenim els dormitoris i el quarto de la música, i que a l'engorfa hi ha un estudi que, en opinió de la Clara, l'has de veure perqué al·lucinaràs.

Mentre les dones ens instal·lem com unes nimfes entre un núvol de coixins, els hòmens comencen a atacar les pastes sense contemplacions. L'hereu mastega feliç a dues galtes, eixarrancat en un puf perifèric, i quan encreuo les cames buscant una postura que no trobo, l'enganxo mirant, ulls de cocodril. Però això no vol dir res, eh?, que tinc comprovat que aquestes botes tenen un imant per als bípedes d'ambdós sexes. Què hi posarem, em demana: te o cafè?

—Ah, doncs me prendré un te, ara que ho dius.

—El talladet per la Clara... Cafè o te, pare? Mare, et poso te?

—Sí, *carinyo*, sisplau.

Hm, així que l'Elisenda és d'aquesta classe de mares. De les que diuen *carinyo* als seus noiassos de trenta-vuit anys, i que segur que també diuen *el nen* això i allò, i quan *el nen* té germans, els germans són els *tetes*. Caram, caram.

És un te molt bo, m'anuncia ella: són flors de te deshidratades, veus?, s'obren a l'aigua, una *tonteria*, però fa gràcia; encara ens en podem emportar unes quantes a Euskadi, eh, Juli, per impressionar el personal?

La Clara em posa la mà a la cuixa: És que per cap d'any se'n van d'excursió. Ah, sí? Anem a casa d'uns amics, m'explica el Juli, però ja veurem si hi arribem i en quines condicions, perquè hi anem en cotxe, i ja no tenim vint anys. L'Elisenda fa un incís: El problema no és que no tinguem vint anys, és que és el cotxe, el que en té vint! (Hip-piiis, riu de fons el Bernat.)

Entre tota aquesta gent interactuant-me amb naturalitat, la columna em va perdent tensió i ja em noto els coixins a la ronyonada. Miro tot al voltant i en un moble baix veig algunes fotografies, però des d'aquí només puc distingir siluetes, de dues en dues, de tres en tres, una que sembla un nano petit i escarolat com un querubí.

Així que fas d'arquitecta, em desperta el Juli: I com ho teniu, això de la feina? Ui, fatal. I ara toca explicar el que explico a tothom, i en dos segons ja tinc els oients muntats al carro del debat: que si la crisi, que si el totxo, que si això ha sigut una bogeria. I ara algú treu uns números, el tant per cent del PIB que suposava la construcció, el deute irreconciliable dels bancs, els interessos irrisoris dels préstecs, i a mi em sona aquesta veu, i és la veu de la Clara. Arribat el punt culminant, jo hi deixo anar la broma de sempre: Tal com pinte la cosa, l'any que ve ja em vei collint aulives!, i la Clara: Que no, dona, que nooo!, i el Bernat: Digues que sí, esgarrapaires al poder!

Ai, que no t'hem ensenyat la casa!, salta l'Elisenda. Perquè als pobles les cases s'ensenyen, i les reformades encara més.

—No cal, eh?, no és obligatori, tampoc.

—Oi tant, que cal! Nens, feu-li un *tour*, no? Nosaltres no ens bellugarem d'aquí.

I resulta que els «nens» són els dos Traus, donat que s'aixequen obedients mentre l'Elisenda m'adverteix que no faci cas del desordre, que per Sant Esteve celebren el dia del caos general. Ho tindré en compte!, ric jo, mentre el Bernat s'agafa un parell de galctes per al viatge i m'assenyala amb el palmell l'inici de la ruta.

Enganxada darrere dels hòmens, em deixo ensenyar la cuina —oh, està molt bé—, el lavabo —ui, doncs no és tan petit— i la saleta de la tele —ah, mira tu—. El Juli fa de mestre de cerimònies, i em va complementant la visita amb tot de detalls tècnics —subestructura, parets mestres, reforços metàl·lics— que son fill s'encarrega de puntualitzar —dinamita ACME, l'imperi del pladur, destrucció total—. Del pati no s'hi veu gaire res, perquè ja és ben fosc, només les copes una mica artificials d'un parell de magnòlies, una taula de jardí enfundada com un fantasma i, al fons, un cobert que em diuen que fa de refugi a un parell de gats.

—I s'estan sempre aquí fora?

—Sí, ma mare els té a mitja pensió. Des que va desaparèixer el Sòcrates, no s'hi vol implicar gaire, però tantes coses es diuen.

—El que no hagi patit l'Elisenda pels gats... Tanco, eh?, que agafarem una galipàndria.

—Ara toca gos, pare, renovar-se o morir.

—Sí, tu ho veus tot molt clar, però a un gos no se'l pot deixar sol. Veus, Èlia? Tot això d'aquí era paret.

—Doncs truqueu el cangur exprés, que així ja tinc excusa per baixar.

—I aquest nínxol era un nínxol per al càntir, veus com està fresc?

A les escales em fan passar davant i ascendeixo una mica encarcarada, conscient que dec tindre els ulls que jo em sé cremant-me a l'altura de les natges. De totes les habitacions, el meu interès se centra en la del llit amb el nòrdic rebregat que el Bernat diu que és «el nostre», i no puc evitar que em passin pel cap les pàgines més acolorides del *Kamasutra*. Mentre m'esforço a esbandir la imaginació, no me n'adono i ja som al quarto de la música, per on sembla que hagi passat un cicló.

—Tot això tot són plaques acústiques, i les hem pintat de blanc perquè semblés més espaiós.

—Sí, pare, però perquè sembli més espaiós també s'hi ha de col·laborar, eh?

—Sí, es pot dir que no hi hem col·laborat gaire. Hi vam posar ventil·lació mecànica, veus, allà? És que fumo una mica, i això es carrega molt ràpidament.

—Una mica, diu! Èlia, l'hauries de veure: quan obre la porta sembla que surti al plató de *Lluvia de estrellas*.

Que ets exagerat!, ric, i quan sortim altre cop camí de les escales, faig veure que no m'adono que tinc l'espatlla totalment en contacte amb el seu braç.

Bé, i ara entrarem en territori Bernat, anuncia el Juli, ascendint fins a l'últim replà. Espero que tingueu els passaports en regla, fa el protagonista, i son pare empeny una porta estreta que rasca el terra i fa patir: És que la casa s'ha assentat.

—Ostres, això és una passada!

—No s'hi havia passat poques hores, el Bernat, aquí, de jovenet.

—Sí, el rotllo del Hikikomori me'l vaig inventar jo, ja poden dir missa els japonesos.

—Fuà, ja voldria trobar un pis així, a Barcelona.

La Clara ja m'havia parlat de l'existència de tot el que ara veig, des del sostre a dues aigües fins a l'armari que conté la cuina, des del bany minúscul fins a la longitud ingent de la taula de l'ordinador.

—Tens un Mac?!

—El dubte ofèn, Pedrona.

I ara entenc a què es referia quan em parlava dels centenars de lloms de llibres, de còmics, de vinils, formats com exèrcits coreans fins a tocar de sostre. Veig el sofà on me l'imaginava, els quadres on els suposava, i les dues taulasses de dibuix, efectivament, ubicades davall de la influència de l'enorme lluernari, ara mig cobert per les parpelles d'un foscurit.

—Hi deus tindre bona llum, aquí.

—Ui, a migdia és un escàndol. Vols que sortim a fora un moment? La vista és impagable.

L'ampit del terrat és d'obra i m'hi recolzo en un cantó, observant el *patchwork* inèdit de les teuladetes del poble, plenes de secrets. L'horitzó m'és familiar, amb la serra del Montsant al fons, negra com un misteri. El Bernat s'estintola al meu costat, altre cop el braç.

—Aquell tros és casa teva, oi?

—Hosti, sí.

—I amb aquell penja-robes veieu la tele?

—Ui, no me'n parlis: quan vivia a casa, a la mínima que bufave cerç mumpare havie de pujar a adreçar-la. Encara no entenc com no hem tingut un disgust.

—Que no teniu TDT, encara?

—No, naltros no. Ma tieta sí que n'hi té, a cals padrins. I com que mumpare quan està sol se hi tire el dia, me hi jugo lo que vulguis que ara quan vingui l'apagada ni se n'adonarà tampoc.

Per darrere les nostres esquenes vinclades, ja ens arriba

la veu del Juli: Aquest fred és de neu; a tres-cents metres, han dit.

—Hòstia, pare, que t'has menjat el meteosat?

Ara m'adono que sí que fa fred: Millor que entrem, no?

De nou a cobert, el pare Trau continua explicant-me que van haver d'aïllar i impermeabilitzar la teulada, que les teules són recuperades, i jo vaig fent que sí, que ahà, mentre repasso els títols d'alguns llibres: Aquet també el tinc jo, li indico al Bernat. Ah, sí?, doncs *xoca-la*! M'estén el palmell obert i l'impacto amb el meu. I em guardo l'instant un moment dintre el puny —plàs, i un lleu formigueig— abans de reprendre la conversa:

—I tens los capítols d'*Els joves*!

—*Gold collection*, *baby*!

—Ai, quins records!

—I l'*Escurçó Negre*, encara millor.

—Aquets sí que no els tinc tant presents.

—Collons, Pedrona: això és cultura general! *Baldrich? Xí, xenyó? Et vindrien de gust unes vacances curtes? Oi tant, xenyó!... Què?, t'han agradat?* Ha ha ha!

Aquest home té una alegria que ja la voldria jo per a mi. Quan estem a punt de desfilar escales avall, torno a fer un cop d'ull al Mac i em surt una pregunta de l'ànima: Tens Skype?

—Tinc Skype. Que et fa falta?

Li explico això que la Joana m'ha d'ensenyar no sé què d'urgent, i com que no torno fins passat Reis i com que diu que és tan urgent... Pero no corre pressa, tampoc, eh?

—Doncs ja tens Skype, tu mateixa.

—I tens *cam*?

—No em provoquis, d'acord?

—Eh, jo pregunto.

I ara em dóna una lliçó sobre la capacitat integradora del Mac, que els de PC som uns arcaics i amunt i avall.

—Potser abans de marxar me hi connecto un momentet, te fa res?

I em torna a mirar com dient, quines preguntes que fas, de vegades. I jo baixo les escales, somrient com una tòtila.

Aterrats al camp base, els excursionistes recuperem posicions i Bernat fa públic el veredicte: L'Èlia diu que ho hem de tornar a tirar tot a terra, mare.

—L'heu arreglat molt bé, Elisenda.

—Ai, que ets amable! Ja podries venir cada dia, a fer el cafè.

La Clara em passa la tassa, com una senyoreta fina.

—Potser està una mica fred, te l'escalfo amb un cop de microones?

—No, no cal, Clareta, gràcies.

—Sí, porta, va, que fred no val res.

En fi, si la Clara ha decidit que fred no val res, és que fred no val res. I quan desfila d'esquena me la quedo així mirant, i no sé per què, em ve al cap la figura assossegada de la Doloretes quan entrava a la cuina a fer-nos berenar.

—La reforma ens la va fer el Jordi Amorós, el coneixes?

—Eh...? Ara, pel nom, no...

Ai, sí que parlàvem de la casa. L'Elisenda continua:

—És de Móra, som molt amics. Si hagués estat ara, t'ho hauríem encarregat a tu!

—Ui, pobra de mi.

—Ves si no! S'ha d'escombrar cap a casa.

El Bernat encara ho veu més clar:

—Tu el que has de fer, amb aquesta història de la crisi, és muntar-te un xiringuito aquí, que al poble no hi ha competència.

—Clar, només lo detall que tampoc no hi ha clients.

—Ei, que fins al radi de Móra tot és territori conquerible, i si un projecte convenç, un encàrrec porta a l'altre.

El pare Trau reforça la idea: Esclar, el boca-orella. I l'Elisenda: El Jordi va començar així, no et pensis que tenia cap departament de màrqueting, i li va molt bé.

La Clara em posa la tassa tèbia a les mans: Va, no l'atabaleu. I el Bernat fa un esclat:

—Ei, ja ho tinc, ja ho tinc: pots facturar a tumpare a casa de ta tieta, fots a terra quatre envans, et muntes un loft al pis de baix, al pis de dalt un despatxet guapo, i apa. Com ho veus?

—Mira, això de facturar a mumpare no és mala idea.

—Esclar que sí. I les despeses no es poden comparar amb les que tindries a Barcelona, no et caldria ingressar ni la meitat: ara faig una caseta, ara un garaig, ara una cerveseta al Casinet...

Em pica l'ullet i cuito a ficar el nas a la tassa, mentre la vida continua en la veu de l'Elisenda: Ja li demanarem al Jordi, eh, Juli, com està la cosa per aquí?

—Si vols et podem passar el contacte, ell et pot assessorar... per... Això que se sent és un pregó?

En efecte, al carrer, el piule d'un cor infantil comença a entonar «El desembre congelat». No m'ho puc creure, estic salvada: Ui, un pregó, sí, sí.

—A veure qué diuen.

La Clara s'engenolla al sofà i obre dos dits de finestra: ... *abril de flors coronat...* Crec. I ara el Domingo, que no és que sigui un dotat de la locució, llegeix per als altaveus del campanar: *Se fa saber. Que a les sis de la tarde. L'Associació... Dones. Passarà... veure els pessebres. Si algú. No se hi ha apuntat. I vol que passin. Que truqui a la Tere. De l'Ajuntament.* Crec, i els nanos: *D'una be-be-be, d'una lla-lla-lla...*

La Clara tanca la música i el Domingo al carrer i jo li poso un dit a la galta: Hi anem, eh?

—*Vaaale*, lo que tu vulguis, va.

Ostres, no m'ho puc creure, la Clara m'ha concedit la gràcia, visca!, i m'acabo d'un glop sec el te. L'Elisenda ens explica que aquest any ha triat ella l'obsequi, unes espelmes aromàtiques que són precioses, mal li està dir-ho.

—Que ets de l'Associació de Dones?

—Ui, Èlia, jo m'apunto a tot! I si al poble hi hagués una associació d'homes, amb el permís del Juli, doncs també. Que no has vist el pessebre, quan has entrat?

—Ai, no, no me hi hai fixat.

Ja sé que els pessebres de cal Trau són molt comentats, al poble, però de vegades no precisament per a bé.

—Aquest any el meu fill s'ha superat.

—Ah, sí, Bernat? I de qué va, si es pot saber?

—Ara el veuràs, quan baixis. Justament pensava que el portal necessita la intervenció urgent d'una arquitecta, perquè des de primera hora ja l'he hagut d'apuntalar un parell de vegades.

—*Bueno*, ja mirarem qué se hi pot fer.

Ui, m'avança la Clara, si no s'hi ha passat cent hores, no se n'hi ha passat cap. Ei, no li facis cas, protesta el Bernat: Tot improvisat, eh?, pim-pam.

—Segur que està molt bé.

L'Elisenda ens informa que ja és l'hora: Suposo que veniu, oi, noies? Potser haureu d'agafar paraigües, comenta el Trau major, i el Trau menor demana si també s'hi pot apuntar, si no seran una associació que, malgrat el nom, discrimini per raons de sexe.

—Ah, mira, doncs podem anar-hi tots, eh, Juli?

Quan el campanar toca les sis, cinc abrics descendeixen en processó per les escales de cal Trau. Al vestíbul, fent racó, hi ha el famós pessebre, i a primera vista ja m'adono que la cosa promet: els protagonistes són clicks de Famobil, però aquest any no van de l'oest americà, ni els patges van dels Village People, ni altres sorpreses per l'estil que m'han anat explicant de campanyes anteriors. Aquesta vegada els clicks van d'astronautes, repartits sobre un paisatge de cràters d'escaiola. El portal és com un dònut espacial que em sona d'alguna cosa, ja em sortirà. La Verge Maria, el nen Jesús, sant Josep, l'àngel, els pastors, tots porten el casc i l'escafandre guarnits amb els corresponents complements identificatius. Els reis, a més a més, van muntats en quads espacials, carregats de paquets. La combinació de detalls és hilarant.

—Ostres, Bernat, és increïble, et felicito!

—Els clicks són els mateixos de cada any, tunnejats. Els pinto i els despinto amb pintura a l'aigua, i ei, aguanten com uns tios! Ja no es fan ninos com abans.

—Tu diràs. El portal és una passada, sembla el Discovery de *2001*!

Mira, ja m'ha sortit.

—Exacte, exacte! És la zona de centrifugació! Volia posar el sant Josep fent fúting per les parets, però amb el Bluetack no se m'aguanta.

—Oh, no me ho puc creure! Hi has fet lo HAL 9000!

—*In person*!, ets l'única que s'hi ha fixat.

—I això són... No pot ser!

—El bou i la mula hibernant, fixa't en les càpsules!

El Bernat està pletòric de veure reconeguda la seua feina. És el pessebre més irreverent del poble!, s'estarrufa sa mare. En un cantó hi descobreixo l'astronauta caganer i, una mica més enllà, una bandereta clavada que no és precisament la dels Estats Units.

—Hi has plantat l'estelada!

Aquest fill meu és del morro fort, m'informa l'Elisenda. I jo ja ho sabia. Com el Blai, penso, però de seguida m'esborro la seua imatge del cap, que ja m'arribava entre una munió de manifestants des de la plaça d'Urquinaona.

—I com ho has fet, això, és cartró ploma?

—Cartró ploma pintat. Però segons com poses la cola,

les parts de l'espuma se les menja, i quan li he trobat el truc, ja havia acabat.

—Has de fer servir agulles. Jo a la carrera clavava el cartró ploma amb agulles de cap, i si no ha d'anar vist ja fa el fet.

—La mare que..., i m'ho dius ara?

—Ai, i tu has fet belles arts?!

Entre la resta d'espectadors es munta un petit rebombori burleta.

—Xt, calleu, collons, que encara em retiraran el títol!

Va, posem-hi els llums, no?, diu el Juli, fent fosca l'escala. I algú connecta un endoll i el paisatge lunar s'il·lumina de forma sorprenent: les nostres cares grogues, vermelles, verdes, blaves, fan ooooh, mentre les galàxies s'encenen, els cràters es dibuixen de llum i el portal pren vida amb pilots intermitents. Fins i tot l'ull misteriós del HAL 9000 batega de vermell entre quatre pantalletes blaves. Oi que està superben fet?, diu la Clara, com si el Bernat no hi fos: Ell hi xala com un *crio*, amb aquestes coses. I a mi em puja un glop d'inspiració:

—Realment és una obra mestra del pessebrisme retrofuturista.

I també em surt com si *ell* no hi fos. Però sí que hi és. Oi tant, que hi és. Perquè se'm gira amb una rialla satisfeta, i per un moment, ens quedem mirant com l'ombra de les pestanyes ens projecta arran de celles uns radis llargs de carnaval.

19

NO T'HO PRENGUIS MALAMENT, PERO EL TEU HOME EM POSA CALENTA

Al carrer fa un fred de vidre, i davant del Casinet les dones s'esperen embolicades fins al monyo, bufant-se els punys. Les incorporacions sorpresa de seguida fan efecte i l'ambient s'eleva amb un esclat d'efusions: Carai, noies, avui sí que anirem ben acompanyades! El Bernat de seguida s'hi apunta: Ei, que som el primer i segon premi, que no us ho ha dit, l'Elisenda? I vinga més rialles i esvalotament: Lo primer i segon premi, diu, hiiiii, huuu! És terrible, aquet noi.

Mentrestant, algú em fa una estirada de bufanda:

—Ho veieu, nenes, què poc que costa, sortir de casa?

La Fina va vestida de cap d'any a Moscou, més o menys com les seues dues germanes que l'acompanyen. Les Masotes sempre han tingut fama d'anar molt arreglades, però esclar, el nivell de la Fina és insuperable, i avui ens porta un barret que sembla un gat encaragolat fent la migdiada.

—Fina, espero que aquet *gorro* sigui sintètic.

—Ai, nena, però no ho diguis tan fort...

A mesura que les dones s'informen que jo sóc jo i no un holograma, se m'acosten a saludar i em van cantant la relació dels anys que feia, que no m'havien vist les orelles, i com a prova van traient a la superfície tot d'anècdotes de felices coincidències que jo ni recordava d'haver viscut.

Estic contenta d'admetre que la Fina tenia mitja raó: a

les grans les conec totes, i a la majoria de les xiquetes, si més no, les intueixo. Per tant, totes em coneixen a mi, però les més jovenetes ho fan d'oïdes, mentre em repassen de cara i de reüll, des del serrell fins a les botes, on es queden atrapades com mussols. Vaig amb sola plana, però amb tot m'alegro de passar-los un pam ben bo, perquè poder observar les adolescents des de les altures em dóna una estranya seguretat. La seua pupil·la fresca m'és un desafiament, perquè contempla un món que jo ja fa molts anys que no sé ni on para. Un dia vaig ser-hi —l'Èlia va ser aquí—, i quan hi penso sento com una ditada freda al clatell.

Comencem a caminar en grupets de dos i de tres, encapçalats per la Tere de l'Ajuntament, que porta la llista de pessebristes. Tothom comenta que, amb el fred d'avui, al Temps de la tele encara tindran raó, i el pare Trau ja té tema. Al Bernat li han encolomat el carro de comprar que conté les espelmes, i la Clara avança pinçant-li la cintura de l'abric, que ja ha passat per l'escàner de la Fina: Noi, aquest mocador verd t'afavoreix, t'afavoreix, amb aquests ulls que tens!

—Què dius, Fina, si són les estovalles de casa! Tu sí que vas feta una reina.

—Ai, *salamero*!

La primera visita és a cal Sabater, on el pessebre l'han fet a l'entrada mateix, damunt d'uns sacs coberts de molsa i perimetrats per una cinta de Nadal. La canalla ens fa els honors d'ensenyar-nos-lo, i tothom n'alaba les gràcies: Oooh, quin riu més abundós, Pol, i a on l'has posat, lo caganer, a on? Abans de marxar, l'Elisenda treu una espelma del carro i la lliura a la mestressa de la casa, que fa Carai, quina aulor!, i qué són, tot això negre?

—Són grans de cafè, ho veus? L'olor és de cafè.

—Oooh, doncs la posarem aquí mateix, mira, per fer bonic, perqué és llàstima encendre-la.

I ara em ve al cap una anècdota d'un professor de projectes que no em puc estar de transmetre a la Clara i al Bernat.

—Moragas, se deie, i un dia mos va explicar que sumfill li havie demanat per qué servie no sé qué, i ell li havie dit «Per fer bonic», i es veu que el nano li va contestar...

El Bernat m'interromp: «I com és que no en fa?».

—Hosti, la sabies?

—Un parell de profes meus també se l'atribuïen, aquesta. Em sembla que a l'SGAE se li gira feina.

I ara m'embalo: Ui, doncs quan tinguis un fill també la podràs explicar tu! Vui dir... En un futur... Ai... Perdoneu...

—No passa res, Èlia: si ja ho tenia pensat fer.

Ràpidament miro la Clara, i una amargor minúscula m'acompanya l'alleujament de veure com somriu.

—Vaaa, aquestos del carro, qué romancegeu tant?

—Ja venim!

La ruta continua per les cases del carrer Major, i ara toca elogiar les figures del pessebre de cal Sant Pau, que es veu que són importades de Betlem mateix. Cal Sant Pau deu ser la família amb més història dinerària del poble, i ma padrina m'havia explicat que, de petita, quan sortien de missa, totes les xiquetes es quedaven a la porta de l'església gran per veure les Santes Paues i admirar-ne els barrets, les puntes i els vestits. Diuen que en aquest casalot, al pis de dalt de tot, hi ha un altar amb sagrari i una retauleria que podria competir amb la de l'església gran. Tot i que cal Sant Pau ha donat sortida a moltes generacions de toga i sotana, l'hereu més jove, el Martí, va decidir estudiar econòmiques, casar-se al poble i tornar al tros, que de terres no n'hi falten. Roda el món i torna al Born, ves que no m'hagi d'aplicar la dita jo també.

A mesura que entrem i sortim de les cases estic més convençuda que no podia haver trobat millor manera de matar la tarda. A més a més, tots els veïns em fan festes, em pregunten com em va, què faig, què deixo de fer. Alguns m'ensenyen ara una cuina nova, ara una esquerda, ara un altell, i me'n demanen una opinió, un diagnòstic, un vistiplau. Sembla que tothom s'hagi posat d'acord a tindre alguna cosa per mostrar, per adreçar i per planificar, i m'entretinc xerrant en vestíbuls i menjadors olorosos. En més d'una ocasió, em trobo que he de córrer a trobar el grup, que ja s'ha ficat en una altra casa. A cal Carrau, fins i tot em surten filla i gendre i em pregunten què els en demanaria per fer-se una caseta als Xalets. Jo m'excuso de no saber preus, que treballo per a altres, i a més a més a Barcelona, on els diners valen d'una altra manera. Ells insisteixen que m'ho pensi, que els digui alguna cosa, que s'hi estaran fins passat cap d'any. Que tenen algunes idees i els faria gràcia poder emplear l'arquitecta del poble. *L'arquitecta del poble*, sona bé i tot. Llàstima que sigui mentida. Quan sortim, el Bernat, que ha sentit tocar campanes, s'endarrereix al final de la cua.

—Què, ja t'ha caigut el primer encàrrec?

—No, no. És que no me hi atreveixo, no és tan fàcil.

—Per què? Tu necessites feina, ells et donen feina, perfecte.

—És que tampoc no estic col·legiada, no puc signar res, jo.

—Però t'ho pot signar algun col·lega, no?

—Sí, és una possibilitat.

—I un dia o altre has de fer els teus propis projectes, fer-te una cartereta de clients.

—Pero si no sé ni fer un pressupost!

—Ei, si vols muns pares poden parlar amb el Jordi Amorós i que t'ajudi, em consta que és molt bon tio, els seus honoraris els tindries coberts entre el 7 Portes i el Drolma.

—Ets un optimista patològic, Trau.

—I tu la reina del màrqueting autopromocional.

—Eh!

—Eh, què?, què?!

I fa veure que em vol atropellar amb el carro, i jo protesto: Eh, represàlies no, eh? I entre això i allò no ens hem adonat que la Clara venia cap a nosaltres.

—Qué us passa, us estem esperant!

—L'Èlia, que quan li encarreguen una casa s'ofèn.

—Escolta, tu!

A la Clara no sembla que li diverteixi tant, la situació: Ai, que faci el que vulgui, no? Va, que anem cap a casa tuns pares.

El Bernat apaga el riure. Els ulls, un moment. A la punta de les botes, mirant sense mirar, veig que hi tinc una rascada de les rodetes del carro.

Quan arribem al llindar de cal Trau, la Clara em diu que si vull aprofitar per pujar al lavabo. Doncs mira, sí, som a meitat del camí i no m'aniria malament canviar-me el tàmpax. Així que les dues ens obrim pas entre el grupet engrescat que ja comença a fer pinya al voltant de *2001: Una odissea del pessebre*.

Des del lavabo estant sento com puja un festival creixent de crits i rialles, que em fa tapar les orelles. Tot deu vindre del dia que vam acabar les obres a cals padrins, que van passar els de cal Masot a veure la casa, i el lavabo encara no tenia baldó. Doncs jo em trobava tan feliç assentada al vàter, comptant pedretes del terratzo, i en sec s'obre la porta i em trobo retallada l'estampa de les germanes de la Fina amb els respectius marits. A la padrina, que llavors ja tenia principi d'Alzhèimer, no se li va acudir res més que dir passeu, passeu; hi ha l'Èlia, pero es veu igualment. I jo padrinaaa, tanca la porta! I les Masotes girant el cap i estirant els hòmens de la màniga i protestant a ma padrina, va, Èlia, tanca la porta, pobreta Elieta. Sí, molta Elieta, però jo ja tenia dotze anys, una edat en què ja es pot considerar que aquestes coses et queden per a tota la vida. Encara avui em costa mirar les Masotes a la cara, i no cal dir que als seus hòmens no els puc ni ensumar.

—Clara?

—Sóc aquí.

Ui, aquesta veu. Quan entro a la cuina me la trobo recolzada al marbre, amb un got buit entre els dits.

—Que no et trobes bé?

—M'he pres una aspirina.

—No estaràs pas arrossegant una grip...

En sec, un parell d'ulls de gel, però encesos com dues brases.

—N'estic fins al cony, Èlia!

Noto com se'm fa un tap la gola. Esclar, havia de passar, si ho dec portar escrit a la cara: *No t'ho prenguis malament, pero el teu home em posa calenta.*

—Qué passe?

—Qué passa?! *Joder*, qué passa! És que no sé com se n'han enterat, o massa bé, que ho sé, pero al sortir de cal Carrau, a la que m'han vist sola, ja han vingut les Masotes a fer-me el comentari... I mira que li vai dir, a ma mare: que ni una paraula, *ni una paraula a ningú*, i encara li ha faltat temps per fer-ho córrer.

El tap se'm comença a desfer com un terròs de sucre, ja lligo caps: La tieta dels collons!

—N'estic fins al cony, d'aquet puto poble!

—Va, Clara...

—No, *va Clara*, no! És que l'hi vai dir, *joder*, i va i em vénen aquestes lloques (i perdona, eh?, perqué sou mig família), i ai, pobreta, i ai, com estàs d'*ànimos*?, i amb aquelles miradetes...

És la síndrome de l'Obregón combinada amb la de la

cama trencada que va patentar ma germana fa vint-i-cinc anys.

—I jo no sabia a on posar-me, les hauria escanyat allà mateix!

—És que a la Fina li haurien de cosir la boca, i jo hauria d'haver sigut la primera de fe-ho.

—No és culpa teva, Èlia, és que ma mare és l'hòstia, si l'hi explica a ta tieta ja sap que correrà, que en dos dies ja ho sabrà tot lo poble. Aquesta nit me sentirà!

—Potser ta mare necessitave parlà-ho, i no hi ha pensat anquestes coses, ja saps que amb ma tieta sempre hi ha tingut molta confiança.

—Em sembla que me'n vai cap a casa.

—Va, Clareta, ara ho veus molt gros perqué fa quatre dies, pero la gent se preocupe per tu, te coneixen, i és normal, te ho han dit amb tota la bona intenció.

—No te'n fas el càrrec, Èlia.

—Segurament, segurament que no. Pero m'agradarie que veiguéssis que no és tan... Que a tu et fa mal perqué no estàs bé, encara... I ho entenc.

—No: *tu* no ho pots entendre, *ningú* no ho pot entendre.

Veig que no me'n recordava, de com es discuteix amb la Clara. Tot i així, m'arrisco a fer un altre intent:

—Clara... Potser em fico a on no em demanen, pero no has pensat d'anar a un professional?, a mi em va anar molt bé.

La Clara gira els ulls al sostre.

—Tu *també* creus que estic de psicòleg?

—No ho sé, no ho sé, només penso que si necessites ajuda, los psicòlegs estan per això, no hi ha res de dolent. Lo dol lo tindràs igual, pero te donaran eines per gestionar-lo, per entendre lo que et passe i aprendre a tirar endavant.

La Clara va fent que no amb el cap, com quan era petita i no m'escoltava i anava fent La-la-là, no-sé-qué-em-dius, no-sé-qué-em-dius. A fora, al menjador, se sent un obrir i tancar de porta i unes passes que s'acosten a la cuina, segurament atretes per la ratlla de llum: Ai, que esteu parlant, perdoneu... El Bernat fa el gest de tornar a sortir, però només el gest, perquè ja ha notat les vibracions d'una corda tibant que està que peta.

—Ei, què passa, aquí?

—*Bueno*, jo us deixo.

—Què passa, m'ho expliqueu?

—Ja et trucaré, Clara. Perdona, Bernat.

Quan li passo pel costat, em mira interrogatiu, però a mi només em surt accelerar el pas i fer-me fonedissa.

A baix, les últimes visitadores de pessebres ja desfilen per la porta, amb l'Elisenda penjada del pany.

—Que baixen o no baixen, aquell parell?

—La Clara té una mica de mal de cap, ja porto jo el carro.

És evident que la mare Trau sí que sap mantenir un secret, perquè de seguida canvia de tema i m'explica que el Bernat ja li ha comentat la cosa de l'Skype, que això sí que és un invent, que on vas a parar, i que hi vagi sempre que vulgui, que només faltaria, sense preguntar.

—Ai, doncs si no us fa res potser passo un moment quan acabem.

—Esclar que sí, per mi com si et vols quedar a sopar.

I quan riu els forats del nas se li obren i tanquen igual que a son fill.

Un cop repartides la majoria d'espelmes, ens dirigim cap a l'Estop, a passar la frontera. Les Masotes se separen un moment de la comitiva i veig que tenen la intenció d'entrar a cals padrins, així que és ara o mai.

—Fina, pots vindre un momentet, sisplau?

La interpel·lada se m'acosta a pas lleuger, remenant els braços com una diva: Ai, nena, és que estem gelades!

—Escolta, lo que li ha passat a la Clara és confidencial, no sé si m'entens, lo que et vui dir.

—Ai, que t'ha dit alguna cosa?

—És igual, si m'ha dit o no m'ha dit. Que la Clara ho ha passat molt malament, hosti, només li falte ara que li aneu la gent en processó a recordar-l'hi! I quan veigui a la tieta, ja li pots dir que li tremolarà la faixa!

Estic sulfurada de debò, i me'n sorprenc, perquè normalment quan necessito treure el geni no el trobo per enlloc. Deu ser que l'aire del poble em fa perdre les manies.

De moment deixo a la Fina en llibertat amb càrrecs, perquè tinc la responsabilitat de les espelmes, i la Tere de l'Ajuntament ja em fa un senyal amb el braç, brandant la llista. Ja vinc, ja vinc. I travesso la carretera com sempre: sense mirar.

A l'eixample dels Xalets hi viuen la majoria dels noucasats, així que m'hi trobo moltes cares de les que fèiem filera al col·legi, curs amunt, curs avall. Tothom em pregunta per la Joana, què en sé, com li va la vida, mentre em mostren banyeres d'hidromassatge, rengs de balustrades i *home-cinemas* davall d'arcades imperials. Les dones es van disculpant pel desordre, que avui han fet el cagatió i la canalla ho han deixat tot fet un merder. A diferència de Barcelona, les hipoteques del poble no són anticonceptives, i darrere de faldilles i marcs de portes s'amaguen nassets vergonyosos i plens de mocs.

—Mira, vine, Aina, aquesta noia tan alta se diu Èeelia. Quan érem petites anàvem al col·le juntes, qué et semble? Síí, com tu i la Shakira.

—Shakira? Sí que sou extremats, a la guarderia.

—No, és la filla dels colombians, que treballen a la granja del Tomaset. Ja fa sis o set anys, que van vindre, i los petits que han nascut aquí, ui!, si parlen un català que diries que són del poble de tota la vida.

—Sí, ja pot ser, ja.

Sembla mentida com els anys dil·lueixen les barreres generacionals que al col·legi ens semblaven insalvables, i avui estic contenta d'haver-me deixat veure i de poder tirar llaços aquí i allà, bastint una teranyina nova amb els fils penjants de fa tants anys.

L'última visita és a cal Martí del Sant Pau i la seua dona, importada de Vilora, i quan ja em pensava que avui somiaria en columnes dòriques i marbres travertins, casa seua, despullada de superfluïtats estètiques, em sembla una joia del racionalisme rural. Mentre el Martí i els nanos mostren el pessebre als visitants, l'Ester, embarassadíssima ella, m'explica que la construcció de la casa va ser vist i no vist, que en quatre mesos ja hi entraven a pintar, i que el projecte els el va fer un company de pis del seu home, no sé si el coneixeràs.

—Lo nom no em sone, pero si és de l'edat del Martí, potser el meu home... Lo meu ex, vui dir.

—Ai, Èlia, ja mos-e n'hem enterat, quina llàstima, tants anys.

—No res, ara toque seguir.

—Clar que sí. Quan les coses no funcionen, més val fer net.

—Sí, això diuen.

—Pitjor és quan hi ha canalla.

I s'acaricia la panxa redona, amb una rialla: Tu ets jove, *encara*, aprofita la vida, que si no, mira, quan te hi poses, s'ha acabat.

Veig que tothom té més clar que jo quina és la meua missió a la Terra. Abans que me'n descuidi, li pregunto de quant està, que és el que toca, i si ho porta bé, si és xiquet o xiqueta i tot això. El protocol dona-dona que, de tant practicat, em surt sense pensar.

—Tanta por que em feie parir, i té, família *numerosa*...

Mira, uns tant i els altres tan poc. Al final m'adono que ja ha desaparegut tothom, així que m'excuso i faig donació de l'última espelma, d'olor de vainilla. Al carrer només hi queda el matrimoni Trau, que han tingut el detall d'esperar-me.

—Ai, ho sento, eh?, és que m'entretinc a tot arreu.

—No res, dona, que el fred va bé pel cutis!

—Home, i per criogenitzar també, eh?

—Ui, Juli, que ho sents? Aquesta Èlia ja sembla el Bernat!

M'estalvio de demanar-ne un aclariment.

—Véns a casa, no, ara?

—Ai, sí, a veure qué vol la Joana.

20

NO MOS ANIRIE MALAMENT UN TRADUCTOR SIMULTANI

No sé si alegrar-me'n o no, que cal Trau estigui tan fosca i buida. El cas és que l'Elisenda m'acompanya al paradís de l'engorfa i m'encén l'ordinador, perquè jo de Mac no en tinc idea. La pantalla és immensa, prou que m'hi hauria perdut, jo aquí. Mentre intentem descobrir com canviar l'usuari de l'Skype, puc veure que el Bernat_Bernat té una bona colla de contactes, amb noms de tots els colors i estats diversos de connexió. L'adreça de la Joana l'encerto a la tercera, que va la vençuda.

—Mira, sí que hi és!

—Au, us deixo soles.

—Ai, perdona: a on és lo volum?

No sé com ho fem però al final ens en sortim, perquè l'Skype comença a trucar fent el miracle.

—Elieteee! Ho has aconseguit!

—Qué et semble? Sóc a cal Trau.

—Ui, ja deia jo, que ho veia tot molt blanc... I qué hi fots, a cal Trau? No hi haurà pas lo Bernat?, dis-li que vingui.

—No, no hi és, suns pares són a baix.

—Ai, llàstima! *Bueno*, doncs nantros a lo nostre: me tens maximitzada?

—Maximitzada del tot.

—Doncs espera un minut, que ara vinc. Saluda l'André mentrestant.

A la pantalla em surt el cunyat, que sembla acabat de despertar de la migdiada. L'André treballa a la ràdio i té uns horaris imprevisibles.

—Quina en porte de cap, la teua dona?

—Ah, ara ho veuràs... No ets a casa.

—No, sóc a casa d'un amic.

—Ah, tens nòvio, ja?

Si no fos ell qui m'ho demana li xafaria la cara virtualment. Intercanviem quatre paraules més i al final em diu: Ja és aquí.

Per un lateral de la pantalla em surt el cap de la Joana, i dues rastes verticals passen per davant del rostre de l'André.

—Estàs preparada?

—Estic preparada, va.

Els dos caps desapareixen del pla, unes mans aparten la cadira i tota la pantalla queda de color indefinit. Amb la velocitat de la línia, sempre un pas per davall de les teues necessitats, tot passa una mica sincopat. Ai mare, ara sembla que al mig hi suren com unes lletres borroses, i ara veig... el melic de la Joana?

—Quéé?! Nooo!

—Sííí!

En efecte, és el melic de la Joana, subtitulat a dalt i a baix per unes lletres manuscrites que diuen: *HoLA TiETA! OLÁ TiA!*

—No me ho puc creureeee! Joana, hosti, ploraré!

—Qué, estàs contenta?!

La panxa balla per la pantalla. *HooLAA TiEETA! OOLÁ TiAA!*

—Mooolt, estic... eufòrica!!!

—Ui, nantros també! Que mos ha costat molts *rebolcons*, eh?

L'André fa un petó a la panxa balladora i em mostra una rialla d'haver-li passat tots els mals.

—Felicitats, André!

—Gràcies, Èlia.

—Ja està bé, eh? Aquet any no teníeu cap excusa per no vindre!

—Al contrari, ara no estic per viatjar, Eliete, que en faré trenta-nou, i no me la jugo.

I la panxa va fent *HooLAA TiEETA! OOLÁ TiAA!*

—Tens raó, tens raó, tu quieta aquí! Aiii, me desmaiaré de contenta! I per quan, per quan?

—Pel juliol, si l'encerten: lo setze surto de comptes.

La Joana es cansa de fer el burro i seu per explicar-me que està de deu setmanes, que no em volia enviar cap ecografia directament perquè «és molt fred», i que ja ha passat la primera ITV i que tot està perfecte. Jo faig bots, tombo amb la cadira giratòria —biblioteca, taules, terrat, cuina, sofà—, i ja estic pensant en el viatge que faré a Lisboa de seguida que pugui. Mai no m'hauria imaginat que una notícia així em podria emocionar tant. L'arbre genealògic Pedró ja necessitava un glop de saba fresca per demostrar que no està dissecat.

—I quan li penses dir al papa? I a la tieta?

—Ja los hi pots dir tu, si vols.

—Eh, truca almenys al papa.

—*Vaaale*, trucaré al papa.

Veig que continuem igual. I com que jo mai no pregunto, doncs qui dia passa any empeny. A canvi, li explico la ronda pessebrista i li enumero una desena de noms de tothom qui m'ha donat records per a ella.

—Hosti, nena, qué és això, Ràdio Nasional? I qué hi has nat a fer, tu, a veure els pessebres? Que no és cosa de jaies?

—Qué dius, de jaies! Hi hem anat amb la Clara, i també ha vingut lo Bernat.

—Ui, doncs quan lo veiguis li fots un petó als morros de part meua.

—Qué dius, boja!

—Eh, que amb los anys encara està més bo, aquet xiquet, que el vai veure per internet fa poc.

—Ah, sí? A on?

—No ho sé, en una pàgina d'aquestes, i fa temps a la Wikipèdia, pero la foto ja l'han tret. I encara porte barba?

—Dona, dir barba a aquells quatre pèls és molt dir.

—I encara surt amb la Clara?

—Qué? Clar, tu qué et penses?

—Ai, no es pot ser perfecte!

—Va, prou d'aquet tema, que mos sentiran.

Retornem a la qüestió principal, i parlem de si serà una xiqueta o un xiquet, de possibles noms, de la son que té tot lo dia, i jo porto una eufòria a dintre que em desembossa totes les preocupacions. Al final quedem que em trucarà per cap d'any, i els últims minuts es converteixen en un intercanvi interminable de petons i formulismes informals de comiat.

Quan baixo al menjador per donar les gràcies, només m'hi trobo el Juli Trau, desant plats a la cuina.

—L'Elisenda ha anat un moment a cal Petit. T'ha anat bé, l'internet?

—Molt bé. Pero no l'hai sapigut tancar.

A baix se sent un cop de porta, un grimpar d'escales i en un no res se'ns apareix el Bernat, fent cara de principi de congelació.

—Ei, encara ets aquí!

Sí, encara hi sóc. El pare Trau li demana per sa mare.

—Assemblea de dones a cal Petit; jo ja en tinc prou, per avui. Ja has parlat amb la Joana?

—Sí, i tant, i m'ha donat molts records per tu. Lo que no hai sapigut és tancar l'ordinador...

—Casumdena, i ara què?

Li explico que el Mac encara té massa misteris, per a

mi, i ell se'n riu i sospira, mentre es treu l'abric: Ai, la gent de PC!

—*Bueno*, doncs jo ja me'n vai.

—T'acompanyo a la porta.

—Déu, Juli.

—A reveure, Èlia.

Em poso l'abric, i quan sortim al replà de seguida li demano com està, la Clara, que em sap greu haver-la deixat així, però que m'ha semblat que millor que ho parlés amb ell, que jo no sabia què més hi podia fer, i que si creu que la puc trucar ara quan arribi a casa. Aleshores ell, per tota contestació, em diu, seriós: Anem a dalt, va, que t'ensenyaré com s'apaga un Mac.

Hosti, Bernat, pensa la meua veueta vermella: no m'ho pots fer, això. I a continuació em salta la veueta blava: Va, Èlia, fins ara has aguantat bé, enganxa-te-li al cul i cap a l'engorfa falta gent. I en efecte, cap a l'engorfa falta gent.

El Bernat encén els llums en dos cops d'interruptor i jo faig el gest d'anar cap al Mac, però veig que el seu propietari no em segueix: es queda amb l'esquena contra la porta, com si li haguessin cedit les vèrtebres.

—Bé, ja has vist com està la cosa, no?

—Quina cosa?

—La Clara, que se li ha torçat el dia, em sap greu per tu.

—Ah, no et preocupis, suposo que és normal.

—Tu creus que és normal.

—Me ho preguntes o ho afirmes?

—No ho sé, Èlia. Tu creus que és normal? Perquè ha arribat un punt que jo ja no sé què és normal i què no és normal.

Sembla cansat, i m'interroga endins, com si sondejantme el nervi òptic pogués trobar una resposta que no tinc.

—Ostres, Bernat, no ho sé.

—Ai, Èlia... No sé què farem...

—Estàs molt preocupat, oi?

—Estic preocupat, estic desorientat, estic trist... Estic superat, en una paraula. O en dues.

Entesos, gràcies per la informació, penso en vermell: i ara obre aquesta porta i deixem-ho aquí. Però la veueta blava fa la seua feina:

—Va, Bernat, encara és relativament recent, dóna-li temps. Jo l'únic que li hai dit és que potser un psicòleg la podrie ajudar...

—Ho veus clar, no, tu?

—No ho sé, ella mateixa me ho ha dit, que creu que no la podem entendre, que no mos en podem fer el càrrec. Jo només li hai plantejat aquesta possibilitat, perqué som amigues i em sap greu veure-la així, me sap greu que patixi.

—Hòstia, Èlia, perdona'm que abusi: tens deu minuts?, deu minutets?

No, no em facis aquests ulls, no vull parlar d'*això* amb *tu*. Però coherent com sóc, dic que sí, que esclar. Si supero aquesta prova, ja em puc considerar salvada per sempre.

—Seu, seu, vols prendre alguna cosa?

No, és igual, li dic, i m'assento al sofà i em trec l'abric, just al revés del que havia d'haver fet, perquè em trobo contorsionant-me idiotament mentre el Bernat remena la nevereta: No vols una pepsi, una tònica?

—Com és, aquesta pepsi?

—Doncs com totes les pepsis, carregada de sucre.

—Va, doncs una pepsi.

—Així m'agrada, sense manies. Em sap greu, però no tinc gots, aquí dalt.

La llauna m'arriba a la punta dels dits de l'amfitrió, que es deixa caure al meu costat. La seua tònica bombolleja a l'ampolla, efervescent. Em passo la bota dreta per davall de la cuixa. Ell penja el colze esquerre al respatller. Així posats, semblem un anunci de sofàs.

—Ai, hòstia, Èlia, perdona, que ruc que sóc, no t'he preguntat ni com estàs... Ja sé que tu i el Blai us heu separat.

Mira, si havia de sortir, ja ha sortit. M'incorporo una mica, mirant la porta. Les parets de la llauna em semblen més toves.

—No, estic bé. *Bueno*, ho porto bé, me semble.

—Com que no me'n vas dir res, al Casinet...

—Tu tampoc no me'n vas dir res.

—Ja, tens raó. I ho vaig fer conscientment, i no me'n penedeixo. Perquè si no, ja em diràs quina classe de conversa hauríem tingut. No, no, no. És molt egoista per part meva, però creu-me que necessitava parlar d'alguna cosa que no fos d'*això*. Necessitava per un moment tornar a ser jo, m'entens? Era qüestió de salut mental.

La llauna és com de paper.

—T'entenc, pero potser t'hagués anat bé, parlà'n. Jo no sóc gaire bona consoladora, pero escoltar sí que em surt una mica bé.

—*Molèstia* a part.

—*Molèstia* a part.

Em fa riure, i no tinc ganes de riure.

—És que saps què passa, Èlia? És que això pot sonar molt pretensiós, però jo *no necessito* consol. I això no significa que no ho hagi rabiat a mort i que no m'hagi costat moltes plorades, però *ja no necessito* consol. Primer, perquè no n'hi ha, i segon, perquè tinc la sort o la desgràcia de ser d'aquesta manera que m'hi avinc, a les coses que em passen, les verdes i les madures. I esclar que hauria volgut que la criatura hagués tirat endavant, que també era el meu fill, hòstia... Però no a qualsevol preu, m'entens? Si no havia de sortir bé, millor que hagi sigut així, sóc un puto egoista, ja ho sé, i per la Clara ja sóc... Perdona, perdona... Et faig sentir incòmoda, em sap greu.

Refresco la postura, però no és això. Incòmoda per dintre: sí, és això.

—No em fas sentir incòmoda, i ja sé qué vols dir.

—És que *ja no sé* com la puc ajudar. No sé què puc fer-hi més. Al principi era normal, has d'anar passant etapes, però ara la cosa s'allarga i veig que no avancem, al contrari. Perquè quan ella està així, es bloqueja i no escolta raons. I no cal que sigui perquè li hagin dit res, qualsevol cosa pot ser el detonant de la tragèdia, un anunci, els fills dels amics, una embarassada pel carrer... I si l'hi preguntes, perquè l'hi preguntes, i si no l'hi preguntes, perquè no l'hi preguntes...

Necessito un glop, però la llauna em pesa. El Bernat intenta petar una bombolla de la tònica amb l'ungla.

—I és que em sento *tan* culpable per ser *tan* incapaç de posar-me a la seva pell... Creu-me que ho intento, he intentat de tot, vaig demanar la baixa per estar per ella, que no és cap cosa, que era el que havia de fer, i quan vaig tornar... Uh!, era com si hagués decidit abandonar-la, o què sé jo. I és que arriba un punt que ja no sé què he de fer, si faig bé o faig mal, i al final em sento com a banda, en aquesta història: sí, *em vas prenyar tu, gràcies per participar, però com que he avortat* jo, *per molt que t'hi esforcis no em podràs entendre mai, el meu dolor és meu, i és insuperable, jo vaig decidir anar al poble tenint pèrdues, i per tant em mereixo tota aquesta penitència i més.*

La tònica és com un viatge sideral. Veig la Clara i el Bernat en algun punt de l'espai, dalt d'un escenari que no conec. Potser és un dormitori, potser una cuina amb una nevera d'acer inoxidable. Rèpliques i contrarèpliques. El polze de l'actor principal em tapa, un moment, l'ascensió d'una bombolla.

—És fort de dir-ho, Èlia, i ho dic i ja me n'estic penedint, però és com si el meu dolor mai no hagués estat prou, per ella... És com si...

Potser l'escenari, que no conec, és un lavabo amb dues piques quadrades. Els actors, reflectits al mirall, semblen quatre.

—És que no hi ha manera que li entri al cap que si la cosa ja anava malament, és igual si baixava al poble o es trobava a casa, que hauria avortat igual. I al final em sento un miserable per intentar animar-la amb aquesta classe de raons tan... crues, però és que ja he perdut la perspectiva, ja no sé si la pròxima vegada que obri la boca el que sigui que digui serà prou convenient, si seré prou delicat, o prou sensible, o si l'acabaré d'enfonsar. Perquè m'estic tornant boig, de tant calcular, mesurar, calibrar les paraules, i ella no sé com s'ho fa, però sempre, sempre, sempre troba la manera de capgirar-ne el sentit per ratificar-se en el seu patiment. I jo em sento un inútil per no saber com manegar la situació. Perquè el que em sap més greu de tot és que quan faig aquest esforç de tirar endavant, de recuperar la *nostra* vida, quan intento animar-me o animar-la a ella, ella s'ho pren com si actués en contra seva, i em sento un incapaç, com si ja no li pogués oferir res, i... És molt dur arribar a aquestes conclusions, segurament estic equivocat, jo què sé, però és com si..., com si em retragués que intenti superar-ho, o que me'n surti, si es pot dir que me n'estic sortint. Com si esperés de mi que cada dia em flagel·lés una horeta en memòria de... Ja estic dient barbaritats, Èlia, no em fotis cas.

El meu nom. Les pupil·les del Bernat, tocades de vermell, són carabassa. Si mai no me n'havia adonat, ara me n'adono.

—Em sap greu, sóc un egoista, si al final tot es redueix a això. No he sabut estar a l'altura, i encara no en sé.

Estar a l'altura, sí. A l'altura dels ulls, per exemple. Saber què dir en el moment just, saber on mirar. Em sembla que ha arribat el moment de provar-ho:

—No crec que sigui qüestió d'estar a l'altura, Bernat, si tot això que m'expliques me semble naturalíssim, pero clar, per sort no estic en la situació de la Clara i no em puc imaginar qué li deu passar pel cap, qué la fa impermeable a aquets raonaments que fredament mos semblen tan lògics, per això crec que necessite un psicòleg perqué pugui invertir la tendència a culpabilitzar-se, o a culpabilitzar-te a tu.

Perfecte, superat el primer intent. També l'altura dels ulls. Aguanta.

—Jo ja no ho sé, Èlia. El que està clar és que si ella no vol anar a un psicòleg, seré jo qui hi hagi d'anar. Perquè estic vençut, això em supera. Si quan l'has vingut a veure, la cara que feia... Ei, que feia mig any que no la veia així, i ja em pensava vinga, va, que això és el que necessita, ara l'hem encertada, i va i al vespre..., si no hi arribo a ser, avui surt cal Petit al telenotícies.

—Ostres, me sap greu, no l'havia d'haver deixat, així: au, aquí te la deixo, ja t'apanyaràs. Ha sigut molt covard per part meua.

Bé, bé, pronunciar les paraules justes, encara que aquestes vagin per mi.

—Em sembla que això no ho arreglarem ni tu ni jo.

—Va, ara ho veus molt negre, pero demà serà un altre dia. Si vols aquet vespre la truco i a veure qué m'explique.

—Ui, ja et pots preparar. Però no li diguis res que te n'he estat parlant, perquè aquí hi haurà guerra. He de mirar per la meva integritat física.

Ara somriu, la pupil·la ja és neta. Interactuo.

—No patixis, que no li diré res.

—Gràcies. I gràcies per escoltar-me les neures.

—Ja ho veus, no t'hai pogut ajudar gaire.

—Més del que et penses, m'has ajudat. Només que no m'hagis mirat com a un tarat, o com a un desgraciat, ja em sento més persona.

Ja no estic a l'altura dels ulls. Passo a les paraules:

—Va, no ho diguis, això. No sé si és cap consol, que ja

t'hai dit que jo per a això no serveixo, pero estic segura que si la Clara no sabés que ets al seu costat, incondicionalment, no tibarie tant la corda. Encara que no te ho sembli, segur que l'ajudes, que l'estàs ajudant. Encara que sigui per projectar-hi la seua culpa, la seua ràbia, o la seua impotència, que sí que és mala sort trobar-se-hi al mig, pero les dones som així, a vegades. Posem les coses al límit, pero perqué inconscientment sabem quin és el límit i fins a on podem tibar.

Tot això no sé on ho he llegit. Llegir va bé, de vegades. Miro la llauna: Pep-Si.

—No t'està fent patir conscientment, Bernat, d'això en pots estar segur. Pero hi ha reaccions nostres que mos surten de l'úter, que no mos passen pel cervell, i que no les podem controlar. O no les sabem controlar.

Podria continuar llegint —330 ml— però el que vull dir ara ja no m'ho sé de memòria.

—Són sentiments molt animals, saps? No som complicades perqué sí, i aquesta complexitat també mos sorprén, a nantros, no et pensis, pero així som, i així filtrem lo que mos passe a la vida. I a vegades actuem com si valtros haguéssiu de tindre clarividència, perqué no mos figurem l'enigma que podem arribar a ser, en segons quines situacions, per a un cervell que està estructurat d'una manera diferent a la nostra. I valtros no en teniu cap culpa, encara que la patiu. I nantros potser tampoc, mentre no siguem conscients d'aquesta diferència. A vegades és molt injust, perqué us *exigim* que hi veigueu clar amb un calidoscopi, és un símil molt idiota, pero... A vegades penso que en segons quines circumstàncies no mos anirie malament un traductor simultani.

Jo és que no sé d'on coi les trec, aquestes teories. Em sonen d'algun Youtube d'aquells que t'envien els col·legues els dilluns ociosos. Espero que el Bernat no hagi rebut els mateixos que jo. De moment, quan aixeco el cap, em trobo les seues ninetes esbandides, perforant-me a mil metres de profunditat.

—Continua, Èlia.

Bec un glop nerviós de la pepsi que de poc que no em surt pel nas. És plena fins dalt.

—Noo, ja està. No sé si lo que hai dit te serveix de res, me n'hai anat una mica per les rames.

—No pas. Has estat justa la fusta. No m'ho pots tornar a repetir *tot*?

Dec estar com un titot: Que noo, que ja està. El dubte dels Youtubes es dispersa, el segon glop de pepsi, necessari, ja em baixa més ample.

—M'ha agradat molt, sentir això. M'ha confortat, i creume que fa molts mesos que res no em conforta.

—Ai, no et passis, tampoc.

—Gràcies, Èlia. Te'n dec una.

—No em deus res, només faltarie.

Mentre el Bernat posa al dia la seua tònica, em fixo que el terra de l'engorfa és de rajola catalana. No puc comptar pedretes, així que em compto els dits dels peus per dintre de les botes, deu, nou, vuit, set, per veure si quan arribo al zero em desintegro i puc matar el silenci abans que el silenci em mati a mi.

—Així que marxeu demà, m'ha dit la Clara.

—Sí, a migdia, ella treballa dilluns. Jo encara tinc uns dies més.

—Ah, que bé.

A baix ja fa estona que s'ha sentit una porta i calculo que devia ser la mare Trau, perquè si fos la Clara ja hauria pujat.

—*Bueno*, doncs jo vai desfilant...

—Sí, esclar.

Quan som a mig baixar s'obre la porta del menjador i ens surt l'Elisenda.

—Hola, preciosos. Què?, què diu la Joana?

—Ah, que està molt bé, molta feina, ja li hai donat records i que te'ls torne, per duplicat.

—Ah, fantàstic, fantàstic.

—Com està, la Clara?

—Està millor, està millor.

Veig que l'Elisenda continua sent bona, amb els secrets.

—Ara us anava a dir... No et vols quedar a sopar? No ho deia de broma, eh?

Sí, home, i què més: em quedo a dormir i m'acabeu de matar, entre tots els Traus? El Bernat m'assenteix amb el cap: Va, queda't. Si continua aquesta conxorxa cauré inconscient per les escales, així que m'afanyo a encadenar els agraïments i les negatives amables amb un comiat formal al matrimoni Trau: que bon any nou, i que us vaigui molt bé per Euskadi.

Al vestíbul, el Bernat m'obre la porta com un grum.

—Com sempre, ha estat un plaer, senyoreta.

—Igualment, senyoret. Ara trucaré a la Clara, val?

Em somriu i no diu res.

—Que tingueu bon viatge, demà, i fes-li un petó ben fort de part meua.

—Ja ho faré, no t'amoïnis.

—Va, fins la pròxima.

Ja estic girant cua, perquè el pitjor dels comiats és quan s'allarguen.

—Ei, antipàtica.

—Què?

—I per mi no n'hi ha, de petons?

No sé si ho fa expressament, això, o és que no se n'adona, o què coi li passa. Li dic que esclar, i li faig dos petons: muà, i muà. Una pressió al braç, una pressió al colze, cuida't molt, ja parlarem.

Bé, Èlia, girem full. Girem un, deu, vint fulls, tots els que facin falta, perquè, què romanços: avui ha sigut i sempre serà el dia que has sabut que seràs tieta, i la resta, tot quedarà com decoració.

Arribada a casa, després de fotre-li una bronca desinflada a ma tieta, perquè ja no em queden energies ni per bufar, truco a la Clara i xerrem una estona, encabat de sopar. Per la seua banda tot són disculpes i fer voltes sobre el mateix, i jo em sento una bruixa malvada per estar desitjant penjar el telèfon d'una vegada i oblidar-me ja d'aquesta història que no és meua ni em pertany.

Perquè, què més hi puc fer?, penso, mentre fumo arrupida al Corral, i la punta del cigarret és una cuca de llum a la fosca. Al cap i a la fi, la Clara té el Bernat, per turmentar-lo, per escanyar-lo si vol, per xuclar-li fins l'última gota de sang. I a mi ja no em queda ningú. I jo també tinc una vida per recompondre, cony, jo també necessito agafar aire d'una vegada i pensar què coi vull fer, d'ara en endavant. Què passarà amb el despatx, què passarà amb el pis, què passarà amb mi. Si acabaré sent una tieta per sempre, la tieta soltera que paga el tortell de reis. Si tal dia com avui estaré asseguda a l'Skype i la Clara m'ensenyarà una panxa incipient i el Bernat em dirà, gràcies per haver-me escoltat, tenies raó, l'endemà va ser un altre dia, me la vaig follar ben follada amb el meu calidoscopi i ara ho veig tot amb llum i colors. I mentrestant jo me'ls miraré des del nivell zero, sentint com se m'atrofien els ovaris mentre refaig currículums a l'ordinador, des del pis de la tia Fina. Quan vaig a encendre'm el segon cigarret, em cau al nas un polsim blanc. I ara un al front, i un parell a les galtes. Davall del fanal del carrer menys transitat del poble, s'hi arremolinen insectes de gel, de trajectòria incerta.

21

PERO QUÉ US ENSENYEN, A LA FACULTAT?

Quan m'he aixecat, tot el Montsant era blanc, com el camí de baix i el primer horitzó del poble. Però només ha caigut un dit de neu, i la mica de sol de migdia ja ha valgut per desfer el miratge. Demà tocarà anar al tros, és la llei de Murphy de les aprenents de pagesa sense vocació.

No sé què espera, la Joana, per trucar. A cals padrins, a l'hora de dinar, m'he de mossegar la llengua vint vegades. Sort que al final han vingut la Fina i el Serafí a fer el cafè, perquè ja em pensava que m'explotaria el cap, de tant pensar per damunt de la xerrera de ma tieta, que avui interpreta a la perfecció el paper que ahir no va passar res. Igual que la Fina, que no és Pedrona però en aquest aspecte poc se'n falta:

—I què diu, nena, que els de Reus del Carrau t'han demanat una casa?

—D'on ho has tret, això?

Ja sóc el centre d'atenció de tots els caps.

—Avui, al sortir de missa, que m'he trobat la Felisa del Carrau i m'ha dit que ahir vas estar parlant amb la Montse i el Miquel, i que esperen que hi passis, que t'ensenyaran uns papers, o uns dibuixos, ara no m'ho facis dir.

Per més que em cregui que sóc de poble, ja veig clar que sempre em faltaran algunes assignatures bàsiques per al títol.

—Hosti, Fina, sí que me ho van comentar, pero ja els hi vai dir, que jo no treballo pel meu compte.

—I per què no, reina meva?

—Si no sé fer ni un pressupost!

I ara entra l'oncle Serafí, que aquest és el seu tema.

—Pero qué us ensenyen, a la facultat? A fer dibuixets i mariconades!

—És que al despatx los *pressupostos* mos els fan los tècnics. Nantros demanem lo que mos interesse, i tenim un arquitecte tècnic que mos busque preus i tot això.

—Collons, que sou *senyoritos*. I per una casa, redéu: si són quatre partides de totxos mal comptades.

—Sí, pero aquí jo no conec proveïdors ni res.

—Doncs los busques, mecagonlou, tanta carrera, tanta carrera. Si vols proveïdors, ja te'n trobaré jo, de proveïdors, vine una tarde amb mi al café, i si hi són los menobres, tots los noms que vulguis, sortiran. Recony, a veure si encara haurem de ser els paletes, los que haguem d'ensinyar als arquitectes, lo món al revés!

—Ai, qué fai, papa?

—Que no és la teua fenya, fer cases?

—Tu ho faries?

—Jo, ja t'arreglaràs, poro si tan malament vas de fenya, no sé qué més vols.

Ma tieta i la Fina s'interrompen l'una a l'altra, que sí, nena, que és una oportunitat, que los del Carrau són bona gent, i que tenen *pèmpins*, que és lo principal, los *pèmpins*, i que si te ho han demanat a tu, has d'estar contenta, i que gira i que tomba i que amunt i que avall.

—*Bueno*, *vale*. Al final no hi perdo res, anant a veure qué volen.

I és cert. Què hi puc perdre? Li estic trobant el gust, a fer visites. I avui, a més a més, porto al damunt l'afegit que seré tieta. Seré tieta i això és un nou rerefons que ho abraça tot.

És el senyal més primitiu que la vida continua: no cal ser filòsof, tampoc.

Una hora més tard, ja tinc a la falda la guia telefònica del poble, que són quatre din-A4 grapats pel mig. Els números estan llistats per carrers, i dintre dels carrers, per cases: Carrer de la Bassa: cal Caboça, cal Menegildo, cal Tomaset, cal Sumera (vell); Carrer de la Costa: ca l'Aniset, ca l'Antònio Gros, cal Carrau... Un sistema estratègic perfecte per despistar l'enemic en cas de guerra nuclear.

—Qui demane?

—Hola, sóc l'Èlia del Pedró... Que... hi...

—Ai, espera't, que et passo la Felisa.

—No, no... (Recony d'hòmens, espero que mon pare tingui tarifa plana.)

—Qui demane?

—Hola Felisa, sóc l'Èlia del Pedró, qué hi són, la Montse i el Miquel?

—Èlia! Ai, que estaran contents, espera't, que no sé si són per dalt, amb los xiquets.

De fons m'arriba tota una revolució de crits i urgències: L'Èlia del Pedró, l'Èlia del Pedró, Montseee, al *telèfono*, va corre! Com si truqués la consellera d'Habitatge en persona.

—Èlia! Precisament a l'hora de dinar parlàvem de tu, te volíem trucar aquet vespre i tot.

—Doncs mira, ja no us cal trucar.

—Com ho tens? Tens temps per passar un *rato*?

A cal Carrau tot són corredisses per trobar-me una cadira, per desembarassar la taula, per oferir-me pastes, torrons, carquinyolis, i jo no dono a l'abast a repartir agraïments i declinacions. La taula està a petar: la Felisa, el Carrau, els sol·licitants i les seues criatures, dos germans de sang adoptats al Perú. La xiqueta de seguida m'ha dit, rosegant un carquinyoli: Tu mos faràs la casa nova? I jo: No ho sé, encara, ja ho veurem. Com que no sé com parlar amb la canalla, sempre m'hi dirigeixo com si fossin adults, i si sona, sona.

La Montse i el Miquel, que són farmacèutics i ja fa molts anys que viuen a Reus, m'expliquen que volen fer-se la casa al costat de cal Martí del Sant Pau, que si sé on és. Coi, si sé on és. Comencem malament, penso, mira que hi ha llocs, per aixecar una casa, i va i me la demanen al costat de l'única amb la qual no em veig en cor de competir. I, per rematar-ho, la Montse em diu que justament la casa del Martí i l'Ester la troba tan maca, tan diferent, però que alhora no desentona a la vista, que aquesta és la idea. Per acabar-me d'enfonsar, encara em diu que de vegades compra l'*On-Diseño* i que sempre li havia fet il·lusió una casa de revista, si val la definició.

—I com que tu ets una arquitecta jove, doncs de seguida vam pensar que tamé deu ser un estil que t'agrade, que no és demanà't un pastisset de nata, ja m'entens.

—Ja, ja.

I ara m'obren una carpeta blava, a la qual no li he tret els ulls del damunt des que he entrat, i m'escampen al davant tot de retalls de revistes d'interiorisme.

—Veus?, una cosa com això, havíem pensat, o com això...

I amb una piscina!, salta el xiquet.

—Sí, Amador, si teniu prou cèntims farem una piscina. I si no, amb una Toy inflable ja farem, tamé.

I tothom riu menys jo, que ja estic fent voltes a aquestes fotos de cases neorurals amb parquets d'ipé, parets de pedra siliconada i finestrals amb panoràmiques d'immensos jardins de gespa arranada.

—Qué, com ho veus?

Els explico que al despatx on treballo fem més aviat rehabilitacions i equipaments, que ens hem especialitzat en això, i per altra banda que no estic col·legiada, que no puc signar plànols, i tal tal tal. Però que no els negaré que els arquitectes hi disfrutem molt, fent unifamiliars, que és com un caramelet, si se sap satisfer el client i lo que fas també et convenç a tu, clar.

I ells em diuen el que em diu tothom, que si no em pot signar els plànols algun arquitecte que conegui, i que per la resta, que ells estan oberts a tot, la frase que sona a música celestial en les orelles de l'arquitecte que no sap on se fica. Al Miquel se'l veu optimista:

—Si és per nantros, pots fer lo que tu vulguis, perqué al final un arquitecte suposo que quan treballe a gust és quan li surten més bé les coses. Ara ja sàs per on anem, t'emportes les fotos, i tu tranquil·la, que nantros no tenim pressa de re. I si tu tens altres idees, endavant. Que t'interesse, nantros contents. Que no t'interesse, doncs no passe re, tampoc, perqué aquí la qüestió és que si ho has de fer, ho faiguis a gust. Mira, tenim aquet plànol.

Em treu de la carpeta una fotocòpia d'un topogràfic i m'explica que el van anar a buscar a l'Institut Cartogràfic. Em fixo que el solar té unes quantes isòbares: espero que estiguin disposats a picar pedra.

—Si ho dius pels diners no et preocupis, hem estalviat molt, per aquesta casa, i lo principal és que quedi bé.

—*Bueno*, lo que sí que puc fer, si us semble, eh?, és dibuixar quatre idees, ho comentem, i si al final surt alguna cosa que us agrade, doncs podem fer els plànols i ja veurem fins a on arribem. Perqué també pot ser que lo que faigui no sigui del vostre gust, i potser no mos posem d'acord, tampoc.

—No, dona, no. Si segur que ho fas molt bé. Aquell del Trau ja mos-e ho ha dit, que ets molt bona arquitecta.

Què?, com?, qui?

—Qui, del Trau?

—Lo fill de la mestra, com se diu, lo dibuixant, que està amb la Clara del Petit.

—Bernat.

—Això, ara no em sortie.

Me cago en tot, d'on cony ho ha tret, aquest tros de conspirador, que sóc bona arquitecta?, però si en sa vida no ha vist un projecte meu!

—Doncs això, que per part nostra tens tota la confiança.

Decideixo matar aquest principi de llegenda rural insistint que el que podem fer és com una prova, sense compromís de cap classe. Que si volen podem anar a mirar el terreny, que m'expliquin una mica de programa, i provo de fer unes propostes. La Montse i el Miquel es miren, assenteixen, i em miren a mi:

—Doncs molt bé, i tant, que sí. Pero nantros te ho pagarem, eh?

—Ah, no, no, la prova és sense compromís.

—Això sí que no, una fenya és una fenya i s'ha de pagar.

L'estira i arronsa el perdo jo, o el guanyo jo, segons com es miri. Així que, quan anem a visitar el solar, faig un grapat de fotos amb el mòbil, anoto quatre informacions damunt del topogràfic, i ja es pot dir oficialment que he començat a treballar.

Al menjador, no m'he tret ni l'abric que ja estic repassant el plànol. Hem quedat que abans que tornin a Reus els ensenyaré les propostes, sense caure encara que, al poble, no tinc infraestructura ni per dibuixar una ratlla sobre paper.

—Papa, pots abaixar una mica aquesta tele?

Efectivament, és en aquest punt que m'adono que els recursos amb què compto són precaris de necessitat. I no només pel so ambiental. La taula del menjador balla, les cadires són massa baixes, i ni tan sols tinc un trist foli net. Em poso a remenar armaris i calaixos, si almenys m'aparegués un regle per aixecar aquest topogràfic sucós... Necessito veure els pendents, fer números reals, saber on em poso. Ja estic atrapada per la febre creativa i no trobo ni un llapis miseriós, quina arquitecta de pa sucat amb oli estic feta.

—Papa, on és l'estuig blau aquell que hi havie aquí al calaix?

—Que no és al calaix?

—Si fos al calaix no te ho preguntaria.

De la carrera ja no en queda res, en aquesta casa. A l'engorfa només hi ha les carpetes i les capses dels apunts, i potser algun ròtring ressec de l'any de la picor, que tampoc no necessito per res. El que em fa falta és un llapis, cony, papers sulfuritzats, colorins. La gràcia dels estudis previs és que pots esplaiar-te com les criatures, que ja arribaran els ordinadors i els Autocads. El que està clar és que als Carraus no els puc pas presentar unes propostes dignes fetes amb boli Bic sobre reversos de cartes de la cooperativa.

—Papa, saps si demà obren, a la papereria de Vilora?

—No sé re, jo. Pots comptar que si no hi ha colègit...

—I a Móra, creus que estarà aubert?

—Que no venies al tros?

—Sí, sí, clar.

El tros. I jo amb aquest projecte cremant-me a dintre. Ja he girat la casa damunt davall i només he trobat un din-A3 de paper de ceba esgrogueït i un llapis de mina sense mina. Em sembla que m'he embolicat. Heus aquí, Carraus, la gran arquitecta que us ha anunciat el Trau, ja esteu trigant a denunciar-lo per difondre publicitat enganyosa. Però en sec se m'encén la bombeta. Què dic, la bombeta?: la bomba! I no em queden gaires hores per reaccionar.

22

CAP DE LES DUES NO SOM A LA MATEIXA PELL

Consulto la superguia del poble per segona vegada en el mateix dia: un fet sense precedents a la meua història. Carrer dels Perxes: ca la Basilia, cal Peó (fill), cal Trau, i m'equivoco dues vegades en marcar el número. L'Elisenda es pensa que truco pel que no truco: Aquell parell ja són a Tarragona, eh?, han marxat aquest matí.

—No, sí, sí, ja ho sé. Ehm. És que et volia preguntar una cosa. No sé si és gaire professional, pero m'hai embolicat amb un projecte...

Que els Carraus, que la casa, que la papereria de Vilora, que la de Móra.

—Dona, la de Vilora no, perquè és molt poca cosa. I les de Móra, sent vigílies de reis, potser sí, però no t'ho sé dir, preciosa. No t'estranyi que fins passat cap d'any facin festa, per això.

—Aix, en fi...

—Però què necessites, de tan especial? Si estàs trucant a una papereria en tota regla!

Ara t'escolto, Elisenda. L'hi explico una mica per damunt i no em deixa ni acabar.

—Escolta, aquí el Bernat hi té un arsenal, vine i remena, i no cal que et gastis cap quarto, que s'està morint tot de pena i sentiment.

Faig una mica el paper: Sí?, ai, és que em sap greu, vindre a marejar...

—Què marejar ni què històries! Nosaltres marxem demà al matí, ja pots passar ara mateix, si vols.

En aquest poble tothom és tan amable que ja començo a sospitar si no seré la protagonista d'una pel·li d'aquelles de comunitats de gent rossa i encantadora que al final resulta que són tots una secta de zombis que et volen xuclar el cervell.

Doncs en deu minuts ja torno a ser a la famosa engorfa amb l'Elisenda, a qui obrir la porta que rasca li ha costat més que ahir.

—El que passa és que aquí dalt tampoc no sé gaire com ho té, perquè últimament ha anat baixant més coses. Allà hi ha carpetes... I aquí als calaixos... Mira, saps què? Truca i pregunta-l'hi, que n'avançarem més.

Hosti, Elisenda, això sí que no.

—És que no tinc cobertura, aquí al poble.

—Què cobertura! Ara et pujo un telèfon de tota la vida.

Entre que la mare Trau va i torna amb l'inalàmbric, tinc temps d'enganxar el nas al vidre del terrat, i com que ja és negra nit aprofito per redreçar-me els cabells del reflex.

—Té, ja us entendreu. Millor truca'l al mòbil, vols que te'l marqui?

—No, és igual, ja el tinc.

—Doncs tu mateixa. Pel que vulguis, som a baix.

Quan l'Elisenda surt per la porta, m'imagino que se li fan les pupil·les vermelles i, amb un somriure malèfic, li diu al seu home que avui hi haurà carn fresca per sopar.

Des que sóc al poble, el mòbil, menys per trucar, m'ha servit de tot. Ja és trist, això. La cobertura la recupero a vuit quilòmetres, ho tinc calculat. Per Tots Sants, quan tornava cap a Barcelona, va ser a l'altura de Vilora que em va donar senyals de vida, amb un pip-pip que m'anunciava tres missatges: l'*entérate de cómo conseguir saldo gratis,* el del *futuro* que *está en tus manos*, i un altre que, pel remitent, em va fer frenar en sec a la cuneta. Deia, amb totes les lletres i accents: *L'ocell ja és al niu.* I el signava, sense vocals: *Brnt.*

L'ocell ja és al niu?, qué coi...? Quin ocell? Quin niu? El misteri em va tindre barrinant fins a Móra, on hi vaig caure. Esclar: la data i l'hora eren la clau: un quart de deu de la nit del dissabte que vam empassar-nos tres canyes parlant de tot, excepte del que l'un i l'altre ens vam voler callar. El cas és que el Bernat havia arribat sa i estalvi a Tarragona i m'ho havia fet saber per SMS. El detall em va matar. I el missatge, no sé per què, encara el guardo.

—Hòòla.

—Hola Bernat, sóc l'Èlia. Truco des de casa teua.

Es fa un silenci i tot seguit torna aquesta veu una mica nasal que mai no havia sentit filtrada pel telèfon:

—Ah, hòstia, Èlia, ara no t'ubicava, he vist que em sortia «Casa» i no entenia res. Què passa?

Li faig un resum tendenciós de la meua situació, perquè sembli la mar de coherent que un diumenge em trobi a casa seua, en el seu territori i a punt de profanar-li el material.

—Ahaà: així que ara et dediques a assaltar cases...

—Me sap greu, és que no m'hai pogut esperar, com que ara ho tinc fresc, i quan m'agafe, m'agafe, i perdo el món de vista.

—Ei, que això és bo, això és molt bo! Els Carraus han fet un bon fitxatge.

—Això t'anava a dir! I tu per qué vas enredant a la gent dient que sóc una bona arquitecta? Pero si no has vist mai cap projecte meu!

—Ei, ei, ei. Això que jo vaig enredant la gent encara s'ha de demostrar. A més: és una intuïció que tinc, me'ls vaig trobar i vaig pensar que tu el que necessites és un mànager, perquè, no és per res, però et vens fatal, Pedrona.

—Pero tu qué t'has cregut!

—Què? Que no et fa il·lusió? Si m'ho acabes de dir, que estàs malalta per començar a fer ratlles.

—Això no treu que no siguis un manipulador.

—Ehè. I què? I què?: ara tens una feina nova, et fa il·lusió, i més endavant ja parlarem de dividends.

—Eh, que només los hi faré unes propostes, eh?, que l'encàrrec encara no l'hai acceptat, i encara falte que an ells los hi interessi.

—Blablablà, blablablà. Va, demana, què necessites?

Ui, què necessito, a tu t'ho diré. Li vaig cantant la llista i ell em va enviant d'un calaix a l'altre. Jo al·lucino, aquí hi ha de tot.

—I tot això no ho fas servir?

—Amb el canvi de pis he baixat moltes coses, mai no se sap. Mira, ara.

—Doncs si et demano llapis i colorets, això ja serà un festival...

—Llapi-què?

—Va, no siguis burro.

—De quina mena els vols?

Li recito les meues necessitats del ram del carbonet, i vaig seguint les instruccions.

—Busca pels calaixos de sota de la primera taula.

—Uàààu!

—No te'ls acabaràs. Tria els que vulguis i no cal que me'ls tornis.

—No, dic uàu per aquet dibuix que vei.

—Quin?

—Un d'uns caragols, un din-A4.

—Ah, és una primera versió per un cartell de l'Animac, però al final vaig fer una altra cosa.

—I per qué no vas fer aquet?

—Mira, coses que passen, en vaig fer un altre, i ja els va semblar bé.

—És una passada!

—Gràcies. Si el vols, és teu.

—Noo, vols dir?

—Vull dir. Agafa'l, va.

—Pero no està signat, jo vui que me'l signis.

—Ja te'l signaré, fetitxista. Deixa'l en un lloc visible que quan vingui t'hi faré un guixot.

—Oh, quina il·lusió, és una passada, m'encante, l'emmarcaré.

—Ei, penjo, eh?

—No, no, no. Mira: ja hai trobat los llapis.

—Me n'alegro.

—Me deixes una carpeta din-A3 d'aquestes?

—Agafa la que vuuulguis. Si gairebé més valia que t'haguessis traslladat tu aquí, que desfer-me la mudança.

—I no tindràs pas un cable per mini-usb?

—Hòstia, Pedrona, demanes més que un pobre.

—És que m'agradarie passar les fotos a l'ordinador, i no tinc lo cable del mòbil, pero és estàndard.

—No ho sé, mira als calaixos de sota l'escàner, allà hi ha cables i històries.

—Caram, quin escàner més gros que tens.

—És per escanejar-te millooor, ha-ha-ha...

Val més que no tregui conclusions. Començo pel calaix de baix, per allò que el que busques sempre és al final, i és en aquest calaix on em trobo la foto.

No la coneixia pas, aquesta foto. Però sí que sé que ens la va tirar el Jaume, un estiu, amb la seua càmera nova. El dia que l'estrenava la va ensenyar al Poli i va estar fent proves amb l'objectiu. Els retratats som, a l'esquerra, la Clara i jo, fent la xurumbella a la barana, i un parell de metres a la dreta, d'esquena —aquest culet!—, el Bernat en roba d'esport, cordant-se la sabatilla que també hi té enfilada. És una bona foto, el Jaume hi tenia traça. La Clara i jo semblem dues gimnastes, amb el maluc clavat a la barana, just agafant impuls, les sandàlies a un pam de terra. Els braços ferms, les espatlles colrades, la Clara amb un vestit texà curtíssim, que va deixar de posar-se perquè deia que li feia cul, i jo amb aquell conjunt de tirants i shorts que també té delicte. Mare-dedéu, quines santes cames: no les podia haver conservat en formol? Estem maques, però als quinze anys que devíem tindre, tu diràs. I què felices que érem, sense saber-ho. Perquè, com totes les adolescents, estàvem fetes unes bipolars d'aquí t'espero. Els nostres drames ens semblaven monumentals, però és el preu que has de pagar quan et creus que el món gira sobre l'eix dels teus talons.

—Ho trobes?

—No, no, és igual, ara hai pensat que no és ben bé estàndard. Tampoc no el tindries.

No m'atreveixo a obrir més forats. Si estigués sola potser sí, que l'esperit de Pandora m'és ineludible, però amb la foto ja n'he tingut prou.

—*Bueno*, doncs moltes gràcies.

—A disposar.

—Vols di'ls-hi *algo* a tuns pares?

—Va, els desitjaré bon viatge, ja que hi som.

—Baixo i te'ls passo.

—Escolta. Què fas, per cap d'any?

—Ai, cap d'any..., ni hi pensava.

—Si vols venir a Tarragona, ja ho saps. Fem un soparet amb uns amics, tot molt tranquil, sense raïm ni collonades, i t'ensenyem la casa.

—Gràcies, pero aquet any no estic gaire d'humor...

—Ja, sí, esclar... Com vulguis. Si t'ho repenses, ja saps on som.

—Que és per aquí, la Clara?

—És que no sóc a casa.

—Ah, doncs li fas un petó de part meua quan la veiguis.

—Molt bé.

Aquest «molt bé» és d'aquells «molt bé» concloents, d'una octava per damunt del to general.

Al menjador, torno el telèfon a sa mare —Digues, *carinyo*—, li demano una bossa al Juli per transportar el carregament, i au, tornem-hi escales amunt. Quan aterro definitivament, després de fer-me un embolic amb els llums —clic, clec, ai no, clic, clec, clac—, l'Elisenda em posa el telèfon a la mà: Té, que no sé què et vol dir més.

—Èlia.

—Dis-me.

—Si fa bo potser baixo un parell de dies a l'auliva, dimarts o així, perquè demà encara hauré d'arreglar unes coses per aquí.

—Ah, molt bé.

—Vull dir que encara que muns pares no hi siguin, si necessites res més...

—Ah, *bueno*, gràcies.

Davant dels Traus Majors reacciono com si m'acabessin de passar un comunicat sobre l'índex de preus al consum. Acomiado ràpidament el Bernat, i acomiado els seus progenitors amb els millors agraïments del meu repertori.

Corre. Corral. Cigarret. Aquest vici a camp descobert em portarà directa a la pulmonia. Però la nicotina m'ajuda a posar en net els pensaments. Ara mateix, porto trenta mil folis mentals guixats fins als marges en una febrada d'escriptura automàtica. Organitzem-nos, Èlia. El Bernat està sent amable, sempre ho ha sigut. És una cosa que no pot evitar, o que no sap evitar, això ja ho tenim. Però per què no hauria de ser-ho? Sóc —o vaig ser— la millor amiga de la seua dona.

Ell és així, li caus bé, doncs és simpàtic amb tu, ves quina cosa. Acció-reacció. En canvi jo sóc la repera: que si diu això és perquè potser pensa que jo pensaré que si pensa que jo penso. Au, va, home, a cagar! Si alguna cosa he après de tots aquests anys de convivència amb el Blai és que, malgrat les meues giragonses, la distància més curta entre dos punts encara és la línia recta. Així que tema u: resolt.

Tema dos: té una foto al calaix on hi surto. I què? Casualment també hi surt ell i la que seria la seua futura dona, ves per on. Hipòtesi u: la foto l'hi podia haver donat el Jaume *abans*. Abans de *tot*. Hipòtesi dos: l'hi va donar la Clara *després*. Conclusió: clar, nosaltres érem unes criatures, encara, així que l'hi va donar després, com a testimoni gràfic que un dia vam ser despreocupadament jóvens i la vida ens corria per les venes com un torrent. Perquè aviat ens faríem grans de cop. La foto no és tant el que és, com el que significa. Sobretot per la Clara. Té, li devia dir, perqué te'n recordis de com érem *abans*. Tots dos. La *foto finish* de la meua innocència. I, com en l'anècdota del lavabo nou de cals padrins: Sí, hi surt l'Èlia, pero es veu igualment. Tema dos: tancat.

Tema tres: a veure si ho tenim clar d'una vegada: el Bernat és de sucre, hosti, ja només em falta repetir-m'ho en morse. Està agafat, arribes tard, tardíssim. I a més a més, està agafat per la Clara, toca't un ou. Mira també que hi ha dones, al món. Doncs au. El Bernat se l'estima, se li nota a la veu, quan en parla. Ell encara és la seua línia de flotació. És qüestió de temps que la torni a prenyar, i se'ls acabaran les angoixes de cop. Llavors me'ls trobaré pels carrers del poble, espenyent un cotxet amb un querubí bufador, a qui jo no sabré fer cap magarrufa. Mira: doncs vull que sigui ja, aquest moment. Vull un punt i final amb urgència. Som-hi, Bernat, desenfunda el calidoscopi, fot-li ben endins. El que et passa a tu és que ets una ànima convalescent que t'enganxes a qualsevol atenció, perquè encara que no ho vulguis, estàs tocada per l'absència de la pell del Blai. Si tornés el Blai... Però no, no tornarà, assumim-ho, i com diuen els Manel, ens ha costat déu i ajuda arribar fins aquí. Així que deixem-ho córrer. Però, i si hi hagués un altre Blai? Amagadet en algun lloc, no gaire lluny, un Blai de Vilora, un Blai de Móra, un Blai de Flix. Però tanta sort, i a domicili, ja seria massa demanar. No, no, no: recorda-ho, seràs tieta, la vida continua. Pren-te un any. Faràs una casa de puta mare, els Carraus cauran de cul. Aquest any, casa i neboda. Recuperar-te professionalment i emocional. La crisi hi hauria sigut igual, amb Blai o sense. Faré un viatge, aniré a Lisboa, per començar. Tema tres: tancat i barrat.

Qüestió quatre: sumat a tot això hi ha un detall que m'inquieta i que no hi comptava: resulta que la Clara, per a mi, ja no és la mateixa Clara que fa quinze anys. Com jo, que tampoc no sóc la mateixa Èlia. Que el parèntesi ha estat determinant. Al mig, hem crescut cadascuna cap a la seua banda, hem fet milers de branques noves, milions de fulles que han caigut i milions que ens han tornat a brotar. Hem viscut primaveres, tardors, estius, hiverns determinants, cadascuna pel seu compte.

En algun moment d'ahir em vaig adonar, en una fiblada, que la Clara *adulta* és pràcticament una desconeguda, per a mi. La reconec, sí, però una mica com a les xiquetes de l'Associació de Dones: per intuïció. La intueixo en algun deix de caparruderia, en algun tic aïllat de quan tira el cap enrere, com una princesa, però tot el que passa entremig m'és un misteri. En sec la tenia assentada al costat, i li sentia la veu familiar que parlava de PIB, de deutes bancaris i d'interessos al tant per cent. Però era una veu que també podia correspondre a qualsevol tertuliana dels *Matins de TV3*. Físicament, té tots els números per ser la xiqueta que coneixia, la que es queixava del cul, la que quan s'afartava d'una conversa girava els ulls al sostre. Però amb el detall que ara és una *dona*, tota de cop. Ahir érem dues dones fent el cafè a casa dels sogres. I jo no sé com és, la Clara dona. No sé si encara detesta les bledes —o eren els pèsols?—, si li preocupa la cel·lulitis —en té o no?—, si s'operaria les bosses dels ulls si un dia li calgués. No sé què en pensa, del Tripartit, ni de l'onada migratòria, ni de la situació de la dona a l'Afganistan. No sé si té alguna ambició a banda de la de ser mare, ni si és partidària dels comptes conjunts, ni si ha incorregut en el sexe anal. Quan ens vam deixar l'una a l'altra es pot dir que encara fèiem competició de pits al mirall, i tampoc no teníem gaire clar si l'encertaríem amb la carrera que havíem triat. I, al cap de quinze anys, té: la trobada entre una gestora cultural traumatitzada per un avortament i una arquitecta separada i tocada de mort per la crisi. Pel mig han passat massa coses per a obviar-les. Ha passat tot *l'important*, o gairebé tot. Cap de les dues no som a la mateixa pell. Cap dels tres. Tema quatre: en suspens.

Em cau el moc, estic tremolant. Són les nou i necessito menjar-me un radiador de dos mil watts per sopar.

23

XONA, XONETA, PIPETA DOLÇA

—Èlia, són les set.

No pot ser. Això vol dir que ni pluja, ni neu, ni gebre, ni huracans tropicals. M'incorporo al llit, intentant adreçar un cap de fusta. M'he passat tota la nit somiant projectes, com a la carrera: aixecant escales escherianes que no porten enlloc, obrint finestrals de Climalit a paisatges suïssos, quadrant estructures que mai no acaben de quadrar. Esclar, ahir vaig estar fins a les dues de la matinada immersa en una espiral de seccions, forjats escalonats, volums i distribucions.

Això em ve de sempre. Quan estudiava, com que mai no he pogut sofrir tindre la feina per fer, els projectes eren una marató de nits de cafeïna i ràdio Flaixbac fins que queia planxada al llit amb les idees encarrilades. Les hores les deduïa a partir de l'avituallament del Blai: un entrepà i un tallat, un Bollycao i un Nestea, una truita i una coca-cola. Ell era d'una altra manera: se n'anava a fer un volt, corria, remava, i mentrestant pensava, pensava, pensava. Quan ja havia pensat tot allò que havia de pensar, es posava a dibuixar i ja ho tenia. Jo en canvi havia de ratllar papers, fer i desfer maquetes, calcar fins a l'extenuació. Per sort, ens portàvem dos cursos i mai no vam tindre l'oportunitat de fer cap treball junts, perquè allò hauria sigut un fracàs. A l'estudi de les Corts, la seua taula era el paradigma de la pulcritud, mentre que la meua era colgada de papers i paperets, plans i en acordió, de ceba, sulfuritzats, vegetals. I quan s'hi afegien els llençols d'urbanisme ja no podies trobar ni una cadira on assentar-te. Me'n recordo d'un migdia que el Blai va arribar a l'estudi i només hi era jo, treballant-hi. Els seus companys havien sortit a dinar i ell acabava de tornar de classe i em portava l'entrepà. Sense adonar-me'n, li havia ocupat la taula, i amb la febrada m'havia carregat un plànol seu amb el cúter. Era juny i era d'una entrega final, i aleshores encara treballàvem les entregues a mà. Va ser la primera discussió forta en el parell d'anys que devíem portar junts. És que si fossis organitzada ja series...!, em deia, i estava fet una fera. Fins i tot el Blai més irat sempre tenia una manera civilitzada de dir-te les coses: Ser organitzada, mira que poc et falta. I m'ensenyava una porció de dit. Això em posava de zero a cent en dos segons. En qui diu un ai, ja estàvem amb les esquenes regalimant, els palmells suats, els genolls molls sobre aquell terra tot escampat de papers. El Blai follava com projectava: ho tenia tot al cap i quan s'hi posava ho rematava amb tirabuixó. És cert que, quan el vaig conèixer, no el podia comparar gaire amb ningú més. El meu primer coit havia sigut de pressa i corrents amb un company de primer curs, un Carnaval de Sitges, i per mi va ser com un tràmit. Érem en un pis del carrer Perill, algú hi havia fet una festa. Jo vaig pensar que ja tocava, que en aquella hora la Clara ja devia estar celebrant la rebolcada número cinc-cents amb el Bernat. Va ser una decepció absoluta, un fracàs. A més a més, jo baixava tant de l'hort que, fins i tot fent servir condó, l'endemà em vaig plantar a l'Hospital Clínic amb el cap treient fum perquè em donessin pastilles del que fos. Aleshores ni se'n parlava, de la píndola de l'endemà, però sabies coses, havies sentit, t'havien dit. Al poble, deien que podies fer-te passar el tràngol amb infusions de ruda, que no sé si devien fer gaire efecte, a banda de purgar-te fins a la fel. Però a Barcelona, la planta que tenia més a mà era un gerani i, de fet, tampoc no he tingut mai fe en la bruixeria. La metgessa que em va atendre, després d'escoltar les meues fantasies, em va fotre una bronca protocolària —devia pensar que jo era curta de gambals— i em va donar les instruccions corresponents basades en un ús abusiu i controlat d'anticonceptius orals. En fi, que de tot se n'aprèn.

Les experiències successives tampoc no van ser pas amb un expert. Ens vam conèixer en una festa d'aniversari i feia industrials. Vivia en un pis d'estudiants minúscul al costat de l'Escola, i el cos a cos era d'entreclasses i d'entregent. Les úniques vegades que vaig mig gaudir amb ell van ser pensant que era l'altre. Havia de fer un esforç per obviar que fos massa baix, i massa indecís, i massa tou, i que tampoc no sabés què fer amb les mans —com jo mateixa, per què ens hem d'enganyar—. I si li intuïa els cabells llisos, tota la concentració se me n'anava en orris. En fi, que això no eren maneres, i la relació no va prosperar. Ell no en tenia cap culpa, pobret, i jo tampoc no vaig fer cap mèrit perquè em pugui recordar com la gran amazona de les praderes. Així que, quan vaig conèixer el Blai, es pot dir que amb prou feines sabia les quatre regles. Però el Blai era un ésser adorable i generós. No era objectivament guapo, allò que caus de cul, però tenia un no sé què, un què sé jo, que sí que era objectiu. Les dones se'l miraven pel carrer. Els gais li deixaven números de telèfon a la butxaca de l'abric. Tenia bona alçada, i una anatomia forjada a l'equip de rem de la Politècnica. I al llit tenia recursos. Molts recursos. Un dia em va confessar que quan tenia setze anys s'havia embolicat amb una companya de sa mare, dels cursets de cuina del supermercat. Que una tarda ella es va presentar a casa per tornar uns motllos a la Lídia, però sons pares ja eren a Canargós i es va trobar un Blai sol, en banyador i amb les hormones en solfa.

I es veu que va ser pim-pam, una mica de parlamenta, i se'l va tirar que ell ni se'n va adonar de què passava. I com que li van trobar el gust, van estar veient-se durant un parell d'anys esporàdicament, a casa d'ella, fins que la dona va haver de marxar no sé on darrere del seu marit. Perquè estava casada i s'ho feien al llit de matrimoni. I encara tenia un fill de la seua edat. Mira, Blai, li vaig demanar, potser que no m'expliquis res més. Això em va torbar una temporada llarga, perquè me l'imaginava ficat en aquella senyora Robinson i se'm feia un curtcircuit. Però les coses passen, i finalment va arribar un dia que vaig pensar què coi, cadascú es busca la vida com vol. I prou que me'n vaig aprofitar. El segon dia d'anar-nos-en al llit ja em va eixarrancar a la vora de la banyera i, davant la meua estupefacció, em va arranar el pèl púbic amb unes tisores —Qué foots? I ell: Espeera—, em va ensabonar l'entrecuix —Passo, passo, Blai. I ell: Estigues quieta, va— i me'l va afaitar amb zel de cirugià —Vigila, vigila. No faig més que vigilar—. L'escena havia de ser preciosa, ara que hi penso, davall de la llum zenital del quarto de bany de sons pares: cos nu i concentrat entre cos obert i tens. Però en aquell moment allò em va semblar una excentricitat, fins i tot una perversió, i és que marededéu, jo no podia ser més innocent. Blai, això pique un ou. T'hi posarem talc, com a les criatures. I al final m'hi vaig acostumar. Ell també anava polit i, al seu costat, tota la carn d'olla dels hòmens normals em semblava de troglodites. D'anar pelut, ell en deia anar *vintage*. En els nostres dies gloriosos, semblàvem una parella de *pornostars*.

Quan vaig aprendre a treure rendiment dels meus cicles hormonals, em vaig trobar amb traques finals plenes de sorpreses. El Blai em treballava com un orfebre, i on no arribaven els apèndix naturals, arribaven els objectes més impensats que em deixava davall del coixí: A veure què t'han portat, els angelets. Tenia una veu exquisida que em deia fluixet al clatell: ara passarà això, ara passarà allò, i t'agradarà. I em feia fondre. Perquè tenia vocabulari, i jo, d'abans d'ell, només coneixia paraules barroeres en castellà, plenes d'enyes i jotes guturals. Però el Blai deia xona, xoneta, pipeta dolça; deia llet, deia xumar, deia xopar; deia em trempes, me la fots a petar, te la clavaré, t'enfilaré, et faré xisclar. I dit i fet. Com els seus projectes. I esclar, jo ja no tenia cap necessitat d'imaginar-me que les seues pupil·les magnètiques eren d'aigua transparent. És més, jo volia tindre els ulls ben oberts, volia aprendre-me-li pam a pam l'esquena d'atleta, el coll sense nou del coll, les cames canòniques, de ferro colat. El membre poderós que m'oferia descarat, sense treure'm l'ull del damunt. En fi, com a bona catalana, sempre m'ha perdut l'estètica. I evidentment que catorze anys de llit són molts anys, i que vam tindre els nostres períodes de sequera, de desencisos i allunyaments —Però si t'agrada tant, per què no follem més sovint?—, però del Blai em queda això, i és d'això, del que me'n recordo. I justament és *això*, el que necessito oblidar.

De moment, però, avui hi ha una cosa que hi ajuda: tinc tots els circuits saturats de mocs. Baixo al lavabo arrossegant les sabatilles, i consumeixo mig rotllo de paper només per sonar-me, assentada al vàter, sustentant-me el front: estic bullint.

A la taula del menjador sembla que hi hagi passat una ventada, i mon pare esmorza a la cuina.

—A veure si endreces una mica.

—Papa, me semble que hai agafat la grip. I no és una innocentada.

—I qué faràs?

Jo no sóc com ma tieta. Jo em poso malalta com ma mare. I quan em poso malalta no puc anar al tros, també com ma mare.

—Me semble que em quedo a casa, que no estic per sortir. Si demà estic més bé, ja us-e hi acompanyaré.

—*Bueno.*

Quan vivia al poble i em posava malalta, també em sentia culpable de no poder anar al tros. A casa, posar-se malalt era vist com un luxe burgès. Com les al·lèrgies i les depressions. A mon pare, no l'he vist mai enllitat. Ni a ma tieta. I ara, quan marxin al tros, pensaran que Barcelona m'ha pujat al cap, que sóc una senyoreta. Però jo no puc fer més que prendre'm un sobre granulat darrere del cafè amb llet i tornar-me'n directa al llit.

Somio. Somio amb els ulls davall de l'edredó. Intento compondre un plànol immens, que ocupa quatre taules. Només et falta això, diu el Blai, pinçant-se un dit. Els Carraus em donen instruccions: aquí, la piscina. I el pendent és impossible. És com un penya-segat. Apuntalo una piscina penjada del rocam, com les tombes de Choquetico. Uns xiquets peruans s'hi banyen, no sé si aguantarà. Ets una bona arquitecta, tinc una intuïció, ha d'aguantar. Ai, no ho sé, Trau.

I ara la Clara, abraçant-se el ventre, inflat com una síndria. Ja ha passat, Èlia, ja està. El Bernat li diu: Clara, fes la xurumbella, com l'Èlia, i ella li contesta que no, que la barana em petarà la panxa. I ara estic assentada al vàter de cal Trau, i sense cap esforç em surt un coàgul de dintre, plof. I la Fina: És un nen, Èlia. I tinc un nadó als braços, i no sé què fer-ne. Em cau de les mans, ai, i em torna a caure, ai. Pero em cau, Fina. I la Fina: Tu encara podràs adoptar. I ara estic pujant les escales de cal Trau, i em segueix algú, que sé que és el Blai, i m'engrapa els pits per davall dels tirants de la foto del Poli. No porto sostens, i em sento la carn desperta i plena. Li demano que m'ho digui, que m'expliqui què m'està fent, què passarà. Vull sentir-l'hi dir. Però no parla. Que estrany, si el Blai *sempre* parla. Va, Blai, dis-me qué passarà, dis-me-ho. *Et faré xisclar*, diu una veu, per telèfon. És la veu del Bernat: *Et faré xisclar*. I em desperto, suada, amb el batec encès.

A la vida real he de córrer al lavabo, sense temps ni de buscar les sabatilles davall del llit. Amorrada a la tassa, vomito el cafè amb llet barrejat amb bilis. Mentre m'amainen les punxades del front, em quedo una estona enganxada al radiador del menjador, badant. A fora fa sol, i el campanar toca les dotze. Com es fa, avui, per estar malalta, al poble? No tinc internet, no puc mirar Youtubes, ni TV3 a la carta. Tinc l'últim de l'Imma Montull a la bossa, però el cap no està per novel·les. A més a més, l'esquena se'm ressent de la marató de projectes d'ahir: per tal de tindre la taula del menjador a una alçada adequada, vaig estar assentada inestablement sobre dos coixins, fins que els ronyons em van dir prou. Llavors vaig fer cap al sofà i vaig posar-me la carpeta del Trau sobre les cames doblegades. Manipular el material del Bernat em despertava un pessigolleig a l'arrel del cervell, com quan la Clara em pentinava les nines o em clavava un passador als cabells. M'imaginava els dits endreçats del Bernat estirant les gomes de la carpeta, ara una, ara l'altra. Me l'imaginava clavant les dents al capçal del llapis que tenia a les mans. El vaig agafar expressament, aquest llapis. Està fet una ruïna. I ahir, quan ja vaig tindre les primeres idees embastades, vaig fer crec i el vaig queixalar.

Em miro els esbossos que hi ha escampats a la taula. N'hi ha una cinquantena, sense exagerar. Els uns calcats dels altres. Volums i més volums. M'hi posaria, creu-me que m'hi posaria, però avui no puc. A la tarda, si em trobo bé. I de fet, encara em queden tres dies, i encara el cap d'any tot sencer.

I ara penso que tinc els diaris, clar. Ja deu haver passat el carter. Obro la porta del carrer i me'ls trobo a l'entradeta. Ara sí que estic salvada. Tinc els del cap de setmana i ara aquests d'avui. I, a més a més, a l'armariet del vestíbul hi trobo suplements antics per passar tot lo dia.

Mentre giro fulls setinats, em puc sentir el frec de la sang per les temples. El paisatge de la finestra sembla una foto fixa. Res semblant a Canargós. Allà, el silenci eren els cloncs llunyans de les esquelles de les vaques que pasturaven a peu del Taga. Mai no paraven, i m'agradava aquesta classe de silenci. Els diumenges d'estiu, m'aixecava abans que ningú i m'estirava en una gandula, en banyador. Llegia en ulleres de sol, i de fons, clonc, clonc, clonc. Era el meu moment. Més tard se sentiria un pic de veus masculines dintre de la casa, i tot seguit la corredissa enriolada del Blai i sons germans abans de llançar-se estrepitosament a la piscina i esquitxarme els fulls del llibre. Fins a l'hora de la migdiada, no tornaria el meu moment.

Però aquí, ara, el silenci és total. Els pardals, els estornells i les pasterulles han matinat més que jo i no se'n sent ni gall ni gallina. És hivern, tothom és al tros, i a les cases potser cruix alguna fusta de l'engorfa, potser els rellotges fan tic-tac als menjadors. Però en la majoria no hi ha ningú per sentir-ho. Els jubilats són al cafè, mentre les seues dones feinegen a la cuina, o es cuiden dels xiquets, o atenen els vells, o són a comprar el pa, o a la carnisseria. Però als afores, tot això no m'arriba.

Llegeixo amb el cap embossat un parell d'hores ben bones. Al dominical que tinc a les mans, sé que l'article del Munné està il·lustrat pel Bernat. Al principi, els mirava tots, fins i tot en guardo de retallats, però ja fa molt de temps que no compro premsa de paper, i els he perdut la pista. Els dibuixos que li fa al Munné són com el Munné mateix. Alguns et fan somriure per dintre, però per fora mai. Normalment fa servir dos colors, el negre i un altre. Amb el negre fa siluetes, ombres, perfils esbullats. Amb un traç de color pinta el fons, que pot ser qualsevol cosa, un desert, una ciutat, un bar. Els signa en un cantó, només amb el nom i l'any. L'article d'ahir va d'alguna cosa de psicòlegs, mira per on, i el dibuix és com un test de Rorschach que, si t'hi fixes, són dues orelles desplegades. Recupero els tres articles anteriors i en miro les il·lustracions. Ara que hi penso, mai no li he preguntat res, de la seua feina. Alguna vegada n'he tingut la temptació, però si no ho he fet és perquè deu estar fart de pesats que li demanen com se t'acudeix, com t'hi poses, quant trigues. Per a mi, que sigui dibuixant és igual de natural que si és ros. No és una professió qualsevol, la seua. M'imagino que deu ser com si li paguessin per respirar.

Per dinar, ma tieta m'ha deixat dos carmanyoles amb sopa i pollastre rostit, que s'estan descongelant a la cuina. No tinc cap gana de res. Vull treballar, i ho intento, i no me'n surto. Vull fumar, però tinc els pulmons tan saturats que no m'hi cabria el fum. Tot el que vull em demana una disposició que no tinc. I, ajaguda al sofà, engorronida davall d'un cobrellit vell, em torno a adormir i torno a somiar. Cases, cares, Clares, Blais, Bernats.

24

AI, QUINS MISTERIS

L'endemà, tot i que ja em començo a veure les orelles, també em quedo a casa per si de cas. M'he compromès a tindre l'entrega per dissabte i només em faltaria ara recaure com un poll. Els sobres granulats, com diu la propaganda, m'alleugen els símptomes del refredat i em permeten de mantenir un estat de consciència acceptable. Mentre esmorzo, que són les onze passades, no puc evitar de pensar si ahir, en alguna hora del vespre, entre els tractors i cotxots vells que retiraven per l'Estop, hi devia haver passat un Volvo gris. Això voldria dir que ara mateix el Bernat és al tros amb els Petits, i potser, al vespre... A veure: al vespre, què? No hem quedat que ja n'hi havia prou, d'aquest color? Però tu què coi vols, què coi pretens, què coi et passa? Si ha vingut a collir olives, al vespre estarà rebentat, i si les va a entrar al molí, quan arribi a casa amb prou feines li quedarà temps per sopar, mirar el telenotícies i anar-se'n a dormir com les gallines. Perquè va dir un parell de dies, oi? O m'ho va semblar? Han de ser un parell de dies, perquè per un dia ja no baixes, i demà passat ja és cap d'any. I què va dir, de cap d'any? Allò era una invitació formal o ho va dir per dir? Mira, prou, fins aquí, deixem-ho córrer.

Així que agafo els papers, em recullo els cabells amb un llapis, i som-hi. Em sembla que presentaré tres opcions, amb graus diferents d'atreviment. La primera per complir amb els mínims, la segona introduint-hi ja algun doble espai, i l'última amb la coberta enjardinada, pensant en com es veurà —o com no es veurà— des del carrer. I les obertures, totes cap al sud, a emmarcar el paisatge, que diuen els interioristes. Espero que als Sant Pauets no els faci res que la casa veïna també tingui pedra seca. Als trossos, tothom té espones i per ara ningú no s'ha queixat que el veí li copiï les idees. El que sí que tinc clar és que tots els materials han de ser autòctons. I que si m'hi deixen posar unes plaques tèrmiques, encara millor. Ja seria hora d'aprofitar el solarram que peta per aquestes contrades, que sembla que només serveixi perquè s'hi fregeixin les sargantilles. I així em vaig animant, faré això, faré allò, i una cosa porta a modificar la següent, i si tiro per aquí hauré de canviar això per allà.

Quan l'estómac em crida a files, escalfo el dinar al microones tot repassant distribucions damunt del marbre, i mastego davant dels plànols, ara una ratlla cap aquí, ara una cullerada de caldo cap a dintre; ara una ratlla cap allà, ara una mandonguilla coll avall.

Quan el Blai em va deixar, ara veig clar que jo no necessitava un metge, necessitava feina. I justament va ser quan al despatx ja començàvem a anar fluixos d'encàrrecs. La Paula, que estava de dos mesos, va decidir de fer mitja jornada, i jo, abans que també m'hi veiés obligada, em passava les tardes amb els ulls fixos a la pantalla de l'ordinador, com una zombi. Ella i jo som les úniques dones del despatx, i si en falla una, l'ambient se'n ressent. La Paula i jo no parem. Xerrem i treballem, tot barrejat: I la cunyada em va dir això, t'ho pots creure?, doncs pel doble envà hi podem passar el *shunt*. Darrere nostre seuen dos erasmus apagadots i un estudiant granadet d'edificació, i d'ells només ens arriba el so del teclat i el ratolí, frenètics, i algun comentari estrictament professional. Un cas a banda és el Guerau, el becari, a qui això de treballar se li fa més costa amunt. Els dilluns ens arriba amb unes ressaques olímpiques, i només té forces per passar l'estona al Facebook i preguntar quan cobrarà. Però com que és l'encarregat de fer-nos els *renders* i les presentacions en 3D, li tenim una adoració mística. Ell, allà al seu raconet, li dones qualsevol merda i te'n treu un plànol de concurs. Perquè els despatxos sabem que un bon *render* fa guanyar concursos. Però molts arquitectes de la meua quinta ja som massa vells per treure un *render*. El que donaria, ara, per passar aquests esbossos per la mà del Guerau, per veure si el que he fet quadra o no quadra. Jo trigaria segles a aixecar una paret digital, acabo abans fent-ne una perspectiva a mà alçada. Però els resultats, esclar, no es poden comparar. I tampoc no és que jo sigui gaire bona, amb les perspectives. Tinc tècnica, però em falla el principal: el talent. Per això faig maquetes, retallo, enganxo i doblego cartrons. I ara ha arribat un punt que necessito una maqueta, no sé per què no hi he pensat abans.

Mentre bereno cereals amb llet em trobo amb la capsa esmicolada sobre la taula, igual que els criminals que han tingut un blanc i se sorprenen davant del cadàver sense saber què han fet. Es veu que he retallat rectangles, quadrats, eles de cartró amb les estisores de la cuina. Els he enganxat amb cel·lo, els he desenganxat, els he retallat de nou i substituït mil vegades. Ja és fosc i estic asseguda al sofà, amb el granulat de les set a les mans i la mirada fixa en la petita ciutat de capsetes de la tauleta de cafè. Penso que ja tinc l'excusa. I ara mateix se me'n foten els efectes col·laterals. He de fer una maqueta, o dos, o tres, i les he de fer *ja*.

Ehm, perdona, només una cosa et volia preguntar: no et devia pas sobrar cartró ploma, del pessebre? És que estava pensant de fer una maqueta... No, no, millor: *Necessito* fer una maqueta i... I un cúter, tens un cúter? Tampoc, hauria de ser més directa: Perdona, tens cartró ploma? I tens un cúter?

Quan arriba ma tieta ni me n'adono.

—Ai senyooor, qué és, tota aquesta escampada?

—No res, tieta, que hai estat treballant.

—Mare de déu santíssima, quin desori, quan ho veigui tumpare. I tu com te trobes, t'ha agradat, lo caldo? Ja te l'has pres ben calent?

—Sí, molt calent. I com ha anat, us ha fet bo?

—Calor, ha fet, al misdia! Mira que hai acabat amb mànigues de jarsei, que tot me feie una angúnia, los guants, la bufanda, tot. I ara ha dit lo temps que demà podrie tornar a nevar. Sempre estan igual i al final no fa re, quatre volves i no re, per embrutar i perqué rellisquem les velles. I *bueno*, que vindreu a sopar o us el porto cap aquí?

—Ai, no ho sé, encara, tieta, si són les set. Ja mos espavilarem, faré una amanida, pa amb tomata, embotit.

—*Bueno, bueno, menos* fenya. Marededéu, no sé com t'aclarixes, amb tots aquets paperots. No vols que t'ajudi a endreçar una mica?

—No! No toquis res, que encara no sé qué hai de llençar i qué no.

—Dona, poro deixa *cuandomenos* un parell de cadires, perqué quan arribi tumpare del molí pugui assentà's, pobre, que estarà cansat.

—Sí, *vale*, ara ho netejo, pero tu no toquis res.

—No re, no toco, mira: cap a casa, me'n vai, que tinc un munt de roba per rentar, i mira aquet anorac de tumpare, l'hai xafat sense vulguer i les aulives de les butxaques, mira, mira, tot escampat, tot tacat. És que jo em semble que em fa falta portar ulleres, perqué veus?, veus aquestes lletres? Doncs no vei re. Tot borrós.

Ma tieta ja està disparada i la deixo parlar, que si les

lletres, que si la tele, que si les lletres de la tele, mentre penso que acabaré dient-li que *Bueno*, quan vulguis ja anirem a l'òptica de Móra, ja te hi acompanyaré. Perquè aquesta Èlia que té a sa tieta perorant-li al davant és un robot. Un robot amb un compte enrere, programat per a aquest moment: el moment en què agafa l'agenda del mòbil i té el número del Bernat a la pantalla.

Però, i si no hi és? I si és a Tarragona i foto el ridícul? I si li envio un SMS? Però com, cony?, si no tinc cobertura! Va, truco o no? Em dutxo i truco. Per si de cas. Per si he de sortir. Per fer temps. Pel que sigui.

Quan surto del lavabo amb els cabells molls sento mon pare que ja entra el 4L al garaig.

—Qué, com te trobes?

—Més bé, més bé, hai estat treballant i tot. Com que ahir vai perdre tot lo dia.

—Doncs a veure si arroplegues aquesta taula, que anquet menjador no se hi pot estar.

—Sí, sí, ara ho estava fent.

—*Almenos* les cadires.

—Que sí, que sí. Ehm..., que hi havie molta cua, per entrar?

—Hai sigut lo segon.

—Ehm...

Va cony, que el papa és inofensiu.

—Saps si hi havie el del Trau, entrant?

—Jo no li hai vís.

—*Bueno*, no res, és que li havia de tornar tot això.

És a Tarragona, no t'hi matis.

—Si li vols *algo*, lo Petit me va dir ahir que vindrie al vespre.

—Quin vespre?

—Ves quin vespre: lo d'ahir.

No fotis! Doncs llavors sí que hi deu ser. Va, Èlia, agafa aire, marca el seu número i sigues natural. Ai, espera, com es feia, per ser natural? Hosti, va, cony, que sembla que tinguis deu anys. Marco i alabat sia déu.

—Hoola!

—Hola Bernat, sóc l'Èlia, perdona que et truqui, te volia dema... nar... (Però què cony?)

—... me un missatge, fes-ho ara o calla per sempre. Piiip.

Penja, penja, penja! Però es pot ser més idiota? Com pretens ser natural si ni tan sols t'adones que parles amb un contestador?

Què faig? Li deixo un missatge? No, no. Passo. M'espero. Igual em torna la trucada. Però el número no el coneix. Però té la guia. Però tampoc no anirà mirant tots els telèfons un per un, que són pocs, però segons per què són massa. Quina hora és? Les vuit. Potser ja és a casa seua. Va, doncs truco a casa seua, total, és el més lògic de fer. Guia, carrer dels Perxes, cal Trau. Un truc. Dos trucs. Cartró ploma. Tres trucs. Cúter. Quatre trucs.

—Hola, ara no hi som...

He, ara sí que no m'enganxes, Elisenda. Penjo. Mira, és igual. Un truc a cada telèfon ja és suficient. Si es comença a trobar mil trucades perdudes li semblaré una psicòpata. Vaig a eixugar-me els cabells. Espero que si truquen mon pare senti el telèfon.

Però no truquen. Ni ara, quan faig el pa amb tomata, ni ara, quan sopem, ni ara, quan estic mirant el telenotícies sense mirar.

—Papa, l'abaixo una mica, que tinc mal de cap.

—Que no et prens lo Frenadol?

—Me n'hai pres un sobre, pero igualment aquesta tele està massa alta.

I ja són quarts de deu. I a l'avanç del temps diuen que

nevarà, i mon pare obre un ull i li diu al Molina: Sí, a casa teua, nevarà.

Doncs em poso el pijama, no sé què hi faig, malalta i mudada al menjador, amb mon pare al costat, fent capcinades. Almenys estar una mica còmoda per *no mirar* la tele. Que és trista, la meua vida, hosti.

I, al cap d'una estona, quan baixo per les escales feta la reina del buatiné, txan!: sona el telèfon. Sí, sí, sona el telèfon! I qui més pot ser?

—Sí?

—Elieteee!

—Hosti, Joana, qué fots, anquestes hores?

—Quines hores, nena, que seran les nou!

—Sí, a Portugal i a Canàries...

—Ui, no hi penso mai!

—I com estàs, com te trobes?

—Ui, superbé, menjant com una tossina, pero ara ja tinc excusa.

—Així m'agrade. Que vols parlar amb lo papa?

—Claar, per això truco. No vai trucar ahir perqué no es pensés que li gastava una innocentada.

—Quin detall, tu.

—Dona, sóc despistada pero no tant.

—Te'l passo, eh?

La Joana fa un repic de tambor: Rrrrrr. Mon pare es treu la son de les orelles. Des del seu aniversari que no hi parla, posem-hi gairebé un mes.

—Ep, qué dius?... Mira, nà fent, nà fent. I valtros aquí quin temps fa?... Oh, calor, avui... Noo, d'aquí un *ratet*, mos agitarem... No, no ha vingut, no, ja fa dos dies que està encostipada... Sí... Dis... No, qué?

Ara, ara, penso.

—Qué dius, ara!

Ja riu, ja riu. S'incorpora.

—Ara sí que em deixes... Oh, no que no me l'esperava, aquesta, no... Molt content, molt content... Oh, ja me ho hauria pensat, ja...

Ara li deu haver dit això dels Innocents.

—I et trobes bé?... Oh, clar... Està clar, està clar... Doncs a l'agost per la festa major ja podreu vindre els tres... Molt content, molt content.

Està pletòric, dintre del seu rang d'estats emocionals, esclar. Al cap d'una estona, l'home ja ho ha donat tot de si i em passa el telèfon: Té.

—Nena, que el truc de l'encostipat és molt vell, eh?

—No, que no em sents la veu?

—Una mica sí, que fas nas. Que no sigui la grip A!

—Qué dius, la grip A! Si no sap ni a on és, lo poble.

—En això també tens raó. Saps que te ho vas deixar tot encés, a cal Trau?

—Qué vols dir?

—Doncs que vai parlar amb lo Trauet.

—Com, que hi vas parlar?

—Me pensava que érets tu, que t'havies descuidat de di'm *algo*, i ere el Bernat, que em trucave des del teu usuari.

Ara hi caic: el coi de Mac que al final no vam apagar.

—Doncs sí, sí. Igual feie mil anys, que no mos véiem les cares, i vam estar una hora tracatrà, tracatrà.

Hosti, tan difícil que se'm fa a mi i tan fàcil que és per a la resta del món mundial.

—I de qué vau parlar? Li vas dir...?

—Oi tant, lo primer que li vai dir.

—I qué et va dir?

—Ah, mira, va estar content, que se n'alegrave molt, i tot això.

—Clar, clar... I de qué més vau parlar?

—No, no res, de coses.

—Com qué?

—Doncs coses, coses nostres!

—Ai, quins misteris.

—Molts, misteris!

—Hosti, Joana.

—No ho sabia, que ere *profe*.

—Doncs sí.

—I no sé si durarà gaire, per lo que em va dir, si vol fer de pagés.

—De pagés no, vol fer un hort.

—*Bueno*, un hort, fer de pagés, això. I allà a Tarragona, com no se'l faigui al mig del Teatre Romà...

—Vae!

—*Bueno*, Eliete, que demà hai de matinar, i tinc una gana que em moro, que això de menjar per dos no és cap llegenda.

—No penses trucar a la tieta?

—Ai, no siguis plom, ja l'hi direu valtros.

—Com ets, eh?

—Vaa, petoneeeets!

Entre unes coses i les altres ja és un quart d'onze. Comentem amb mon pare la bona nova, i se'l veu contentíssim. Feia anys que no el veia així, en aquesta hora.

—Vai a picar a la Glòria, no sé si sirà massa tard.

—Fes lo que vulguis, jo me'n vai a dormir.

—Com va, aquet *telèfono*?

—Ai, papa, doncs com tots, marques les tecles i despenges per aquí.

—Que et crido, demà?

—Crida'm, a veure si ja estic més bé.

Me'n vaig al sobre i per avui tanquem el dia, que ja ha durat prou.

25

QUE DESCANSIS

—Èlia, que dorms?

Eh?

—Al *telèfono*.

Com? M'aixeco, que encara m'estava descalçant, salto per damunt del meu llit i obro la porta d'una esgarrapada. Mon pare m'apunta amb l'inalàmbric: Me'n vai a dormir, jo. No he sentit cap truc, així que ja m'ho veig a vindre: ma tieta deu tindre l'artilleria preparada, que si ja està bé, que com és ta germana, que si a tu et semble que és manera...

—Sí!

—Èlia.

Ai, que cauré de cul. Sec al primer llit que trobo.

—Que m'has trucat?

Hosti, les instruccions, com era? Cartró sulfuritzat? Cúter ploma?

—T'hai trucat, sí, pero era per demanà't si...

—És molt tard, oi?

—*Bueno*, sí...

—Perdona, ja li he dit a tumpare que si ja dormies...

—Noo, deia que ere tard per lo que t'anava a demanar, que necessito fer una maqueta, *bueno*, necessito..., aquesta tarde, necessitava...

Encara que no ho sembli, me n'acabo sortint.

—Vaja, em sap greu. He sopat a cal Petit, i ara quan anava cap a casa he vist la trucada. Sí que me'n queda, vaig comprar cartró ploma com per tornar a fer el MACBA.

—És que no sabia si trucà't al mòbil o al fix, i al final hai dit, bah, com que tampoc no sap lo meu número i...

—Esclar, que el sé.

La seua veu sona diferent, en aquesta hora.

—Em vas dir que no tenies cobertura, i em vas donar aquest.

—Ai, sí.

—I m'imagino que tumparc no el té, el meu mòbil. Ha sigut fàcil, dona.

Sembla cansat. Bé, ho ha d'estar, de cansat.

—*Bueno*, doncs això, que ja res.

—Em sap greu, demà si vols passar al vespre te'l dono. Si et pots esperar.

—Sí, sí. Si igual si em trobo bé vai al tros, així que...

—Que no et trobes bé?

—*Bueno*, avui més bé. Hai estat dos dies encostipada, aquí tancada, tinc lo cervell ple de mocs.

—Vaaja, sí que fas una mica de veu. Bé, doncs ja et deixo descansar.

—Val, te truco demà, cap an quina hora?

—Ei, sense formalitats, que som al poble. A partir de les set ja seré a casa, calculo.

Va, Èlia, la pregunta del milió:

—Perqué tu quan marxes?

—Dijous al matí. Demà passat.

—Clar, ja és cap d'any, com passe el temps.

—Què, vindràs, oi?

—Ui, no, no... Pero gràcies.

—No ens mengem a ningú, eh? Els nostres amics són molt normals, historiadors, artistes, però molt normals.

—Gràcies, Bernat, pero aquet cap d'any no estic per res.

—Ho entenc, no insistiré.

—Tampoc no el celebràvem mai, no et pensis. Aquestes festes per obligació me la rebufen bastant, la veritat.

—Ja, a mi tampoc m'apassionen, si vols que et digui. Però a la Clara li agrada, això de rebre amics a casa, fer sopars, ja la coneixes.

—Ai, no la sabia, aquesta faceta seua de cuinar i tal...

—No, no: càtering. Ui, ella.

—Això ja em quadre més. I com està, està més bé?

—I tu què?

—Jo?

—Sempre preguntes com està ella, i jo mai no et pregunto com estàs tu.

Ui.

—Ja et vai dir que bé, tirant.

—Segur?

—Segur, suposo, *bueno*.

—*Bueno*? D'acord, s'accepta.

—S'accepte «bueno» com animal de companyia?

Ara riu, o almenys se sent un buf a l'auricular.

—Sí, com animal de companyia sí.

—Estàs cansat...

—Estic asclat.

—Te fan treballar, a cal Petit, eh?

—Fotia una calor, al migdia! Et juro que si ho arribo a saber m'emporto el banyador.

—Ja m'agradarie veure't!

Ep. Ep. Èlia, que t'ha pujat el medicament al cap.

—Vui dir... És un dir, vui dir...

—Sí, sí, és un dir, clar, clar, sí.

—No te'n fotis, que estic espessa.

I al damunt no sé què passa que, avui, la veu del meu interlocutor fa segons quins greus que em recorden el to de préssec del Blai, i això em descol·loca. Deu ser el telèfon, el seu, o el meu.

—Vaig parlar amb ta germana.

—Ai, hosti, acabo de parlar amb ella, ara fa un *rato*, i me ho ha dit! Ho sento per...

—Enhorabona, tieta!

—Ai, gràcies, me fa una il·lusió boja.

—I tu no diguis res, no, no diguis mai res, tu.

—Qui ha anat a parlar. Si no us vai dir res ere per lo de la Clara, no tenia ganes de tirar sal a la ferida.

—Quina sal? Quina ferida? Si és una notícia fantàstica.

—Ja m'entens. I li vas explicar el...?

—No, esclar que no. No em dedico a emparanoiar embarassades, jo.

—Ja, clar. Puf, doncs estic boja de contenta.

—Me n'alegro molt, Èlia.

Com tornis a dir el meu nom amb aquesta veu de nit, és que cauré morta al matalàs. I ara em llanço, sense saber gaire ben bé on vull anar a parar:

—Escolta, quin rotllo us porteu, tu i la Joana?

—Quin *rotllo*?

—Ai, no ho sé, ella sempre va amb uns misteris... Lo Bernat això i allò.

—Ah, sí? Què t'ha explicat?

—No res, no m'ha explicat, aquesta és la cosa. Ella mai no diu res, les deixe anar, i au...

—Bé, ja saps que a l'institut ens vam fer molt amics, i ara feia anys que no parlàvem.

Hosti, allò a l'estómac.

—Molt amics?

—Què vols saber, va, xafardera?

Ui, ho vull saber o no ho vull saber? Doncs mira, potser és el moment, així que decideixo prendre-m'ho amb la distància d'una locutora de l'*Hablar por hablar*.

—I no us vau enrotllar mai?

Ara se sent un buf més fort.

—Ahaaà!

—Noo, va, Trau, que és una pregunta innocent, coses de joventut!

—Que va!, però si per ella jo era un *crio* acabat. Ta germana picava més alt, sembla estrany que no la coneguis.

Ostres. Trec aire. Tot i que ara mateix no se'm pot acudir què pot ser picar més alt que...

—No, és que no sé per qué, ara m'ha vingut l'enterro de ma padrina, fa mil anys, potser ni te'n recordes, que us vau tancar al quarto i tal..., i no ho sé, tampoc no serie tan estrany, no, que sortíssiu?

Aquest silenci em porta a resar perquè no m'hagi ficat on no em demanen.

—Bernat?

I ara la veu:

—Si no té més, Èlia, tot ve a ser el mateix... Érem amics, i xerràvem.

Per un cantó em sento alleujada, però per l'altre em vénen unes ganes irresistibles d'estirar el fil, i no puc evitar de fer-li un parell de pinzellades sobre el canvi de caràcter de ma germana, les coses que es diuen i les que no es diuen a cal Pedró, i que d'alguna manera sempre m'ha quedat això dintre, el temor de preguntar-li res, les paraules que fan mal, el mal que fa mal.

—I per què no l'hi demanes directament, si t'has de quedar més tranquil·la?

Veig que no m'he sabut explicar.

—Ja et dic que si fos tan fàcil ja l'hi hauria preguntat.

—Ja... Escolta, et dic una coseta i deixem el tema?

Procuro que el meu sí no sembli desesperat.

—Mira, l'adolescència és molt puta, i en fi, ja ho saps, quan comences a descobrir que la realitat no sempre és com tu voldries, a segons quines edats..., pot ser un drama.

A mi m'ho has d'explicar, penso.

—Jo únicament et puc dir que va tenir un desengany molt bèstia que la va agafar... desprevinguda, per dir-ho així.

—Un desengany amorós, vols dir?

—Es podria dir així, sí.

—I no me'n pots donar una pisteta? Ere un de l'institut? Algú que conec?

—Èlia, va, deixem-ho aquí. Són coses íntimes d'ella, que no se t'escapi res, ara, que sóc home mort.

—Noo, no...

—Mira, jo no tinc germans (ei, que jo sàpiga), però al seu lloc m'imagino que l'últim que se m'hauria acudit seria anar a plorar-li les meves tragèdies a la *teta* de dotze anys.

—Ja, sí, això sí, pero una cosa és no vole'm fer patir a mi, i l'altra amargar als de casa...

—Mira, no li donis més voltes, cadascú canalitza els disgustos a la seva manera, i ta germana sempre ha sigut d'extrems, això ho saps més tu que jo... Canviar d'aires li va anar de puta mare, mira-la ara.

Oi tant. Vaja, vaja. Una altra Pedrona que fuig corrents: de què m'hauria d'estranyar? Deu ser genètic.

En sec el Bernat canvia de registre i salta:

—Hòstia, hòstia, que bo, tumpare! Devia estar trucant a algú, o tenia el telèfon despenjat, jo què sé, i truco, i no fa ni senyal, però sento ti-tò-ti-tò-ti, com si marqués, saps?, i jo Hola? Hola?, i ell Glòria?, i jo Vicent!, i ell Glòria? Es devia pensar que ta tieta s'havia tornat la Carmen de Mairena!

Esclato de riure, i de cop ja ho entenc tot.

—Ai, és que li hai comprat un inalàmbric i es fa un embolic, jo diria que ja *txotxege* una mica.

—*Txo-txeja*? Què collons és, això de *txotxeja*? Repapieja, fa catúfols!

—Qué són, *catúfuls*?

—No saps què és fer catúfols, la mare que em va parir, i saps què vol dir *txotxeja*? Si aquesta paraula només hauria de servir per escopir closques de pipes, bah, bah.

Aquest ja és més el Bernat que conec.

—Ei, a mi no te'm posis *txulo*, eh?

I aquesta és l'Èlia *reloaded*, que va sortir un dia i em va deixar parada.

—*Txulo*! Fot-li fort.

—Ui, vosté perdoni: «fatxenda» li plau més?

—Ei, *madam*, aquesta llengua l'hi farem rentar amb sabó.

—Ah, sí? Demà m'enviaràs lo teu *lacayo*?

—Casumdena! Doble de sabó, per Tutatis.

Riem de gust, i jo passo a instal·lar-me al llit de la Joana, l'esquena al capçal, les cames davall de les mantes.

—Ai, doncs ahir que estava per aquí tirada, feta un moc, vai estar mirant *magazins* d'aquestes últimes setmanes i vai veure dibuixos teus.

—Ah, poca feina, també.

—Eh, que avui l'hai recuperat, eh? Que hai estat treballant com una posseïda. Mig rotllo de sulfuritzat, hai gastat ja, pero clar, necessitava fer una maqueta, perqué hai agafat la capsa d'uns Kellogg's i amb unes estisores de tallar carcanades de pollastre hai fundat lo nou deconstructivisme.

Sento un altre cop el buf, i un riure sostingut.

—Ja veig que ets una dona de recursos, Pedrona.

—Sí, recursos! M'hauries de veure: la taula del menjador que balle, la cadira que és massa baixa, que me hi vai posar dos coixins i al cap d'una hora em van petar els ronyons com dos crispetes. Plof, ploplof.

El Bernat es peta. Jo també m'he fet gràcia, però el símil és manllevat del Blai.

—Ei, si hi hem de perdre la salut, tampoc no és *plan*, eh?

—Has dit *plan*.

—Em cago en tot, Pedrona!

Riem i riem. I jo estic còmoda, i a ell ja se'l veu més despert.

—Així el projecte va vent en popa.

—És que quan me hi poso, no puc parar. No penso res, m'abstrec, i no penso. A vegades crec que la feina es va inventar per no pensar.

—Això no ho dubtis pas.

—Clar, i de passada te hi guanyes les garrofes. És un sistema que si ha triomfat, per força ha de tindre lògica.

—Sí, tens raó, perquè justament els filòsofs van sorgir de la vida ociosa.

—Ho veus?

—Sí senyora.

Es fa un silenci, i jo ja començo a pensar que si algú ha de dir alguna cosa de penjar, he de ser jo, perquè si m'ho diu ell, em caurà com un roc al cap.

—Va, que deus estar mort. No et vui entretindre més.

—Demà enganxo a les set.

—Mira, com jo.

—Ja estàs prou bé? Diuen que demà baixaran molt, les temperatures, que sort del canvi climàtic.

—Ja, pero és que si no hi vai, me'n sento culpable, saps? Jo aquí a casa amb la calefacció, i mon pare i ma tieta deixant-se-hi l'esquena. Los hi vai dir que els ajudaria, i mira, a la mínima ja hai agafat una galipàndria. Se deuen pensar que a Barcelona m'hai tornat una senyoreta.

—Ei, que no és incompatible anar al tros i ser una senyoreta.

—Ho dius per experiència?

—Tu em tens ràbia i no saps com dir-m'ho.

—Ràbia de qué?

Estem que sí que no, seguint la conya, i jo m'avanço de nou, perquè a cada silenci seu me les veig a vindre.

—*Bueno*, va, que demà serem dos ànimes en pena.

—Va, pleguem.

—Doncs que vaigui molt bé, no et descuidis lo banyador.

M'encanta sentir-lo riure, i m'encanta sentir-me tan desinhibida. Deu ser el medicament.

—T'espero cap a les set, a casa. I tapa't bé.

—Bona nit.

—Bona nit, Èlia, que descansis.

Que descansis.

Buf.

Abans d'apagar el llum, em quedo una estona mirant el sostre, concentrada a sentir en el no-res la veu greu que va dient: Bona nit, bona nit. Èlia, Èlia. Que descansis, que descansis. Em demano com li quedaria, a aquesta veu nocturna, dirme, així per l'esquena, mollet... Sí, què passa? És tard, ja estic esgotada de canalitzar els pensaments cap a una llera raonable. També és fosc, i el que penso no ho veu ningú. Només faltaria ara que no em pogués ni permetre la llicència de pensar-hi. A més a més, no és culpa meua que ja comenci a tindre les hormones disparades. Segons els meus càlculs, per cap d'any faran el ple, mira que oportú. El cos em funciona així. I com més gran em faig, més em funciona d'aquesta manera.

Ja em passava amb el Blai, els últims anys. Caminàvem pel carrer, o estàvem assentats en un bar, i no recordo com va ser que vaig començar a mirar-me els altres hòmens, als ulls. Sembla mentida quants se'n poden arribar a pescar, per arrossegament, amb aquest sistema. No sabia què buscava, era un joc, m'ho demanava el cos, i m'enganxava. Eren unes mirades íntimes, sostingudes, que mai abans no se m'havia acudit de buscar en cap altre home que no fos el Blai. Em mirava els jovenets, també, i els passava dits mentals pels braços ferms, pel perfil dels culs més ferms encara, i em deixava esborronar per les veus elèctriques a mig fer. Com també m'imaginava en acció aquelles mans tendres i masturbadores que manipulaven iPods a l'autobús. Tants anys més tard, ves per on, començava a entendre la senyora Robinson del Blai. El que em semblava tan difícil d'assumir quan en tenia vint, una cosa perversa i pederàstica, l'he acabat comprenent perfectament als trenta. En aquesta edat, la natura, que no se li escapa res, ens deu carregar de pólvora perquè puguem cremar amb efectivitat els últims cartutxos. Però tot això són teories meues, com tantes que en tinc i que no explico a ningú.

Aquests punts d'inflexió s'han anat succeïnt com llumetes vermelles d'una línia de metro que no sé on s'acaba. Recordo particularment un noi d'ulls grossos i castanys en una botiga de la rambla de Catalunya. Jo anava amb el Blai, i el vaig veure recolzat a la porta. És que m'hi vaig quedar clavada. Clavada als ulls. Portava una barba com la dels cantants de grups de pop-folk que toquen ukeleles. Ens vam quedar enganxats. Ets preciós, vaig pensar. I era imperfecte, humà, i em va semblar preciós. Quan el Blai i jo vam sortir de la botiga, a la porta ja no hi havia ningú. Però alguna cosa em va fer girar als bancs de la rambla i allà era ell, dedicant-me de nou els ulls, oberts, meus per un instant. M'havia esperat, ell? Per què el buscava, jo? El Blai, de tot això, no se'n va ni adonar. Vam fer via, i encara hi penso. Si hagués pogut. Si hagués volgut. I adorava el Blai, era impossible de no fer-ho, però ja me'l sabia. El tenia de memòria. El cos se m'estava despertant a impulsos nous, afegits, amb els quals no comptava. I durant una temporada pensava en això. Com deu ser, un altre? Quin gust deu tindre, què em pot oferir? I vaig decidir que si en tenia l'oportunitat, deixaria que passés. I ho vaig decidir endintre, ben endintre, per evitar de topar amb uns principis que fins aleshores havia tingut gravats en pedra. No era una renúncia a la pell del

Blai, era una ampliació d'horitzons, la necessitat d'entendre'm a mi mateixa a través d'altres pells. Havia creuat una barrera mental. L'Èlia havia tornat a sorprendre's a ella mateixa. A la trentena, qui m'ho havia de dir, una altra Èlia em demanava pas: l'Èlia adulta, que estava deixant esmaperduda la joveneta romàntica que creia en pel·lícules de fidelitats heroiques. Qui sap què hauria passat, si el Blai i jo haguéssim continuat junts. No ho sabré mai, perquè, de moment, em vaig quedar en el punt de *si surt l'oportunitat*.

I ara penso: i si surt, però és al revés? I si fos *ell*, qui, tot i tenint dona, tot i estimar-se-la amb l'ànima, si en té l'oportunitat, deixa que passi? Però tampoc no és equiparable. Qui tinc al cap no són només uns ulls que se'm creuen pel carrer. No és un impuls momentani de vestidor de grans magatzems. I ella tampoc no és l'*altra*. Però pensar, sí que puc pensar. Me'n dono permís, ara que és fosc i no em veu ningú. I el que penso passa en unes escales i em fa recordar la mà del Blai, quan em deia: Mira que tinc, aquí. I brandava els dits.

26

LA TERRA NO EMBRUTE

—Èlia, són les set.

Això ja sembla el dia de la Marmota.

Estic massa adormida per saber si em trobo bé, així que baixo al menjador en estat de semiconsciència.

—Com te trobes?

—Me prenc lo sobre i el cafè amb llet i te ho dic.

—A onté, lo telèfono nou?

El telèfon. He dormit amb l'inalàmbric clavat a les costelles. Ahir em va trucar el Bernat. Sí, ja vaig recuperant la memòria. Dades fefaents: avui hem quedat cap a les set, i falten dotze hores. Dotze llargues, inteminables, infinites hores. I s'han de passar com sigui. I l'únic lloc on se m'acudeix que poden passar sense pensar-hi és al tros.

—Papa, me semble que avui sí que vindré.

—Doncs esmorza. Jo vai aquí al costat, a agafar el cistell.

Aquí al costat és cals padrins. Ma tieta ja deu tindre el fato preparat, amb les carmanyoles i les mandangues. Almenys avui dinaré calent, entenent per calent alguna cosa que no hagi de passar pel microones.

Mentre mastego una torrada amb oli i sal, m'arriba la veu de ma tieta des del vestíbul.

—A ontets? Èlia, ai, que contenta!

Ja està, mon pare ja l'hi ha dit, i ja la tenim a la cuina, vestida de tros, amb el barret de llana vermell, l'anorac verd ampolla i un xandall fúcsia de la Joana, de quan anava a l'institut. Sembla que estigui a punt de fer-me un número de la Cubana.

—Èlia, xiqueta, que contenta que estic! I per què no em vau dir re, ahir al vespre? Com sou, com sou! I la primera ta germana, ves qué li costave, telefonar, qualsevol dirie que coste tant, telefonar, de tant en tant. Poro bueno, ja la telefonaré jo aquet vespre, oi tant, si la telefonaré, i em sentirà.

—Tieta, que ja eren més de les deu!

—Oh, i an quina hora et penses que el fai, jo, lo dinar? Si estava fent l'escudella, ja veus tu, ja veus tu. Ai, que contenta! I allà a Portugal, lo vol tindre?

—I a on vols que el tingui, si viu allà?

—Mira, no ho sé. Si aquí a l'hospital de Móra diuen que se hi està tan bé, que t'atenen tan bé, mira la de cal Titot, tinguent l'hospital de Reus al costat, i los dos los ha volgut tindre a Móra.

—No comparis, que de Móra a Lisboa hi ha mil quilòmetres.

—Bueno, poro com que diu que l'ha de tindre a l'istiu, ja podrien aprofitar, i los veuríem, que aviat no sabré ni la cara que fan.

—Mira, de moment encara falten set mesos, i han de passar. I no li vulguis marejos, a la Joana, i menys ara.

—Ai sí, ai sí, que tampoc no és una xiqueta. I jo que em pensava que ja no ho veuria, això. Ja em pensava *tonteries*, *tonteries* me pensava... Que no ni podien tindre, mira lo que pensava.

—Ai, tieta, si les dones d'avui parixen quan volen.

—Sí, sí, poro no és lo mateix tindre'n un als vint que als trenta-vuit. Que allavons surten amb *síntomes de Dam*, o neixen abans d'hora i los han de posar en incubadores, si cada dia ho diuen, a la tele. Ai, Déu no ho vulgui.

—Tieta, hosti, prou ja.
—Ai, que contenta que estic!
El dia que m'espera, déu meu senyor.

Al 4L m'hi he d'assentar al darrere, i la cosa no tindria més si no fos que mon pare hi va treure els seients per encabir-hi les caixes d'olives. Millor, així aniré més d'incògnit. No em vull ni imaginar que ens creuem amb el tractor del Petit, amb el Bernat enfilat al parafang, mirant com l'avancem —Coi, el 4L del Pedró— i descobrint a través dels vidres una Èlia fent la tècnica de l'estruç, amb el cap enfonsat on els cotxes normals tenen el canvi de marxes. Per sort tot el terme és irrigat per una enrevessada xarxa de camins que, a mesura que es bifurca i trifurca, la possibilitat de concurrència minva dràsticament.

—A quin tros anem, papa?

—A l'Aulivera.

Mira, al costat del poble. Millor, així quan tornem tindré més temps per dutxar-me. Mon pare amplia la informació amb una dada rellevant: Allà se hi senten *les catalanes*. Vol dir la ràdio, les emissores de casa. I feinejar escoltant la ràdio és ben bé una altra cosa.

Arribem al tros sense trobar-nos cap tractor, cosa que em reconforta. Però fa un fred que gela la sang, i mon pare encén un foc que em crida més de vint vegades en tot lo matí. Ma tieta em va recordant la lletania: No t'engorronixis, que treballant tamé passe el fred; la qüestió és no parar, bellugà's, si no et quedaràs erta com un vímet. Deu ser la qüestió, sí, perquè ella no para, estén, xerra, cull, xerra, i mon pare anar fent, txec, txec. No entenc com se'n poden estar, de posar les mans damunt de les flames i fer volta i volta. Jo hi bado, amb els dits estesos, pendent del meu estat de salut. Ja no tinc tants mocs, però em sento curta de forces. Amb prou feines puc doblegar els braços, de tants sostres de roba. Semblo una ceba. Les malles davall dels pantalons em tiben per tot arreu, i quan camino se m'abaixen, i quan estiro els braços per collir les rames de més amunt em deixen escapar la samarreta, i els guants són massa curts i no m'arriben als punys dels jerseis, i així em passo l'estona, intentant collir i recomposar-me la indumentària per no congelar-me el melic, la ronyonada, els canells.

A la ràdio fan tertúlia, Terricabras i companyia. Però amb ma tieta és com tindre interferències, i va fent comentaris entremig: Aquet parle molt bé, m'agrade molt, com parle. I anquet no l'entenc de re. I aquet deu ser aquell de les americanes, que parle d'economia, que jo no sé qui les hi deu fer, aquestes americanes, les hi deuen fer exprés, perqué anquets colors, no sé jo. Mon pare no deu sentir res, ni a ma tieta, ni la ràdio, però no crec que sigui cosa de l'orella. Simplement s'abstreu, i de tant en tant diu l'indispensable: Aparta't, que poso el banc, Fes aquesta rama, Estenem l'altre.

L'hora de dinar m'arriba com una festa. Ma tieta ens ho fa tot, com si fóssim criatures: Vicent, vigila que et regalime l'oli per la màniga. Èlia, para el plat, que te hi posaré suc. Vols que et torri una miqueteta de pa? Que te l'has de pendre ara, lo sobre? La ràdio està plantada al costat del cistell, i al programa del migdia tenen convidada una dietista mediàtica que parla de glútens, d'hidrats de carboni i de minerals. Mon pare ens sorprèn fent una gràcia: De tot això, abans ni déiem minjar. I jo faig un pet de riure i em deixo caure d'esquena a terra, i veig el cel, blanc, espurnejant, i sento com si em plogués una gota gelada al nas. Ma tieta no s'hi conforma: Va, beneita, que t'embrutaràs tota! Mira els cabells!

I així, estirada a terra, em sento com una xiqueta. L'olor del foc, de l'aliment, les mans esgarrapant tarrossos de pedra seca. M'és igual, si m'embruto. És més, vull embrutar-me, ben a consciència.

—Vaaa, aixeca't, dona, tan gran que ets i tan criatura. Dis-li, Vicent.

Aleshores mon pare diu la frase:

—La terra no embrute.

Ens la deia quan la Joana i jo érem petites i ens queia una galeta al tros i dubtàvem si agafar-la, perquè la mare i la tieta no ens deixaven recollir res dels carrers: Va, que això és brut. Deixeu-ho, cotxines, que és brut. I al tros, que hi era el pare, ens deia: La terra no embrute. I la Joana: En qué quedem?

La tarda passa en dos temps. De dues a quatre, lenta i digestiva, i mentre cullo penso que em deixaria caure plegada i no em despertaria en dos dies. Però a partir de les quatre comença el programa del Clapés i sé que, quan acabi, seré camí de cal Trau. No podria haver trobat una millor manera d'evadir-me, aquestes tres últimes hores, i ric de gust totes les bromes. Ma tieta està enamorada del senyor Marcel·lí: Aquet vell, me fa una gràcia!, i diu que és jove, que el fa un noi jove, poro ho fa molt bé, molt rebé. I jo Coi, tieta, no em treguis la il·lusió, que a mi m'agrade creure'm que és un jaio amb boina.

Les hores passen, les notícies de les cinc, les notícies de les sis, i al temps diuen que nevarà, i a mi m'és igual si fot una nevada que colgui tot lo món. Tinc una cita al poble, on s'és vist! I només és per quatre cartrons, però és la meua cita amb el Trau, el Trau de la veu de Bona nit, Èlia, que descansis.

Quan sento mon pare que diu: Va, estenem l'últim i les posarem a les caixes, estic eufòrica, ja veus tu. No noto el fred, ni el cansament, i ric —Que seràs padrí, papa, que ja seràs oficialment vell!—, i dono conversa a ma tieta, perquè m'ompli el cap —I com te les faràs, les ulleres, com?—. I quan posem les olives a les caixes ja fosqueja, és un quart de set i m'embolico amb les borrasses, poso els brots per error en caixes plenes d'olives i rebo bronques per tots els cantons: Aquesta xiqueta mos farà parar bojos.

I per fi fem cap a casa, i és fosc del tot, i un cop a la carretera es veuen llumets somorts de tractors, penjats aquí i allà, retirant pels camins i caminets que solquen el terme. Quan arribem salto del cotxe com si el vehicle anés a explotar i obro la porta del garaig a mon pare, ara un full, ara l'altre, nyiiic, i corro cap a la dutxa. Espero que avui no sigui un d'aquests dies en què se'm fa una onda fastigosa al serrell.

No se'm fa la onda. Em poso uns texans ben calculats i un jersei més ben calculat encara. Arreglada però informal. M'ha tocat el ressol del dia, la pell de les galtes em tiba i se'm veu saludable. Potser sí que tinc el cap una mica emboirat, però m'empasso la dosi de química corresponent i ja sóc davant el mirall del vestíbul, ficada a l'abric i mirant l'hora: les set i quart. Perfecte. Atenció, que l'Èlia del Pedró surt per la porta.

I l'Èlia puja la costa, i baixa l'altra costa, i tomba pel carrer Major, i saluda els de ca l'Espart muntats al tractor, i entra pel carrer dels Perxes i passa per davall dels perxes, i al fons hi ha el Volvo gris i no cap altre, i a cal Trau hi ha llum al menjador i el timbre funciona naturalment. I tres metres per damunt del meu cap ara s'obre una finestra i no ha petat el món, no hi ha hagut cap cataclisme, hem quedat cap a aquesta hora i és aquesta hora, i el Bernat em somriu des de dalt, i el llum del fanal penjat de més amunt li encèn una aureola de cabells daurats: Passa, és obert!

Entro al menjador procurant respirar un cop per cada dos que necessitaria. El Bernat és a la cuina, vestit de Decathlon, treient un pot d'un armari.

—Hola, com et trobes?

—Buf, bé, crec.

—Ara ha petat un radiador, tu. Goteja.

—La clau de pas?

—Sí, no ho sé, m'hi acabo de trobar un mullader, aquí fora...

I s'acotxa per ensenyar-me el radiador del costat del sofà, deixant-hi el pot a davall. A la paret hi ha apuntalada una baieta molla, inserida al colador d'una galleta de fregar.

—Mira, veus? No perd gaire, però si ha estat tot el dia plec-plec-plec...

Faig lliscar el dit per on ell acaba de passar la mà plana, i em queda humit. Tenim els genolls a tocar. Ara que el veig de prop m'adono que fa ulleres.

—Tens teflon?

—Mh..., doncs no ho sé, en aquesta casa cridem el Ferrer per canviar una bombeta.

De fet, el tinc tan a prop que li puc distingir el borrissol blanc del lòbul de l'orella. Li dic que si s'ha de canviar la clau és una murga, que s'han de buidar els radiadors i jo què sé.

—Sí? Hòstia. I no puc tancar només aquest?

—Ni idea. Si fos lo primer del circuit, o l'últim... A on comence, lo circuit, a dalt?

—A dalt on, a l'estudi? Allà hi tenim radiadors elèctrics.

—Ai, doncs no sé qué di't.

—Mira, saps què? Per un dia no passarà res, jo ho tanco tot i va que xuta.

—Home, no siguis tan radical. Això deu ser el teflon de la junta, que s'ha fet malbé.

Es posa dret i jo encara barrino, a l'alçada de la seua cuixa dreta, a l'alçada de...

—Els tanco tots i avall. Demà al matí li dono les claus al Ferrer i que vingui i que s'ho miri. Tu vés pujant, que baixo un moment al celler a tancar tot això.

Ens separem al replà, i jo faig el recorregut fins a l'engorfa, que ja és com casa meua: fins i tot n'encerto els llums. Al damunt d'una de les taules hi ha uns fulls de cartró ploma de diferents gruixos. N'hi ha de nous, i els altres són el negatiu d'elements coneguts del pessebre. El Bernat puja al cap de no res, i tanca la porta al seu darrere, aixecant el full perquè no rasqui. Abans de parar quiet, encara fa una ruta per les parets de l'estudi, encenent els radiadors: A veure si s'escalfa, això.

—Què, et serveixen?

—Oi tant, puc agafar els que vulgui?

—Els que vulguis.

No tinc temps de posar-m'hi, que veig que engrapa un sobre d'un prestatge i en treu un full acolorit: Té. Damunt de la taula, el dibuix dels caragols de l'Animac que al final no van ser.

—Hi has pensat!

—Esclar que hi he pensat, per qui em prens?

—Ui, pero no l'has signat.

—Gira'l.

—Hosti, quina lletra gastes.

—Si comencem amb exigències...

La cal·ligrafia, estirada com un fil, se m'aclareix de cop: *Per a l'Èlia, la primera versió, que sempre és la bona. Amb afecte*, i un gargot.

—Oooh, gràcies, ara no sabré si emmarcar-lo per davant o per radere.

—Tu de moment guarda'l aquí dins.

Veig que no en trauré res més, així que deso el dibuix i em poso amb els cartrons.

—Tens diferents gruixos, ja em va bé.

Separo uns fulls d'un mil·límetre, de tres i de cinc. El Bernat seu al tamboret del davant, atent a l'operació. Potser podria fer un topogràfic i tot. Li demano un cúter i cola, per tancar la llista.

—Aquí sota, al calaix. També hi ha fulles noves, millor que les canviïs. I la cola allà. No, no, allà.

Ara gira de dreta a esquerra, relaxadament, fent passar el

dit pel cantó de la taula. Els ulls cansats, però fixos, claríssims.

—Al final has anat al tros o què?

Faig que sí amb el cap, com dient, quin remei.

—Així m'agrada. A quin tros heu anat?

—A l'Aulivera.

—Ah, mira, a propet.

—I valtros?

—No, allà als Estoldrans. Carretera i manta.

Parlem una mica del tros, de les olives, de si n'hi ha moltes o poques, del fred que ha fet avui i del que fa ara. Li dono les gràcies per no haver suposat que, pel fet de ser arquitecta, li podria haver arreglat els radiadors automàticament.

—Ah, que no us convalida, arquitectura, pel títol de lampista?

—Ha-hà.

Aprofito l'ocasió per desfogar-me amb la història del «tu que ets arquitecta» i fem una estona de riures sobre les respectives deformacions professionals.

—Ui, si jo t'expliqués les meves desventures amb el *tu que dibuixes*, també...

I ara fa veu de iaio Perico:

—Tu que m'ha dit mon fill que dibuixeees, si puges un moment t'ensenyarem un *quadru* fa-bu-lós, però una cosa ben feta, eh?, no com això que fan ara que et foten dos guixots i no saps si és un gerro, un paisatge, o què collons és! I tu: Aaaix..., ja pujaria, ja, però és que justament tinc l'Enterprise aquí fora al ralentí...

Jo és que em peto.

—Claaar, clar: i encara et deuen dir allò de que el meu nét de cinc anys...

—Nooo, que és als tres anys, que surten els Picassos a les cases!

—Ai, la canalla, com puge!

El riure va minvant i sembla que ha arribat l'hora de fer un pensament. Però el Trau encara en té una altra per treure:

—Ehm, escolta, parlant de radiadors... Me'l deixaràs veure, aquest projecte?

Hosti, això sí que no.

—Pero si encara no està! Encara hai de fer les maquetes i acabà'm d'aclarir. Si no ho vei en tres dimensions no me ho crec.

—I quan les faràs, les maquetes, si has d'anar al tros?

—Doncs al vespre, ara me hi posaré un *rato*, abans de sopar, a veure qué surt. I també tinc tot lo dia u per rematar la feina. Total, només són propostes, tampoc no és la gran entrega.

—I per què no me l'ensenyes?

—Ai, no, no.

—Va, vés-lo a buscar.

No em miris així, Bernat, fes el favor.

—Va, Èlia.

—Que està molt verd, eh?

—I què? Millor, a veure si me'l vens. Deixa tot això aquí i vés-lo a buscar. Mentrestant em dutxo ràpidament.

Em fa una vergonya mortal, ensenyar-li els meus dibuixots, precisament a ell. Però, per altra banda, la temptació d'allargar el moment d'acomiadar-me'n fins qui sap quan és més forta encara. Em faig una mica la dura, perquè no sigui dit, i al final surto per la porta de cal Trau tal com he entrat, amb les mans a les butxaques i el cor a l'estómac.

27

JA ESTÀ, JA NO ENGANXA

A casa no em veig capaç de destriar què m'emporto i què no. Agafo una bossa de plàstic i hi buido les maquetes Kellogg's, a l'engròs. Tanco la carpeta, que està a petar, i me la clavo a l'aixella. Què deu trigar, a dutxar-se, aquest home? Deu minuts, un quart? A mi mai no se m'acudiria de dir: Mentrestant vas i tornes, em faig una dutxa ràpida. Impossible, jo visc en una altra dimensió temporal.

I ara es deu estar dutxant i no em vull imaginar... No. No. És que no m'he d'imaginar res. Ara tu hi aniràs, li explicaràs les propostes i ell tampoc no se te'n riurà perquè sigui un divo de la il·lustració. Pren-t'ho com una classe de projectes, o com quan li ensenyes la feina als clients. És el teu terreny, ho has fet mil vegades. I ho has fet bé la majoria de les mil. Au doncs, agafa aire, i a treballar.

Abans m'ha dit que entrés sense trucar, així que empenyo la porta i cap a dintre. Quan trobo el llum i l'encenc, em fixo que el pessebre 2001 ha patit una mena de trasbals. El portal descansa sobre la paret i els personatges estan desmaiats aleatòriament per la superfície lunar. Quina llàstima, penso, mentre enfilo les escales concentrada a no fotre'm de cap. Al menjador no hi ha llum: doncs som-hi a fer el cim.

La porta de l'engorfa, ara ja ho sé, l'he d'obrir aixecant el full. El Bernat està assentat a l'ordinador, endrapant galetes tranquil·lament en roba de casa i sabatilles. No el veia amb els cabells molls des que anàvem a la piscina.

—Ja em pensava que havies fugit corrents!

—Sí, tu riu, que estic per sortir volant.

I no és cert, perquè les cames se'm plegarien davall del cul.

—Tu quieta aquí. A veure què has portat. Anem allà a la taula.

—Qué li ha passat, al teu pessebre? Està tot tombat.

—La canalla, que són uns *destroyers*.

Deixo la carpeta i la bossa damunt de la taula, i em trec l'abric d'una estirada.

—Vols una galeta? Són d'aquestes digestives. Ma mare compra unes merdes... Però tinc una gana de Déu.

Declino la invitació, perquè ara com ara no m'entraria res, i ell m'assenyala la carpeta, amb la boca plena: Va, obre-la.

—Que està molt verd, eh?

—Vaaa, casum l'olla.

L'obro i deixo al descobert dos dits de gruix de papers de totes les mides, retallats, doblegats, esquinçats, enganxats amb cel·lo.

—Cooollooons!

—No hai fet la selecció, encara, eh?

—Aquí com a mínim hi ha una hectària de selva amazònica. A veure, a veure...

Les seues ninetes fosforescents viatgen a mil per hora per tots els papers que li estenc a la taula. Els de damunt són els provisionalment bons. Tal com ho tinc muntat, només m'hi puc aclarir jo, així que li començo a explicar que són tres propostes, que el pendent és així i això, que els graus de complexitat, que les vistes, els forjats que s'esglaonen, aquí que giren, aquí la coberta enjardinada, les plantes, una mica de distribució. Potser aquí una piscina. I trec les maquetetes

Kellogg's i les munto i desmunto per explicar les relacions entre els volums. Les seues pupil·les no paren, no paren, seguint-me les mans, que assenyalen, subratllen, giren i tomben papers i sostenen cartrons a l'aire.

—Hòstia, Pedrona.

—Qué?

—Em deixes parat.

—Parat, com?

—Parat, parat. Quins collons que tens! Retiro això que no et saps vendre, ho retiro immediatament.

—Qué dius, ara?

—I mira tots aquests..., no ets més expressiva perquè no vols.

—Te'n fots. Són un xurro.

—Ets una mica caòtica, això sí, però mira, mira aquesta seqüència, mira el traç. Tens molta gràcia.

—Això és lo que els hi dius, als teus alumnes patates?

—Cony, Èlia, parlo seriosament. Tens força.

—Ho dius perqué hai foradat lo paper.

Ell es peta, i jo em sento ocurrent i alliberada.

—Dona, això hi ajuda, però no em referia a la força bruta, collons.

—Bé, voldrien ser alçats, pero... La idea és que en un moment o altre ho siguin, quan los passi a net.

—Ah, passes en net?

—Pero tu qué et penses, que això va an cap *puesto*? Si no s'entén res.

—A mi m'ho has explicat i ho he entès.

—Pero a tu no te ho hai de vendre.

—Escolta, i en aquesta proposta: aquesta és la 3, oi? Jo pregunto, eh?: com baixes fins a l'entrada? Per aquí?

—És que encara hai de mirar si me hi sortirie una rampa, perqué els Carraus ja tenen una edat, no mos enganyem... Potser fai un topogràfic abans, per veure si per aquí, que el pendent és més baix... Potser podria fer una simetria d'aquesta planta i entrar per l'altre cantó.

I giro el sulfuritzat i ens imaginem un moment com seria la planta simètrica gràcies a la semitransparència del paper. Li demano un llapis i calco i recalco la idea.

—Ole, aquestes línies.

—Ets un pilota. Tot és tècnica, no tinc cap talent, jo.

—Doncs tens una bona tècnica. Qui vas tenir, de dibuix?

—Al Baquero.

—Ah, quin tipus, el Baquero.

—Lo coneixes?

—No pas.

—Burro.

—Escolta, i per què no fas el topogràfic aquest que dius i ho mirem?

—Quan?

—Doncs ara. Tens taules, tens cúters, tens tot el que vulguis. I si vols t'ajudo.

Tu ets molt feliç de la vida, oi?, penso, i em deixo insistir una mica més per no cedir a la primera.

—Doncs, mira, per començar hem d'aixecar les cotes de nivell, veus les línies? A 1:100 ja servirà, de moment.

Decideixo que ens repartirem les cotes meitat i meitat. Se'l veu emocionat, davant de la perspectiva de fer treballs manuals. Escanegem el topogràfic i n'imprimim unes còpies per tallar sobre el cartró ploma. Quan ja tenim el material a punt, seiem cadascun en un angle de la taula neta.

—Ei, posem musiqueta, no?

—Qué tens?

Remena cedés a la prestatgeria i em va cantant tres quilòmetres de discografia tan variada com ordenada alfabèticament: Cohen, Cure, Dylan, Llach, Pla, Puntí, Reed, Rem, Smith, Smiths, i va dient, no, per treballar això tampoc, i quan m'amenaça amb el jazz ara sí que sé què dir-li: Posa lo que vulguis, pero jazz no, que em marege. Ell fingeix un atac de cor d'un segon i mig, i continua amb la recerca.

—Com portem els vells temps, Pedrona?

Se'm dispara una molla calenta a la panxa. Parla de música, esclar.

—Ui, fatal.

Fatal?, riu, mirant una caràtula. Torna a desar el cedé i n'agafa un altre: Va, doncs a veure com portes això; és el més recent que tinc, aquí.

Sona «Batiscafo Katiuskas».

—Antònia Font!

—T'agraden?

—M'encanten. Los tinc al mòbil.

—Per sort ens fem grans.

Mentre l'estudi s'omple d'una atmosfera submarina —*Ses algues tornen verdes, i brillen ses estrelles*—, li dono quatre instruccions i ens posem a treballar. De seguida els cabells em fan nosa i me'ls recullo amb dos tombs de llapis, com d'habitual. Quan aixeco el cap, una sorpresa: els seus ulls atrapats en el gest, les ales del nas obertes. Però és un instant, curt, curtíssim. Perquè ja comença «Wa Yeah», i el món surt disparat.

I decidim posar una carpeta vella davall de tot, per no esguerrar la taula, i comencem a tallar. I ara ell s'anima i canta i, sorpresa número dos, només em faltava aquesta, ara, que tingués bona veu: *Es teu cos a damunt, per exemple es teu llit...*, i segueix el ritme amb el cap i amb els peus, que té enfilats al barró giratori, i a mi em ve un flaix de festa major, de quan l'observava de reüll des del grup dels petits i ell aixecava una mà cap als músics i botava i reia i també feia una mica el ruc.

La música amaina, i ara la seua veu baixa em va saltant d'una vèrtebra a l'altra com una llavor de dent de lleó: *Shan-*

ghai no és Pekín... Mentre treballo li miro els dits, com tenen agafat el cúter, com tallen, els rissos desmanegats que li cauen del front i es van eixugant, a dos pams de la taula. I en sec m'enxampa i jo practico un tall aleatori al meu cartró, o el que crec que és el meu cartró.

—Què?, ens en sortirem, Pedrona?

—Oi tant que sí.

Quan s'acaba el cedé ja tenim les cotes tallades, amb algunes de més que m'he inventat per ajustar-me al gruix del cartró. El tornem a posar? Es refereix a la música, i jo dic que no, que no cal. Amb una vegada n'hi ha prou perquè segons quines cançons no et tornin a sonar igual.

Això és màgia, diu, quan munto els nivells i el solar pren un relleu dioràmic.

—Ja sabia jo que aquet bony me tocarie la pera.

—I ara què?

—Ara tallar. Aquet forjat és fix en les tres versions, així que ja puc començar a moure terres.

—Quin forjat? Moure terres? Però què dius? De què parles?

Arrufa les celles, divertit de no entendre res, i em proposa de pintar alguns plànols de seccions.

—Els escanegem i els pintem ben bonics.

—Deus voler dir que els pintaràs tu, oi?

—*Exactamenti.*

Fem una selecció de dibuixos, aquest sí, aquest no, i els composem sobre uns din-A3: emplaçament, plantes, alçats, seccions. I ara tocaria perspectives. Però les que he fet són indesxifrables.

—Dona, indesxifrables no: són jeroglífiques.

—Aquestes potser estan més netes.

—Això ja és una altra cosa. Si no tinguessin tanta merda al damunt ja estarien per presentar.

—Que ets amable.

—Va, que les passarem en net.

Li explico com van mentre ell les va calcant al damunt, i de cop els meus garbuixos es dissolen i s'aclareixen. Intercal·la dos o tres colors i els tints que no fa servir els tenalla entre les dents, o se'ls clava a l'orella, xiula que xiularàs. Penso que mai no he tingut un col·laborador amb tants galons.

—Aquestes no les faiguis encara, que vui veure com va a la maqueta.

Tornem a retallar cartrons, i anem aixecant volums i parets. I ara ell observa com treballo, fent i desfent. Per un minut estic absorta, i arriba un moment que m'adono que és dret darrere meu, perquè em passa un braç a fregar de l'espatlla i em subjecta una paret que se'm començava a desenganxar. Puc sentir-li la temperatura dels dits, del braç, he de dir alguna cosa però ja:

—Ara és quan mos anirien bé unes agulles de cap.

—Sí, te'n baixo a buscar.

Quan desapareix per la porta bufo i em sostinc el front, amb la maqueta agafada. Pensa en la Clara. Pensa en la Clara. Pensa en quan els veies enrotllant-se al Zem, allà al racó, quan li enfonsava la mà als cabells per mossegar-li la boca. I, parlant de cabells, ara veig que me n'acabo d'enganxar un floc amb la cola.

—Aquí les tens, espero que n'hi hagin prou... Però què t'has fet?

—No res, m'hai encolat los cabells, necessito aigua.

—El teu afany creatiu no té límits, eh?

Corro al lavabo i em mullo el floc enganxifós, retirant la goma amb paper higiènic i eixugant-me amb la tovallola. Em miro al mirall, tinc les galtes bullint, i faig uns exercicis de respiració abans de sortir.

—Sóc un desastre.

—T'ha marxat?

I quan sóc a mig camí de la taula me'l trobo al davant. I quan dic al davant, vull dir *molt* al davant. I ara no sé si estic somiant, però estic paralitzada: m'està passant els dits pels cabells molls? Sí, els seus dits calents fan ziip, lentament. Em llisquen ziip, borrosos, a fregar de la galta. El batec se'm dispara, insuportable: Ja està, ja no enganxa, em diu molt fluix. Aixeco el cap —i l'he d'aixecar molt, el cap— i el tinc clavat als ulls, sense parpellejar. Les ninetes inquietes, enxamplades. Ara sí que ja no em puc creure que no sap el que està fent. No som criatures. Conec *aquesta* mirada, conec aquesta respiració. I no ho puc aguantar. Ha saltat alguna cosa. Almenys en ell sé que ha saltat alguna cosa. I jo no ho puc aguantar: Quina hora és?

El Bernat no es belluga ni un mil·límetre. Jo sí que em moc cap a un cantó, com si busqués un rellotge, però no sé a on mirar. Al final ell fa un pas enrere i agafa el mòbil de la taula que té més a prop, sense gairebé girar-se, com si tingués un radar. Són dos quarts d'onze, m'informa, neutre.

—Hosti, és supertard. Hai d'anar a sopar.

—Has d'anar a sopar?

Estic acollonida. No em puc creure que estigui tan acollonida. Estic veient un Bernat *diferent*. Però encara no puc processar per què el veig diferent, essent com és la mateixa persona. No vull que em vegi torbada, però no sé què em faig, vull recollir papers, plegar cartrons. Ajuda'm Bernat, digues alguna cosa o tindré una baixada de pressió.

—Èlia.

—Qué?

—Tens la maqueta a mitges. Això no és professional.

Bé, de moment ja em va bé riure.

—Ja, *bueno*, ja l'acabaré a casa. Total, n'hai de fer tres...

Ara és ell qui riu, i no sé de què riu, i fa un buf, i es passa les dues mans pels cabells. Aquesta mica d'entrades no les hi coneixia. De cop li trobo el rostre més cansat que mai, i torna la veu greu:

—Mira, si vols pots treballar aquí. No dic ara, quan vulguis. Tens eines, tens espai, tens condicions. Jo demà al matí abans de marxar li deixaré unes claus al Ferrer. Les hi demanes i quan vulguis pots venir a treballar aquí.

—Ja, pero em sap greu, ja has fet prou, t'hai atracat a mà armada.

—Tu has dit que a casa no tens recursos, oi? Doncs aquí els tens tots. I ara vas, i sopes tranquil·lament, i saps que, quan et sembli, tens un espai per treballar tanquil·la. Muns parcs no tornen fins el cinc o el sis.

El que tu diguis, d'acord, sí, tu vés parlant que jo responc.

—Gràcies, potser sí.

—Esclar que sí.

—Espera, doncs almenys recullo una mica.

—No t'amoïnis, m'agrada aquesta escampada, li dóna a l'espai un aire més... més...

—... *Càsual*?

Riu i sento que la meua sortida l'alleuja d'alguna manera.

—*Càsual*, no ho hauria dit millor. No t'amoïnis, de debò.

Em poso l'abric i ell baixa darrere meu en silenci, escales avall. L'eco del descens se'm fa etern, cloc, cloc, cloc, cloc. Al vestíbul, em passa al davant i es queda agafat al pany, sense obrir: Bé, que tinguis una bona entrada d'any, no, que es diu?

—Sí, espero que sigui millor que aquet.

—Jo també ho espero.

—Gràcies per tot, de veritat, no sé qué hauria fet...

—No m'has d'agrair res. Som *amics*. Els *amics* les fan, aquestes coses.

—Home..., només m'ha faltat demanà't que em deixessis la casa en herència.

—Dilluns ja pots passar per cal notari.

—Ui, dilluns no em va bé.

L'humor ha salvat moltes vides, a fe. Almenys ara sembla que l'ambient ha perdut tensió.

—Escolta... Si vols venir demà a Tarragona, la Clara estarà contenta. I jo també, esclar.

Sí, acaba-ho d'arreglar. Treu la Clara, i que tu i jo som tan amics, i no et descuidis cap més punt del guió.

—Gràcies, de veritat. Si de cas me ho pensaré.

Quan obre la porta, es veu clar que aquest vestíbul necessitava aire.

—Pensa-t'ho i *ens* truques.

—Val, que tinguis bon viatge.

—Gràcies. I tu cuida't el refredat.

Els dos petons. La barba que em punxa. Cap contacte amb la mà. Adéu. Déu.

El camí cap a casa, el faig d'esma. I, d'esma, me'n vaig a dormir. Sense sopar. Sense posar-me el pijama. Em descalço, i em fico al llit.

Foscor.

Quantes vegades les hi deu haver fotut, les banyes? Deu, vint, trenta? Quantes vegades li deu haver sorgit l'*oportunitat*? Sent ell, siguem generoses, posem-n'hi cent, sis coma vint-i-cinc per any treballat. Quan era a Nova York, amb estrangeres bohèmies; a la universitat, amb professores d'ulleres retro i alumnes badoques i sol·lícites. Per què hi hauria de renunciar? Per què hauria de dir que no, deu, vint, cent vegades? Quin cansament. Si, al final, només és un joc. I enganxa.

Tu mateixa, quan tenies al Blai, també hi vas voler jugar, a aquest joc. Posar el dit gros del peu a l'aigua, per veure si crema. Creies que seria qüestió de temps. Només mirar si l'aigua cremava. Ho miro i prou. No serà una renúncia, només una resposta natural a la crida d'altres pells. Que bé que te la sabies, la lliçó, valenta.

És això, Èlia estimada. L'has vist diferent perquè, de cop, l'has vist com els altres hòmens. Com els hòmens que miraves com mai no havies mirat ningú altre que no fos el Blai. Com els hòmens que et miraven d'*aquella manera.* Ai, com enganxa, el joc que enganxa. Doncs heus aquí el Bernat humà. Per què *ell* hauria de ser diferent? Ets tu qui volia que fos diferent, qui s'hi entestava.

Perquè ara ja ho saps: si les coses haguessin anat d'una altra manera, si tu finalment haguessis estat al lloc de la Clara, ai, innocent: te les hauria fotut a tu, les banyes!

28

COM TE'L DEMANE, LA GLÒRIA?

Quan recupero la consciència tinc els ferros dels sostens clavats a les costelles i les traves dels texans estampades al maluc. Em sento com si hagués dormit comprimida per set voltes de corda. No està malament, la metàfora, per acabar l'any. A casa, hi ha un silenci tòmbic. I el mòbil diu que són...: les onze! Per què no m'ha despertat, mon pare? Què passa, avui ja no és el dia de la Marmota?

M'aixeco d'un bot i quan apujo la persiana em quedo cega: això deu ser allò del túnel i la llum blanca, esclar. Però no em crec que pugui tindre tanta sort. Desentelo un cercle de vidre i, a fora, el paisatge està cristal·litzat. Al menjador hi ha mon pare, en sabatilles, llegint el diari.

—Que ha nevat?

—Està gebrat. Poro nevarà.

—Avui sí?

—Avui sí.

Mira, no m'he mort, però almenys m'estalvio d'anar al tros. No crec que hagués estat capaç ni de sostenir la rasqueta, i ja no dic d'arrossegar borrasses.

Al marbre hi ha la bossa dels cereals, sense capsa. Els buido en un bol amb llet i em deixo caure a la cadira de la cuina. No tinc gana, però bé hem d'alimentar aquest cos turmentat. Bé, Èlia, tornem-hi. Ja saps de què va, la cosa:

aixecar-se i continuar. Ara un pas, ara un altre. I esborrar Antònia Font del mòbil. I esborrar-me a mi mateixa. Fer un *rèsset* general.

—Mira, ja neve.

—Qué?

—Que neve, mira a fora.

Enganxo el nas a la finestra de l'aigüera, i tot l'aire és confeti blanc i oblicu. Blanc sobre blanc.

—Déu n'hi do, quins flocs.

—Gelat com està, se hi posarà.

El silenci de nevar no és comparable a cap altre silenci. És el silenci perfecte. I quan un silenci és perfecte, ja saps que durarà poc.

—Ooh, Èlia, Vicent, que ho heu vist, com neve?!

I això que ma tieta encara no ha travessat la porta. És el peatge que hem de pagar perquè tingui les claus de casa.

—Jo me'n vai a dutxar.

Canvi de pell, urgent. Mentre l'aigua agafa temperatura, em miro al mirall, nua. Després de tants mesos d'abandonament, estic *vintage* que t'hi cagues. Em sento bruta, deixada. He de fer net. Net del tot, pelar-me com una ceba.

Tanco l'aixeta, em poso el barnús i travesso el menjador rabent —A on va, aquesta xiqueta, tan arbolada?—. A veure si encara trobaré la cubeta de cera que compartíem antihigiènicament amb ma germana. I esclar, que la trobo. I també trobo una capsa de pastilles de cera mentolada. I recanvis de filtres. I les espàtules, que fan fàstic de mirar. Però és el que hi ha. La infraestructura del necesser Mary Poppins hi farà la resta.

Així que em torno a tancar al lavabo, endollo la màquina de tortures i estudio la situació. Primer, les zones sensibles: aixelles i engonals. Després, una passada amb la pedra tosca, cuixes, genolls, turmells amunt. Com a gran equipament, una tovallola al tamboret i una a terra. L'aparell cruix, i les pastilles de cera noves es fonen en un estany melós i aromàtic.

Al cap d'un quart, ja estic sotmetent-me a una perfecta sublimació cristiana a través del dolor: em cremo, em rosteixo, m'escalivo. M'estiro la cera amb ràbia. Hi torno, en faig el repàs amb les pinces. La lava regalima i cau al rus de la tovallola. Quan es refredi, serà fàcil de treure. Les parts inaccessibles a la vista me les faig arribar amb un mirall, i inverteixo la direcció i rectifico, i em torno a equivocar, i torno a rectificar. Aquest és el meu projecte del dia. Estic absorta, concentrada a recuperar la pell davall de la pell: cremar, tibar, estirar, els porus oberts al dolor, el formigueig de la commoció que passa. Un cop i un altre i encara un altre més. M'he de trobar, m'he de trobar. La pell enrogida, anestesiada a l'espigoleig de les pinces. Cada centímetre és escrutat. Vull quedar neta, nova, mínima.

I finalment, després de la tempesta, la pell descansa.

Davall del raig de la dutxa queda el toc final. Amb el mirall i les tisores, amb el sabó neutre i la maquineta d'afaitar, polir, polir, trobar-me a mi mateixa, íntima i descoberta.

Abans, quan acabava aquesta mena d'operacions, em posava davant el mirall i pensava: tant de bo em veiessis *ara*. El Blai potser era de viatge, potser s'havia hagut de quedar fins tard al despatx. Quant trigaràs? M'has de veure *ara*. Ara mateix. Perquè el temps corre i cada segon que passa m'acosto més al moment de no haver fet res. Per tu, Blai, pensava, només em faltaria afaitar-me el cap i podria tornar a l'úter.

Quan surto de l'aigua, em sento l'aire a ran de cos. M'he d'eixugar de dalt a baix, de cap manera de baix a dalt. La meua superfície és tan sensible que sento que em podria estripar. A l'engonal esquerra, rosetes de sang. Pel que fa a la resta, bona feina. M'hidrato, em vesteixo, m'eixugo els cabells, i poso el cronòmetre a zero. Ja estic preparada perquè, d'aquí a dotze hores, m'entri l'any nou per on vulgui.

Ma tieta, per demanar-me si puc anar a comprar el pa, comença dient que al carrer ja hi deu haver un dit de neu. Que la de cal Titot, fa dos anys, se va trencar el *fèmus* baixant per la costa Major. Que la barana de la costa bellugue, que balle d'una punta. Que aquest dematí ha encarregat al Forner dos de mig, un de quilo per corgelar i tres llengüets. I que ara podé semble que no nevi tant.

—Tieta, ja te hi baixaré jo, a comprar el pa.

—Ai, xiqueta, quin favor me fas. Perqué sent demà festa, no me ho imagino jo com ho farem, sense pa. I podé podries passar tamé per la carnisseria, així demà podrem fer fricandó.

Esclar que sí, tieta. Si al final avui és el dia perfecte per trencar-me una cama. L'infermer m'arromangaria el camal dels pantalons i jo li diria, ja pots apujar més, ja, tu no et tallis. Potser al cap de la costa deixaré lliscar el taló, flàs, i a veure per on peto i si no m'ho cal explicar.

En aquest poble —amb el permís de l'Associació de Dones—, la carnisseria, els forns i les botigues de queviures són les institucions femenines per excel·lència. Estan repartides de manera que, per fer tot el recorregut, has de passejar-te per un cinturó intern que balla més o menys concèntric a la ronda perifèrica. Aproximadament a mig camí entre la Pastisseria i el Forn, hi penja la Plaça, i els dies que hi ve el Peix o alguna parada de roba o de sabates ja es pot dir que tenim un circuit comercial arregladet.

Abans d'entrar-hi en òrbita, però, primer he de baixar la costa Major, i ho faig de cantó, clavant el dors de la sola en els sécs del pendent. No veig que la cosa sigui tan insegura com seria desitjable, però amb tot improviso amb la bossa del pa un puny tou per si m'he de deixar caure. Doctora a Alaska, ja ho veus tu, per un dit de neu.

A la carnisseria es veu clar que totes les dones s'han posat d'acord a sortir, ara que ha parat de nevar. Encara no he tret el nas per la porta, que ja es munta el guirigall: Mí-te-la, l'Èlia, a comprar i toot? El dia dels pessebres va fer el seu efecte, i moltes ja em són repetides. Les cares familiars em reconforten, i encara em reconforta més que la majoria ja em rebin com una compradora autòctona. Si vols te guardem la tanda, si has de passar pel pa. Doncs mira, sí. Tampoc no tinc cap pressa, però m'agrada tindre la feina feta, així que demano tanda i les deixo canviant de tema, amb el xerric de fons de la serra d'esquarterar, tocada magistralment per la filla de la Carnissera.

Mentre baixo cap a la Plaça, no puc assegurar que no em xiulen les orelles. Però aquest cop, no sé per què, m'agrada. Em sento a casa, tu. La Pedrona va a buscar el pa. I baixa per la costa Major com quan tenia vuit anys i acompanyava la Joana a comprar la llet a ca les Vaques, amb les *letxeres*, que eren de llauna, i més endavant de plàstic verd. De litre, de dos litres, de litre i mig. La Pedrona baixa amb el moneder a la mà, com totes les dones, i la bossa del pa al puny. Una més, ni més, ni menys. I quan creua el carrer dels Perxes gira un moment el cap, i ja no hi ha el Volvo. Tot net, doncs.

Era fàcil d'endevinar que el Forn també seria més petit del que recordava. Però encara hi ha les mateixes safates negres damunt del marbre, també més baix, i les mateixes cadires de fòrmica on ara hi seu la Fornera vella, que parla amb una Masota. Qué fa, la Fina?, li pregunto, intentant no figurar-me-la a la porta del lavabo de cals Padrins.

—Ai, xiqueta, tancada a casa amb una galipàndria.

—Ja me ho ha dit, la tieta. I jo tot just l'acabo de passar.

—És que aquet temps...

I ara són sis dones, comptant la Fornera jove, que parlen del temps i dels mals del temps, del fred que ha vingut de cop i de la neu, i de vigilar amb les relliscades, que l'any passat, la del Titot, per la costa pum i pam. Quan em toca a mi, gairebé ni me'n recordo de què hi havia anat a buscar.

—I aixins qué diu, que los hi fas la casa a la Montse del Carrau?

Recony. Espero que si els Carraus no m'accepten la proposta ningú no em demani de fer un pregó per desmentir res.

—Lo de quilo, lo vols tallat?

—Ai, ara no ho sé. Com te'l demane, la Glòria?

—Tallat, tallat.

—Doncs tallat, no se'n parli més.

Ho veus? Són aquests detallets. A Barcelona no pots anar demanant que et facin res *com de costum*. Perquè d'un dia per l'altre ja t'han canviat la dependenta colombiana per una d'equatoriana, i la primera ja no t'havia entès de res. Però no cal anar tan lluny. A Canargós mateix, tampoc no podia anar exigint l'historial flequer de la parentel·la.

Amb la bossa del pa plena, desfaig el camí, momentàniament feliç de no haver-me llançat redolant costa avall. La crosta de les barres crepita i el sorollet em fa sentir nodrida, com si res no em faltés. Pujo la costa rosegant un crostó que se m'ha fet irresistible, i a la Plaça saludo el Pep, que mira el cel a recer dels perxes del Casinet: Ei, Pep.

—Ep, nòa, qué fem?

—Mira, a comprar una mica, per la nevada.

—Oh, no riguis, que diu que li fotrà fort, aquesta tarde.

—Doncs mira, ja mos agafarà preparats.

—Que mos veurem, al vespre?

—Com que si mos veurem?

—Que no vindràs al sopar?

Esclar, el sopar de cap d'any, al Casinet.

—Oh, no me hi hai apuntat.

—Dona, on n'hi mengen cinquanta, n'hi mengen cinquanta-un.

—Això també és veritat.

—Bueno, ja ho sàs, truca a la Tere i te ho arreglarà, dona.

—Gràcies, Pep, potser sí, que la trucaré.

—Clar, dona, clar.

El sopar de cap d'any. El cotillon. Me'n recordo que era menuda, menudíssima, que el dia u la Joana em despertava a xiscles i baixàvem al menjador a empentes i redolons per esbudellar les bosses de cotillon intactes que ens havien portat els pares del Casinet. Un cop guarnides com unes vedets, engegàvem el gall dels espanta-sogres i altre cop escales amunt, a tombar d'una empenta policial la porta del dormitori dels nostres benefactors i colgar-los el llit de confeti. La mare, ressacosa i enriolada, feia veure que remugava: Ja està bé, eh?, que això coste de treure! A casa, sense la mare, ja no hi van haver més cotillons.

Mai no he anat als sopars de cap d'any del Casinet. Perquè quan vaig tindre l'edat, la Clara i jo ens fèiem convidar a cases de les amigues de l'institut i allà, lluny del poble, assistíem a unes farres que ens deixaven una setmana sencera surant entre els núvols dels olivers del tros. La primera borratxera seriosa va ser per cap d'any. De tequila, concretament, i des d'aleshores sento la paraula tequila i ja em vénen basques. El primer porro també va rodar un cap d'any; la Clara en va tastar un i va fer creu i ratlla, però jo encara li vaig trobar el gust. I el primer penis tumefacte també el vaig tindre davant dels ulls atònits tal nit com la que ve —si això m'ha de cabre en algun *puesto*, a mi que no em mirin—, i em semblà, a primera vista, una botifarra crua. No gaire més endavant em trobaria amb l'atribut desafiant del Trau i hi passaria el dors dels dits i em semblaria la pell més fina de totes les pells: Com se fa? És molt fàcil, fes així.

Però el cap d'any següent ja no hi va haver cap d'any.

Així s'acaben les coses que mai no tornen a ser igual, i els morts no ho saben. Però els vius hem de continuar, i mentre desfaig la costa camí de la carnisseria, no descarto trucar a la Tere i fer un cop de cap.

Per sort, no he perdut la tanda. T'ha anat de poc, xiqueta, riu la Carnissera filla. Així que trec la llista de la butxaca i començo a cantar: deu tallets de llomillo, tres pamets de llangonissa, costelles de tossino, i anar fent.

—Aixins o els vols més primets?

—Ai, ara sí que em mates. Com los hi fas, a la Glòria?

—Mijanets, mijanets.

—Doncs mijanets ja estarà bé.

Allò que dèiem.

I ara entra la del Ferrer, com un terratrèmol, i de seguida que em veu em ve directa.

—Si no fos perqué ets igualeta que ta mare, pobreta, no t'hauria conegut! Fes-me dos petons, xiqueta.

I xuic, xuic.

—Que em va bé que et trobi, perqué ara portava la intenció de passar per casa teua, per veure la Glòria, tamé, que tamé fa dies que no la vei, i com que aquell noi del Trau ha vingut aquet dematí, que eren quarts de deu, devie ser, per no sé qué que li ha de fer el Josep a la calefacció, i mos ha dixat aquestes claus, i mos ha dit que havies de passar a buscà-les, que ell ja marxae cap allà a Tarragona... I quan lo Josep li ha trucat que avui impossiple d'anà-hi, que hi ha *rebentons* del gel per totes les cases, i que fins dillums no re, doncs lo noi allavons li ha dit que et portéssem les claus, que les necessitaes. I hai dit mira, quan surti a comprar aprofitaré per fer un crit a la Glòria i ja les hi portaré jo, i tot això que s'astuvie.

—Ai, no calie, dona, ja hauria passat jo una hora o altra.

Mentre les dones s'apunten a exposar la seua casuística sobre el particular, intento processar el diluvi d'informació i em guardo el joc de claus a la butxaca. I ara la del Ferrer continua i aixeco un altre cop l'orella:

—Doncs aixins los hi has d'arreglar alguna cosa, de la casa, diu?

Au, embolica que fa fort. I ara salta la Carnissera vella:

—Que nooo, que això és la Montse del Carrau, que la xiqueta los hi fa la casa.

Això és hilarant. Al final decideixo deixar-ho córrer, empassant-me el riure, i engrapo la bossa de plàstic que m'ofereix la Carnissera filla, transparentant paquetets de paper setinat: Qué't dec, Pilar?

—No, la Pilar és ma germana, jo sóc la Conxita.

—Ai, sí, perdona, que m'hai confós.

La del Ferrer m'amplia la informació:

—Noo, que la Pilar és més redoneta de cara, que és més com sumpare, sàs, que és aixins redó, que no dic que sigui grossa, eh, Conxita?, no m'entenguis malament...

—*Bueno*, senyores, jo us deixo.

I és obrir la porta que el volum de la carnisseria puja tot de cop: Miiira com neve! I nantros aquí. Ja hem fet bé, d'espavilà-mos.

Ara tot són corredisses, i li dic a la del Ferrer que ni se li acudeixi pujar per la costa nevant així.

Realment m'he d'afanyar perquè no veig res. Quan arribo a l'entradeta, ma tieta ja m'obre la porta i m'assisteix com si jo fos la mateixa Scarlett O'Hara: Ai, mira, mira com vas, espolsa't aquí fora, que ho deixaràs tot mullat. Ai, tieta, que jo també tinc dos mans.

No para de nevar. És una neu pesada, de flocs que es troben en algun punt de l'espai i s'avenen i cauen agafats de la mà. Encabat de dinar, miro el camí de Baix per la finestra i damunt del cotxe ja n'hi ha un pam ben bo, i jo no sé què fer, si trucar a la Tere o no. La veritat és que necessito distreure'm, estar amb gent, seguir amb el meu gratificant experiment sociològic. Al final, si resulta un fiasco sempre puc fugir, i al poble no em cal pagar taxi. Mira, truco i em decideixo sobre la marxa.

—Hola, xiqueta, que truques pel sopar?

Hosti, al final resultarà que és cert el que ja començo a sospitar: aquesta gent es comunica amb alguna classe de tecnologia extraterrestre.

—Sí, *bueno*, la veritat és que no estic decidida del tot, pero...

—Sí dona sí, ja ho veuràs, que te ho passaràs bé. L'any passat vam ser més de cinquanta, i aquet any, coranta-vuit, com que no hi són los del Trau.

—Carai.

—I el sopar és bo, eh? Que mos el porten d'una casa de Móra que fa menjar preparat, molt bo, i ara li deia al Pep, que sort que han vingut al dematí, perqué no sé com mos-e ho hauríem fet, que diu que per la carretera no se hi pot passar ni pensaments.

I ara em canta el menú, tot ple de noms recaragolats.

—Caram, no us-e hi poseu per poc, eh?

—*Bueno*, *bueno*, mos-e ho arreglem, sí. I són sixanta euros, que és una mica car, poro se ho val, eh? Si no fos aixins no te ho diria.

Seixanta euros! D'on los trec, pobra de mi, si no tinc un caixer a mà? Si des que he arribat al poble no m'he gastat ni un euro.

—I qué fai, que te'ls hai de donar a tu?

—Ah, ja ho trobarem, no hi patixis. Ja ho veuràs que te

ho passaràs bé, i encabat fem ball, poro de tota classe, eh?, que hi han los dels Xalets, i hi ha sempre molt jovent, de la teua edat.

En fi, ja tinc assumit que arriba un punt que, cinc anys amunt, cinc avall, ja no ve d'aquí. Quedem enteses, i veig que sense voler m'he decidit. Avui pot ser un bon dia per veure per on passa la Ratlla del Casinet. A dos quarts de deu, tots a taula, i que sigui el que déu vulgui.

29

SÓC UNA TOMBA

—Papa, me deixes trenta euros?

—Per qué els vols?

—Pel sopar del Casinet.

—Sí que se ho fan pagar, això.

—Ui, pero qué dius?: si'n val sixanta!

Mon pare ja no se'n recorda de què val un sopar de cap d'any. Avui, anirà a cals padrins i, amb ma tieta, faran una mica de ressopó i miraran la tele. Probablement a les dotze i cinc ja sigui al primer ronc.

Jo penso què m'he de posar. Que t'ha de veure molta gent, diria la Fina. Faldilla, segur. Però esclar, amb la faldilla del Zara ja m'hi han vist totes les dones. Calla, el vestit! El vaig posar a l'armari perquè no se m'arrugués i ja no hi he pensat mai més. Però amb aquest fred que fot... Però d'aquí a la Plaça, tampoc no hi ha gaire. I a dintre hi ha calefacció. En fi, per presumir s'ha de patir, no ho descobrirem avui.

Fa tres hores que ja no neva i en fa una que sóc davant del mirall, endreçant-me els cabells i fent-me la cara nova. Ostres, potser que truqui a la Joana un moment i li feliciti l'any per avançat, perquè telefonarà a les dotze i no hi trobarà ningú. Que seré tieta, i vull que la meua neboda —perquè ja tinc decidit que serà una xiqueta— rebi les meues vibracions abans que comenci l'any en què ens coneixerem. Ai, a on coi és l'inalàmbric? Me'l miro i és mort. Hosti, mon pare no sap ni carregar-lo. Mira, és igual, tinc pressa, i marco penosament el número portuguès de l'agenda Ironfix, girant i tombant aquest telefonot tronat.

—Ei, nena, qué fots?

—Bon any per avançat, que me'n vai de farra!

Li faig un resum de la situació, li explico la nevada, la meua febre socialitzadora, i que me n'he d'anar i que li faci un petó molt fort a l'André, que si de cas ja parlarem demà. Però que abans es posi el telèfon a la panxa perquè li pugui desitjar bon any a la meua neboda.

—O nebot!

—No: ja ho hai decidit, serà una xiqueta. Va, posa't lo telèfon a la panxa.

—Ja va.

Es fa un silenci sord i recito: Mos veiem l'any que ve, cuqueta.

—Qué li has dit?

—Ah, coses nostres.

Les primeres coses nostres. Quan penjo, em quedo amb el telèfon clavat al pit.

I ara sona, i em fot un ensurt que faig un bot de pam.

—Sí?

—Nena, no sabia si t'enganxaria!

—Hola Fina, com te trobes?

—Reeeina, quina gran notícia, la Joana! Que contents que estem, no t'ho pots ni imaginar!

Veig que la tieta ja ha començat la traca expansiva.

—Sí, te volia trucar demà, és que ara tinc una mica de pressa, ja parlarem, eh?

—Ui, sí, sí. Pensa que *no ho hem dit a ningú*, eh, encara? Com que està de tan poc...

Si això va per la bronca del dia dels pessebres sobre la Clara, no penso entrar en el joc.

—*Bueno*, fes lo que vulguis, és que ara hai de marxar, que sopo al Casinet... Que no hi aneu, valtros?

—Ai, cuca, és que això t'anava a dir, perquè estant així empiocada, i amb aquest fred i la neu, ja hem dit amb el Serafí que mira, l'any que ve serà un altre any, mirarem la tele, i ja veus tu el *plan*, que no sé si aguantaré fins a les campanades. I això, com que el sopar ja l'he pagat, i com que la Tere m'ha dit que hi anaves, ja hem quedat que el meu plat anava per tu, que ho sàpiguis. I si et quedes amb gana, el del Serafí i tot!

—Ai, Fina, sí que em sap greu.

—No res, reina meva, no res. I ja t'has posat ben guapa? Què t'has posat, què t'has posat?

—No res, un vestit que tenia per aquí... És que ja hauria d'anar tirant, si de cas demà passo i et dono els quartos.

—Ah, no, nena! Que no m'has entès: això és el regal de Nadal de la Fina.

Per més que m'hi esforço, quan penjo ja tinc el sopar pagat. Som-hi, doncs, que són un quart i cinc de deu i vol ploure. I encara torna a sonar el telèfon, no suporto aquest timbre rogallós. El despenjo rabiosament.

—Sí!

—Èlia.

No pot ser. Blai?

—Sí?

—Èlia.

—Qui és?

—Qui sóc, a veure?

Caic a plom. Esclar, la veu de nit.

—Ah, hola, qué...?

—Que t'agafo en mal moment?

—No, no.

—Sóc al poble.

Les sinapsis neuronals se'm succeeixen a la velocitat de la llum: Com, no havies marxat a...?

—Doncs això, que al final no he marxat. Aquest matí ja era carretera avall, i a l'altura dels Hortals ha començat a nevar fort i m'he acollonit i he girat cua. La carretera està impracticable, no me l'he volgut jugar.

—I el sopar?

—Ja s'apanyaran sense mi.

Més sinapsis, em saltaran els ploms.

—Em demanava si estaries en una festa boja, i dic, vaig a trucar i ho comprovo.

—Sí, festa boja total: no sé si tindré gaire credibilitat, que ja et vai dir..., pero estic a punt d'anar al Casinet.

—No fotis.

—Sí, sí.

—Ah, molt bé, molt bé, gresca i xerinola.

—No hi vas, tu?

—Ei, que estic d'incògnit, deixa'm disfrutar d'aquest luxe.

—D'incògnit?

—És llarg d'explicar, però els sogres no ho saben. És que ja em veia el quadre, allà, a cal Petit, deglutint raïm amb el consolador del Nouvel.

—Hosti, tens raó, tens raó.

I ara se m'escapa per la boca l'esperit de la dona nodridora que totes portem dintre: I ja tens sopar?

—Més o menys. Em faré una pizzota congelada, mmh...

—Uàu, delicatessen.

—I encara trobaré uns torronets.

—Tu sí que te ho muntes.

Es fa un silenci.

—No has vingut, al final.

—Qué?

—Que no has vingut a treballar. El Ferrer m'ha trucat a

migdia per dir-me que no podria passar fins dilluns... Li he dit que et donés les claus.

—Sí, ja les tinc, pensava passar demà, a fer un intensiu.

—D'acord. Potser ens veiem. Tu per si de cas no truquis, que no hi sóc.

—No patixis, sóc una tomba.

I ara un altre silenci.

—Escolta, és que hai de sortir ja, que me'ls trobaré tots entaulats i no sé si podria suportar obrir la porta i trobà'm cinquanta caps de cop girant-se cap a mi.

—Sí, esclar... Passa-t'ho molt bé.

—Gràcies, i tu també.

No estic pensant res. No estic pensant res. Baixo la costa pel mig, el Domingo ha passat amb el tractor i la pala, i els carrers principals estan desembarassats de neu. Clic, cloc, les botes fan eco en les parets que em sé de memòria, clic, cloc. Al carrer dels Perxes no hi ha el Volvo. No hi ha llum. D'incògnit. Clic, cloc. Plaça, perxes, Casinet, la porta emmarcada amb una tira d'intermitents multicolors.

Si volia evitar la girada de caps, arribo tard. De les absències començo a deduir que la Ratlla s'ha quedat porta enllà. Així que aquests són *els meus*, penso. Sort que la Tere de seguida em rescata i no em cal aprofundir en les salutacions.

—Ja hai quedat entesa amb la Fina, eh?

—Ai, com és aquesta dona.

Somriures, mans que s'aixequen —Ep, Èlia!—. Rialles conegudes que se'm disputen la companyia a les taules estovallades de vermell. El Martí Sant Pau i l'Ester són al costat de la porta. Entrada d'emergència. Ep, que guapa que vas, em diu l'Ester, assentada com una baldufa. El Martí em fa espai al costat de la seua dona —Enretireu-se una mica cap allà—. Una cadira sobrevola la pauta refulgent de coberts i copes de lloguer. Sento comentaris acollidors que no dono l'abast a atendre. Totes les noies m'elogien el vestit i jo els elogio el seu, complint amb la lliçó número u de la socialització femenina.

El cava comença a rajar per les copes, contagiós, i a la taula fem el primer brindis, i l'Ester el fa amb aigua de Vichy, per l'any que ve, i ara cadascú la comença a dir més grossa, perqué no mos colgui la nevada, perqué el poble es presenti als Jocs d'Hivern del 2022! Els hòmens es fan la punyeta els uns als altres, despreocupats i alegres, i les dones no paren de xerrar. El Martí em demana per la feina, i fem un salt retroactiu a les carreres respectives, a on vivíem quan vivíem a Barcelona, que si Sants, que si Gràcia, i on sortíem habitualment, que si el Reixes —hosti, el Reixes!—, que si el New York —hosti, el New York!—. Em diu que a Les Enfants i al Plataforma hi havíem fet molt de mal, amb lo Trau. Ah sí? Caram, caram. I no devies pas anar a l'Apolo, també?, però em reservo la pregunta, no fos cas que em fiqués de peus a la galleda.

Cap a quarts d'onze comencen a sortir els primers plats fumejants de la cuina del Pep, elevant un gran rebombori. Ja ere hora!, criden en un racó, mos pensàvem que mos volíeu matar de fam! Cada plat que cau entre dos colzes és ovacionat amb una gran cridòria, i comencen les discussions jocoses entre els que han triat la crema de bolets i els partidaris del risotto de gambes. Cagareu fi, amb això! Doncs valtros amb aquesta pasteradota apegalosa no cagareu fins l'any que ve. Em sorprenc que els xiscles d'algunes dones no facin petar les copes.

M'imagino que la Fina haurà triat la crema, que és més lleugereta, però quan em planten al davant l'arròs, ja veig que es tracta d'un nou episodi de l'un dia és un dia. L'olor és deliciosa, però, en sec, davant de la marisqueria untada de magma espermàtic, se'm tanca l'estómac en banda. El soroll ambiental desapareix, com si algú hagués tret el volum de la tele. Quan es desfà la boira, veig els pits de l'Ester arropenjats sobre la taula, com dos sellons: Èlia, que no et trobes bé?

—Ai, no ho sé, m'ha vingut com un esvaïment.

—Que tens la pressió baixa?

—Potser sí.

—Espera, menja aulives, te demano una coca-cola.

I m'inflen d'olives i coca-cola, i tot són com estàs i atencions que sento lluny, molt lluny. Perquè no sé on tinc el cap. O massa bé, que ho sé.

—Qué? Et passe?

Em passa, sí.

—Ai, no ho sé, Ester. És que també aquets dies hai estat malalta i avui m'hai volgut fer la valenta i hai sortit a comprar, i amb la neu i tot això...

—Clar, això és que no deus estar fina del tot. I amb aquet ambient tan carregat, també...

Bravo, Ester.

—És que ha sigut veure l'arròs...

I amb l'estómac així, que no m'entrarie res, i que quina gràcia té, tot plegat, en un sopar.

—No estaràs pas embarassada?

—Com no sigui de l'Esperit Sant...

—Ai, sí, perdona.

Tothom ja es deu imaginar que si aquest any sopo aquí és perquè m'he separat i a Barcelona no hi foto res. L'Ester em posa la mà al braç, solidària: Fes lo que més te convingui, no patixis, és normal. I ara abaixa la veu, confident: Jo, abans de conéixer el Martí, també vai estar amb un noi que mos havíem de casar i tot, i em va deixar i va ser molt..., vui dir que sí, que intentes esbargí't, pero el cos és molt *punyetero*. Les somatitzes, les coses.

Aquest diagnòstic ja no m'interessa tant.

—No, no, si estic bé, si ho dius per això. Pero em semble que sortiré un moment a fora que em toqui l'aire.

—T'acompanyo, així també respiro una mica, que no sé per qué tanta llei antitabac, si al final se l'han de passar pel *forro*.

—Hosti, quin espectacle que dec haver fet.

—Que va, si ni se n'han enterat. Si amb lo que han arribat a beure esperant los plats... Tu no has vist la Tomaseta, quina ceba que porte?

—La veritat és que no hai vist gaire res.

—Pero ja fas més bona cara, eh?

Em palpo les galtes.

—No sé jo, seran los polvos que m'hai posat per no semblar una mòmia. Me semble que lo millor que puc fer és anar cap a casa i estirà'm un *rato*.

—Sí? Segur?

La Tere treu una punta de nas per la porta: Ester, que no et trobes bé?

Les explicacions, la baixada de tensió, cap a casa, estirarme un *rato*.

—Conxo, quina mala pata! Doncs espereu, espereu, ara vinc, que et donaré una cosa.

—Ester, va, vés cap dins, que se't farà la criatura *on the rocks*.

—Ui, no sé si és pitjor que se'm faigui *on the rocks* o que se'm fumi com un salmó allà dintre.

I ara em sembla que m'està convidant a sopar quan vulgui a la casa dels Xalets, i que quan hi hagi de passar pel projecte dels Carraus, que sobretot no em descuidi de fer-li un crit. Perquè la Tere ja surt i els ulls se me'n van al blanc de les bosses de plàstic que em porta a la punta dels dits.

—Té. I te hi hai posat lo del Serafí, tamé.

—Pero si no calie, dona.

—Si ja està pagat, i no són pas quatre duros. Aquí te hi hai posat los segons, i les postres aquí, posa-les de seguida a la nevera.

Que moltes gràcies, que em sap greu, que quin paperot que hai fet. I ella que no patixis, i l'Ester que tranquil·la, dona, i encara la Tere que quan te trobes malament, com a casa no se hi està an cap *puesto*. *Bueno*, doncs déu, bon any. Bon any, bon any.

Travesso la Plaça, pujo la costa Major, supero el carrer dels Perxes, sense tombar el cap. I pujo l'altra costa, i baixo la següent, i passo per davant de cals padrins.

El meu regne per un telèfon.

Comuniquen. Amb això no hi comptava. Deu estar parlant amb la Clara. Això ja ho tenim. Això hi ajuda. Deu minuts i torno a trucar. I si comuniquen, ja em donaré per entesa. Nou minuts i mig. Vuit. Set.

Marco i truca. Truca. Un truc, dos trucs, tres trucs. La veu.

—Supermarxa, eh, al Casinet?

—Vols sopar com una persona?

—Passa pel garaig i obre tu mateixa. La clau és la del cap triangular.

Fàcil. Cap pregunta, cap però, cap per què. Marco el telèfon de ma tieta, demano per mon pare i li dic que potser hai recaigut, que hai hagut de marxar a mig sopar i que m'enllito i que bon any, que ja mos veurem demà. I que no em destorbin, que m'hai pres dos valerianes i dormiré fins a l'hora de dinar. Mon pare també és fàcil. Cap pregunta, cap però, cap per què: Que et milloris i dorm tranquil·la.

30

UNA *STARGATE* ACOLLONANT

La costa que cus el carrer de Dalt amb el camí de Baix és gairebé d'ús exclusiu de cal Pedró, així que el Domingo no hi ha passat la pala. Com que no em vull matar —casualment ja se me n'han passat les ganes—, hauré de baixar pel garaig. Mira, de garaig a garaig, perfecte. Amb les bosses sorolloses al séc dels colzes, baixo les escales de cantó, perquè són dretes com el dimoni, i un cop a peu pla m'aplano l'abric contra el vestit per evitar la pols del 4L. La porta de fusta fa nyic, i serro les dents. Al cel negre, la claror d'una unglada blanca reverbera en el paisatge esborrat.

Recorro el camí arranada a la muralla de cases, no fos cas que les celebracions de l'altre cantó de la Ratlla donessin a alguna finestra indiscreta. A la meua dreta, el Montsant dorm, blau, davall d'una manta selenita.

La clau triangular fa clec, clec, clec. Tres voltes, i em tanco amb la llum del mòbil multiplicada per la carrosseria del Volvo. Guaita'l, on era. No em molesto a buscar interruptors, perquè de seguida trobo la porta al fons i ja sóc a les escales, en territori conegut. A dalt de tot, em crida la mica de resplendor i les meues passes hi arriben, ascendint de puntetes, darrere l'estel·la fosforescent. Quan obro la porta, aixecant el full, l'engorfa és un paradís de llums baixes i secretes. El Bernat s'aixeca de l'ordinador, va en roba de casa.

—Hòstia, que guapa! Si ho arribo a saber em mudo una mica.

—Tu sempre fas goig, Trau.

—Gràcies.

Somriu mirant-se els peus, i aquest punt de timidesa inesperat em fa sentir momentàniament poderosa. Perquè ara ja sé que és normal i vulnerable. I m'importa un rave. Perquè jo ho sóc més. I ho puc demostrar científicament. Què ha passat, doncs?, em demana mentre plega una espècie d'edredó del sofà i el deixa caure, plof, en una punta de la taula llarga.

—Primer de tot: has sopat o no?

—Mira: pizza de petroli, perquè te'n facis una idea. No sé com va, aquell cony de forn.

—Té, doncs: lo menú de cap d'any.

Li obro les bosses al nas i les pupil·les li fan un bot.

—Hòstia!

—I això s'ha de posar a la nevera.

La meua versió de la història és que he intentat celebrar un cap d'any com la gent normal i no me n'he sortit. El Bernat no m'ho fa més complicat i m'explica que ha dormit aquí al sofà llit, que l'estudi és l'únic espai calent de la casa i que s'hi ha estat treballant tot lo dia, amb la musiqueta, feliç com un anís.

—Al final sí que he hagut de recollir una mica. *Com que no venies...*

Les ales del nas, ja he captat la cosa. Tu continua així, que anem bé.

I ara treu una taula plegada de darrere del sofà i la munta en dues estirades, enretirant el reposapeus amb el turmell. Jo remeno l'armari de la cuineta, i en trec un parell de plats, un paquet de tovallons i un grapat de coberts descasats.

Mentre el Bernat destapa les carmanyoles sobre la taula,

tot són exclamacions: Collons, quin banquet! Això s'ha de regar. T'agrada el vi?

—Sí, pero t'hai de confessar que no n'entenc de res.

—Ui, ja em relaxo, doncs. La Clara sí que ha fet cursets i tal, però jo al màxim que he arribat és a distingir un tap de suro d'un tap sintètic.

—Hosti, doncs avui dia no ho pots anar dient gaire alt, això.

—Ja tens raó, ja. Quedes millor si dius que tens el cap de ta mare en una bossa de plàstic al congelador. Però mumpare sí, que és vinaire. Baixo un moment a veure què li podem rapinyar.

Al cap d'una estona em puja amb una ampolla a cada mà i un parell de copes.

—Scala Dei i Montsant, tu tries.

—Montsant, va, que mos toque de més a prop.

—Apa, doncs. Escombrem cap a casa.

L'ampolla la destapa en dos intents —Macagum!— i omple dues mitges copes.

—Va, per la resistència.

—Per la resistència a qué?

—Per la resistència a *tot*.

La Paula sempre diu que si no mires als ulls del teu brindador, et cauen set anys de mal sexe: plam. Jo no en sóc gens, de supersticiosa, però avui no estic per desafiar les lleis de l'esoterisme, així que busco els ulls del Bernat, o me'ls trobo, no ho sabria dir. Però ja no tenen *aquella* mirada. Són els d'abans: desperts i impossibles. I quan m'ofereix el sofà i veig que s'entaula al reposapeus oposat, ja em dono per entesa: ell també ha fet el seu *rèsset* particular.

En fi. Almenys em serveix el primer plat com a una reina: Una miqueta més? Mira quina gamba més guapa, te la poso?

—Va, sí, posa, posa.

Som al ball, oi? Doncs ballarem.

El seu risotto és vist i no vist.

—Això és glòria, Pedrona!

—Som de vida, eh?

—Sempre tinc un budell buit, jo.

—Doncs fill, no sé on ho poses.

—On ho poso? En remull, ho poso, perquè nedo com un boig.

—Ah, nades?

—Una addicció com una altra. L'aigua em dilueix les preocupacions, em regenera.

—Sí, a mi també m'encante, l'aigua, pero la de piscina, eh? La platja em mate, tota la sorra ficada pels forats.

Fa una rialla, els llavis rabiosos del vi: Això si fessis nudisme ho tindries arreglat.

—Ah, que *feu* nudisme?

—Bé, la Clara només si no hi ha muns pares. Pas per pas, ja em va costar prou convence-la.

Me ho imagino, dic, però no m'ho vull imaginar. El Bernat ja té el nas ficat a la carmanyola del segon plat, fent unes prospeccions amb la forquilla.

—Ataquem el bacallà, mestressa?

—Això és un gratinat amb *nosequé* de taronja.

—Mmh, el *nosequè* m'encanta. Et poso aquest tall d'aquí?

Realment la casa de Móra s'hi ha lluït, el laminat del peix es fon a la boca.

—I tu què, no n'*heu* fet mai?

—De nudisme? Home, si compte alguna nit de piscina sols, ocasionalment...

—També val, també val.

—El Blai sí que no hi tenie cap problema: és aquesta alegria que teniu los nois.

—Sí, ja pot ser. Però és perquè no ens han inculcat el pudor. Vull dir aquest sentit del pudor que us inculquen a vosaltres, des de petites. Castrador.

—Ja que ho dius, la veritat és que mos han fet unes neuròtiques, amb lo nostre cos.

—Sí, però perdona, eh?, això també us ho heu fet les dones mateixes, que us boicotegeu i us talleu les ales. Si fos per nosaltres...

—Si fos per valtros qué?

—Ai, què!

I ho deixa en suspens: Una mica més de vi?

—És bo.

—Sí que ho deu ser, perquè mira com baixa.

—Oh, hauries de veure com anave la penya, al Casinet...!

Ui, ui, ara que dic Casinet. Va, un glop i m'hi llanço.

—Escolta... Allò que em vas dir per Tots Sants que al poble hi ha algú ficat a l'armari..., te puc fer una pregunta, només?

El Bernat aixeca els ulls del plat: Ui, em fas més por que una pedregada.

—Potser la cago, eh?... Pero... Que és lo Martí?

Ara somriu i torna al bacallà, metafòricament i literal.

—Qué? És ell, oi que sí?

—Estàs feta una senyora Fletcher, tu, eh?

—Ha!

Li explico les meues deduccions, també a l'estil dels finals de *S'ha escrit un crim*, i li acabo demanant si la Clara també ha lligat els mateixos caps que jo.

—No, la Clara sí que ho sap, esclar.

Mira, mira. I el dia que va sortir el tema no em va voler dir noms, la punyetera: que si el Bernat n'hi coneix *un d'un poble*, que si es va casar amb *la nòvia*, que si *em sembla* que ja van pel *tercer*... Ara em va de discreta, tu.

—Doncs ja ho veus. És un tema delicat, perquè ja saps com són, els Sant Paus. En fi, sigui com sigui, ell no ho accepta. O no ho accepta, o ho ha deixat d'acceptar o jo què sé, perquè arriba un punt... I la història amb el company de pis va ser *sèria*, eh? Vull dir que no va ser una escalfada d'aquí t'agafo, aquí t'arrambo. Justament feia arquitectura, mira per on.

I torna a sortir el nom, que si el conec, que si no el conec, que si segurament el devia conèixer el Blai.

—Doncs va estar mitja carrera així, a dues bandes: els caps de setmana amb l'Ester i durant la setmana amb una empanada de collons. Ei, que l'arquitecte estava penjat com un animal, d'ell, i va i al Martí no se li acudeix altra que encarregar-li la casa matrimonial, com deixant-li clar que jo plego, eh?, encara que amb tu m'hagi agafat una excedència.

—Clar, la casa...! I ell l'hi va vulguer fer?

—No sé gaire com va anar, però el cas és que la va fer. Potser també va ser l'excusa del Martí per deixar-se encigalar una temporada més, que ja podria ser. Perquè que plegava, això ho tenia clar, o almenys és el que a mi em va voler fer creure. De tota manera a ell li agrada la terra i tornar ho tenia clar, també.

—Ostres, quina pel·lícula!

—Tu diràs. Ja estava pensant de vendre-li el guió al Ventura Pons i retirar-me.

—I l'Ester no se'n va adonar? Perqué tonta no ho és, o almenys no ho semble.

—Això sí que no t'ho sabria dir. Ella també ve d'una família així mig fonamentalista, que pel casament van demanar la benedicció papal i jo què sé quines històries més. Diria que ella passa una mica, de tot això, però en segons quins entorns la família tira més del que ens pensem. En fi... Quan vaig rebre la seva invitació va ser molt trist. Molt trist.

—Hosti, sí.

—No hi vam anar. El vaig trucar i li vaig dir mira, em sap molt de greu, però coincideix que anem a La Molina a esquiar. I ja va quedar tot entès.

—Clar...

—En fi, ell ja és prou grandet per saber què vol fer, amb la seva vida. Potser sí que ha vist la llum o potser és bisexual o jo què sé, i l'Ester és el que volia. Però bé, la vida sexual de les persones és personal, jo no m'hi fico. Si hem de quedar per fer una cervesota quedem i tot bé. A Barcelona ens vam fer molt i això tampoc no canvia.

Sospira i conclou: Així que ja ho veus, Pedrona, com està el pati! Va, enfilem les postres o què? I així és com l'últim plat fa acte de presència en aquesta taula: *Tulipa de xocolata amb mousse de torró de crocant*, llegeixo a l'etiqueta, petulant.

—Mare meva, i jo amb sabatilles! Encara em vindran els mossos a detenir.

—Que nooo, que estàs d'incògnit.

—Ui, és veritat. Va, doncs que ruli aquesta *tulipe de chocolat*.

Les culleres arriben fins on arriben, i com que la mousse se'ns fa curta, acabem escurant l'envàs de plàstic amb els dits.

—Això que veus no l'hi diguis a la Clara, eh?

—Sí, demà la truco i li dic: saps que el Bernat escura els potets i fa marranadeees, quan tu no hi ets?

Ui, potser aquí m'he passat, cony de vi. Ell riu, amb el polze entre les dents. Faig un altre glop. Diguem que el vinet ens ha entrat bé, hem acabat tips i ara el Bernat s'estira, satisfet: M'has salvat la vida!

—Ja pots comptar.

—Ei, que si no arribo a refer-me les forces, demà m'haurien trobat aquí dalt devorat pels gats i els coloms.

—Sí home, pels gats! Amb lo senyors que són.

—M'estàs insinuant que aquestes cuixes formoses no tenen el nivell del Whiskas?!

No em facis parlar, Trau. Així que desembutxaco la gatofília dels meus exsogres, i quan ens emboliquem amb les cites cèlebres i animalístiques, ja tenim la sobretaula encarrilada.

—Vols que pugi uns xarrupets?

—Ah, lo que vulguis.

—De crema catalana i ens marquem una sardana?

—Rodolí!

—Mira, sóc un poeta i jo sense saber-ho.

I jo només penso que si ara em pugués fumar un cigarret ja *series* perfecte.

—Ai, tant de bo m'hagués agafat lo tabac...

—Que vols fumar?

—Que tens tabac?

—Més o menys, vols que en pugi?

—Se hi pot fumar, aquí?

—Si tens permís de l'amo, aquí s'hi pot fer de tot, Pedrona.

De tot, diu l'home de la Clara. I mentre desapareix engolit per les escales jo endreço la taula en dues esgarrapades i em deixo recaure al respatller del sofà. Porto un puntet que em fa levitar, i ara, amb un cigarret, ja serà la repera.

—Ei, Pedrona, que ja és l'any que ve! Un quart d'una, què et sembla?

L'amfitrió s'acosta carregat amb una ampolla de cul ample, dos gots menuts, i un paquetet groc a la mà.

—I nantros com és que no mos-e n'hem adonat, que ja és any nou?

—Ah, com que no has volgut ni posar la ràdio... I aquí dalt no se sent res, del que passa al món. Ni se sent, ni et senten. És el refugi perfecte, una *Stargate* acollonant.

Omple dos vasets i me'ls planta al davant. Jo els acosto més cap a mi, a veure si pica.

—A tu et tire molt, no, la ciència ficció?

—A mi em tira molt el futur, en general.

—Doncs sí que estàs fet un poeta, sí.

Treu un encenedor de l'armari de la cuina, i va a buscar un cendrer en un racó. Ara cap aquí, ara cap allà, i al final: Em deixes un raconet?

Ara m'agrades, Trau. Ens col·loquem en la posició d'anunci, i jo li demano si em puc descalçar. És una ordre, em diu, i instal·la el cendrer a la reraguarda dels gots i deixa caure el paquetet groc al mig, com un trumfo.

—De *liar*?

—I amb sorpresa, si tu vols.

—Quina sorpresa?

—Et ve de gust un petardet de maria?

Em cago en el Trau. Aquesta sí que no la sabia. Per la Clara, sí que no pas.

—Ja et deixe fumar aquestes coses, la teua dona?

—Protesto, senyoria.

—Entesos, entesos.

—Ei, que és bona, eh? És de la casa.

—Qué vols dir, de la casa?

—Cony, Pedrona!

—Com les aulives de la gerra?

—Això mateix, com les aulives de la gerra: pel *gasto*.

—Me'n puc *liar* un de *normal*?

Jo no en sé, d'encaragolar, i volent-me fer l'entesa, el que em faig és un embolic.

—Espera, que ho arreglarem.

Agafa un altre paper, i quan em pren el xurro de la mà em frega un instant les falanges.

—Mira, veus? Si el cargoles sencer només fumes paper. I el paper és el pitjor que hi ha.

Em desmunta el despropòsit i tornen les mans, didàctiques: L'has de posar del revés, així, amb la goma a dalt, veus?, i ara gires, flis, i l'enganxes per aquí. El pic de llengua humida li desfila pel tronc embolicat, i jo no puc jurar que no tingui la boca oberta.

—I ara estires per aquí, al filtre, i arrenques el paper sobrant, veus? Ja està: tot teu.

Ostres. Ostres, ostres. Em tiraria tota la vida contemplant com embolica cigarrets, li pagaria per fer-ho.

De moment me l'encenc i replego les cames, com una iogui. El vestit em puja i les cuixes em tiben davall de les mitges. Ja sé que se n'ha adonat, perquè ha fet com una pausa reveladora mentre segellava el seu cigarret especial. Ai, el llenguatge no verbal.

Però ja em dóna el vaset de licor de crema catalana —dits, dits— i ens el bevem d'una tirada després de brindar, aquest cop per La Principal de la Bisbal. Els ulls en els ulls i, a continuació, el Bernat que encaixa el clatell al capçal, aterra uns mitjons taronges a la taula, i dirigeix al sostre una primera glopada de fum espès.

—Fantàstic, tu.

—Aquets mitjons tenen delicte, Trau.

—Ei, no em trenquis el moment.

Li poso el peuet al costat, com feia amb el Blai, i bellluguem els dits coberts a l'aire: quinze titelles. Quan m'adono de la maniobra fetitxista, deso el peu com un caragol.

—No ho sabia, que fumessis res.

—Això és de mumpare, de les seves reserves psicotròpiques. Jo només practico el ritual de tant en tant, i si la companyia és grata.

Abans que tingui temps de tornar-m'hi, el Bernat gira el tema com un mitjó: I tu què tal, amb la Clara?

—Qué tal?

—Sí, parleu sovint?, us truqueu gaire?

—Home, la veritat és que és una mica complicat d'explicar... I des que hem représ lo contacte, entre unes coses i les altres hem tingut poc temps per parlar, i mira que em sap greu.

Li exposo una versió suavitzada de tot allò del parèntesi,

que hem canviat, que hem estat allunyades uns anys que són essencials, i clar, vulguis o no...

—No la reconeixes.

—No és això... ben bé. És que ni ella ni jo tampoc no som les mateixes que fa quinze anys. Ningú no és la mateixa persona que quinze anys enrere. Hem canviat dos vegades totes les cèl·lules del cos, allò del riu que no és lo mateix i tal..., de qui ere?

Al Bernat se li escapa un somriure de perfil, i exhala el fum per damunt del nas.

—Heràclit, Pedrona.

—Ai sí, com anave, que un riu no és lo mateix...?

—Ningú no es banya dos cops en el mateix riu. L'aigua que flueix.

—*Bueno*, potser no ve a tomb, pero ja m'entens.

—Sí que ve a tomb, sí.

I s'alça i em torna a omplir el gotet, amb el porro apagat pinçat als llavis: l'encarnació de l'esperit de Bohèmia.

—Ui, no, no, que em semble que ja hai begut prou.

—A mi encara m'hi cabrà un didalet.

Se'l beu d'un glop i torna a encendre el cap extingit, recuperant la posició de la mandra. Els ulls submarins: No en vols una caladeta?, l'he fet fluixet.

—Vinga, va.

Faig una aspiració profunda i metafísica, el mareig dolç i instantani. No sé ni els anys que fa, que no tenia aquesta sensació, el filtre que ha passat per uns altres llavis, els músculs que busquen la posició favorable al relaxament.

—Això, posa't còmoda, que ets a casa teva.

—Sí, igualet que a casa.

—Així que ens hem topat amb Heràclit, plong, de cara.

—Eh, que és molt trist, eh? Que m'entristeix, m'entristeix moltíssim no saber qué en deu quedar, d'ella, de la que ere fa quinze anys... Si els pésols encara la fan vomitar, per exemple.

—Les bledes.

—Això, les bledes. O qué en pense d'això, d'allò o d'allò altre...

Li poso quatre exemples, obviant la qüestió del sexe anal.

—Vui dir que és com si en tot aquet temps mos haguéssim perdut una mica l'una a l'altra, i per mi és molt trist.

—Evidentment: això és crèixer, Pedrona.

—Ei, no li diguis res d'això, eh? Que encara se ho pendrie malament...

—Veig que encara la coneixes prou.

—Qué vols dir?

—No res, no res. Que ens fem grans, Pedrona! I ens quedem atònits, com si això fos una cosa que només els passa als altres.

—Sí, com mumpadrí, quan vivie, que no volie anar al Casinet perqué deie que estave ple de vells. I ell ni tenie vuitanta! I jo hai degut sortir com ell, també, com que tampoc no tinc assumida l'edat que tinc...

Li torno el cigarret —dits, més dits— i ell se'm gira, rialler.

—Això m'interessa. Explica't.

Animada per la mica d'estupefaència, començo el discurs sobre la sorpresa de quan els amics s'embarassen, que encara els veig al bar de l'Escola, i que jo em sento com una espectadora fossilitzada de l'evolució de les vides alienes. Mentre m'hi explaio, ell parpelleja lentament.

—T'adormo.

—Al contrari. Continua, *espectadora fossilitzada.*

—Ui, doncs ara encara ho sóc més.

—I això?

—Home, m'acabo de separar. Tinc lo marcador una altra vegada a zero. I el cony del tic-tac clavat a l'aurella.

—Quin tic-tac?

—Ai, Trau, la crida de la selva, procrear. No és lo mateix que et deixin als vint-i-cinc que als trenta-quatre, si ets dona.

—Que vols un fill?

(Sí, de tu, el vull, i vull que me'l facis ara. Ostres, estic pet.)

—Nooo, és que és justament això, lo que et vui dir. Ara mateix jo no puc assumir que tinc l'edat de ser mare. I passadeta, ja. I això són los estrògens, que em putegen. No sóc *jo*. Los estrògens són uns cabrons.

Xhh...!, riu, i es redreça al sofà, el colze al respatller, els ulls aquàtics i tranquils. De cop em sento loquaç i inspirada:

—No sé on vai llegir que, com la testosterona a valtros us porta a vulguer..., ja m'entens, tapar forats...

Em pica l'ullet, divertit.

—Doncs..., doncs los estrògens a nantros mos fan buscar l'estabilitat emocional, la seguretat material, un mascle vàlid per a la reproducció de l'espècie. Per això dic que són uns cabrons, perqué et fan maldar per firmar hipoteques, fer-te fer un bombo, contractar un pla de pensions, i sempre en el moment just en qué lo que més desitjaries és estar melic enlaire a les Barbados, amb un mojito i un morenasso que et fes massatges als peus, per posar un exemple... *pudorós*. Demano la mutació genètica lliure i gratuïta, ja!

El Bernat fa un esclat de riure i es xucla el llavi inferior, robinat pel vi. Jo em regiro per despertar el peu que se m'ha adormit davall del cul.

—Ai, estic col·locada.

—Cony, Pedrona, tot i col·locada carbures bé, eh? M'acabes d'explicar la història de la humanitat en un minut.

—Creus que necessito un advocat?

—Que vols portar els estrògens als tribunals?

—Ara mateix.

Com riu, és una delícia. I jo continuo:

—I tu no has rebut un vídeo d'aquets que corren pel Youtube, que és d'un humorista americà que explique el funcionament dels cervells masculí i femení i...

—Sí, hòstia, és molt bo, aquest paio. Mark Gungor.

—Boníssim, quan parle del cervell de la dona ple de connexions i interferències i el vostre tot ordenadet, amb les capsetes... I al mig de tot, la capsa del no-res, oh, oh!

El Bernat imposta la veu: *The Nothing Box*.

—Sí, això! Quina sort, tindre una capsa del no-res. Allò de, en qué penses?, i valtros, en no res. I resulte que és cert! Increïble!

—... Eh?

—Tràuu!

—Ehè...

—I com és, pensar en no-res?

—I com és, fer cinquanta mil bilions d'operacions per segon?

—Esgotador, creu-me.

—Ah, sí?, no us surt automàtic: rrrrr, pling!?

—Lo que us passe a valtros és que heu nascut en un món a la vostra mida, i les vostres maneres de processar les coses les heu convertit en un estàndard, i tot lo que se surti d'aquet estàndard és recomplicat, mortal, enrevessat, paranoic, histèric, uterí.

—Ei, que jo no t'he fet res, eh?

—Sí, sí, perdona.

—Els estrògens?

—Això, los estrògens.

—Vaja, vaja.

El silenci li dura una calada.

—Doncs vols que et digui una cosa, ara que no ens sent ningú?

—Va, dis.

S'incorpora i ofega la punta del porro al cendrer, al costat de la meua burilla.

—Doncs que si vols podem pagar l'advocat a mitges, perquè estàs parlant amb un damnificat dels estrògens.

Les ales del nas, quietes. No és una gràcia.

—Ho dius per allò que em vas explicar dissabte?

—Aproximadament. Vols que encetem l'altra?

Es refereix a l'Scala Dei. S'aixeca i en dues gambades recupera l'obridor i les copes de la cuina saturada. L'ampolla l'he deixat a la taula llarga. Aquí, allà, no para. Dret, m'emplena la copa i fa un glop de la seua. Veig que ja no brindem. Es deixa caure al sofà i es planta el peu de vidre al ventre.

—Vols que t'expliqui un secret?

Ai.

—Saps què li he dit, a la Clara? És que té nassos, la cosa: la Clara es pensa que ara mateix sóc a Vilora, que aquest matí no he pogut continuar per la neu i m'he quedat a casa d'un amic. Un de la carrera, és igual.

Malgrat el vi, malgrat el llampec de tot el que ara em passa pel cap, em sorprenc de constatar que encara hi sóc tota:

—Pero per qué no l'hi has dit? Tampoc no és tan greu, si necessites estar sol, doncs ja està. Que és cap d'any, i qué? És un dia com un altre.

—Ei, que estem parlant de la Clara, eh? De la Clara que es tira un mes organitzant un sopar de càtering i pensant quines estovalles hi posarà i si faran joc amb les cortines.

D'acord, ho he captat: les bledes, el sexe anal. La Clara *dona*.

—La Clara i jo estem... passant una mala època, ja ho saps.

Ara és quan peco de pensament. Amb un altre llampec de pensaments. El Bernat es reincorpora i em fa el gest de si vull un cigarret, i ràpidament n'embolica dos, prestidigitador. Dos paperets sobrants que cauen al cendrer.

—Abans em preguntaves com era, no pensar en res.

—I encara me ho pregunto.

—Evasió pura.

Encén un dels cigarrets i me'l passa. El filtre humit em vacil·la un moment als dits. Ell torna a accionar l'encenedor, i la primera pipada no s'empassa el fum. Tercer anunci de sofàs en menys d'una setmana. El seu genoll esquerre el tinc una mica més a prop que abans, en concret cent mil·límetres més a prop: professionalment la puc apreciar, aquesta distància.

—El que vull dir és que vosaltres les afronteu, les coses, normalment. Hi patiu, hi doneu voltes, de vegades massa..., també és cert. Però nosaltres les evadim, en fugim amb els talons al cul. Fugim buscant l'evasió. Rient, nedant, corrent, fotent-nos d'hòsties, *sexejant*. Amb e i amb a. Doncs això és la capsa del no-res. Pura evasió. I si així hem pretès establir l'estàndard de la valentia, ja que has tret el tema, ja ho veus: un exèrcit de valents cagats.

No entenc gaire on vol anar a parar, només em lamento mentalment que ja em torni a tocar el paper de psicòloga de l'únic pacient que no voldria tindre ni a punta de pistola.

—Tu no has fugit, Bernat, has estat amb ella. *Estàs* amb ella.

Riu i fa que no amb el cap, enretirant-se els rissos del front, que a contrallum semblen grocs.

—No parlo d'això.

—És que ets críptic a matar, eh, quan vols...

—Críptic? Un cagat, és el que sóc. I com que sóc un cagat, quan he vist que tenia l'oportunitat de quedar-me al poble d'incògnit, que no em maregés ningú, ni sogres, ni sopars de compromís, ni hòsties..., vint-i-quatre hores meves, mevetes, travessar la meva *Stargate* particular, és que no m'ho he pensat dues vegades. Allò que dèiem: això d'aquí, avui, per exemple: això és evasió. La nevada, tu: ni feta expressament, força major. Potser hauria pogut continuar, a partir de Flix probablement devia estar més esbargit, però no, això no em servia. He frenat en sec als Hortals, i he desitjat que nevés més, que nevés més, perquè sóc un cagat. I la meteorologia de vegades ens empara, Pedrona. Com que no la podem controlar, sempre ens pot servir d'excusa.

Em perdo. Em perdo. Pot ser, que estigui massa col·locada? Sí, bé, una mica ho estic, però no ens enganyem, ara el col·locat és ell.

—Ja ho veus, mentint covardament, i se me'n fot. Quan he pujat aquí i m'he sabut lliure, a l'altre costat del món sensible, m'he sentit el paio més feliç de la Terra.

El vestit m'estreny el pit. La temptació d'enfilar el dit per un d'aquests caragols torrats em sembla incontenible.

—Pero per qué has de mentir? De qué fuges?

—De tot, fujo, cap endavant.

—Bernat...

—Ai, perdona, reina, t'estic arruïnant la nit.

La pell se'm contreu davall de la samarreta.

—Ja ho veus, com si no la tingués prou arruïnada abans de vindre. Que és normal, Bernat, que tinguis la necessitat d'agafar una mica d'aire.

—Sí?

—Totalment.

—*Ego te absolvo*, doncs?

—*Ego te absolvo* total.

Ja torna a riure —Ai, què farem, Pedrona!—, i el vestit em torna a anar balder.

—No patixis, que no li diré res a la Clara.

—Ja ho sé, que no ho faràs.

—Caram, quina suficiència. Te hi jugues un pésol?

—M'hi jugo un pèsol i el que tu vulguis. Primer, perquè ara ets la meva còmplice.

—Ui, sí.

—I segon, perquè per sort *no totes sou iguals.*

Quan li sento dir còmplice, totes, no sou, és com si m'estigués passant una pinta pel clatell.

—Qui són, totes?

—No em facis personalitzar.

—Lo que deia, un críptic.

El críptic deixa el cigarret repenjat al cendrer i s'encaragola una de les seues sorpreses en dos gestos ràpids. El puntet sostingut del vi m'ajuda a tornar al punt clau:

—I jo que em pensava que el meu superdiscurs de dissabte, lo rotllo del calidoscopi i tal, havie servit d'alguna cosa. Il·lusa de mi.

Ell s'encén el porro i recolza els colzes als genolls.

—Ei, sí que va servir, sí que va servir. De molt. De tot el que em podia servir.

Cada canvi de postura seua m'incita a correspondre-hi, ara mateix amb un glop de vi, expectant.

—Però és que no t'ho vaig explicar tot, Èlia. Em faltava informació *privilegiada.*

Però què s'empatolla, aquest home? Li interrogo el perfil, adult, que expulsa el fum, i en sec es gira i em dispara: Avui va de secrets, va.

—Eh, que jo no te hi obligo, eh?

Heus aquí un exemple de manual de quan dius una cosa i realment vols dir la contrària.

—*Jo*, m'hi obligo. Vull saber què en penses. M'interessa saber què en penses.

—Que en penso de qué?

—Tu no me n'has parlat directament, però... Espero que no et sàpiga greu que la Clara m'expliqués una mica per sobre com va anar el tema de la teva separació.

Hosti, Clara, no.

—Perdona, perdona, he començat fatal. Puc tornar a començar?

M'omplo la copa fins dalt, cosa que ell interpreta com un sí.

—Va, tirem enrere la cinta, zzzzz, i vaig al gra: el fet és que la Clara em va explicar això, que... Que tot i els anys que portàveu junts, el dia D vas tenir com la sensació... que el Blai era un desconegut, per tu.

—Ui, no, no, Bernat, és que no en vui parlar, d'això.

I sort que no en vull parlar, perquè li demano una calada —Esclar que sí— i aprofito la pujada per vomitar-ho tot: que si de cop, que si tants anys junts, que si tants anys creient, que si les coses que es donen per suposades. I no vull plorar, i no penso plorar, així que em surt la ràbia, la ràbia contra el Blai i contra els hòmens i contra la humanitat i contra l'univers sencer. El Bernat m'escolta, seriós, els ulls inquiets. El seu dit em desperta la mà amb què sostinc el cigarret: Ei, no... Suficient, ja és suficient, tranquil·la.

Faig una calada nerviosa i ell s'acosta cent mil·límetres més. Els genolls estan elèctrics, a mig pam. Sento que transmet una informació:

—M'han donat una plaça per fer de *profe* a la Cooper Union, a Nova York. Dos anys.

Alarma.

Respira, pensa, parla, el que se t'acudeixi: L'edifici és dels Morphosis, és una passada.

Almenys això diu el teleprònter.

—Sí que ho sembla, a les fotos.

—Pero a la Cooper Union no és on ja vas estar?

—Sí senyora, però en un altre centre. Són diversos edificis, però igualment aquest no existia.

El teleprònter continua passant lletres: Ostres, doncs me n'alegro molt, per tu, per *valtros*, vage. No em va dir res, la Clara... I quan hi *aneu*?

—Al març. Però ja ho veurem, com anirà. Potser es queda en no res, per variar.

M'agafa el porro que es pensa que li ofereixo i l'inspira, ben endins.

—El primer cop que hi vam anar també era per dos anys. Vam agafar els patracols, i apa. Doncs bé, als quatre mesos hi vaig renunciar.

Lletres, més lletres: Hosti, no sabia res, pero per qué?

—Ah, per què. Al principi la Clara estava com una reina, tot era sofisticat i glamurós, *New York-New York*. Però al cap d'un temps, quan ja havia fet la turista, ja havia buidat totes les botigues i ja s'havia afartat de tot, va començar que em sento sola, que no conec a ningú, que la gent és falsa, superficial, que van a la seva...

M'he d'ubicar. M'he d'ubicar. Nova York, els anys essencials, la Clara-dona. Obro la boca, una paraula mínima:

—Ja.

—No, si segurament tenia raó, i també vam viatjar una mica, però esclar, allà es treballa, la feina és una religió, encara que vagis d'artista. I és cert que es passava moltes hores sola, perquè jo volia aprofitar el temps, devorar tot allò, i quan li deia d'acompanyar-me a expos, si jo ja ho entenc, que anar vint vegades al MoMA potser és un excés, però també li proposava de sortir amb els col·legues, i de seguida se'n cansava, que sempre parlàvem del mateix, que sou uns monotemàtics..., i aleshores l'animava a fer cursos de coses, a formar-se, a aprofitar el temps, i als dos dies ja se n'afartava, i en fi, no continuo perquè em poso de mala llet.

MoMA, cursos, mala llet. En el temps que ho penso, el Bernat fa una pipada ràpida.

—Total, que des d'allà va moure fils perquè li donessin la feina al Museu: I el Museu, i el Museu, i jo al final, què vols, reina, vols tornar? Doncs torna, treballa al Museu, si et fa il·lusió, cap problema. Jo el que volia és que estigués contenta, és lògic, no m'agradava veure-la patir, i estava patint, eh?, allò cada dia era un drama... I quan va tornar a Tarragona, primer tot molt bé, la feina de puta mare, això és lo meu, però ja em va començar a sortir que em deixes sola, jo et necessito, que no estic bé...

Reubicació: Tarragona, Museu, drama.

—Mira, ma mare estava que rabiava... Són ànimes antagòniques, deixem-ho així. I jo sóc tan ruc que per no deixarla sola, perquè no em plorés cada nit al telèfon, al final vaig dir a la meeerda tot, i els vaig deixar a tots amb el cul enlaire, mals rotllos amb el departament, i no ho vulguis saber. El Bernat tooorna a la pàtria, relacions professionals trencades, tooorna a començar. Sort que tinc bons col·legues, contactes, i la feina no m'ha faltat mai, però hi vaig deixar moltes coses pendents, allà. No per fer de *profe*, no, per aprendre'n *jo* de gent que admirava i admiro, i alguns ja tenen mig peu al clot. En fi. No res. I el més bo de tot això és que la Cooper Union...

I ara riu i es torna a encendre el porro, que amb la xerrera se li ha apagat.

—És que és una història molt llarga. T'avorreixo i em deus estar maleïnt els ossos.

Em parla a mi. Reubicació: sofà, engorfa, el ball. Som al ball, i li dic que continuï.

—El fet és que el primer any de sortir amb la Clara ja m'havien donat una beca per anar-hi. Una beca collonuda. Jo estava boig, i a casa també, i ma mare... No només per això, és que ella és tirant a feminista i revolucionària i tal, i bé, la història de la Cooper... Figura que als orígens ensenyaven dibuix arquitectònic i art i històries diverses, gratuïtament, sense discriminacions de sexe, ni d'origen ètnic, religiós i tal i tal. Jo no diria tant, pel que sé, però a ma mare tot aquest rotllo, bé..., si la coneguessis més ho entendries. És igual. Però jo hi volia anar per altres raons, les evidents, que és la Cooper Union, hòstia, no és un xiringuito de la Rambla... En definitiva, que com que la Clara no estava bé, ho vaig deixar córrer. Ma mare es va quedar amb la mosca al nas, però ho havia d'entendre, i jo el cert és que em vaig quedar aquí de grat. El meu lloc era aquí, amb ella, doncs molt bé, som joves, ens estimem, ja tornaran, les oportunitats. I hòstia si tornen. La primera res, la segona no havia anat bé, d'acord, què hi farem, però ara la tercera... És que és de riure, el que em passa a mi. I quan l'hi vaig comentar a la Clara...

Fa una pipada que em sembla eterna. Va, Bernat, no em deixis pensar.

—En fi, que ella tenia els seus plans, i hi té tant de dret com jo, només faltaria, però ella ja ho sap, que vaig deixar-hi coses pendents, allà, coses importants, que poques vegades esperen i encara menys es repeteixen... Així que li vaig proposar un pacte: que intentaria que fos només un any, i que jo aniria i tornaria, rotllo Sala-Martín, i que entre estius i vacances un any passa ràpid i tal i tal... I aleshores em va treure *el tema*. El saaaant tema. El teeeema dels temes: els fills.

M'adono que almenys fa mig minut que no respiro. El Bernat i la Clara que follen. El temps dels altres, que no és el meu. El Bernat aixeca els ulls, però no sé si em veu.

—Ja sé que m'has dit tot això dels estrògens i que us tenen subjugades, i jo ho entenc. Però només li estava demanant un any, com a molt dos anys, de les nostres vides, i ella em demanava un fill, que és per sempre. I esclar, que vull tenir fills, algun dia. Però no pot ser d'aquí dos anys? Les dones esteu perfectes, en aquesta edat, i si vols fitxar, tant és als trenta-cinc com als trenta-set, m'imagino, vaja, potser és que veig massa ciència-ficció... Però mira ta germana, ella sí que en sap.

Si m'ha preguntat alguna cosa, no n'espera resposta. Ressuscita el porro etern i me l'ofereix, absent, expel·lint el fum cap a la taula. Em piquen els punys del vestit. El canell dret, quan l'estiro, em pica més que l'esquerre.

—Jo no tinc grans ambicions, Èlia: vull estar tranquil, vull anar-me'n un any o dos fora i ja està, treure'm l'espineta. Només un any, o dos, tenir-ho fet i tornar. Però clar, vull massa coses, per ella. Perquè a més a més vinc al poble, i em distreu anar a l'auliva, i vull un hortet, i anar a l'hortet amb un gosset als talons, i ella a Tarragona hi ha trobat tot el que volia. Lo meu són coses puerils, dibuixets, anar a jugar a fer de pagès, i lo seu és la vida real i centrada, la que toca fer. Ella sap el que més *ens* convé a cada moment. Això ho té claríssim. Toca canviar de pis?, toca canviar de pis. Fantàstic, molt bé, et fa il·lusió?, doncs apa, busca pis, tria el que tu vulguis que a mi ja m'estarà bé. I a Tarragona, ah, ah: hi té les amigues, totes *pijetes* elles, i se'n van a comprar i al Marroc i a París i fan festes, i ei, que jo ho trobo collonut. Tothom ha de tenir dret a fer el que el faci feliç. Però ara em toca a mi. Per una vegada, em toca a mi.

Més fragments de la Clara que no tinc als arxius. El Bernat que no sé on és, i que no sap on sóc, renova la veu:

—M'he desviscut per ella, creu-me. I ho he fet perquè l'estimo, i perquè l'estimo he renunciat a moltes històries més, que eren molt importants per mi, i que ara no vénen al cas. Quan vaig acabar la carrera jo ja tenia feina a Barcelona, que llavors no era com ara, amb internet i tal, i amb la prestació a mitges, i ella Tarragona i Tarragona, i com que les circumstàncies eren les que eren, cap a Tarragona, si tu vols, esclar que sí. Bé, és igual. Però ara tinc clar el que vull. Vull treure'm l'espina i... És que a més a més, de tant en tant ho comentàvem, havíem parlat algunes vegades que si ella trobava feina per aquí a prop..., deia que potser li agradaria provar l'ensenyament, i algú li havia comentat que a l'institut, si s'espavilava... En fi: jo m'havia muntat la pel·lícula, si al final veníem cap aquí...

Li torno d'esma el cigarret apagat. Encenedor, el fum que busca el sostre. El puny dret del vestit em mortifica. Som al ball, recorda, som al ball.

—Jo no necessito res, Èlia. La feina a l'Escola és un afegit, una enredada. Jo el que vull és dibuixar, i per sort m'hi guanyo prou bé la vida, i no estic lligat a res. I ella ja ho veu, ja ho sap: jo no m'hi estic bé, allà, diguem que l'Escola no és..., bé, no vull quedar malament. Estic cremat, deixem-ho així. I sempre m'acaben sortint històries col·laterals que em retenen, com ara, que m'han demanat de fer de comissari d'una expo al CaixaFòrum que ni em ve ni em va, però a ella, ui, l'emociona, ja es veu el dia de la inauguració, fent de relacions públiques, i per mi tot això són responsabilitats innecessàries, que se me'n foten meridianament. Però com que una cosa estira l'altra, passen els anys i al final no acabes de fer el cop de puny sobre la taula. Jo només vull dibuixar i que em deixin en pau. Per això cada vegada estic millor *aquí*. Ja t'ho vaig explicar. Quan ets jove vols fer tantes coses, et penses que tindràs temps de tot, i al final el temps et passa pel davant, ziiiu, i tu et quedes amb cara d'imbècil...

M'ofereix el porro i jo declino la invitació per falta d'aire als pulmons.

—Jo ja fa molts anys que ho sé, que vull tornar *aquí*. I em pensava que Barcelona, Nova York, Tarragona, serien com un *impasse*. Créixer i formar-me, i després viure la vida assossegadament, veure-la passar a un ritme natural, primavera, estiu, i tal i tal. Em pensava que tindria temps de tot. Però és igual, Tarragona és a una horeta de cotxe i en fi, què hi farem, no res. Només li vaig demanar això: Clara, dona'm dos anys i t'ho donaré tot. I no passen ni dos mesos i em diu que està embarassada. Sorpresa general. Oh, oh. I les pastilles? No, me'n devia descuidar una. Molt bé. Putada, però molt bé: són coses que passen. Canvi radical de prioritats. Feliç, què vols que et digui. Un cop mentalitzat, vaig ser tan feliç amb la perspectiva de ser pare que ni jo mateix no m'ho creia. Un dia en parlarem, però no ara.

Fa una última pipada llarga i mata el cigarret al cendrer. Al ball, un músic ha perdut el to. Ja no vull ballar.

—I resulta que a les set setmanes, pam. Ja ho saps. Ens cau el món a sobre, ella agafa una depressió de cavall, i aquest dilluns, sí, *aquest* dilluns...

I ara riu:

—El dia dels Innocents, és que té collons, la cosa...

I ara ja no riu:

—Doncs ella que surt a treballar, molt bé, el Bernat que se'n va a l'ordinador, cafetó, pim-pam, i de casualitat veu que a l'historial hi ha una sèrie d'entrades a una pàgina que es diu *Sóc petit.* I les obre, i són d'un fòrum on les dones que han passat per la seva experiència es donen suport, s'aconsellen, i tal i tal. I com que el Bernat està desesperat per ajudar-la, perquè com que ell *no ho pot entendre*, té la graaan pensada que potser llegint els consells d'altres dones potser aconseguirà *no entendre-ho* una mica menys. Va, doncs llegim els comentaris, il·luminem-nos, mira quina idea més collonuda, et donaran el Nobel de Psicologia. Doncs molt bé. Però resulta que a la Clara la conec fins i tot quan va d'incògnit. I al cap d'uns quants comentaris la intueixo, i li segueixo el *nick*. I tot va quadrant. Perfecte, almenys té algú que *sí* que l'entén, la responen, li donen ànims, intervencions a manta, millor, millor... Li llegeixo les desesperacions, la por, la frustració, la culpa. Vaig enrere, vaig enrere. El dia de l'avortament, les pèrdues. Vaig enrere del tot, menjant-me episodis. I a la primera entrada de totes, què m'hi trobo? Ooh!: *quant de temps vau trigar a quedar-vos embarassades des que vau deixar les pastilleees?* Un moment. Bernat, tranquil, una pregunta com una altra. Data de juny.

Sóc al mig de l'envelat, m'he plantat. Els músics ja no

toquen. Al cel, un altre llamp. El vestit em constreny, m'ofega. El Bernat està disparat:

—Però és que la broma continua, perquè va i els explica a aquelles *desconegudes* que les pastilles les ha deixat el dia tal, que ovula tal altre, i que si fotem un clau el dia tal, la ginecòloga li ha dit que tal i tal. Mira. Vaig vomitar. T'ho juro, eren les deu del matí, havia quedat amb l'advocat per uns papers, i fins a les sis que no va tornar ella vaig estar clavat a l'ordinador que no m'ho volia creure. I el timbre trucant i el telèfon sonant i jo no, que no. I quan va arribar: quant feia, que les havies deixat? Oh, oh. Clara, prou mentides. Bernat, és que era ara o mai. Guaita-la, ja ha sortit! Aquesta careta preciosa, qui m'ho havia de dir? Jugant amb la meva vida de la manera més... repugnant, posant-me al límit. Allò que em vas dir: perquè sabia fins on podia tibar. Però, manipular-me d'aquesta manera? Fer-me xantatge amb la vida d'un... fill?! Això és repugnant. Una perfecta desconeguda em clava una punyalada per l'esquena. Qui ha sigut? La Clara. Qui és, aquesta? Ja m'ho explicareu.

No tinc pols. La Clara-dona m'acaba de passar com una fulla de gel, prima, primíssima, per davall de la pell. Allargo la mà, el genoll, zero mil·límetres, però el Bernat no em sent. Obro la boca, i no sé què dic, potser he dit el seu nom, però és igual, el Bernat no em sent.

—I la resta de la història ja la saps. Vaig agafar el cotxe, sense dinar, ni sopar, ni res, cec de plorar, que en un parell de revolts gairebé em mato, i cap aquí, a esgarrapar com un dement. Com que ja estava previst, i els sogres ja m'esperaven, mira que bé, i avui amb la neu, collonut. Els déus són generosos, de vegades, amb els pobres diables. I el dimarts que vaig veure la teva trucada... Ja sé que era tard, i em sap greu, necessitava parlar-ho amb algú, però no vaig gosar. I me n'alegro. Me n'alegro un altre cop. Com el dia del Casinet, tornar a ser jo, tornar a ser lluny de tota aquesta merda i poder respirar. I la veritat és que aquella estoneta al telèfon... Parlar també val. Del que sigui. Em vas fer riure, em vas fer sentir fora de tot això. I no saps com t'ho agraeixo, no t'ho pots imaginar. Ni fer vuitanta piscines m'hauria anat millor. I ara amb aquest sopar, de putíssima mare, la *gran evasió*.

Enretiro la mà, retràctil. Tres-cents mil·límetres. La Clara ha desaparegut.

Esclar. I ara hi caus, idiota? Com es pot ser tan idiota? Riure, nedar, follar. Evasió. La piscina vuitanta-u. I amb la d'avui, vuitanta-dos. I aquesta veu que no calla.

—I m'hauria vingut *tan* de gust que haguessis pujat a Tarragona... Perquè la Clara, fins que no ha vist clar que la plantava amb el seus coberts i les seves hòsties, encara m'insistia d'agafar el tren a Flix i anar-hi a fer el paperot. Vine i parlarem. I jo sóc tan ruc que si no hagués tingut l'excusa de la neu encara hi hauria pujat, a complaure-la. Perquè no tingui un disgust el seu dia de cap d'any perfectament planificat, pobreta meva. Perquè fot gràcia, però encara em torturo pensant que una cosa no treu l'altra i que igualment ha passat un calvari. Que és un factor independent. I ho és. Gens menyspreable. De fet, dos calvaris, propineta. I jo encara hauria d'estar content d'haver-me'n estalviat un: el del remordiment. Una tragèdia grega peeerfecta: has desafiat els designis de l'oracle i t'hem arrencat la criatura de les entranyes. Sí, d'aquí la culpa. D'aquí les nits de trepanar-me el cervell amb la culpa, la culpa, la culpa, si no haguéssim anat al poble, si m'hagués quedat reposant. *És que no em pots entendre, ningú no em pot entendre*. Esclar que no! Què collons havíem d'entendre? Tu ho saps, Èlia, tu ho entens? Si això són els estrògens, me cago en la puta...! Tu et vas trobar un desconegut a casa, oi? Doncs jo me n'he trobat una altra. Deu ser contagiós. *Xoca-la*.

M'agafo el canell. Però tampoc no hi ha cap mà parada. Idiota.

S'incorpora i treu dos paperets de fumar.

—Va, Pedrona, ensenya'm si n'has après.

Allargo la mà i no és meua. Quan es veu clar que no me'n surto, els seus dits m'arriben als dits i em guien. Dits de suro. Al final, l'acaba d'ensalivar ell.

—L'he cagada, oi? L'he cagada de mig a mig, explicant-te tot això.

Faig que no amb el cap, perquè tinc una bola de fel a la gola. El vull matar. El fotria escales avall, l'espentaria per la barana del terrat, el degollaria amb una ampolla trencada. Un braç que és el meu pren el cigarret vertical, que no em fumaré.

—Ei, estàs tremolant...

És el fred de la sang, que s'esvaeix.

—Èlia, què tens? Hòstia puta, que sóc imbècil...

Es passa els dits oberts temples amunt, les entrades incipients, els rissos que li van saltant, escapats de la mà segadora. I ara sí. Ara jo m'aixeco com una autòmata —la piscina vuitanta-dos s'aixeca: Ja estàs prou evadit, Trau?— i el cigarret apagat em cau als peus i ell em mira des de baix, els ulls interrogants, safrà i aigua.

—Evasió, no és això?

—Què dius?

—Evasió, evasió, tu ho has dit. I per això encara m'insisties de pujar a Tarragona, oi? Un sopar d'amics, tots molt normals, pero clar, si vingués la Pedrona m'entretindrie la Clara i jo em podria evadir, no és això?

—Èlia: NO.

—Lo senyoret va a nadar, i s'escape al poble, i al poble cull aulives, i mira que oportú!: als vespres també hi ha trobat la Pedroneta, que és tan simpàtica, ella, que diu *tonteries* que el fan riure i li ensenye projectets, i el distreu, i mira que bé se ho passe, ell, fent maquetes i cantant cançonetes, és que m'evadeixes tant!

—Èlia para el carro. No t'ho diré dos cops.

—I ui, ui avui, avui premi especial: *la gran evasió*! Ja ho veuràs, que bé. I com que resulte que ella també s'ha trobat un desconegut a casa, de puta mare, tu, empatia total, ni fet expressament: i tu qué en penses?, i tu m'entens, oi?, i vols un porret?, una miqueta de vi? I aah, espera, espera, espera: que si me la follo ja serà la rehooòstia de l'evasió... L'evasió sideral! L'evasió supina! Mira, saps qué? Deixa-ho estar. Ja m'ha quedat clar el missatge.

Una ombra s'alça al meu davant i enretira d'un cop sec la taula. Les copes eixutes es tomben, i l'ampolla mig buida redola i cau a terra i encara redola, i el cendrer va a petar a les rajoles i les burilles s'escampen com petits cadàvers socarrimats, tenyint-se de malva en un toll de sang. Aixeco el cap aterrida. Aquests ulls els he vist de moltes maneres, però amb aquesta mirada, mai.

—Gràcies per tot, Èlia. Ja pots marxar.

—És lo que pensava fer.

Em calço les botes d'una estirada, engrapo l'abric de la cadira i ell se'n va a les prestatgeries i sento que va fotent cedés per terra, i jo tanco la porta, i rasca, i es queda mig oberta però no arriba prou llum i no veig per on baixo, i quan arribo al replà del menjador sento com un tro, un tro que retruny per tota la casa i que és el batec impacient d'un baix que crida una guitarra, i la guitarra es desperta metàl·lica i rabiosa i incita uns tambors, i la pulsió dels tambors i de les guitarres creix i creix i fa tombar les parets i després s'aplana perquè entrin els acords hipnòtics del baix, *aquells* acords, i ja neix la melodia de l'orgue, *aquella* melodia, i la lletra irromp galvànica i quan ja només són els tambors i el baix i l'orgue i la veu, les cames em cedeixen com si me les haguessin segat i caic plegada al replà, i sobre l'abric desmaiat m'encego i m'eixordo i m'esgarrapo el crani: Apaga això!!! Apaga això!!! Apaga-ho!!! Que ho apaguis!!! M'han segat les cames i no puc fugir. I per damunt del terratrèmol, per damunt de la veu ultratòmbica de l'Ian Curtis, per damunt de tot el meu món que es desploma escales avall, els crits del Bernat exploten al pou de l'escala:

—ET SONA, OI?! ET SONA?! FA MAL, OI QUE SÍ?! DONCS VULL QUE HO SENTIS! VULL QUE HO SENTIS BÉ! PERQUÈ HAURIA POGUT SER, ÈLIA! EM SENTS?! HAURIA POGUT SER, NOMÉS QUE TU HO HAGUESSIS VOLGUT!

I jo em tapo les orelles, i sóc cega i m'ofego, i a cent cinquanta mil anys llum una agulla fa un forat i del forat surt una llum blanca i dins de la llum blanca comencen a ajuntar-se els protons i els electrons i els neutrons, i els planetes s'inflen com bombolles de sabó, i les aigues torrencials surten de les escletxes i els núvols giren com mans pels cels de tots els oceans i un peix comença a caminar i es posa dret i es fa una casa i a la casa hi ha unes escales que pugen i pugen i al replà de les escales hi sóc jo, cega, sorda, ofegada en l'aigua salada de tots els mars del món. I així s'acaba la música.

31

UN OS QUE PETA

Fumo. Fumo al Corral. He entrat a casa sigilosament, com si mon pare pogués sentir res, i he agafat l'encenedor i el paquet de la bossa. Teòricament ja és ben clar, però el cel és tancat. La finestra del dormitori de ma tieta és fosca. Em poso ben endins, assentada al banc, i miro la neu més enllà de la punta de les botes. Tinc la pell esborronada, i no és del fred, que en deu fer, i molt.

I penso, i penso, i penso.

I també ploro.

Què deu fer, tres hores? Quatre? Si ha sigut un minut, un segon, una dècima de segon, una centèsima, una milionèsima de segon.

En una milionèsima de segon, en la semipenombra d'un replà, una escalfor que davalla sobre el meu cos sense sang. Els cabells se m'endrecen, algú em pentina, m'eixuga la cara, em desperta els ulls. Mira'm, Èlia. I els petons, tants, tants petons, a les parpelles, als cabells, al front, a les galtes, a la boca. La desesperació dels petons destinats a no existir.

L'abric s'ha quedat al replà. El fotograma d'un instant absent, surant a l'aire. Tres metres més amunt, una milionèsima de segon més tard, jo despullava el Bernat.

Jo et despullo primer, per si no fos veritat. Deixa'm veure't, palpar-te, ensumar-te com una animal. Vull estar segura que siguis tu. Que tot siguis tu: el coll vertical, els braços; el pit impacient, el ventre; el sexe turgent, les cames; que tinguis els peus ancorats al meu terreny. Que sigui tot teu, que tot siguis tu, ho vull veure.

El Bernat observant en silenci, volent buscar, volent tocar, i jo no, encara no, no encara. Penso que vull aprendre't de memòria, per si desapareixes i no t'he de veure mai més. Deixa'm que m'aprengui el so de l'aire que consumeixes, com et passa per la laringe, comprimit. M'aprenc la teua respiració mentre examino per on et circulen les venes, on tens les cicatrius, de quines textures estàs fet, de la pell més aspra a la pell més fina de totes les pells. Vull comptar-te les vèrtebres amb els dits, des del clatell fins al còccix, engrapar-te la carn. Vull saber d'on et surt el roig dels llavis, la humitat de la llengua, comptar la distància exacta entre els teus ulls. Vull veure d'on neixen aquests cabells indomesticables, embolicar-m'hi els dits, olorar-los, tastar-los sense que te n'adonis. Vull conèixe'm cada pèl, per absència i per presència, la barba que no arriba a barba, les aixelles, els canells, les cuixes, els turmells. Inexistent al pit, i a continuació, un riu finíssim que desemboca melic avall, en un pubis esclarissat. Les engonals, netes. I ara vull saber el gust que tens, els mugrons contrets, el ventre, l'escrot vulnerable, el membre inflamat i viu.

I ara que m'ho supliques, te m'ensenyo.

Aquí em tens.

Aquesta sóc jo, elevada a la mínima expressió. Però, ai, el cervell femení, ineludible, disparat a fer bilions d'operacions per segon: pensarà que tinc panxa?, pensarà que estic tova?, ja m'he posat prou crema hidratant? Però tu dius guaita aquí, dius mare meva, dius buf, o no dius res, i quan no dius res, brandes el cap, et mossegues el llavi, ets tot ulls. Les pupil·les enceses a la sorpresa, un petó íntim de benvinguda, hola, hola. I encara un altre més a l'esquerra, a l'engonal masegada d'aquest matí: Et fa mal? Però no, res ja no em fa mal, i em deixo fer tota a mercè del rastreig de la teua boca. Més ben dit, em deixo fer i desfer tota. Deixo que m'exploris, que m'endevinis, i quan m'endevines, el batec es fa elèctric i ho pren tot. I així t'ofereixo la carn, oberta, als teus dits penetradors, a la teua llengua pacienciosa i incansable. Ets aigua, i en aigua et convertiràs.

Entregada en aquest sofà, m'aferro als teus cabells indòmits i el batec em fa un esclat poderós i incontrolable.

Fumo al Corral i penso una altra milionèsima de segon. Un alè humit a les temples, la mà sobre les meues mans al ventre, maluc espàsmic. Existeix, l'agraïment infinit? Oi tant, si existeix. Ara sabràs com t'ho agraeixo: infinitament. Et menjaré. Et devoraré. T'engoliré. Ets el meu aliment. Et faré cridar el meu nom, perquè te'n recordis sempre. I això últim, ara mateix, ho estic recordant abans d'hora.

El Bernat ja no parla, però observa, demana amb les mans, busca amb la boca, vol amb els ulls —Encara no, Bernat, no encara—. Em permeto algun experiment més agosarat, i és força benvingut: un altre dels teus registres visuals, directe al catàleg. Però jo vull sentir-te dir què vols, perquè encara no en sé d'una altra manera. I aleshores em sol·licites permís, preguntes, demanes, sisplau, per favor. Però això encara no, Bernat, no encara. Perquè vull ser conscient de tot mentre et porto a perdre la consciència. I finalment sí, acabes cridant el meu nom, i em regales una limfa tèbia i prolongada.

I ara és quan ve el pensament preciós: Et faré cridar el meu nom, perquè te'n recordis sempre. I també: Ets el meu aliment. Però això últim sí que ja ho pensava quan ho pensava.

Encara fumo al Corral. Què dura, una milionèsima de segon? Demanar-li que el vull a dintre, que m'enfili, que me la clavi, que em faci xisclar, i la primera rialla del Bernat: Ei, dona'm un minut, d'acord?, que estic a tocar dels quaranta. Esclar, a les pel·lícules *ells* mai no demanen un minut. I mentre passa aquest minut l'*un* i l'*altre* tampoc no van al lavabo, ni recullen escampalls de terra amb paper de cuina, ni apilen cedés en un racó, ni enretiren cap taula per obrir un sofà llit, perquè, i segona rialla del Bernat: Ja tenim edat per fer les coses en condicions.

A les pel·lícules, els amants àvids carden embogits al damunt del marbre de la cuina, i nosaltres amb prou feines hi tenim un pam de taulell saturat de plats i safates d'alumini enganxifoses. A la ficció també queda molt estètic copular davall de l'aigua de la dutxa, i les rajoles són antilliscants, i el sabó és hipoal·lergènic, i l'aigua calenta del termo no s'acaba mai, i si és caldera de butà, no s'acaba mai la bombona. I la dutxa del Trau és un nínxol individual i sexualment impracticable. Però esclar, si fos una pel·lícula també ens ho podríem fer al damunt d'una taula de dibuix, tots els papers volant i les maquetes per l'aire, alegria!, d'una passada de braç. I el taulell articulat mai no cediria al pes de la meua esquena, perquè els assistents de rodatge l'haurien soldat amb titani. O potser els nostres guionistes passarien de la taula, per massa trillada, i ens farien rebolcar per terra, el cul sobre les rajoles congelades, les esquenes sucant-se de vi i de burilles pudents. Però a cap dels dos no ens importaria, perquè estaríem presos d'una fúria coital incontenible.

Però a la vida real nosaltres decidim fer servir el llit, que tampoc no ens l'ha preparat cap ajudant de plató. Hem hagut d'estirar la funda baixera per davall dels quatre angles del futó, i preveure el muntatge d'un edredó que no sabem si ens quedarà bé, després, quan sentim el fred.

I com que no tenim guió ens hem d'intercanviar informacions bàsiques: És que ja no prenc pastilles; Hòstia, doncs jo no tinc res, o espera. I com que ja hem dit que no tenim cap assistent, el Bernat s'ha d'alçar, i baixar un pot d'una prestatgeria, i obrir-lo, i dir Ha!, 10 del 95, tu: Durex Gran Reserva! Ens en fiem o què? Serà molt, no? Bé, ja ho veurem, encara queda.

I com que tampoc no tenim telepatia també ens hem de preguntar, de tant en tant, Va bé?, així?, ai, perdona. I a partir de les maneres de fer amb altres pells hem de teixir una manera de fer nova, aprendre a complaure'ns sense saber els historials respectius. L'instint pur podria valer, cadascú per la seua banda. Però no. Som dos cervells que volen anar més enllà, superar els impulsos que tenim en comú amb els primats superiors.

Així que avís per al guionista inexistent: cervell femení, segona part: jo també em desconcentro i em torno a centrar, penso la panxa, els pits, el cul, i tot seguit, però mira'l bé, ja no te l'has d'imaginar; i tot seguit, sent el que reps, rep el que sents, sent el que sents ara, i ara, i ara. Perquè no em vull perdre res, la pell receptiva al tacte inèdit, la mossegada insospitada. Els llavis oberts, la llengua lenta, densa, glutinosa, acompanyant-me en la sensació irreal de com m'entres, com te'm succeeixes: un primer cop que em fa bufar, un brunzit a les orelles; un segon cop que em fa prémer els ulls i enfilar-me amunt, amunt, perquè sé com fer-ho. I ara vull que et quedis quiet, just aquí, i t'enllaçaré fort amb braços i cames perquè no te m'escapis. O encara millor, m'ajudaré amb el pes, ara ets meu: tu no et belluguis gens, fins que no estigui exhausta de tant de sentir-te. O, si ho prefereixes, fins que no t'hagi sentit tot.

I continuo fumant: mira si dura, el mil·lisegon, o el que fos. I recordant tot això encara se m'escapa una glopada de dintre. El cos que no té límits, això que vas aprendre a descobrir, i que avui encara t'ha agafat desprevinguda. Perquè un cos no pot sentir-se il·limitat sense la predisposició de l'ànima. I com de predisposada n'estava jo, en cos i ànima, quan t'he alliberat: va, som-hi, Trau, a veure com t'ho fas, quin és el teu estil, quins són els teus ritmes. I que plena em sentia de tu, amarada, amb tots els racons a vessar. I parar i tornar a començar, mantenir i accentuar, alentir i precipitar. I el cervell femení que fa una operació ràpida, i ja té la solució. No te n'estiguis, confia en mi, ja sé què faré, explota-te'm dintre. Confio en tu, hi confio. I, confiadament, te m'explotes dintre.

Dos a un, ja ho trobarem.

El descens. La tempesta dels pulmons, dels cors, dels teixits, ja amaina.

—Brutal.

—Eh que sí?

—Extrem.

Els braços recuperen la força, somriures còmplices, un dit al meu nas.

—Hem de parlar molt, tu i jo, eh?

—Val, pero no avui.

—D'acord, avui festa.

Aquest vespre he de trucar el Roger de la Paula i que m'expliqui com anava això de les pastilles, si me n'he de fotre tres de cop, o dues cada tres hores, o com coi fos que era. I això ho penso mirant el lluernari clos, amb el cap sobre el ventre del Bernat, que em dibuixa amb un dit tot de caragols al front, als pits i a la panxa.

—Ja sé què vol dir el teu nom.

—Qué?

—Que ja sé què vol dir el teu nom.

—Ah sí? I qué vol dir?

—Hi ha diverses teories, però la que m'agrada més és la que diu que ve del grec i vol dir *la que és com el Sol.*

—La que és com el Sol? Doncs sí qué, jo que sempre tinc los peus gelats.

—Bé, ho vaig buscar per internet, ja saps el cabal que en pots fer, però a mi ja m'agrada així.

—Per internet? Quan, ho vas buscar?

—Ui, fa molt de temps.

I tot això és el que pot succeir en un mil·lisegon. I potser ha passat diferent, però així és com ho recordo ara. I ofego el cigarret amb la sola de la bota, i encara el veig dret davant de l'armari de la cuina, el dibuixant nedador, bevent aigua com un nàufrag i buscant en el fons d'un cilindre arrugat una galeta estovada.

—Ets un cas, Trau.

—Hòstia, no pretendràs que després del clau del segle no hagi de fer una mica de benzina. No en vols?

—No, no.

—Ja barrines?

—Sí que barrino, sí. Que són les vuit i si a mumpare se li acudeix pel que sigui entrar al meu quarto i veu lo llit fet... Que no és probable, pero ma tieta sí, això està cantat, i amb lo que matinen, que m'entri per si vui alguna cosa, com me trobo, això i allò... I si no em veu, és ben capaç de fer un pregó.

—Això, i tu què, amb ta tieta i tumpare?

—Ah, bé. Mumpare ja ho saps, és com viure amb una pedra, i ma tieta és com viure amb una transmissió simultània de *Ventdelplà* i Catalunya Informació.

Ell mastega i riu.

—Un tio interessant, tumpare.

—D'on ho has tret, això?

—Experiència personal.

—Pero si és un monolit. No xerre!

—Diu el que ha de dir. Hi ha molt poca gent que *només* digui el que ha de dir.

—*Bueno*, ma tieta ja compense.

Ajaguda al llit, faig manyocs amb l'edredó, i el Bernat

s'assenta al meu costat i em planta un petó sonor al pubis pelat.

—Això és una provocació constant.

I prem la llengua entre els llavis, caricatura del que veu.

—Ah, sí? Que no éreu tots tan naturals, los naturistes?

—Ei, jo no ho sóc naturista: faig el naturista, de tant en tant.

—Creus que és artificial.

—Cada tribu té lo seu. De fet, anar rasurat no és més que una altra branca de l'exhibicionisme.

—No t'agrade, ja ho vei.

—No em posis a prova, que començaran les maniobres.

I fa caminar els dits com un soldat per on no ho hauria de fer.

Te n'aniràs, li dic, com a resultat d'un bilió d'operacions per segon. És que ho he de preguntar, treure-m'ho de sobre, i em surt ara.

—A on vols que vagi?

—A Tarragona.

—Primer, han d'obrir les carreteres. Però dilluns a primera hora sí que sens falta hi he d'anar a signar uns papers, coses de drets, no pot esperar.

Una llengua inicia un descens arriscat. El meu cervell pensa que necessito una dutxa.

—Pero no et pots passar pas tres dies aquí tancat, sense menjar ni res.

—Ui, sense menjar sí que no.

Queixalada al ventre. Cervell, el deure, una dutxa.

—Escolta, fem una cosa, me dutxo en un moment i vai un moment a casa, a canvià'm i a deixar almenys una nota dient que sóc aquí, treballant, i que si volen alguna cosa que em truquin aquí.

—Ja fas tard.

—Com?

—Ja fas tard! Va, va, espavil! Desapareix-me de la vista, tros d'obscena.

Efectivament: la dutxa del Trau és un nínxol individual i sexualment impracticable. Malgrat tot, la mossegada al clatell, la mà prodigiosa: tres a dos i cap a casa.

I així és com he anat a parar fins aquí. Un cigarret, processar, paladejar. Què passarà? Què vull que passi? No és el moment de pensar-hi. Hi penso, però ho descarto conscientment. No fa ni un quart que encara m'estava menjant la boca del Trau al cap de les escales, com si no ens haguéssim de veure mai més. I ja és ben de dia, i anar d'incògnit no és tan fàcil, i he corregut fins al garaig i he pujat les escales de puntetes i fins aquí.

I ara s'obre el llum l'habitació de ma tieta, i ja la tenim matinant el primer dia de l'any, és que no té remei, aquesta dona. Farà rentadores, planxarà llençols, visos, les samarretes i els calçotets de mon pare, prepararà el caldo, el fricandó, farà ganxet al davant de les cassoles, i trucarà a la Fina, bon any, bon any, sí, ja ho veus, un antre any, que passen volant, i com te trobes, avui?; ah, doncs l'Èlia, pobreta, ni sopar, no va puguer, que mos va tornar que es trobave tan malament i que s'anae a gitar sense sopar ni re, que això deu ser una passa; i aixins que vindreu, dumenge, que faré rostit? I ara em quedo un moment immòbil perquè veig la silueta d'un maluc retallada al tros de finestra i sort que el dia és fosc, perquè sinó mouria un múscul i el seu radar infal·lible em detectaria a l'acte. Però el maluc no porta faixa ni porta viso ni res. Perquè el maluc ni tan sols és el de ma tieta.

És de mon pare.

Estat de xoc.

Corro cap a casa, enfilo les escales com una ventada, busco per la bossa, un boli, un paper, baixo les escales fosques, remeno calaixos, trec un sobre del banc, intento recordar com s'agafa un boli, si sóc esquerrana o dretana, escric com puc, sense prou llum, *SÓc A cAl TRAu, treBAllAnt, telÈfon:*, i no em sé el telèfon, la guia, és igual, deixo la nota sobre la taula, torno a pujar les escales negres, quarto, bossa, roba interior, roba exterior, torno a baixar, lavabo, necesser Mary Poppins, torno a pujar, el mòbil, on tinc el mòbil, rebrego el meu llit, el llit de la Joana, ja tinc el mòbil, i a baix se senten dues passes a l'entradeta i la clau que gira.

M'ofegaré, he de vomitar el cor que tinc a la gola.

Silenci. Més silenci. Se sent la cadena del vàter. Se senten unes passes que volen ser silencioses, compto els esglaons de les escales mentalment. Un os que peta. La porta de la seua habitació. Que també era la de ma mare. Se sent la maneta, tancant fluix. Una tos. Silenci.

L'estómac se'm contrau en dos espasmes i regurgito bilis al cobrellit.

32

EVASIÓ PURA

Suposo que he entrat a cal Trau pel garaig. També crec que he pujat les escales totes en una, i obro la porta i rasca. El Bernat és assegut al sofà llit, nu, la ràdio posada, les notícies, fluixes, els cabells ja s'eixuguen, la cara neta.

—Ei, això no es fa, ja patia! Mira, m'he afaitat i tot, per no punxar-te la...

Deixo caure la bossa a terra, un plom.

—Què tens?

Els espasmes, s'alça ràpid, Èlia, què tens? Jo em descalço, m'arrenco el vestit, la samarreta, les mitges, els sostens i les calces.

—Folla'm.

—Què tens?

—No preguntis i folla'm. Folla'm. Folla'm.

Què és, la capsa del no-res?

Evasió pura.

Què és tindre el Bernat enfonsant-se't endins, desbocat i salvatge? Evasió pura.

Perdona'm, Bernat. Perdona'm.

33

MILIONS DE QUILÒMETRES

Ja no fumo al Corral, ni hi fumaré mai més. Sóc a la finestra de l'aigüera, i l'aigüera és el cendrer, i tinc un Marlboro entre els dits que sostenen una tassa. La pell no sent el frec del cartronet de la til·la, que penja d'un fil. Com el meu alè.

Les meues mans de trenta-quatre-anys tenen venes bicolors que em transparenten als canells, i visualitzo el meu cos com en un pòster d'anatomia. Del cor me'n surten dues artèries, una de vermella i una de blava. Les artèries blaves i vermelles se'm bifurquen en venes a les cames i als braços, i les venes encara es bifurquen més, com els caminets que surten de la carretera del poble i es ramifiquen esquerdant tota la geografia del terme. Les meues venes blaves transporten sang gelada. Les vermelles em cremen.

Al menjador se sent la respiració del motor de la nevera. Damunt de la tauleta del cafè, l'inalàmbric jau intacte des de dijous, mort d'inanició. Agafo el telefonot vell i miro l'agenda Ironfix: ..., Èlia, Joana.

Quan surti d'aquesta casa, avui, quatre de gener, no vull tindre res pendent.

—Elieteee, qué fots anquestes hores?

—Me sap greu, te vai dir que et trucaria divendres i se'm va passar.

—Me vas dir que em trucaries?

—Sí, que no te'n recordes?

—Ai, sí, sí, i qué tal lo sopar al Casinet?

Sang vermella, roent.

—Una merda, no em vai trobar bé i a quarts de dotze ja era al llit.

Evidentment, la Joana aquest cap d'any tampoc no ha trucat al pare.

—Mecagon, ja deia jo que feies veu d'encostipada.

—Jo? No pas.

—Ai, doncs me ho havie semblat. Que ha tornat a nevar?

—No, està ras.

—Ui, aquí fot un sol que ni vei la pantalla de l'ordinador.

—Com aquí, doncs. De la neu ni rastre.

—I com és que no ets al tros?

—No, és que m'hai quedat a treballar. De fet, avui marxo cap a Barcelona.

—Ai, no entenc res, que no et quedaves fins Reis?

—Sí, pero ara me n'hai adonat que necessito treballar amb les meues coses.

—Qué, canse, eh, collir aulives?

El silenci és la sang de les venes blaves, lenta com un iceberg.

—Lo despatx tanque, Joana.

—Quin despatx? Lo teu despatx?

—Sí. Aquet dematí hai parlat amb la Paula. En un mes tots al carrer. Lo Pere ja no mos pot pagar, i treballarà a casa, fent rehabilitacions.

—Pero...

—És igual, de fet ja ho tenia assumit. Intentaré tirar amb los estalvis, buscà'm un pis més petit, un estudi, i mentrestant alguna cosa sortirà.

—Aquesta és la meua Eliete, me cago en tot! Ja veuràs com te'n surts, com sempre.

—Sí, segurament. De fet, encara no és segur, pero potser els hi fai una casa a la Montse del Carrau...

—Eiii, que booo! I me ho dius així? És oportuníssim!

—Sí, los hi vai portar unes propostes, pero ja veurem qué passe, perqué jo...

—Com que ja veurem qué passe! Los hi encantarà segur! Va, alegra aquesta veu, quina merda de tieta estàs feta!

L'iceberg fa un cop en una riba tallant. Les venes vermelles se'm contreuen. Ja tinc la boca oberta, però no em surt el crit.

—Èlia?...

El crit és al coll de l'estómac, però no em surt.

—Eo?...

L'iceberg torna a picar a la riba, s'hi encalla.

—Èlia, me sents?

Penjo, perquè necessito un minut per cridar. No és cert: necessito un any, dos, vint anys per cridar. Però el telèfon sona molt abans.

—Èlia?

El crit no es belluga.

—Ai, no sento res.

No sents res?

—Eo?... S'ha tallat?

No s'ha tallat, Joana, que no em sents?

—No et sento, Èlia.

De veritat que no em sents? No sents com m'esgolo per arribar-te? Com pot ser que encara no em sentis, si fa vint anys que et crido fins a perdre l'alè? Com pot ser que en tot aquest temps no m'hagis vist mai com arrencava a córrer i sortia per aquesta porta i agafava la carretera i encara una altra i encara una altra i una altra, milions de quilòmetres corrent dies i nits, vespres, matins i matinades, corrent sense parar per vindre a cridar-te amb els pulmons desfets?

—Èlia?... S'ha tallat.

No s'ha tallat, Joana, que no sents com bramo? Que no sents com em peten les cordes vocals? I quin mal que fa. Saps el mal? El mal que fa mal? Doncs aquest.

—Elieteee, eoeoo. Penjo i torno a trucar, eh?, que no sento res.

No em sents, perquè el crit encara és a l'estómac. Tinc la laringe esquinçada per un crit que, de tan fort, no es pot cridar. I el telèfon sona.

—Joana.

—Aaara. No sentia res. A veure si canvieu aquet cony de telèfon.

Les venes vermelles m'arrenquen el bull.

—No vui que em digui tieta.

—Qué dius?

—La meua neboda.

—O nebot! Qué li passe?

—Que no vui que em digui tieta.

—Que plores?

La Joana ara es pensa que ploro, però no ploro, només necessito, de tant en tant, respirar.

—Te'n recordaràs de dir-l'hi?

—Pero que ets tonta! I per això plores?

Les agulles d'un rellotge boig comencen a accelerar. En una hora d'un juliol que encara no existeix, un nadó tremolós crida al món en una sala de parts lisboeta. I el nadó creix i un dia parla i diu un nom.

—Va, Eliete, no ploris...

Les agulles fan un tomb invers i tornen a girar, vertiginoses. En una estació de tren que fa pudor de clor, és estiu. A l'andana, hi ha tres persones i dues maletes com dos rinoceronts. Una noia de disset anys està a punt d'agafar un tren. Penjada de la seua mà, una nena de tretze li fa girar una polsera feta amb un cinturó de pell. Dret al costat de la nena, un home mira les vies, i també mira lluny. Quan la polsera ja ha fet dues-centes tretze voltes, l'home diu: Ja ve. La nena abraça la noia tan fort que, quan se separen, al ventre hi té marcat un rosari de xinxetes. La noia li prem les galtes i li diu: No ploris i porta't bé, cap de suro. I la nena li diu a sa germana: Ara no ploris tu.

—Joana, a...ra no ploris tu.

El rellotge boig fa un altre tomb i de l'estació de tren torna endavant i arriba a la una del migdia del quatre de gener d'aquest any, en un sofà d'un menjador on el silenci és absolut. I encara fa un gir d'una hora cap enrere i és Lisboa, en una taula assolellada d'ordinador.

—I com vols que et digui, cap de suro?

—Cap... de suro no. Que em digui Èlia.

—Ja m'has sortit com la Fina?

—Sí home, com la Fina!

—I vols que et digui Èlia?

—Èlia i prou.

—I si és una xiqueta i també es diu Èlia, qué?

—Serà xiqueta segur.

—Doncs allavons segur que es dirà Èlia.

I aquí i allà, en dos pols separats per mil quilòmetres, dues germanes ploren i riuen alhora, plorant amb les coses que fan riure, i rient amb les coses que fan plorar.

Quan he penjat el telèfon, al menjador el silenci era total. Tothom era al tros, i a les cases potser cruixia alguna fusta de l'engorfa, però en la majoria no hi devia haver ningú per sentir-ho. He pujat les escales fosques, i l'habitació eren quatre parets, la de l'armari, la dels capçals dels llits, la de la porta i la dels requadres pàl·lids a l'empaperat. A l'estiu no tornaré per pintar. Les rodetes de la bossa piquen, clenc, clenc, clenc, per totes les escales.

I he tancat la porta de cal Pedró, i he deixat la clau a la bústia, que és sempre oberta, i he engegat un motor.

ETCÈTERA

34

Quan s'enlaira un avió, hi ha un instant que sembla impossible. Passa tot just quan el tren d'aterratge i la pista, simultanis, s'alliberen de l'últim pes de la nau. La màquina encara toca terra, però ja és de l'aire: si fóssim prou veloços, la podríem aixecar amb una mà. En aquest instant fugaç, els voladors de vegades tanquem els ulls, i de vegades els mantenim oberts per demostrar-nos que no tenim por. Però tampoc no parpellegem. I a partir d'aquí, elevació. Hem de tornar a ser horitzontals per sobreviure.

D'aquí a catorze hores, a la Joana li provocaran el part, i també em semblarà un joc de pesos impossible. A mi m'agrada pensar que la xiqueta volia quedar-se ben a propet de sa mare, fent-li companyia, fins que jo no tornés. I el lloc més a propet era a dintre. Però demà ja haurà de sortir, perquè no hi ha res que duri per sempre. La veu de nit ja m'ho va dir: No hi ha res que duri per sempre. I no era de nit. El sol va lliscar pel ventre d'una el·lipse, i es va pondre. I l'endemà, encara es va tornar a desprendre de l'horitzó, i va arribar més amunt que el dia abans, i així cada dia, una mica més amunt, per l'impuls de les hores, enlluernant els voladors de tots els avions enlluernats del cel.

Ja fa més de vint minuts que ens hem enlairat, el mateix temps que fa que dubto de si fer la pregunta i que reso perquè, donat el cas, el meu contestaire, que llegeix el Murakami, no se m'adormi. I ara que ha arribat el moment de decidir-me, la pregunta surt:

—Perdona, que em pots canviar el seient un moment? És que vui veure una cosa.

El llegidor aixeca els ulls —Esclar, ja t'hi pots quedar— i m'assenyala el llibre.

Recolzo el front a la finestreta de policarbonat i, en el moment precís, el Google Earth ja és un sotabosc de fulles de roure. Entre el trencaclosques de peces verdes i terroses, localitzo la serp negra de l'Ebre i li segueixo els capricis fins on gairebé es fa un nus: el Meandre. I ara he de mirar més amunt, i una mica cap a la dreta, i ja tinc ubicada la crosta verda del Montsant. A mig camí entre el nus i la crosta, escruto, dedueixo, intueixo, i segurament és allí, i també em sembla impossible. Però les coses que no es veuen, pel fet de no veure's, no tenen per què no existir. I *allí*, tot i que ara no ho veig, existeix un *patchwork* de teulades secretes, i sé que n'hi ha una amb una antena que sembla un penja-robes, i que dos pisos més avall hi té un telèfon inalàmbric que ningú no pensarà de carregar; sé que hi ha una altra teulada que, un pis més avall, hi té un sofà reclinable massa modern, i que al vespre hi jaurà un home que s'encendrà un Winston amb el cendrer al pit; també sé que n'hi ha una altra que no és ben bé una teulada, perquè és el jardí d'una casa feta de volums que giren, i aviat dos xiquets hi xipollejaran en una piscina Toy; i encara sé que hi ha una altra teulada, aquesta partida per un lluernari, que davall hi té dues taules de dibuix i que en una d'elles, cada sol de migdia, s'hi tornarà a distingir un tall de cúter aleatori. Però hi ha altres coses que tampoc no es veuen i que no tenen per què no ser. I a la primera casa, a dintre de la bústia oberta, potser ja no hi ha una clau; i a la segona casa, a la cuina, potser hi ha una dona que parla amb una altra, i una o altra, o les dues alhora, es posen a plorar;

i a la tercera casa, a la porta, potser hi una parella que s'acomiada d'un arquitecte de Móra, i aquest arquitecte potser anirà a la quarta casa a dinar. I entre la quarta casa i la segona hi ha uns perxes on, al mig de juliol, un home amb planta d'actor en blanc i negre potser s'hi va recolzar un moment, buscant-se el pit, abans de caure a terra amb els ulls oberts. I mirava el cel, solcat per avions blancs, i potser pensava en un paritori portuguès, o en el retrovisor d'un cotxe blau.

I mentre veig tot això que no es veu però que no té per què no ser, una hostessa m'està parlant.

—*¿Café, señora?*

Señora? *Señora* tu!, no et fot? I trec el mòbil, que a l'avió només em serveix d'mp3, em poso els auriculars i apujo el volum. Quan torno a tindre el serrell al policarbonat, ja no es veu el sotabosc de fulles de roure.

NOTA DE L'AUTORA

El reflex dialectal que amb més bona voluntat que ciència intenta esbossar la novel·la té d'una font d'inspiració essencial: *El parlar de la Palma d'Ebre (Ribera d'Ebre)* (Associació Cultural l'Espona, 2001), de la doctora en filologia catalana Olga Cubells Bartolomé.